왕은 웃었다

왕은 웃었다

류재빈 장편소설

3

파피루스

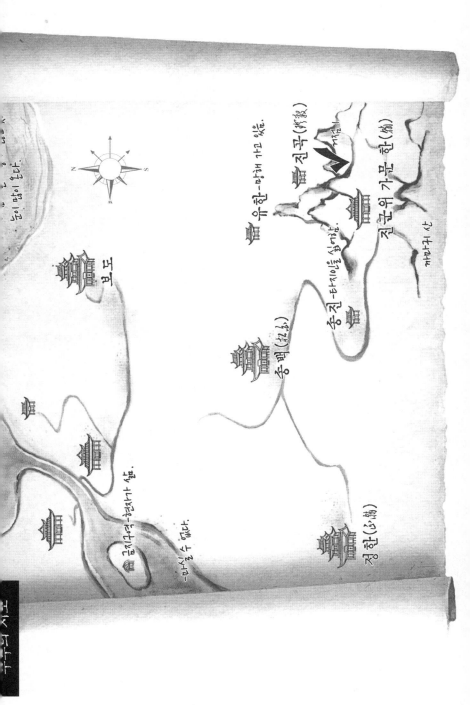

차 례

그놈이 미친 것이 내가 여덟 살 때.
군석이 열리고, 각성의 비가 정한을 적셨을 때였다.
쌍둥이 동생은 각성을 하지 않았는데, 나 혼자 먼저
한 것이 문제였는지.
그것이 아니면 자신이 저지른 추악한 죄 때문인지.

—이도 저도 아니라면.

아마도 그놈을 내가 쏙 빼닮은 것이 문제였겠지.
그놈에게는 그게 가장 무서웠을 테니까.

그 '겁쟁이 놈'은.

제 1 장

저한

제 1 장
정한

1.

라야는 후줄근한 모습으로 발을 멈췄다.

오랫동안 지속된 여행에 머리부터 발끝까지 모래가 흘러넘쳤다. 부락을 전전하며 샀던 외투도 거의 다 해진 탓에 끝 부분은 쥐가 파먹은 것처럼 갈라져 버렸고, 움직일 때마다 낙엽을 밟는 것 같은 소리가 났다.

머리카락도 길었다.

단정하게 빗고 다녔던, 짧았던 머리카락은 여행 기간 동안 길고 길어 콧잔등까지 내려왔고, 뒷머리카락은 거의 장발이 되었다. 그것을 짧게 쳐 나름 정리를 해 봤지만 미숙한 솜씨론 되레 지저분하게 보이는 효과를 가져왔다.

결국 머리칼을 아무렇게나 풀어 놓고, 허름하기 짝이 없는 외투를 걸친 채 라야는 한 나라의 성벽을 눈에 담고 있었다.

가문에서 나온 지 거의 한 달 만이다.

드디어 도착했다.

'여기가…… 정한.'

라야는 주먹을 그러쥐고, 깊게 쓴 대나무 갓을 들어 올렸다. 소년에겐 어울리지 않는 삭막한 눈동자가 드러났다.

화려한 성벽이었다.

만지면 새하얀 분이 묻어 나올 것처럼 새하얀 돌이 촘촘히 쌓아 올려져 있다. 이음새 부분은 틈 하나 없이 맞물려 있었고, 그 높이가 하늘만큼이나 높아 끝을 눈에 담기 위해선 목을 꺾어 올려다봐야 했다. 성벽 끝에 꽂힌 보라색 깃발은 바람이 불 때마다 위풍당당하게 휘날렸다.

성벽의 중앙에 만들어진 동문에는 이야기 속에서만 나오는 용이 새겨져 있었다. 한 손에는 여의주를 들고 뱀 비늘로 뒤덮인 기다란 몸통을 꼰 채 부리부리한 눈동자로 오고 가는 사람을 노려보듯 만들어진 조각이다. 여의주를 쥔 손의 발톱은 호랑이도 단번에 찢어 죽일 것처럼 날카로웠고, 부리부리한 눈동자는 보는 것만으로도 오금이 저릴 만큼 생생했다.

소년은 성벽을 하염없이 올려다봤다. 이루 말할 수 없는 여러 감정이 파문을 그리며 생겨났다. 가문에서 나와 정한에 도달하기까지 정확히 한 달하고도 일주일[1]이란 시간이 걸렸다.

부락을 거쳐 사막을 횡단했다. 목이 마른 것을 참으며 걷기만 했던

---

1) 이 세계의 일주일은 팔 일. 팔곡째를 일주일로 친다.

시간들이었다. 사막은 끝없이 펼쳐져 있었고, 모래 속에 푹푹 빠지는 발은 무겁기 짝이 없었다.

밤이 되면 기온이 확 내려갔다. 야행성 짐승들도 출몰했다. 그것들은 굶주린 채로 다가와 라야를 먹잇감으로 여겼다. 그것들이 덤벼 올 때는 그래도 좀 나은 편에 속했다. 나쁜 쪽은 덤벼 오지도 않고 멀리서 기다리는 놈들이었다. 그것들은 먹잇감이 지칠 때까지 기다렸다. 덤벼 오지도 않고, 주위에서 빙글빙글 배회했다. 무리까지 이루면 더 골치 아파져서 잠들 수 없는 나날이 이어졌던 때도 있었다.

다행히 라야의 체력은 그것들보다 강했다. 배고픈 짐승이 먼저 나가떨어질 만큼 정신력도 강해서 잠을 자지 않은 채 며칠을 버텼다.

그리고 겨우 도착했다.

길지 않은 시간이었지만, 라야에겐 짧지도 않았다.

"아이구마, 겁나네. 저 용 좀 보소."

뒤쪽에서 불쑥 목소리가 들려왔다. 잠시 딴 생각에 빠져 있던 라야는 부랴부랴 들어 올린 갓을 내려 썼다.

그의 옆으로 사람이 하나둘 지나간다. 모두 정한을 방문하기 위해 찾아온 사람들이다. 사막을 횡단할 땐 보이지 않던 사람들이 나라 앞에서는 북적일 만큼 모여 있었다.

라야도 멈췄던 발걸음을 다시 옮겼다.

정한의 입구에는 나라 안으로 들어가고 싶어 하는 수많은 사람들이 줄을 서서 기다리고 있었다. 라야도 자연스럽게 그 줄 끝에 붙었다. 라야 뒤로도 사람들이 하나둘 붙으며 자신의 차례를 기다렸다.

"안 그렇소? 확 잡아먹을 것처럼 보이지 않는감?"

용이 무섭다며 설레발치던 사람의 목소리가 다시 들린다.

고개를 살짝 돌려 훑어보자 행낭을 짊어진 상인이었다. 그는 오금이 저린 표정으로 침을 꼴깍꼴깍 삼켰다. 쥐같이 돋아난 수염이 바르르 떨렸다. 라야의 시선이 다시 앞을 향했다.

"보소, 보소. 저거 마, 노려보는 것 좀 보소."

간이 콩알만 한 사내가 다시 입을 열었다. 그의 동료들의 입에선 자연스럽게 타박하는 소리가 흘러나왔다.

"그냥 새겨 둔 거지. 뭘 그런 걸로 겁먹나?"

"냅둬, 저 인간이 그렇지 뭐. 한밤중엔 지나가는 쥐만 봐도 빽빽거리는 인간인데. 그보다 오늘 내로 들어갈 수나 있겠어?"

사내들이 목을 길쭉하게 빼서 앞을 본다.

동문으로 들어가는 기다란 행렬이 끊이질 않는다. 아기를 업은 어머니, 봇짐을 지고 들어가는 사내, 일가족으로 보이는 무리들과 양 무리를 끌고 있는 사람, 라야처럼 여행을 하는 행색의 사람들까지. 수많은 사람들이 뒤섞여 목이 빠져라 기다리고 있었다.

굉장한 인파였다.

"국명부에 이름을 적을 시기가 와서 그런가. 길다, 길어."

"정한을 코앞에 두고 여기서 노숙을 해야 하는 건 아니겠지?"

"그보다 물은? 마실 물은 있어?"

"없으면 어따야. 나라를 눈앞에 두고 사람이 쓰러지면 물 한 모금 안 줄까."

사내들이 저마다 시시덕거렸다.

라야는 그들의 이야기 소리를 들으며 기다렸다. 머릿속에 사내들이 말한 단어 하나가 스쳐 지나갔다.

'국명부?'

정한의 국명부가 열리는 건가?

이 시기에?

라야의 눈썹이 잠깐 꿈틀거렸다.

중천에 뜬 해가 서서히 저물어 가고, 줄을 서서 차례를 기다리는 사람의 숫자가 조금씩 줄어든다. 수다를 떨던 뒤의 사내들도 힘들었는지 말수가 점점 적어지다가 침묵이 지속되었다.

그렇게 기다리기를 몇 시간.

해가 기어이 서쪽 산 위에 걸렸다.

줄 또한 라야 앞까지 줄어들었다. 해가 지고 있는 터라 기다리고 있던 뒤의 사내들이 똥줄이 탄다며 발을 동동 구른다.

"이러다 문 닫히것네!"

해가 지고 나면 문은 곧바로 닫혀 버린다. 평온하고 안전하며, 따뜻한 나라를 눈앞에 두고 노숙을 하긴 싫다. 사내들은 해에게 조금만 더 기다려 달라고 말도 안 되는 투정을 부렸다.

"왜 나는 안 돼!"

쾅!

일순 앞쪽이 떠들썩해졌다.

묵묵히 참고 기다리던 라야가 인상을 찌푸리며 갓을 들어 올렸다. 라야 뒤에서 기다리던 사내들도 덩달아 눈을 동그랗게 떴다. 사내들이 다시 목을 길게 빼고 앞을 응시했다.

"말해!"

소란은 라야와 가까운, 동문 앞에서 일어났다.

라야의 눈동자가 가늘어졌다. 그의 시야에는 사내의 우람한 등짝만 보였지만 흥분한 사내의 목소리가 상황을 짐작케 했다.

사내가 동문을 관리하는 늙은 관리에게 다시금 외쳤다.

"문잖아! 나는 왜 안 돼!"

"소란을 일으킬 소지가 보여서 안 된다고 말하지 않았나."

관리가 싸늘히 말한다. 늙고 왜소하지만 눈빛만큼은 난동을 부리는 사내에게 뒤지지 않을 만큼 형형했다.

뿌득, 이를 간 사내가 관리 앞에 놓여 있는 탁자를 걷어찼다. 탁자가 나둥그러지고 그 위에 올려져 있던 책자와 붓 또한 나둥그러졌다.

관리가 쯧 한숨을 쉬었다.

정해졌다. 이놈은 절대로 들여보낼 수 없다.

"웃기지 마! 내가 뭘 했다고! 내 앞 놈들까지 잘 들여보내더니, 뭐? 허리에 찬 검은 뭐냐고? 내 얼굴이 어떻다고? 고작 그런 이유로 못 들어간다고 지껄인 건 너다! 정한의 관리는 네놈처럼 사람을 차별하는 법부터 배우나 보지?!"

"끌어내라."

관리가 피곤한 듯 한숨을 쉬며 손을 내젓는다. 등 뒤에서 대기하고 있던 두 명의 무사가 다가와 사내를 향해 손을 뻗었다.

"저리 꺼져!"

사내가 허리에 찬 검을 뽑았다. 녹이 슬고 군데군데 이가 빠진 검이다. 사내가 검을 빼 들자 동문으로 들어가기만을 기다리고 있던 사람들이 모두 비명을 지르며 뒤로 물러섰다.

"아이고, 꼭 저런 놈이 있다."

"시간도 없는데, 개 잡것보다 못한 놈일세."

"저만 아는 멍충이지."

라야의 뒤에선 행상인들이 투덜거렸다.

그사이 사내는 위협적으로 검을 휘두르며 무사와 대치했다. 덩치 큰 사내가 검을 빼내어 휘두르는 것만으로도 다른 사람들에게는 큰 위협이었다.

관리는 혀를 차며 멀리 떨어지고, 무사가 앞으로 나섰다.

라야도 천천히 뒤로 물러섰다. 무사들까지 검을 뽑으면 일이 커질 확률이 높았다.

"들여보내 줘! 나도 들여보내 달란 말이다!"

"들어가고 싶었으면 검을 뽑지 말았어야지."

몇 발짝 물러선 곳에서 관리가 입을 열었다. 길고 흰 턱수염을 기른 그는 수염을 만지며 설교했다.

"정말 우리가 네 험악한 인상과 허리에 찬 검만 보고 안 들여보내 주려고 했겠느냐. 시험 삼아 거절해 본 거다. 어떤 반응을 보이는지. 참고 넘어가거나, 울고 빌며 사정했으면 들여보내 줬겠지. 하지만 지금의 너는 어떠냐? 금방 흥분해서 검까지 뽑아 들었다. 어떤 나라의 관리가 너 같은 놈을 나라 안에 들인다더냐!"

"큭!"

사내가 거칠게 검을 휘둘렀다. 무사들은 침착한 표정으로 그를 압박해 나갔다. 검을 빼 들지 않은 그들은 맨손만으로 사내를 제압하려는 듯 자세를 낮추고 기회를 엿보고 있었다.

"비, 비켜!"

검을 뽑아 든 사내가 무사를 향해 외쳤다.

하지만 이미 기세가 죽었다. 고된 훈련으로 단련된 무사들을 웬만한 사람들은 이기기가 힘들다. 검을 쥔 사내의 손은 떨리고, 얼굴엔 후회의 빛이 스쳐 지나갔다. 일시에 덮쳐드는 무사들의 손아귀에 사내는 결국 검을 놓치고 무릎이 꿇렸다.

"감옥에 하룻밤 가둬 놓고, 밥이나 든든하게 먹여 돌려보내라."

관리가 말했다.

사내가 제압이 되자 소란은 일시에 정리되었다. 넘어졌던 탁자가 일으켜지고, 흙이 묻은 채로 파묻힌 책자와 붓은 다른 것으로 바뀌었다.

"다음!'

차례가 왔다. 라야가 한 발짝 다가섰다. 뒤에 섰던 행상인들도 라야의 등 뒤에 따라붙었다.

"이름이 뭐지?'

"야는 소정이구요, 여는 각지, 저는 벼로라요."

행상인 셋이 고개를 끄덕였다. 관리의 눈이 라야를 향했다.

라야는 갓을 훌러덩 벗었다. 뜨거운 태양 빛을 막기 위해 여태까지 쓰고 있었다. 라야는 콧등까지 흘러내린 검은 머리카락을 뒤로 쓸어 올리며 무뚝뚝하게 말했다.

"라야입니다."

"엄머야, 아직 아네?'

"그러게. 훤칠해서 다 큰 청년인지 알았는데, 훨—."

"조용히 해라. 나이는 몇 살이지?'

관리가 행상인들의 말을 막고 라야를 향해 물었다. 라야가 차분히 대답했다.

"올해 막 열여섯이 되었습니다."

한 달이 지나 진곡력 501년이 되었다. 햇수가 바뀌어 라야의 나이는 열여섯이 되었다. 키도 컸고, 어깨도 넓어졌다. 제법 사내답게 목젖도 뚜렷하게 나오기 시작했고, 손등에는 핏줄이 붉어졌다.

"열여섯? 우리 아들 또랜데!"

"좋을 때다."

"아직 꼬마네, 꼬마!"

"조용히 하라고 하지 않았나!"

결국 관리가 호통쳤다. 행상인들의 입이 일시에 다물어졌다. 행상인들을 하나하나 노려본 관리가 다시 말했다.

"등 뒤 허리에 꽂은 것을 빼내 봐라."

두말없이 라야는 단검을 꺼내 관리의 앞 책상에 올려 뒀다. 질이 나쁜 싸구려 단검이지만 관리를 잘한 덕에 아직 새것처럼 날이 서 있다. 여행하면서 쓴 작은 검이었다.

"이걸로 뭐했지?"

"……몸을 지켰습니다."

목소리가 순간 낮아졌다. 의도한 것이 아니다.

라야는 살짝 찡그린 채로 목을 주물렀다. 목이 칼칼해지면서 작은 아픔이 번졌다.

'뭐지?'

"부모님은?"

관리가 책자에 이름을 적으며 물었다. 라야는 목을 주무르던 것을 멈추고 눈을 가늘게 떴다. 언제 들어도 불쾌한 질문이었다. 잊으려고 애쓰는 흰 머리카락의 사내가 자연스럽게 떠오른다.

라야가 침묵하자 관리가 다시 물었다.

"다 돌아가신 건가? 혼자서 여행했나?"

"네."

"언제부터 혼자 다녔지?"

"한 달 전부터입니다."

"훌륭히 잘 버텼구나."

의무적으로 말하던 관리가 희미하게 웃음 짓는다. 그는 호령하던 태도를 바꿔 인자한 할아버지처럼 말했다.

"고생 많았다. 보호해 줄 어른도 없이 이곳 정한까지 잘 와 주었다. 여기서부턴 걱정할 것 없다. 곧 열릴 국명부에 이름을 적고, 일을 구해 살아가기만 하면 돼. 다른 건 우리들의 왕과 나라에서 다 해 줄 것이다. 어리니까 국명부에 이름을 적기도 쉬울 거니 걱정 말거라. 아직 어린 만큼 가능성이 많다고, 우리 왕께선 그리 생각하시느니라."

관리의 얼굴에 자부심이 나타났다. 훌륭한 왕과 나라, 그리고 자신의 손으로 국민들을 지킨다는 자부심이었다.

"여긴 좋은 나라다. 나쁜 기억이 있다면 모두 잊고 새 출발을 해라. 도움이 필요하면 언제든 너를 도와줄 것이다."

관리는 책상에 올려 둔 단검을 들고 등 뒤 무사에게 건넸다.

"이런 흉측한 무기 또한 이 이상 어린 네 손에 들릴 일이 없을 거다. 정한은 너를 환영한다. 들어가 보거라."

라야는 말없이 고개를 숙이고 걸음을 옮겼다. 뒤에 있던 행상인들도 부랴부랴 승낙을 받고 동문을 지나쳤다. 길게 늘어진 사람들을 뒤로하고, 라야는 해가 지기 전에 정한에 첫발을 내딛었다.

드디어 이곳에 도착했다.

모두가 칭송하는 교활 왕의 나라에.

라야의 오른발이 정한의 땅을 밟았다.

2.

"오늘도 좋군."

여관이 딸린 주점에서 굵은 팔뚝을 가진 사내가 중얼거린다.

그는 육 년 전 맨몸으로 정한으로 와 힘들게 일자리를 구하고 가정을 꾸렸다. 하루 벌어 하루 먹는 인생이지만 힘들지 않다. 오히려 즐겁다. 마음이 맞는 친우들도 사귀었고, 집에 가면 아내가 밥을 짓고 기다린다. 잔소리가 심하긴 하지만 둘도 없는 조강지처다. 세 살 된 딸도 있다. 딸아이가 걷기 시작하면서 '아빠―'라고 부를 때마다 사내는 녹아내리다시피 했다.

정한에 정착하기 전에는 상상도 못했던 인생이었다.

"좋은 하루였어."

"오랜만에 생선도 많이 잡았지. 다음 허락도 떨어질까?"

같이 술을 마시는 친우들이 하나둘 입을 열었다.

그들이 생선을 잡는 곳은 나라의 중심에 만들어진 소흔 호수였다. 교활이 진명을 받고 즉위하자마자 만들어 낸 호수로, 그 푸르기가 마치 밝아 오는 새벽과도 같다 하여 지어진 이름이 소흔小昕[2]이었다.

이 호수에서만 가능한 생선 잡이는, 반드시 궁의 허락을 받아야 하는 점만을 제외하고는 모두가 이용할 수 있다. 물을 더럽히지 않는 한에서 수영을 하거나 빨래를 하거나 물장구를 치는 것도 용납되고 마음대로 떠 가서 식수로 사용해도 되었다.

---

[2] '작은 새벽'이란 뜻.

오늘 사내들이 한 생선 잡이도 겨울이 끝나고서 처음 허락받은 일이었다. 허락을 받아 낸 사내는 동료들을 모아 나룻배를 끌고 호수 중앙으로 가서 생선을 잡았다. 그물을 치고 합심해서 끌어 올리면 나룻배엔 흰 배를 보이는 생선이 한가득 쌓이곤 했다.

"허락받기 어려울 것 같아. 한 번 했으니 다른 사람에게 기회가 가겠지. 된다고 해도 아마 한 달 뒤가 아닐까?"

"너무 길어."

"다른 사람들도 해야 하니 어쩔 수가 없지. 난 생선 잡이가 없는 날엔 벌목을 갈 참이야."

"그걸 허락받은 거야?"

"신청해 뒀지."

정한에선 궁의 허락을 받고 해야 하는 일이 딱 두 가지가 있다. 하나가 생선 잡이이고, 또 다른 하나는 인공적으로 남겨 둔 숲 속의 벌목이었다. 정해 둔 숫자의 나무를 베어서 팔고 일정 금액 이상을 궁에 납부하고 나면, 남는 금액은 고스란히 나무를 자른 사람이 가질 수 있었다. 입을 연 사내는 열 그루의 나무를 벌목하겠다고 신청을 해 놓은 상태였다.

"나무를 팔면 돈이 많이 남나?"

"벌목은 처음이라 모르겠군. 신청해 뒀으니 뽑히면 좋겠어."

"뽑힐 거야. 처음 하는 데다 부양가족이 있잖아."

사내들이 술을 마시며 의견을 교환한다. 생선 잡이는 해가 지기 전에 끝났기 때문에 아직 집에 들어갈 시간은 되지 않았다. 사내들은 마음 놓고 자신들의 시간을 즐기며 시간을 보냈다.

여노가 이리저리 움직이고, 주방에선 맛있는 냄새가 솔솔 풍겼다.

여노가 소리 높여 주문된 음식을 외치면 주방은 더욱 분주해지고 바빠졌다.

주점엔 생선 잡이를 하고 온 사내들 말고도 다른 사내들로 바글거렸다. 그들은 한결같이 시끄럽게 떠들었다. 한 사내가 커다란 목소리로 말하면 그 옆의 탁자에선 더 큰 목소리로 사내들이 수다를 떨었다. 꽥꽥 소리를 지르고 노래를 부르는 건 예삿일이고, 멱살을 잡고 싸우는 사람도 있었다. 그들은 싸우더라도 순관[3]이 오지 않을 정도로 눈치껏 싸우며 친구들과의 우정을 다졌다.

생선 잡이를 한 사내들은 주점 입구에 앉아 계속 시시콜콜한 잡담을 나누었다.

"국명부는 언제 여신댔지?"

"삼 일 뒤. 덕분에 이방인으로 북적거려서 골치야."

이방인이 많이 들어오면 범죄율도 증가한다. 삭막하고 험난한 곳에서 거칠게 생활하다가 평온한 곳에 오면 마음이 진정이 되지 않는 것인지, 아니면 익숙지 못해 그런 것인지는 몰라도 매년마다 이방인이 친 사고는 끊이질 않고 터졌다. 실제로 몇 년 전에는 끔찍한 살인 사건마저 있었다. 아내와 딸이 있는 사내는 당분간 밤늦게 다니지 말라고 단단히 주의를 주고 집을 나서기 일쑤였다.

"정한에 터전을 마련하고 싶은 사람들의 마음을 모르는 것도 아니지만…… 좀 그렇군. 얼른 마무리되었으면 좋겠어."

진왕의 나라는 '평생' 간다.

다들 그렇게 믿고 있다. 그래서 모두들 목숨을 걸다시피 진왕의 나

---

3) 정해진 시간에 순찰을 도는 궁의 무사.

라에 몰려들었다. 살인을 밥 먹듯이 했던 놈들도 착한 척 기어 들어와 허리를 굽실거렸다. 남을 등쳐 먹고, 그것으로 재물을 모은 사기꾼도 안면을 바꾸고 기어 들어왔다. 그들은 국명부가 열리기를 목 빠지게 기다리다가 이곳에서 살 수 있는 일이라면 무엇이든 했다.

"올해는 몇 명이 국명부에 이름을 적을까?"

"재작년엔 삼백 명이던가, 그랬을걸."

"올해는 땅이 적어서 조금만 받을 거라던데? 성벽을 더 넓힐 거라는 소리도 있는데. 성벽 장에서 인부들을 뽑으면 한번 가 볼까?"

"그것도 좋지. 궁의 일은 힘들지만 그만큼 보수를 주니까."

사내들은 술을 마시며 낄낄거렸다. 얼큰하게 취하면 집에 있는 아내가 잔소리를 해 대겠지만 어린 시절을 고되게 살아온 만큼 그것도 듣기가 좋을 때가 있다.

사내들이 한참 웃고 넘길 때, 주점의 문이 열렸다.

기름칠한 문이 부드럽게 열리고 한 명의 소년이 들어선다. 이름도 가물가물한 부락에서 산 대나무 갓을 깊게 눌러쓰고, 낡아 버린 외투를 몸에 걸친 검은 머리 소년이었다.

라야는 모래 냄새를 풍기며 주점 안을 쭉 훑었다. 낯선 타지인의 등장에 웃고 떠들던 주점 안의 소란이 일시에 뚝 그쳤다. 사내들의 눈초리가 모두 라야에게 모여들었다.

이방인은 보통 동문 앞에 만들어진 임시 거처에서 머물렀다. 국명부에 이름을 쓰는 기간에만 여는 임시 거처로, 때가 되면 먹을 것, 잘 것, 입을 것, 마실 것을 전부 무료로 제공했다. 무료인 만큼 질은 떨어지지만 마음껏 마시고 배부르게 먹을 수 있으니 가난한 자에게는 낙원과 같은 곳이기도 했다.

하지만 드물게 임시 거처가 아닌 마을까지 들어오는 사람이 있었다. 그들은 대체로 돈이 많았고, 질 나쁜 무료 음식들이 입에 안 맞는 자들이었다.

"어서 오세요."

여노가 영업용으로 웃으며 라야를 맞이했다.

라야는 쭉 훑어보다가 빈자리를 찾아 앞으로 걸어갔다. 라야가 움직일 때마다 주점 안에 있던 사내들의 시선이 꽂혀 들었다.

"뭘 드시겠어요?"

여노가 따라오며 친절히 묻는다. 라야는 주점 가장 깊숙한, 구석의 작은 식탁에 가서 자리를 잡았다. 뒤쪽은 벽이라 사람이 다가올 수가 없고, 그늘져서 다른 곳보다 어두운 곳이었다.

라야는 그곳 탁자의 의자를 빼며 말했다.

"물을 주십시오."

갈라진 목소리가 나온다. 아까부터 목이 아프더니 목소리마저 변했다. 왜 이러지? 라야는 작게 기침을 하며 목을 가다듬었다. 그사이 여노는 다시 판에 박힌 미소를 지으며 대답했다.

"죄송합니다. 여기선 물을 팔지 않아요."

여노는 그렇게 말하며 돌을 깎아 만든 컵에 물을 붓고 라야 앞에 내려놓았다.

"정한에서는 언제든지 물을 마실 수 있어요. 사서 먹는 게 아니랍니다."

"……."

라야는 눈을 껌뻑거리다 가늘게 떴다.

그러고 보니 여긴 나라였다.

진곡과 마찬가지로 비가 오고, 우물엔 마르지 않는 물이 있다. 사서 먹지 않아도 된다. 한 달의 여행 동안 대부분 부락을 전전하고 다녔더니, 그 간단한 것마저 잊어버리고 있었다.

"술을 드시겠어요?"

검은 머리 소년은 고개를 젓고 대나무 갓을 벗었다. 조금은 긴, 검은 머리가 나타나고, 아직은 앳된 얼굴이 드러난다.

"어머?"

여노가 눈을 동그랗게 뜬다. 경계하고 있던 사내들도 눈을 껌뻑거렸다. 무슨 행패를 부릴까, 단단히 긴장하며 주시하고 있었는데 밀짚모자를 벗은 이방인은 아직 어렸다. 달리 말해서 솜털이 보송보송한 애송이였고, 한주먹거리도 되지 않았다.

라야는 주문판을 들고 물었다. 정중한 말투가 흘러나온다.

"식사도 됩니까?"

"어, 어, 물론이란다."

앳된 얼굴을 본 여노의 말투가 경어에서 평어로 내려왔다.

라야는 주문판을 보다가 가격에서 눈을 멈췄다. 싸다. 부락에서 먹던 것들보다 질도 좋아 보였고, 가격도 훨씬 저렴했다.

라야는 간단히 흰 쌀밥과 국을 시켰다. 여노는 고개를 끄덕이고 주방을 향해 주문을 보냈다.

"혼자서 온 거니?"

어린 나이에 혼자서 여행하면 대부분의 사람들이 저 질문을 했다. 라야는 무뚝뚝하게 고개를 끄덕였다.

"굉장한 차림새네. 막 도착한 거지?"

다시 고개를 끄덕인다. 여노의 얼굴에 희미한 동정이 스쳐 지나갔다. 얼마나 힘들었을지 멋대로 상상하고 불쌍하게 여긴다. 아무렇지도 않은 라야에게 있어서 여노의 이유 없는 동정은 욕설만큼이나 기분 나빴다. 라야는 가볍게 미간을 찌푸린 채로 눈을 마주치지 않았다.

주점의 사람들은 낯선 이방인이 솜털이 덜 가신 애송이인 것을 알고는 다시 떠들기 시작했다.

술을 마시고 웃고 떠드는 사람들 사이로 라야가 시켰던 음식이 준비되었다. 갓 지은 따끈한 쌀밥과 몇 가지 밑반찬, 따뜻한 김이 오르는 국물이 라야가 앉은 식탁에 올려졌다.

"많이 먹어. 우리 요리사 아저씨 솜씨가 좋아."

여노가 차례대로 식탁 위에 올린다.

라야는 대답 없이 숟가락을 들었다. 식사를 하는 소년의 귀로 여러 가지 소리가 들린다. 대부분이 쓸데없는 소리지만 라야는 침착하게 하나하나 새겨들었다. 정보를 알기에는 주점만큼 좋은 데가 없다는 것을 여행 동안 배웠다.

사람들 이야기 속엔 국명부에 관한 말이 가장 많았다.

'……국명부가 열린다고 했지.'

성문 앞에서 들은 이야기도 국명부에 관한 것들이었다.

국명부라는 것은 나라에서 살기 위해 왕께 허락을 받고, 증명으로 '이름'을 적는 책을 뜻한다. 나라에 살기 위해서는 자신의 손으로 직접 국명부에 이름을 적고, 왕께서 미리 지어 놓은 집에 들어가서 일을 구하고 살면 된다. 나라 안에서 살아가기 위한 자격이 국명부에서부터 시작되는 것이다.

'복잡해지겠군.'

국명부가 열리는 때는 나라가 소란스러워진다. 남의 눈에 띄지 않고 움직일 수 있는 기회이기도 했다. 수없이 많은 인파에 섞여 그 녀석을 찾아볼 수 있는 기회. 모두들 바쁘게 움직이고, 새로운 사람들로 들끓을 테니 눈에 띌 염려도 줄어든다.

라야는 음식을 먹던 것을 멈췄다. 그는 지나가는 여노를 불러 물었다.

"근처에 잠잘 곳이 있을까요?"

"여기 여관도 같이 해."

친절한 여노가 생긋 웃는다.

라야는 바로 삼 일 치 방 값을 꺼내 여노의 앞에 올려 뒀다. 진화 왕이 준 여비다. 낭비하지 않고 쓰는 성격 탓에 아직도 많이 남아 있었다.

여노는 돈을 받아 들고 말했다.

"그럼 위층에 방을 마련해 둘게. 짐은 내가 들까?"

"아니요. 제가 들고 올라가겠습니다."

"그럴래? 저기 계단을 밟고 올라가면 계단이 끝나는 곳에 여노 한 명이 있을 거야. 미리 말해 둘 테니까, 이름만 대면 돼. 이름이 뭐지?"

"라야입니다."

여노가 고개를 끄덕이고 사라지자마자, 라야는 식사를 다시 시작했다.

갓 지어진 따뜻한 밥이 부드럽게 넘어간다. 사내들의 커다란 웃음소리와 고함 소리가 귀에 들어온다. 고개를 들자 사내들은 고민이 없어 보이는 환한 얼굴로 웃고, 떠들고 있었다.

바깥과 많이 다르다.

밝고 안정된 공기가 라야 어깨 위로 내려앉는다. 오늘 하루 있었던 일을 자랑하고, 재밌었던 일을 말하는 목소리가 듣기에 좋았다. 바깥은 온통 웅웅거리는 모래바람 소리와 탄식 소리만 들렸는데, 익숙해지지 않는다.

'넌…… 어떻게 지내고 있지?

밝은 분위기에 어울리는 것은 그 녀석이다. 가문에서도, 진곡에서도 겉돌던 자신 말고, 이곳에는 밝은 분위기에 잘 웃고 떠드는 그 녀석이 있어야 했다. 그 녀석이 있었으면 이곳에 금세 동화되어 술을 마시고 떠들어 대고 있을지 몰랐다.

라야는 남은 밥을 마저 먹고 숟갈을 놓았다.

편지를 받은 지 한 달이라는 시간이 훌쩍 지났다.

그사이 자신이 한 것은 걷고 또 걸어서 겨우 정한에 도착한 것뿐이다. 달리기를 하는 것이라면 라야는 이제야 막 출발선에 선 것이나 마찬가지였다.

"무사해?"

혼잣말로 소리 내어 말해 본다. 대답이 돌아왔으면 좋겠지만 작은 식탁에 홀로 앉은 라야의 귀에는 사내들이 떠드는 소리만이 들려왔다. 사내들은 웃고, 소리치고, 노래를 불렀다.

구석에 우두커니 앉은 라야는 검은 머리카락을 늘어뜨린 채로 중얼거렸다.

"자투라는 어떻게 됐지?"

주위는 여전히 시끄럽다. 유리가 깨지는 소리도 난다.

오로지 그의 주위에만 적막이 감돌았다.

3.

아침 해가 뜨자마자 눈이 떠졌다. 쨋쨋거리는 소리가 귀를 간질였다. 라야는 앞머리카락을 쓸어 올리고 침대에서 내려왔다.

욕실로 들어가자 뜨거운 물이 대령하고 있었다. 어제 자기 전에 돈을 주고 부탁한 물이었다. 정한의 물들은 공짜였지만 목욕물을 뜨겁게 데우고 이 층까지 올려놓는 것에는 역시 돈이 필요했다.

라야는 목욕물에 몸을 담구고 오랜만에 몸을 풀었다. 하얀 김이 천장으로 올라간다. 거의 장발이 된 뒷머리칼이 물에 두둥실 떠다니고, 선반 위에 둔 안경엔 하얀 서리가 내렸다.

물이 식고, 몸이 나른해질 때쯤 라야는 목욕물에서 나왔다. 몸과 머리를 물기 하나 없이 닦고, 벗어 뒀던 옷을 입었다. 벽걸이에 걸어 놨던 외투는 다시 입기엔 너무 낡고 더러웠다. 라야는 쓰레기통에 외투를 처박고 바깥으로 걸어 나갔다.

"벌써 일어났어? 부지런하네."

계단을 밟고 내려온 라야를 향해 여노가 웃는다. 그녀는 머리에 두건을 두르고, 손에는 수숫대로 만든 빗자루를 쥐고 있었다. 주점의 의자들은 모조리 탁자 위로 올려진 채 다리를 내보였다.

"그런데 어쩌지? 아직 아침 준비는 못했어. 나도 이제 막 주점 열 준비를 하고 있고, 주방장 아저씨는 십 분 후에나 출근하시거든. 그래서 아침은 일곱 시쯤에나 가능해."

"괜찮습니다."

라야는 무뚝뚝하게 대꾸하고 계단 밑으로 내려왔다. 어제부터 조금씩 아프던 목은 자고 일어나니 그 통증이 조금 더 심해져 있었다.

칼칼하고 답답했다. 침을 삼켜도 매끄럽게 넘어가지 않았다.

'피곤이 겹쳤나?'

심하게 아프진 않다. 약간 거슬리는 정도다. 하지만 단 한 번도 이런 적이 없었다. 라야는 저도 모르게 목을 주물렀다.

"어디 아파?"

목을 만지는 것을 본 여노가 묻는다.

"의원님을 불러 줘?"

"……아니요. 피곤이 겹친 모양입니다. 쉬면 나아지겠죠."

목을 주무르던 손을 내려놓고 활짝 열린 문 쪽으로 걸어갔다.

여노는 주근깨가 있는 얼굴로 웃으며 다시 바닥을 쓸었다. 탁자 위에 의자를 올려놨으니 거칠 것이 없다. 먼지 한 톨 남지 않도록 구석구석 쓸고, 마무리하듯 밀대로 바닥을 닦자 주점은 새로 지은 가게처럼 깨끗해졌다.

열린 문으로 다가간 라야는 아침 공기를 들이마셨다. 청록의 나무들이 길가에 심어져 가로수 길이 되어 있었다. 나무 위에는 새들이 지저귀고, 멀리서는 닭 우는 소리가 들렸다.

"여긴 비가 오니까, 나무를 심어도 말라 죽지 않거든."

라야가 나무를 보고 있다는 것을 알았는지 여노가 밀대로 바닥을 닦다 말고 허리를 쭉 폈다.

"부락에선 보기 힘들었지? 저런 나무들."

"……."

라야는 무언으로 긍정했다.

부락엔 왕이 없고, 왕이 없으면 비가 오지 않는다. 나무와 풀은 당연히 말라 죽었다. 그게 자연스러웠다.

"너한테는 아직 모래 냄새가 나."

어느새 다가온 여노가 코를 킁킁거렸다. 그녀는 한 손에 든 밀대를 품에 안다시피 하고, 고개를 들어 라야에게 물었다.

"바깥은 어때? 여전히 지독하니? 모래바람이 심하게 불고?"

라야의 까만 눈이 그녀를 내려다봤다. 여노가 씩씩하게 웃으면서 대답을 기다린다.

국명부에 한 번 이름을 적으면 왕의 허락 없이는 나라 밖으로 나갈 수가 없다. 왕의 허락 없이 성문 밖으로 발을 내딛는 즉시 투명한 막이 생겨나 사람들을 가로막았다.

사람들은 그 막을 유리막이라고 불렀다.

라야에게 바깥에 대해 물어보는 여노도 어린 시절 국명부에 이름을 적은 후로 나라 바깥으로 나가지 못했다. 나갈 생각도 없었지만 호기심으로 성문 밖으로 발을 뻗으면 항상 유리막이 가로막았다. 왕의 허락을 받으면 못 나갈 것도 없지만 왕의 허락은 특별한 사유가 있는 사람에게만 떨어졌다.

"몇 살 때 국명부에 이름을 적으셨습니까?"

어리지만 묵직한, 소년의 목소리가 흘러나온다. 싱긋 웃은 여노는 가볍게 손가락 다섯 개를 두 번 펴 보였다.

"열 살."

"……."

"그 전까지는 계속 여행을 했어. 아버지가 어린 나에게 '조금만 더 가면 돼, 조금만 더 가면 나와, 조금만 더 가면 도착이야' 그런 말로 꼬드겨서 재촉하더니 결국 이 년을 걷게 하지 뭐야. 그러고는 항상 자기랑 같이 살기 좋은 나라에 가자, 꼭 가서 행복하게 살자, 그렇게 약속하면서 여기에 도착한 거야."

여노는 그리운 표정을 지어 보였다.

바깥으로 나가는 것은 불가능해졌지만 대신 평안이 내려왔다. 두 다리 죽 뻗고 잠을 자고, 친구를 사귀고, 원하는 것을 하면서 지낼 수 있게 되었다. 목숨을 위협하는 것이 이곳에는 없다. 모래바람도 없다. 나라 밖에 나갈 수 없는 대신 내려진 평안이 여노의 삶이 되었다.

"바깥은…… 어릴 적의 그 기억 그대로일 겁니다."

침묵하던 라야가 말했다. 여노는 눈을 가볍게 위로 들어 올렸다.

"모래 산이 쌓여 있고?"

"네."

무뚝뚝한 말투다. 여노가 살포시 웃었다.

"물은 없고, 굶주린 짐승들이 돌아다니고?"

"네."

표정 변화 없이 고개만 끄덕인다. 여노는 푹 한숨을 쉬었다.

"그래. 여전히 모래만 있다는 거네, 바깥세상은."

그리 말한 여노는 멈췄던 일을 하기 시작했다. 부지런한 움직임으로 가게 구석구석을 닦고, 먼지를 털고, 탁자 위를 정리하며 손님 맞을 준비를 마저 끝낸다.

라야는 바쁘게 움직이는 여노의 등을 보다 다시 앞을 향해 시선을 옮겼다.

바람이 불었다.

모래 냄새는 전혀 나지 않았다. 대신 이슬을 머금은 아침 내음이 섞여 있었다. 막 솟아오른 해님이 나뭇가지 사이사이로 보드랍기 짝이 없는 햇살을 내보냈다. 해가 떠오른 하늘은 사막의 하늘보다 더 푸르렀고 높았다. 저 하늘을 높이 나는 새들조차 사막에선 보지 못한 것들이었다.

라야는 높이 날고 있는 새를 보다 문밖으로 걸음을 옮겼다. 아침을 먹고 나서 움직이려고 했지만, 생각이 바뀌었다.

"잠시 나갔다가 오겠습니다."

"응?"

여노가 탁자를 닦던 걸레질을 멈추고 허리를 세웠다. 라야가 재차 말했다.

"방은 치우지 않으셔도 됩니다."

"아, 지금 나가는 거야?"

"네."

할 일은 많았다. 국명부가 열릴 삼 일 후부터 아기에를 찾으려면 그 동안에는 정보를 모아야 했다. 정한의 지리를 익히고 교활 왕에 대해 알아 가면서 자신이 할 수 있는 것들을 찾아야 했다. 뭘 할 수 있는지 수백 번을 되뇌어 봐도 나오지 않았던 뾰족한 수가 지금에서야 고개를 들이밀지는 않겠지만, 그래도 라야는 생각하는 것을 멈추지 않았다.

라야의 말에 뭔가 생각하던 여노는 곧 손가락을 펴 벽 너머를 가리켰다. 해가 지는 서쪽이었다. 그녀의 눈이 또렷이 라야를 응시했다.

"정한을 둘러보는 거라면…… 저쪽부터 가 봐."

꿈결 같은 목소리에 라야가 뒤를 돌아본다. 여노의 표정이 몽롱하게 변했다.

"눈물 날 만큼 멋있는 게 저쪽에 있거든."

그녀는 주문처럼 내뱉었다.

"한 번 보면 절대로 잊지 못할 거야."

4.

옅은 안개를 헤치며 라야는 걸었다.

걷는 걸음마다 발밑에 놓인 돌길이 단단하게 받쳐 준다. 발이 푹푹 빠지는 모래 위를 걸을 때와 달리 구름 위를 걷는 것처럼 발걸음이 가볍다.

정한의 길엔 전부 돌이 깔려 있었다. 사람이 다니는 큰 길에만 깔린 게 아니라, 골목 사이사이나 어린아이들이 탐험한다며 기웃거릴 만한 작은 오솔길에도 그에 맞는 돌을 깔아 놓고 정비해 놨다. 넓기도 넓어서 마차 두 대가 지나갈 만큼 넉넉하기도 했다.

'……차이가 날 거라 생각은 했지만.'

라야는 발끝으로 바닥을 두드렸다. 일 년간 머물렀던 진곡과 비교되는 것은 어쩔 수가 없었다.

진곡의 길은 궁을 제외한 모든 길이 흙길이었다. 비가 오는 날마다 진흙에 온 나라가 질척였고, 사람들이 발을 내딛기도 힘들 만큼의 물웅덩이가 고였다.

겨울이 오면 더 심해졌다. 비가 온 뒤의 겨울 땅은 돌멩이보다 더 딱딱하게 얼어붙었다. 아이들이 뛰다가 넘어지면 다리에 시퍼런 멍이 들었고, 뼈가 약한 어르신들이 넘어지면 다리가 부러졌다. 물기도 그대로 남아 있는 탓에 기온 또한 더 내려갔다. 덕분에 진곡의 국민들은 겨울이 되면 다른 나라보다 더 심한 추위와 맞서 싸워야 했다.

한데 정한은 황송하리만큼 정비가 잘되어 있었다.

넓고 정갈하며 깨끗했다. 거기에 더해 길의 양옆에는 빗물이 지나가는 작은 수로까지 있다. 왕이 기우제를 지내 비가 내리면 물은 길의 홈을 타고 수로로 빠져나간다. 물웅덩이가 절대 고이지 않도록 철저하게 계산되어 만들어져 있으니, 겨울철에도 미끄러움을 주의하지 않아도 될 법했다.

라야는 단단하게 정비된 길을 훑어보다 돌과 돌 사이에 조심스럽게 올라온 초록색 풀에 시선을 멈췄다. 풀이 바람결에 흔들렸다. 어린애의 손바닥만큼 작지만, 선명한 초록색을 띠고 푸름을 뽐내고 있었다. 풀을 본 라야의 입가에 희미한 미소가 번졌다. 사람이 다니는 길목에 잘도 피어나 있다.

라야는 그 풀을 밟지 않고 건너 다시 앞으로 걸어갔다.

시간이 지날수록 안개가 옅어졌다. 아침 공기가 시원하게 가슴속을 휩쓸고 지나간다. 발밤발밤 걸음을 옮기자 곧 대로를 중심으로 간판을 단 가게들이 쭉 늘어서 있는 곳에 도착했다. 좀 더 걸음을 옮기자 가게가 점점 많아진다. 더불어 사람들의 북적이는 소리도 안개 속에서 흘러나왔다.

상가였다.

부지런한 사람들이 일찍 나와서 가게 앞을 쓸고 닦는다. 사내들은 무거운 물건을 옮기고 오늘 팔 물건을 선점했으며, 여인네들은 가게를 청소하고 팔 물건들을 먹음직스럽게, 또는 멋있어 보이게 하는 방법을 골몰하고 있었다.

갑자기 달라진 분위기에 라야의 걸음이 잠시 멈췄다. 바쁘게 움직이는 사람들 소리에 아침의 고요함이 산산조각 났다. 달리는 사람도 있었고, 웃는 사람도 있었다. 그들은 하나같이 활기차게 움직이며 멈추지 않았다. 심지어 여인네들은 달릴 때 다리 속이 보일까 싶어 치마 밑을 끈으로 묶고 종종걸음 치고 다녔다.

"저, 좀 비켜 주시겠어요?"

"아."

라야는 황급히 비켜섰다. 무거운 짐을 머리에 인 여인이 고맙다고 작게 말한 후에 총총 걸어간다. 바쁜 얼굴과 몸짓에서 생기가 느껴진다. 라야는 총총히 사라지는 여인의 뒷모습을 보다 다른 사람들을 둘러보았다.

하나같이 웃고 있다.

잠이 와서 눈을 비비는 사람도, 무거운 짐을 메고 있는 사람도, 허리 한 번 펴지 못하고 가게 앞을 쓸고 있는 사람도 모두 웃고 있다. 피곤해서 눈살 찌푸리는 사람 하나 없다.

라야는 그들 사이에서 어색한 모습으로 서 있었다. 그만이 동떨어진 것처럼 무표정했고, 섞이지 못했다. 웃고 있는 저들이 다채색 빛깔이라면, 라야는 먹물 같은 무채색이었다.

순간, 이곳이 가시방석 같아졌다. 있을 자리가 아닌 것 같아서 라야는 고개를 숙이고 서둘러 상가를 빠져나왔다. 하하호호 웃는 소리가 등 뒤에서 멀어졌다.

상가 다음에 나온 것은 제법 큰 광장이었다.

커다란 은행나무가 뿌리를 단단히 박고 중심에 서 있었다. 남성의 허리만큼이나 굵은 뿌리들이 얽히고설켜 있었고, 나뭇가지는 우산처럼 사방팔방으로 뻗어 나무 밑에 빛 한 점 들어오지 않는 그늘을 만들었다.

쉼터였다.

그것도 나라가 직접 국민들을 위해서 만든.

라야는 나무 밑에 놓인 탁자를 손바닥으로 쓸었다. 그늘 밑에 놓인 탁자에는 장기판과 바둑판이 그려져 있다. 또 구석에는 장기와 바둑돌 또한 준비되어 있었다. 한눈에 봐도 마을에 사는 어르신들을 위해 만든 쉼터였다.

검은 머리 소년은 탁자를 쓸어 본 손바닥을 내려다봤다. 묻어 있는 게 없다. 모자람 없이 깨끗하다. 사람이 자주 다니는 곳임에도 반질반질 윤이 나고, 손때 하나 없이 깔끔했다. 자주자주 청소를 하고 신경을 써 주는 티가 났다.

쉼터를 휘 돌아보고, 마지막으로 은행나무를 한 번 더 올려다본 라야는 또다시 걸음을 옮겼다.

광장 다음에는 민가였다.

길 양옆으로 크고 작은 집들이 줄을 잇듯 이어져 있다. 모두 점토를 구워 만든 돌들을 쌓아 올린 집들이었다. 창에는 질긴 창호지가 발려 바람을 막아 주고, 지붕에는 비와 바람을 막아 주는 흑기와가 든든하게 얹혀 사람을 지켜 주고 있다.

소년의 까만 눈동자가 그것을 훑어보며 말 못할 감정을 담았다.

지붕에 얹힌 흑기와는 화선지에 그린 먹물 그림처럼 주위와 잘 어울렸다. 아이가 있어 보이는 집의 창호지엔 갖가지 그림들이 그려져 있기도 했다. 종이우산을 쓰고 있는 개구리와 꽃에 앉아 있는 나비들, 또는 장수를 기원하는 소나무와 거북이 그림이 대부분이었다.

창틀에는 작은 화분이 있고, 그 화분에는 작은 꽃이나 나무가 심어져 있다. 옆에 물뿌리개가 구비되어 있는 건 당연했고, 치안이 잘 유지되는 모양인지 창을 열어 놓고 밤을 지새운 집도 몇몇 보였다.

모든 것을 훑어본 라야의 주먹이 움켜쥐어졌다.

마음이 불편하다.

사람이 편히 다닐 수 있는 돌길도.

사람이 활기차게 살아가고 있는 상가도.

커다란 나무 하나를 중심으로 만들어진 쉼터도.

사람이 살기 좋은 이곳 민가도.

전부 아들을 죽이려는 왕이 꾸미고 만든 곳이었다.

아름답고 풍요로운 곳이지만 라야의 속엔 단단한 응어리가 졌다. 이런 나라에서 사는 국민들이라면 전부 왕의 편일 테고, 열정적인 신도자일 터였다.

그럼, 그 녀석은 하소연할 곳도 없었겠지.

라야는 어금니가 부서지도록 깨물면서 다시 걸었다. 길을 익히려는 목적을 잊지 않고 민가 속에 숨어 있는 골목길까지 샅샅이 훑으며 다음으로 향했다. 정한을 누비는 발걸음이 더 빨라졌다. 길을 외우고 어디에 무엇이 있는지 확인한 다음, 바로바로 걸음을 옮겼다.

그의 발걸음은 곧 크고 높은 언덕 밑에서 멈췄다.

민가가 끝나는 부분에 우뚝 솟아 있는 언덕이었다. 올려다보는 목이 꺾일 만큼 높고 가팔랐다. 심한 경사니 주의하라는 팻말이 언덕 중앙에 우뚝 꽂혀 있었다. 언덕에 만들어진 계단이 깎아지른 절벽과 비슷해 보였다.

언덕을 본 라야의 눈이 의아함을 담았다.

'왜 언덕이 있는 거지?

진곡이라면 이해한다. 그곳은 모든 것이 부족하고 발전이 덜 된 곳이었다.

하지만 정한은 사람들을 위해 길이란 길에는 모조리 돌을 깔아 두고, 비를 내릴 때를 대비해 수로마저 만들어 둔 나라였다. 그런 나라가 사람이 오르기 힘든 가파른 언덕을 내버려 뒀을 리가 없다.

의문을 품은 채 소년은 계단을 밟고 올라섰다.

언덕에 오르자 살살 불던 바람이 뚝 끊겼다. 마을에서 불던 바람은 언덕 너머에서 불어오던 바람이었다. 언덕이 가로막자 바람은 힘 한 번 못 쓰고 사라졌다.

멈춘 바람을 잠시 아쉬워하며, 라야는 부지런히 계단을 밟았다. 오르면 오를수록 지나쳐 왔던 상가의 가게들과 민가들이 작아졌다. 새가 지저귀던 소리도 멀어졌다.

대신 시원한 물 내음이 나기 시작했다.

어디서 나는 것인지, 어디로 흘러가는 것인지 모를 물 내음이 조금씩 풍겨 온다. 시큼하기도 하고, 비리기도 하고, 시원한 것 같기도 하다. 마치 비가 온 후의 땅에서 나는 내음 같았다.

'……어디서 나는 거지?

뜻하지 않은 물 내음에 발걸음을 멈췄다. 계단 중간에서 멈춘 라야는 고개를 틀어 주위를 살폈다. 어디에도 물 내음이 날 만한 것이 없다. 작아진 집들과 나무와 길거리만이 보일 뿐이다.

의문에 의문을 더하며 다시 계단을 올랐다. 하늘이 가까워진다. 세월 좋게 흘러가던 하얀 구름도 손에 닿을 듯 크게 보였다.

언덕의 끝머리가 점차 가까워지자 사라졌던 바람이 다시 나타났다. 마을에서 살랑거리던 바람과는 달랐다. 언덕 위에 머무는 바람은 살가죽을 벗겨 버릴 듯이 웅웅 소리를 내며 몰아닥쳤다.

심상치 않은 바람의 소리를 듣자, 라야는 왜 언덕이 있는지 알게 되었다. 서쪽에서부터 불어오는 거센 바람을 막아 주는 것이 이 언덕이었던 것이다. 언덕을 깎으면 거센 바람을 감당해야 하는 것은 민가가 되어 버리니, 가팔라도 깎을 수가 없었을 것이다. 대신 팻말을 세워 가파르다는 주의를 주고, 계단을 만들어 놓는 걸로 대처한 것이다.

'과연.'

수긍이 된다. 언덕이 있을 수밖에 없는 이유가.

웅웅거리는 소리를 들으며 라야는 언덕의 끝으로 향했다. 언덕이 서 있는 것에 대한 궁금증은 풀렸지만 언덕 너머에 뭐가 있는지 보고 싶었다. 어디선가 흘러오는 물 내음의 정체도 궁금해졌다.

몇 개 남지 않는 계단을 밟고, 라야는 언덕의 끝에 들어섰다. 잔잔하게 퍼져 오던 물 내음이 정상에 올라서자마자 확 몰려와서 코를 찔러 댔다. 웅웅 소리를 내던 바람 또한 언덕 끝을 밟고 올라선 라야에게로 들이닥쳤다. 라야의 귓불에 바람이 스쳐 지나가고, 머리카락이 정신없이 흔들리며 뺨과 목덜미를 내려친다. 매서운 바람에 스친 귓불이 금세 빨갛게 변한다.

생각보다 심한, 거센 바람에 눈이 질끈 감긴다. 바람을 이기지 못한 눈썹과 눈꺼풀이 잘게 떨린다.

눈을 뜨기조차 어려운 바람이라니.

라야는 반사적으로 오른팔을 들어 올렸다. 얼굴로 불어오던 바람이 그나마 잠잠해진다. 오른팔이 바람을 막아 주자, 바르르 떨리던 눈꺼풀이 기회를 엿보듯 살짝 떠진다.

머리카락은 산발이 되고, 단정한 옷차림이 흐트러졌지만 눈꺼풀 속에 숨어 있던 검은 눈동자만큼은 그대로였다. 하지만 그 눈동자마저도 눈앞의 광경을 담아내면서 변해 버렸다.

검은 눈동자가 커진다. 바람을 막아 주던 오른팔이 저절로 내려가고, 숨이 억눌려졌다. 머릿속을 맴돌던 온갖 생각들 속에 단 하나의 목소리만이 울린다.

"눈물 날 만큼 멋있는 게 저쪽에 있거든."

여노의 목소리였다. 그리고······.

―시야를 가득 채울 만큼의 넓은 호수가.

그의 눈앞에 있었다.

5.

소흔은 교활이 즉위하면서 만든 호수였다.

나라를 이어받은 그날, 진명 '교활'을 받고 진왕이 된 그는 그 누구보다도 아름다운 호수를 만들어 이날을 기억하기를 원했다.

온갖 예술가들과 제작자, 기술자들이 모였다. 인공적이지만 자연적인 아름다움을 낼 수 있는 호수를 위해 머리를 짜냈다. 그들은 사흘 밤낮을 고민하며 호수를 만들기 위해 매진했다. 그렇게 만들어진 설계도는 모든 제작자와 예술가와 기술자의 마음에 드는 것이었다.

그들은 가족과 집과 고향을 등지고 호수에만 매달렸다. 진왕을 위해 호수를 만든다는 영광은 가족까지 버리게 만들었다. 왕이 내린 지원비는 그들의 주머니에서 호수를 만드는 자금으로 변했다. 호수를 만드는 자금은 따로 나오는데도 기술자들은 자신들을 위한 지원금 마저 호수를 위해 써 버렸다. 가족은 버려지고 뒤처졌지만 호수에 매달리는 사람들은 가족조차 돌아보지 않았다.

그렇게 만들어진 호수는 대략 이십 년에 걸쳐서 완공되었다.

그 안에 물을 채우기 위해 걸린 시간까지 합치면 대략 삼십 년이 걸렸다. 왕에게는 짧지만 보통 사람들에게는 길디긴 시간들이었다.

─장렬한 아름다움.

호수를 본 누군가가 말했다.

호수를 본 대부분이 눈시울을 붉혔다. 모래 속에서 살다 온 사람들은 통곡을 했다. 그들은 자신이 왜 우는지조차 모르고 울었다. 십 년 넘게 방황하다 간신히 고향을 찾아온 것처럼 땅에 얼굴을 파묻고 울었다.

"눈물 날 만큼 멋있는 게 저쪽에 있거든."

여노의 말을 다시 떠올리며 라야는 심호흡했다.

심장이 쿵쾅거렸다. 눈이 떨렸다. 벅차오르는 숨에 가슴 쪽이 뻐근해졌다.

햇살이 반사되어 반짝이는 수면이 보였다.

그 수면을 노니는 새들은 한없이 평화로웠고, 아름다웠다. 몰려왔다 쓸려 가는 잔잔한 소리는 자연이 속삭이는 자장가 소리였다.

라야는 호수에 시선을 고정한 채, 계단을 밟고 내려갔다. 거세게 몰아치는 바람 따위는 이미 잊었다. 귓불을 따갑게 할퀴는 바람도, 이명이 들릴 정도로 큰 바람 소리도 기억 저편으로 날아갔다. 검은 눈동자엔 오로지 새파란 호수만이 남았다.

호수는 컸다.

이곳에 비하면 진곡에서 봤던 인공적인 호수는 아이들 손장난으로 만들어진 웅덩이처럼 보일 것 같았다.

걸으면 걸을수록 새파란 호수가 가까워졌다.

호수의 반대편은 나무가 우거진 수림이었다. 자연 구역과 똑같이 울창하게 나무들이 솟아 있고, 호수와 맞닿아 있는 부분에는 떨어진 낙엽들이 조각배처럼 둥둥 떠다녔다.

조각배처럼 둥둥 떠다니는 낙엽들을 헤치면서 다니는 것은 긴 부리에 새하얀 날개를 가진 새들이었다. 그들은 무리를 지어 다니면서 부리로 수면을 쪼았다. 새들이 날개를 펄럭이면 작은 물보라가 일어났다.

새들 밑에는 잽싸게 헤엄치는 물고기들이 있었다. 큰 것도 있고 작은 것도 있다. 작은 것들은 얕은 데서 헤엄쳤고, 큰 것들은 깊은 곳으로 지느러미를 흔들었다. 물이 투명해서 큰 것들이 어디까지 헤엄치는지도 훤히 보였다.

호숫가에 도착한 라야는 가만히 그것을 응시했다.

다른 세계 같다는 생각이 들었다.

물의 부족함을 모르고, 언제 어디서든 손을 뻗으면 물이 있는 세계.

손을 뻗어 물에 담근다. 시원한 물이 손에서부터 천천히 스며들었다. 몰려왔다 쓸려 가는 소리가 청량감 있게 귀를 훑는다.

라야는 호수에서 손을 빼고, 숙였던 허리를 일으켰다.

가슴 깊은 곳에서 한숨이 흘러나왔다. 이 어마어마한 격차에 힘이 풀렸다. 아기에가 상대하는 자는 이런 자였다. 이런 호수를 만들고, 이런 나라를 다스리고 있었다.

하늘에게 인정을 받아 진명眞名을 받은 왕.

교활을 떠올리자 붉어졌던 눈시울이 다시 단단해졌다. 손을 말아 쥐자 덜 마른 물이 방울이 되어 바닥으로 떨어졌다.

비가 오지 않는 세상에서 이 호수는 기적이었다.

교활은 기적을 만들어서 세상에 내보였다. 기적을 선사하는 것은 신밖에 없다. 교활은 신이다. 적어도 이 나라의 국민들에게 있어서 교활은 둘도 없는 신이었다.

"정말로…… 크구나."

보잘것없는 자신을 또 한 번 뼈저리게 느낀다.

소년은 아주 천천히, 크게 숨을 들이쉬었다. 고양된 감정들이 느리지만 차분히 갈무리되어 간다. 넘실대는 호숫물이 라야의 발밑까지 치고 들어왔다 빠진다.

라야는 고개를 돌려 호수의 왼쪽을 주시했다. 호수에 시선을 빼앗겨 처음에는 미처 보지 못한 것이 그곳에 있었다.

왕이 살아가는 곳.

궁宮.

산 하나를 모조리 차지하여 만들어진 궁이 호수 옆 자락에 붙어 있다. 높디높은 담으로 둘러싸인 산 중앙에는 계단이 놓여 정상까지 이어진다. 정상에는 왕이 살고 있을 것이 분명한 본궁本宮이 존재했다.

넘실거리는 호숫물이 다시 라야의 발끝을 훑고 쓸려 지나갔다. 물 위에서 노니는 새들의 울음소리가 덩달아 들렸다.

라야의 검은 눈동자가 궁에서 떨어지지 않았다.

제 2 장

이
상
한　사
　　　내

제 2 장
이상한 사내

1.

주점에 돌아온 라야는 아침 식사를 끝내고 자신의 방으로 돌아왔다. 휴지통에 처박은 낡은 외투가 그대로 있다. 그것을 지나쳐 침대로 가 엉덩이를 붙이고 앉았다. 사람 무게가 더해진 침대가 밑으로 쑥 내려갔다.

'앞으로 어떻게 해야 하지?'

여행을 하면서부터 늘기 시작한 한숨이 또다시 흘러나왔다.

나라는 왕 그 자체였다. 정한의 왕은 신神으로 받들어지기에 부족함이 없는 통치로 나라를 다스리고 있었다. 호수라는 이름의 기적도 선사했다.

이 나라에서 사는 사람들 모두가 교활 왕의 광신도들이었다.

확신할 수 있다. 웃음을, 행복을, 기적을 선사해 줬는데 광신하지 않을 사람이 있을까. 그들은 순수하게 웃고는 있지만 교활 왕을 조금이라도 헤집으려고 한다면 야수처럼 돌변해서 덤벼들 것이다.

그 사람들 속에 반역자는 라야 혼자였다.

반역자는 아까 본 궁을 떠올리며 미간을 구겼다.

아기에를 찾으려면 교활이 사는 궁부터 뒤져야 하는 것이 옳을 것 같았다. 자투라의 편지에 제 발로 직접 정한으로 돌아간다고 적혀 있었으니, 교활 왕의 눈을 피해 나라 안에 숨어 있을 리는 없어 보였다.

분명 오만하고 당당한 걸음걸이와 표정으로 교활 왕의 면전에 자신을 대령했겠지.

라야는 그 장면을 상상하며 입매를 굳혔다. 자신을 죽이려는 사람 앞에 모습을 드러내는 그 멍청한 모습이 반복적으로 그려졌다. 라야라면 절대 하지 못할 짓을 그놈은 천연덕스럽게 저지르고도 남았다.

라야는 눈을 감고 생각을 전환하기 위해 애썼다. 생각은 다시 돌고 돌아 교활에게로 향했다.

'죽이진 않았을 거야.'

스스로에게 말하듯이 중얼거리며 확신한다.

편지에는 교활 왕이 몇 번이나 아기에를 죽이려 했다고 적혀 있었다. 갈비뼈가 부러지고, 피를 토할 정도로 얻어맞으며, 어린 시절을 어둠 속에서 살아왔다고 절절하게 적혀 있었다.

하지만 죽이진 못했다.

죽이려고 했지만, 죽이진 못했다.

군위라고는 자투라 하나인 아기에를 정신병이라고 덮어씌우기까지 한 교활 왕은 죽이지 못했다. 아직은 한참이나 어리디어린 아들을 어른인데다 진명을 가지고 한 나라를 다스린 왕이 절명시키지 못한 것이다.

─나뭇가지를 꺾는 것만큼이나 쉬운 그것을.

거기까지 생각하자 입술이 바짝 말랐다.

라야는 가까운 탁자에 준비되어 있던 주전자의 물을 따라 마셨다. 물을 마신 뒤 라야는 다시 침대로 가 앉았다.

머리는 계속 답을 찾아 헤맸다.

궁에 들어가서 어떻게 해야 할지, 어떤 식으로 굴어야 할지.

처음 시작한 고민이 고대로 되돌아왔다. 진곡의 궁에서 자투라를 되찾기 위해 아기에가 했던 행동들을 반이라도 흉내 낼 수 있다면 좋겠다는 생각이 잠시 든다.

하지만 곧 무리라는 생각이 뒤따랐다.

자신은 아기에가 아니었다.

좀처럼 진전되지 않는 생각에 라야는 짜증이 난 채로 자리에서 일어났다. 가슴이 답답했다. 답답해진 가슴은 마른 목이 물을 찾듯 시원한 바람을 원했다.

바람을 쐬기 위해 방 밖으로 나갔다. 밑으로 이어진 계단을 밟고 내려가자 계단 밑에 여노가 서 있었다. 이른 아침과는 달리 곱게 화장을 하고 한껏 화사해져 있었다. 손님을 맞을 때의 여노였다.

그녀가 문 쪽을 향해 말했다.

"돈이 없어요?"

문 앞에 어떤 사내가 서 있다. 라야는 그 사내를 힐끗 보며 마지막 계단을 밟고 내려왔다.

여노는 허리에 손을 올린 채 쏘아붙였다.

'배가 고파서 그냥 먹고 나가려고 했던 건 아니죠? 그거 범죄예요. 모르시나 본데 동쪽 문 근처에는 바깥사람들을 위해 무료로 열리는 임시 거처가 있어요. 여기까지 와서 밥을 먹고 나가서 '배가 고파서 그랬다'라고 변명해도 동정은 통하지 않는단 말이에요."

여노가 말하고 있는 상대는 보라색 머리칼을 길게 기른 사내였다. 옷차림은 라야가 사막에서 막 건너왔을 때처럼 너덜너덜하기 짝이 없었고, 얼굴은 핏기 없이 창백했다. 무엇보다 아파 보였다. 가뭄이 든 논바닥처럼 갈라진 입술이 그를 병자로 보이게 했다.

"저기 듣고 있어요?"

여노가 닦달했다. 남자는 여전히 대답이 없었다. 보라색 머리카락에 가려 눈동자도 보이지 않는다. 쩍쩍 갈라진 입술은 꽉 쥔 주먹처럼 굳게 닫혀 열리질 않았다.

대답도 없고 반응도 하지 않는다. 화가 날 법도 한 태도다. 하지만 여노는 한숨을 푹─ 쉬는 것으로 끝냈다.

"알았어요. 이번만 봐줄게요. 하지만 다음부턴 어디를 가서도 이러지 마요. 다들 곧장 순관들한테 신고할 테니까. 순관들에게 잡혀가서 죄를 지었다는 게 확정되면 국명부에도 이름을 못 적어요. 앞으로 잘살려면 이곳에 이름을 적고 터전을 잡아야죠. 그렇죠? 나중에 국명부에 이름을 적고 일자리를 잡으면 돈 갚으러 와요. 외상으로 달아줄 테니까."

마음 씀씀이가 느껴지는 고마운 말이다.

그래도 사내는 묵묵부답 반응이 없었다. 한결같이 그대로 서 있다. 굳게 닫힌 입술은 고맙다는 말 한마디 꺼내지 않았고, 등을 구부정히 굽힌 채 서 있었다.

라야는 저도 모르게 눈을 찡그렸다. 두 팔을 늘어뜨리고 힘없이 서 있는 사내는 마치 실 끊어진 인형처럼 보였다.

"얼른 가 봐요. 나중에 꼭 외상값 갚으러 오고. 알았죠?"

고맙다는 말을 바란 것은 아닌지 여노는 남자의 등을 슬쩍 떠밀며 바깥으로 보냈다. 멍하니 있던 사내는 여노가 미는 대로 힘없이 움직인다. 그러고는 느닷없이 무릎이 푹 꺾였다.

사내의 머리가 땅으로 곤두박질쳤다.

"꺅! 손님!"

여노가 놀라 소리쳤다. 등 뒤에서 지켜보던 라야도 생각하기 전에 움직이고 있었다. 여노가 사내의 어깨를 잡고 뒤흔든다. 기름진 보라색 머리카락이 바닥을 쓸었지만 사내는 여전히 미동도 하지 않았다. 숨소리도 작았다. 여노의 눈에 눈물이 고였다.

"손님! 손님!"

공황에 빠져 사내를 부르는 여노를 제치고, 라야가 끼어들었다. 라야는 사내의 목에 손을 올리고 잠시 기다렸다.

맥이 느껴졌다.

"괜찮습니다."

사내의 맥을 짚은 라야가 여노를 안심시켰다. 여노는 눈물이 그렁그렁한 눈으로 라야를 올려다봤다. 라야는 사내의 팔을 어깨에 걸치고 등에 업었다. 실신하듯 널브러져 있는 사내지만 라야는 매우 가벼운 듯이 들어 올렸다.

그는 멍하니 있는 여노에게 물었다.

"의원님이 계신 곳이 어딥니까?"

"여, 여기로."

여노가 한발 먼저 뛰어나갔고, 라야도 사내를 업은 채로 달려 나갔다. 소란을 느낀 주점의 사람들이 웅성거리는 소리가 멀어졌다.

2.

의원이 진료한 내용을 말했다.

"네?"

"자고 있다니까."

여노의 눈이 황당함으로 벌어졌다. 입도 딱 벌어졌다.

"잘 자고 있어. 꿈도 꾸지 않고 늘어지게 자고 있으니까, 일어나면 아주 개운할 거야."

의원의 말에 여노는 다리가 풀린 듯이 풀썩 주저앉았다. 사내를 여기까지 업고 온 라야는 눈썹을 꿈틀거렸다. 의원이 여노의 모습에 웃음을 터트렸다.

"저렇게 보면 아마도 삼 일 이상은 제대로 못 잔 거야. 주위에서 건드려도 깨질 않잖아. 버틸 수 있는 데까지 버티다가 기절하듯 잠이 든 거지. 바닥에 부딪힌 머리는 혹 난 것 말고는 다친 곳 없어. 이대로 잘 재우고 내보내면 끝."

의원은 흐뭇하게(?) 앉아 있는 여노에게 손을 흔들어 보였다.

"푹 재우고 알아서 내보낼 테니까, 가 봐."

안도한 여노가 설핏 웃었다. 그녀는 무릎을 탁탁 털고 일어나 공손히 머리를 조아렸다.

"감사해요. 가게에 한번 오시면 제대로 대접해 드릴게요."

"그럼 내가 고맙지."

중년의 의원은 이를 드러내며 씩 웃었다.

라야는 그들의 대화를 들으며 진료소를 훑었다.

진료소는 먼지 하나 없이 깔끔했다. 벽에 붙은 아궁이는 말린 짐승의 분으로 불타고 있었고, 그 위에 올려 둔 솥은 만일의 사태에 대비해 물을 팔팔 끓여 두고 있었다. 언제 환자가 올지 모르니 미리미리 끓여 두고 준비하는 것을 가문에서도 본 적이 있었다.

마음에 들었다.

부락의 진료소엔 먼지가 쌓여 있고 곰팡이 핀 썩은 이불 냄새가 났다고 치면 이곳은 햇볕에 말리는 갓난쟁이들의 저고리 냄새가 났다.

라야는 여전히 붕대를 감고 있는 오른손을 내려다봤다. 가문에 있을 때 한 달이면 낫는다고 했던 오른손이다. 거의 다 나았다고 느끼곤 있었지만 믿을 수 있는 의원에게 확답을 받고 싶었던 참이었다.

"그럼 가 볼게요."

안심한 여노가 다시 고개를 꾸벅 숙이고 진료소 밖으로 나갔다. 그녀는 라야도 따라올 것이라 여겼는지 잠시 문을 열고 기다렸다.

라야의 발걸음은 문이 아니라 의원에게로 향했다. 그는 의원 앞에 놓인 의자에 앉았다.

여노에게 손을 흔들던 의원이 라야를 쳐다봤다.

"나한테 볼일이 있는 모양이지?"

"네."

라야가 짧게 대답하자, 문을 열고 기다리고 있던 여노는 무안한 얼굴로 문을 닫았다. 그녀의 발걸음 소리가 멀어졌다. 진료실에는 잠을 자는 보라색 머리 사내와 의원과 라야만이 남았다.

라야는 오른손을 내밀었다. 붕대를 풀자 지렁이가 기어가는 듯한 흉터가 드러났다. 검날을 맨손으로 잡아 생긴 상흔이었다. 의원은 새로운 환자의 등장에 자세를 바로잡았다.

"언제 다친 거지?"

"한 달이 넘었습니다."

의원이 손에 난 흉터 부분을 지그시 누른다. 미미한 아픔이 느껴졌지만 라야의 표정은 변하지 않았다.

의원은 얼른 손을 뗐다. 그는 라야의 손을 몇 번이나 뒤집고 눌렀다. 상흔을 보던 의원의 눈이 미미하게 구겨졌다.

"좀 이상한걸."

"……?"

의원은 라야가 보이도록 상처 중간 부분을 톡톡 쳤다. 나름 일정하게(?) 아문 흉터였지만 중앙쯤에 울퉁불퉁하게 어긋나 있는 부분이 있었다. 의원이 눌렀을 때 아픈 부위도 그곳이었다.

"여기 한 번 덧난 자국이 있어. 그런데 멀쩡히 낫고 있단 말이야."

"여행 중에 잠시 상처가 터졌습니다."

"……며칠을 여행했는데?"

"한 달입니다."

의원이 팍 인상을 썼다.

"한 달? 한 다아아알? 소독은 제대로 하고 여행한 거냐?"

"네, 물로 꼬박꼬박 씻어 주고 붕대도 자주 갈아 줬습니다."

라야가 무뚝뚝하면서 순진하게 대답했다. 의원은 기가 찼다.

"웃기는 소리 하네! 모래바람이 부는 곳에서 물로 씻고, 붕대만 갈아 주면 상처가 소독이 되는 줄 알아?"

"틈틈이 진료소도 들렀습니다."

라야는 나름 항변했지만, 의원은 머리를 감싸 쥐고 중얼거렸다.

"틈틈이? 상처가 났을 때 가장 중요한 건 소독이야. 이 정도 상처가 났으면 소독은 하루에 한 번은 했었어야지. 여기에 더러운 것이 들어가면 물로 씻는 걸로 끝날 것 같아?"

"……."

라야는 침묵했다. 의원은 눈에 힘을 주고 라야를 노려봤다.

"난 제 몸 간수 못하는 것들이 제일 싫어. 너 똑바로 들어. 한 번 덧난 상처가 어떻게 이리 잘 아물었는지는 모르겠지만 앞으로 저 바깥을 싸돌아다니려면 술 한 병 정돈 챙겨서 돌아다녀."

"술…… 말입니까?"

"곡식류를 끓여서 만든 증류식 술이 좋아. 그걸 상처에다 들이부으면 아프긴 하지만 소독 효과가 제일 좋지. 여행할 때는 그 정도는 챙겨서 다니라고, 누가 안 가르쳐 줬어?"

"……."

라야는 불만스러운 표정으로 입을 꾹 다물었다. 의원은 더 쏘아붙이려다 그 표정을 보고 입을 다물었다.

그는 짜증을 참는 표정을 한껏 지었다.

"뭐, 낫긴 했으니 됐어. 앞으로 잘하고 다녀. 가벼운 상처라고 해도 바깥에는 먼지가 많으니까 꼭꼭 소독하고 돌아다녀. 아님 그걸로 죽을 수도 있어. 아무리 작은 상처라도 죽을 수 있다고. 세상에 사표 내고 하직한다고. 뒈진다고!"

"네."

라야는 의원의 윽박에 공손히 대답했다. 의원은 다시 라야의 손바닥을 내려다봤다.

"그나저나 용케 잘 낫고 있군. 한 번 덧났는데도 이렇게 깔끔하게 낫고 있다는 게 용하다. 보통이면 안 낫는데."

"안 낫습니까?"

"나을 수가 없지. 한 번 덧나기 시작하면 안쪽부터 새로운 병이 들었다고 보면 돼. 심하면 살을 잘라 내야 하고, 아주 나쁘면 그 부위를 아주 못 쓸 수도 있지."

라야의 검은 눈이 물끄러미 손바닥을 응시했다. 흉터는 단단히 아물어 있었다.

"넌 운이 좋았어."

의원은 그리 말하며 라야의 손바닥을 밀쳐 냈다.

"한 번 덧나긴 했지만 잘 낫고 있어. 한 일주일이면 그 덧난 곳도 완전히 나을 거다. 움직이는 것도 불편하지 않을 거야. 붕대도 풀어도 되고. 단, 충격이 가지 않도록 조심해. 다 낫기 전에 손이 한 번 더 아작 나면 못 쓸 수도 있어. 그리고 돌멩이에 약초 이름 적어 줄 테니까, 나중에 약초 사서 두세 번 끓여 먹어. 면역력 높여 주는 거니까."

의원은 빠른 말투로 다다다 쏘아 대며 약초 이름이 적힌 돌멩이를 획 던졌다. 라야는 가볍게 왼손으로 받아 챘다. 앞뒤가 평평한 돌멩이였다. 종이와 화선지가 귀하다 보니 이런 데다 쓰는 것이다.

라야는 약초의 이름을 외우고 돌멩이를 다시 의원의 책상 위에 올려 뒀다.

"왜? 필요 없어?"

"외웠습니다."

"아, 글을 아나 보지?"

의원의 눈이 잠시 라야를 아래위로 훑었다. 그는 곧 수긍하며 고개를 끄덕였다.

"글도 알고, 나이도 어리고. 국명부에 이름을 적을 생각이면 충분히 적겠네."

"그렇습니까?"

"그렇습니까― 가 아니라 확실이다, 확실. 글 모르는 놈들도 꽤 많아."

의원의 말은 거침없었다. 라야는 쓰게 웃었다. 국명부에 이름을 적고자 했던 사람이라면 기뻐할 말이었지만, 라야는 그럴 마음이 없었다.

의원이 탁자를 손가락으로 툭툭 쳤다.

"뭐 더 필요한 건?"

의원이 묻는다. 없으면 얼른 가 보라는 소리처럼 들렸다. 라야는 짧게 웃고는 왼손으로 목을 주물렀다.

"목이 좀 아프던데, 그 이유를 알 수 있겠습니까?"

"목?"

의원이 미간을 찌푸렸다. 그는 등받이에 기댄 등을 일으켜 세워 라야 쪽으로 몸을 내밀었다. 그의 눈빛이 심각해졌다. 바깥에서 들어온 자들은 대부분이 모래바람 때문에 심한 목 질환을 앓았다.

"언제부터, 어떻게?"

"어제부터 조금씩 아파 왔습니다. 따끔거리기만 할 뿐, 그리 큰 통증은 아니지만……. 묘하게 통증이 사라지질 않습니다. 말할 때는 조금 더 아파서 살짝 거슬리는 정도입니다."

의원이 입을 벌려 보라고 했다. 그는 라야의 목구멍을 한참 들여다 보다가 다른 것을 물었다.

"기침은?"

"나오지 않습니다."

"가래는?"

"없습니다. 그저 조금 아픈 정도입니다."

그 순간 의원의 눈이 흐물흐물하게 풀어졌다. 그리고 눈빛에 있던 심각함이 사라지고 느슨하게 변한다. 의원은 피식 웃으면서 등을 다시 의자 등받이에 기댔다.

"올해 몇 살이지? 열다섯? 아님 열일곱?"

"……열여섯입니다."

"좋아. 어제부터랬지? 그럼 이제부터 막 시작한 거니까 내일부터는 목소리도 낮아지고 갈라질 거야. 말할 때마다 조금 더 아플 거고. 혹시나 말하는 데 아픔이 가실 때까지는 크게 소리치지 마. 목소리 망가져. 혹시 모르니까 목을 항상 따뜻하게 하고 따뜻한 걸 많이 마셔. 그럼 돼. 기다리면 끝나."

"……?"

라야가 의아한 듯 의원을 바라봤다. 의원은 이를 드러내고 웃었다.

"모르겠어? 너 지금 변성기가 온 거야."

검은색의 눈동자가 느릿하게 커졌다. 의원은 계속 피시식 웃었다.

"축하한다, 꼬마. 어른이 되는 제이 관문에 들어섰구나."

"……."

라야의 얼굴은 무표정했다.

의원은 자리에서 일어나 술주정뱅이처럼 걸어 불이 활활 타오르는 아궁이에 다가갔다.

"마셔."

아궁이 위에서 팔팔 끓는 물을 떠다 라야에게 불쑥 내민다. 라야는 그것을 두 손으로 받았다. 하얀 김이 모락모락 위로 올라왔다.

"큰 소리 내지 마. 그것만 주의하면 돼."

"알겠습니다."

"그것만 마시고 가 봐."

의원은 손을 휘휘 젓고는 잠이 든 사내에게로 향했다. 두 눈을 감고 꿈나라를 헤매는 사내에게선 역한 악취가 흘렀다. 보라색 머리카락은 언제 감았는지 기름기가 줄줄 흘렀고, 씻지 않은 몸에선 파리가 꼬일 것 같은 냄새가 줄줄 풍겼다.

"어디서 본 것 같기도 한데……."

의원은 냄새에 아랑곳없이 가까이에서 내려다본다.

아무리 생각해도 사내의 얼굴이 낯익다. 어디서 봤더라? 분명히 봤는데. 중얼중얼 말들이 입속에서 맴돈다.

라야는 천천히 뜨거운 물을 삼켰다. 따뜻한 물이 목구멍을 타고 조금씩 흘러 들어갔다. 물을 다 마신 후에 그는 자리에서 일어나 돈을 꺼냈다. 얼마인지 알 수가 없어 의원을 쳐다보자, 의원은 불쾌한 낯을 하고는 라야를 노려보고 있었다.

"내가 뭘 했다고 돈을 꺼내? 침을 놓았어? 뜸을 떴어? 약초 한 입이라도 먹였어? 고작 그 물 한 모금 마셨다고 돈 주는 거야? 여기 물 널렸는데? 물 끓인 수고비라도 돼? 물 끓이는 방법이라도 알려 줄까?"

"네?"

"그냥 가란 소리야. 필요 없어. 한 것도 없는데 돈 받기 싫어."

정말 싫은 눈치였다. 돈을 꺼낸 손이 부끄러워졌다. 라야는 돈을 다시 주머니에 넣었다.

의원의 시선은 다시 보라색 머리칼의 사내를 담았다. 의원이 잠시 골몰했다. 사내의 얼굴 반을 앞머리카락이 가리고 있었다. 의원은 무심코 사내의 앞머리카락을 뒤로 넘겼다.

"그럼 가 보겠습니다. 감사했습니다."

라야는 고개를 꾸벅 숙였다. 사내에게 집중하고 있는 의원은 라야를 쳐다보지도 않았다. 라야는 그대로 발걸음을 돌렸다.

그때 목소리가 들렸다.

"……문을 열어…… 야 해."

문을 열고 나가려던 라야가 뒤를 돌아봤다. 그의 시선이 의원에게로 돌아갔다.

의원이 경악한 얼굴로 서 있다. 얼굴이 새파랗게 질려서 못 본 것을 본 것마냥 놀란 채 서 있었다.

"의원님?"

라야가 돌아선다. 그때 목소리가 다시 들려왔다.

"……문을, 문을 열어야 하는…… 데."

시선이 목소리를 따라 내려갔다. 사내였다.

사내의 이마에 갑작스레 땀이 맺혔다. 평온하게 꿈을 꾸던 얼굴이 세상에서 가장 끔찍한 것을 본 것처럼 일그러진다. 논바닥처럼 갈라진 입술이 크게 벌어졌다. 그의 몸이 부들부들 떨리며 경련한다. 경련하는 사내의 몸에 맞춰 그가 누워 있던 침대도 덜컹거렸다.

"문을……, 문을……, 으―!"

사내의 몸이 활처럼 휘어진다. 목과 팔에 힘줄이 두툴두툴 올라와

도드라지고, 꺽꺽 숨넘어가는 소리가 들려왔다. 새파랗게 질려 뒷걸음치던 의원의 얼굴이 그때부터 돌변했다.

그는 두 팔로 요동치는 사내의 상체를 잡아 눌렀다.

"다리를 잡아!"

의원이 라야를 향해 소리쳤다. 라야는 그 말이 터지기 전에 움직여 사내의 다리를 억눌렀다.

사내의 몸이 비틀어졌다. 몸 전체가 들썩거리며 고통으로 울부짖었다. 잔잔했던 몸이 온통 땀으로 젖어 든다. 사내의 입에서 다시금 비명이 터졌다.

"으아아아—!"

소리 지르는 사내의 목에 근육이 꿈틀거렸다. 의원이 이를 악물었다. 정신을 잃은 사내의 몸부림은 거셌다. 침대의 덜컹거림이 멈추지 않았다. 사내가 소리를 지를 때마다 몸부림 또한 덩달아 더 심해졌다.

그렇게 몸부림과의 사투는 몇 분간 지속됐다. 발작 같은 몸부림이 사그라질 때쯤엔 의원의 온몸은 땀투성이가 되어 있었다.

"다시 자는군."

십 년은 늙은 목소리로 의원이 말했다. 사내는 언제 그랬냐는 듯이 반듯하게 누워 눈을 감고 잠을 잤다. 도롱도롱 코 고는 소리도 들린다.

의원은 소매로 땀을 훔치고 사내를 노려봤다. 입술을 지그시 깨물고 애물단지를 노려보는 눈길에는 난감함이 섞여 있었다.

"아시는 분입니까?"

라야도 붙잡았던 다리를 놓고 물었다. 의원은 사내를 노려보던 고개를 들어 라야를 응시했다. 느슨했던 눈동자는 온데간데없이 사라지고, 벼른 칼날이 그곳에 있었다.

"아니."

바싹 마른 입안을 침으로 적신 의원이 말했다. 그는 피곤한 듯이 오른손으로 왼쪽 어깨를 주무르며 말했다.

"몰라. 이깟 놈 알 것 같아?"

3.

사내는 몇 시간 후에 깨어났다.

그는 느릿한 얼굴로 주위를 둘러보더니, 자신이 있는 곳이 의아한지 고개를 갸웃거렸다.

초췌한 모습의 의원이 뒤에서 이를 갈았다.

사내의 발작은 그 후로도 두세 번 더 있었다. 곤히 잠을 잔다고 생각할 때쯤에 발작을 일으켰다. 몸이 땀으로 흥건히 젖고, 사지가 비틀렸다. 강한 힘 탓에 의원은 몇 번이고 뒤로 나가떨어졌다. 휘두르는 손에 얻어맞아 코피도 흘렸다. 의원은 대충 코피를 막고 다시 발작을 막기 위해 노력했다. 사내의 몸이 땀으로 젖을 때면 의원의 몸도 덩달아 땀으로 절었다.

"기억 안 날 거야, 저거."

의원이 바로 옆에 있는 라야에게만 들릴 정도로 중얼거렸다.

라야는 양팔의 소매를 위로 걷은 채로 의원 옆에 앉아 있었다. 사내가 시도 때도 없이 발작하는 통에 그 또한 가지 못하고 이곳을 지켰다. 의원이 사내의 상체를 짓누르며 발작을 막았다면, 라야는 하체

쪽을 맡았다.

일어난 사내는 머리를 긁적이며 침대에서 내려왔다. 그는 연신 주위를 두리번거렸다.

"……여긴 어디?"

힘없는 목소리가 느릿하게 기어 나왔다. 누가 들어도 기운이 빠질 만큼 어수룩한 목소리였다. 의원이 그 목소리를 듣고 절망 어린 한숨을 내쉬었다.

사내는 어린애처럼 안절부절 주위를 둘러보다가 라야와 의원을 발견했다. 눈이 마주친 의원은 험악한 얼굴을 했고, 라야는 무뚝뚝했다.

사내의 눈은 '의원, 너로 정했다!' 라고 외치는 듯이 의원에게 멈춰 움직이질 않았다. 의원도 이를 갈면서 사내를 노려봤다. 말없이 서로를 응시하며 약간의 시간이 흘러갔다.

먼저 입을 연 것은 사내였다. 그는 의원을 빤히 보며 어린애처럼 칭얼거렸다.

"……재수 없는 얼굴이다."

"뭐, 인마?!"

의원이 벌컥 화를 냈지만, 사내는 아랑곳없이 고개를 갸웃거렸다. 눈을 가린 앞머리가 흔들렸다.

"어디서 봤는데, 어디서였더라?"

의원이 멈칫한다. 곁에 있는 라야가 느낄 수 있을 정도였다. 의원은 파리한 얼굴로 입술을 깨물고 사내를 노려봤다. 사내는 계속 의원을 응시하며 입버릇처럼 중얼거렸다.

"어디였지? 어디…… 어디…… 어디…… 어디?"

"시끄러우니까 그만해. 지금의 네놈으로는 기억 못해."

의원이 목소리가 착잡해졌다. 사내의 보라색 앞머리카락 사이로 크게 떠진 회색빛 눈동자가 보였다. 그가 더듬 물었다.

"……내가 기억을…… 못해?"

"그래, 못해."

"왜 못해?"

사내가 빤히 보며 물었다. 의원이 잠시 당황했다. 잠시 머뭇거린 그는, 쯧— 소리와 함께 내뱉었다.

"네가 병신이라서 그래."

촌철살인이었다. 듣고 있던 라야가 사레가 들려 콜록콜록 기침했다. '병……' 이라고 들은 사내가 눈을 동그랗게 뜨고 되물었다. 어수룩한 목소리에 표정과 행동은 다섯 살배기의 어린애 같은 반응이었다.

"나…… 병신이야?"

"그래, 병신이야."

봐주지 않는다. 의원의 가차 없는 목소리엔 비웃음이 섞여 있었다. 사내가 발작했을 때 얻어맞은 코의 복수일지도 모른다.

라야는 고개를 절레절레 흔들었다. '병……' 이라고 들은 사내는 머리를 감싸 쥐고 '내가 병신이라니, 내가 병신이라니' 라는 말 따위를 하기 시작했다.

"이만 가 보겠습니다."

이제 그만 이 일에서 해방되고 싶은 라야가 문 쪽으로 향했다. 의원은 사내를 계속 '병……' 으로 몰고 가다가 문의 손잡이를 잡은 라야를 보자마자 다급히 불러 세웠다.

"잠깐만!"

막 문을 열고 나가려고 했던 라야가 돌아봤다. 의원은 재빨리 사내를 라야 쪽으로 떠밀었다.

"얘 좀 씻겨서 데려와."

"……."

손잡이를 잡고 선 라야의 얼굴이 확 구겨졌다. 의원이 당당하게 쏘아붙였다.

"뭐야, 불만이야? 불만이라도 좀 해. 애초에 네가 데리고 온 놈이잖아. 씻겨서 데리고 오면 그 뒤부터는 내가 알아서 할 테니, 거기까지만 해. 이 더러운 병신자식을 환자가 들락날락거리는 진료소에 둘 수는 없잖아?"

너무 당당해서 할 말이 없었다.

의원은 서랍장을 열어 돈을 꺼냈다.

"받아."

돈이 든 주머니가 라야를 향해 날아들었다. 라야는 왼손으로 가볍게 낚아챘다.

"그걸로 좀 해라."

"……저도 돈 있습니다."

"됐어. 내가 부리는 입장인데 내가 왜 네 돈을 써? 내가 거지야?"

정말 한결같은 의원이었다. 라야는 불퉁한 얼굴로 돈주머니를 챙겼다. 승리자가 된 의원은 라야에게마저 지시를 내렸다.

"그리고 주의할 게 있는데……."

"뭡니까?"

의원이 말하기 싫은 것처럼 입맛을 다셨다. 그러고는 아까처럼 툭 던졌다.

"그놈 지진아다."

"……."

병신 다음엔 지진아였다. 의원치고는 말투가 너무 험악해서 라야의 얼굴이 또 한 번 일그러졌다.

의원이 주의하라는 듯이 단단히 못을 박았다.

"네 말도 제대로 못 알아먹을 거고, 행동도 굼떠. 몸은 다 큰 어른인데 개념 같은 것이 없을 거야. 사고파는 개념 같은 거. 필요한 물건 있으면 돈도 안 주고 그냥 가져가서 도둑으로 잘 몰리기도 할 거고. 호기심이 생기면 대낮에 여자 가슴도 주무르려고 들 거다. 상대방 동의도 없이."

"……."

"달리 말해 병신같이 굴 거니까 제대로 지켜봐. 사고라도 치면 미친놈이라고 둘러대. 어릴 적에 너무 배가 고파 썩은 음식을 처먹었다가 맛이 갔다거나 약을 잘못 처먹고 돌았다거나, 정 안 될 것 같으면 미친 걸 증명해 보이겠다고 하고 흙을 퍼먹여. 그놈은 충분히 흙도 먹을 거다. 할 수 있지?"

……모르겠습니다. 할 수 있을지.

라야는 속으로 대답하며 바로 옆에 선 사내를 올려다봤다. 사내의 얼굴은 여전히 핏기가 없었고, 어깨와 등을 구부정하게 구부리고 있었다. 머리카락에 가린 눈은 보이지도 않았지만 보인다고 해도 어딜 보고 있는지 알 수가 없을 것 같았다.

이상한 사내였다.

4.

라야는 계속 두리번거리는 사내를 끌고 주점으로 돌아갔다. 여노
가 호들갑 떨며 반겼지만, 라야는 사내를 끌고 방으로 올라가면서 목
욕물을 부탁했다. 고개를 끄덕인 여노가 바로 대령했다.

사내는 대령된 목욕물 앞에서 멍하니 서 있었다. 한참을 기다려도
멀뚱멀뚱 움직이질 않자, 라야는 짜증을 참으며 물었다.

"안 들어가십니까?"

"……어디를?"

라야는 손가락으로 목욕물을 가리켰다. 사내는 라야의 손가락을
따라 목욕물을 응시했다. 고개를 몇 번 갸웃거린 그는 곧 옷을 입은
채로 목욕물에 발을 집어넣었다.

목이 타 물을 마시던 라야가 작게 물을 뿜었다. 오늘로써 벌써 두
번째였다. 그는 흘린 물을 재빨리 수습하고 말했다.

"……옷은 벗고 들어가셔야 합니다."

"옷?"

"입고 있는 것 말입니다."

한쪽 발을 목욕물에 집어넣은 채 사내가 자신의 몸을 내려다봤다.
그는 그것을 '이게 뭐지?' 하고 한참을 보다가 십 분가량이 흘렀을 때
주섬주섬 옷을 벗었다. 상의가 떨어지고, 하의가 바닥에 떨어지고,
속옷이 바닥에 떨어졌다.

사내는 적나라한 모습으로 목욕물에 들어가 앉았다. 낯부끄러워
진 것은 사내가 아니라 라야 쪽이었다. 저렇게 당당하게 벗을 줄은

모르고 있었다.

목욕물에 들어간 사내가 다시 라야를 올려다봤다. 그의 행동이 말을 대신한다.

―이다음엔 뭘 해?

라야가 팔짱을 끼고 단칼에 말했다.

"씻으십시오."

"……."

사내의 시선이 멍하다. '씻으십시오'라는 말이 무슨 말인지 모르는 것처럼 보였다.

그는 고개를 갸웃거리더니, 이내 물장난을 치고 놀기 시작했다. 첨벙첨벙거리는 물이 라야 쪽으로 몇 방울 튀었다. 깔끔하고 단정한 것을 좋아하는 라야의 눈썹이 파르르 떨렸다.

목욕 다음에는 머리를 다듬었다. 미용사와 함께 여노가 올라왔다. 여노는 일이 어떻게 되어 가고 있는지 궁금한 눈치로 다가와서 구경을 했다. 라야도 머리칼을 잘라야 했기 때문에 사내보다 먼저 머리칼을 잘랐다. 거의 장발이 되었던 뒷머리카락이 단정하게 정리되었다.

다음엔 사내였다.

"어머머머, 잘생겼네."

머리를 다듬던 미용사가 사내의 앞머리카락을 들어 올렸다. 그녀의 얼굴이 붉어졌고, 구경 온 여노의 얼굴도 따라 붉어졌다.

앞머리카락에 가려 있던 얼굴은 생각보다 많이 훤칠했다. 눈썹은 곱게 뻗었고, 콧날도 베일 것처럼 오뚝했다. 뚜렷한 이목구비는 사람의 시선을 잡아끌기에 충분했다. 핏기 없는 피부는 여자들 입에선 우윳빛깔이라 바뀌었다.

"이름은 뭐예요?"

머리를 자르며, 미용사가 호감을 품고 물었다. 멍하니 있던 사내가 고개를 들었다. 탁하고 흐린 회색빛 눈동자가 드러났다. 라야의 예상대로 뭘 보고 있는지 모를 정도로 초점이 없었다.

"제 이름은 소화예요."

"……."

"이름 안 가르쳐 줄 거예요?"

"……내 이름?"

보라색 머리카락이 다시 한 움큼 바닥으로 떨어진다. 허리까지 내려왔던 머리카락이 어느새 목덜미까지 짧아져 있었다.

"내…… 이름……."

사내의 미간이 찌푸려졌다. 미용사는 머리칼을 자르며 대답을 기다렸다. 한참이나 골똘하던 사내가 답을 내놓았다.

"몰…… 라."

"네?"

"……몰라, 모르겠어. 아무리 생각해도 기억…… 이 안 나……."

사내는 그리 말하며 처연히 중얼거렸다. 초점 없는 회색 눈동자가 허공을 담았다.

"나…… 는…… 누구…… 지?"

대답해 줄 수 있는 사람이 있을 리가 없다. 벽에 기댄 채 지켜보고 있던 라야가 천천히 눈을 감았다. 구경 왔던 여노의 얼굴이 살짝 굳었다. 소화라고 밝힌 미용사도 떨떠름한 미소를 머금었다.

방 안에는 잠시 머리칼을 정리하는 가위질 소리만 들렸다.

"자, 다 됐어요."

사내에게 두른 천을 벗기고, 미용사가 가위질을 멈췄다.

씻고 다듬어진 사내의 외모에서 빛이 났다. 흐리멍덩한 눈과 그 밑에 짙게 깔린 그림자만 아니었으면 고위급 관리의 자제라고 해도 믿을 만큼 귀티가 줄줄 흘렀다.

"의원님 말씀이 잠을 제대로 못 잤다고 하더니, 사실인가 봐요."

여노가 라야 옆에서 중얼거렸다. 눈 밑에 검게 진 그림자는 불면증에 걸린 사람들과 똑같았다.

일을 마친 미용사는 돈을 받고 떠났다. 제 이름도 모르는 사내와 연관이 되고 싶지 않은지 뒤도 돌아보지도 않고 떠났다. 여노도 그런 미용사를 따라 밑으로 내려갔다.

방 안에 남은 사내는 벽에 걸린 거울 속의 자신을 뚫어지게 보고 있었다.

"……이게 나야?"

그럼 누구겠습니까.

속으로 대답하며 라야가 사내에게로 다가갔다.

벽에 걸린 시계가 오후 여섯 시를 가리켰다. 저녁 시간이다. 정한을 한 번 둘러본 것 말고는 아무것도 한 게 없는데, 시간은 저만큼이나 흘렀다. 정한을 둘러본 후에는 교활에 대해 알아보겠다고 계획을 세웠던 라야는 속이 바짝 타들어 갔다.

"그만 가야겠습니다."

거울을 보는 사내를 라야가 잡아끌었다. 사내가 거울을 든 채 끌려온다. 라야는 짜증을 참지 못하고 사내에게서 거울을 빼앗았다. 거울을 빼앗긴 사내는 금세 울먹였다. 그는 텅 빈 손바닥을 내보이며 거울을 달라고 졸랐다.

그 어린애 같은 행동에 라야의 속이 부글 끓었다. 이쪽도 급한 일이 있는데, 다른 일에 시간을 계속 허비하고 있으니 짜증이 울컥울컥 샘솟았다. 라야는 짜증을 참으며 사내의 손목을 잡고 당겼다. 검은 눈동자에 사내의 텅 빈 손바닥이 들어왔다.

"······이건 뭡니까?"

뭔가가 있다.

라야는 사내의 손바닥을 가리켰다. 울먹이던 사내가 '응?' 하며 자신의 양 손바닥을 내려다본다.

손바닥엔 지렁이 같은 흉터가 자잘하게 나 있었다. 라야의 손바닥에 난 것과 같았다. 검에 의해 생긴 상처다. 다만 라야와 달리 사내의 손바닥에 난 상처는 짧으면서도 여러 개로, 서로 이어져 있었다.

'글씨?'

미간을 찌푸린 라야의 눈이 흉터를 따라 읽었다.

—자지 마. 정한으로 가라.

오른손의 구불구불한 지렁이가 그리 말했다. 사내의 회색빛 눈동자 또한 어느새 흉터에 고정되었다. 그는 눈 한 번 깜빡이지 않고 흉터만을 응시했다.

라야의 시선이 사내의 왼손으로 향했다. 왼손에 새겨진 것은 오른손과 달랐다.

—잊지 마. 왕을 찾아.

글은 읽은 라야가 놀라 고개를 들었다. 사내의 회색빛 눈동자 또한 왼손의 글을 읽었다.

─잊지 마. 왕을 찾아.

사내의 입술이 글자를 따라 달싹였다.

흙탕물처럼 흐렸던 회색 눈동자가 그때부터 가늘게 떨렸다.

동시에 손과 발이 떨리고, 어깨가 들썩였다. 숨소리가 높아지고 동공이 확대되며 초점이 나타났다. 흐리멍덩한 눈에 빛이 돌았다. 잊혔던 기억이 파도처럼 급작스럽게 사내에게 몰아닥쳤다.

"허억!"

사내가 또다시 바닥에 쓰러진다. 쿵 소리와 함께 넘어진 사내의 몸이 잘게 경련하고, 사지가 제멋대로 돌아갔다.

발작이었다.

기함한 라야가 다시 사내를 업고 뛰었다.

5.

발작을 일으킨 사내를 보자마자 의원은 움직였다. 그는 라야에게 사내를 주무르라 말해 놓고 약초를 조합해 안정제를 만들었다.

"마셔!"

눈이 뒤집혀져 흰자가 보인다. 의원은 입을 벌리고 침을 흘리는 사내의 입에 약을 퍼부었다. 몇 방울의 약이 사내의 입에서 벗어나 목덜미를 타고 내려왔다.

약을 먹인 의원은 라야와 같이 사내의 사지를 주물렀다. 이마에 땀이 송골송골 맺힌다. 의원은 비장한 모습으로 주무르는 것을 멈추지 않았다.

약의 효능이 통했는지 몇 분 되지 않아 사내의 발작이 멈췄다. 숨소리가 안정되고 뒤틀린 사지가 원래대로 돌아갔다. 사내는 고른 숨소리를 내며 자기 시작했다.

라야는 주무르는 것을 멈추고 떨어졌다. 의원도 몇 발짝 물러서며 뒤에 있는 의자에 털썩 주저앉았다. 그는 신음처럼 말했다. 계속되는 발작에 그도 지칠 만큼 지쳤다.

"······갑자기 웬 발작이야?"

이번 발작은 위험했다. 심장마비가 올 만큼 강한 경련이었다. 꺼억꺼억 숨이 넘어가는 사내를 강제로 숨 쉬게 하지 않았으면 정말로 죽을 뻔했다. 의원은 쿵쿵 뛰는 심장을 진정하기 위해 심호흡을 했다.

라야도 놀란 마음을 추스르며 대답했다.

"손바닥에 적힌 걸 보더니 그렇게 되었습니다."

"뭐가 적혀 있는데?"

라야는 심각한 표정으로 말을 삼켰다. 곤란하거나 말하기 싫을 때 나오는 버릇이다. 의원은 혀를 쯧 차더니 늘어진 사내에게로 걸어가 손바닥을 들어 올렸다. 축 늘어진 사내의 팔이 의원에 의해 들렸다.

—자지 마. 정한으로 가라.

—잊지 마. 왕을 찾아.

손바닥에 적힌 글을 본 의원의 낯빛이 어두워졌다. 그는 치밀어 오르는 욕지기를 내뱉는 대신 옆에 있는 의자를 걸어찼다.

걷어차인 의자가 뒤로 붕 날아가 바닥으로 떨어졌다.

"이 미친 새끼가, 끝까지! 내가 그렇게 말해 줬는데!"

지친 의원이 거칠게 내뱉는다. 씩씩거리는 화가 곁에 있는 라야에게까지 느껴졌다. 의원은 짧은 머리카락을 분풀이처럼 벅벅 긁고는 누워 있는 사내를 노려보았다. 원망과 그리움, 동정이 섞인 눈길이었다.

라야가 불쑥 물었다.

"저 사람…… 혹시 왕과 관련된 자입니까?"

"……그건 왜 물어?"

의원의 말투에 가시가 돋쳤다. 그는 사내를 노려보던 눈을 그대로 돌려 라야를 노려봤다. 칼날 같은 눈동자가 라야를 후벼 팠다.

"저 녀석의 손바닥에 있는 글을 봐서 그래? 호기심이 생겨? 다치기 전에 접어. 그딴 호기심 채우지 않아도 살아가는 데 문제없어."

"……."

호기심 따위가 아니다. 정한의 왕 중에는 아기에가 있었다.

하지만 라야는 아무 말도 하지 못하고 가만히 있었다. 아기에의 이야기를 꺼내기 위해선 교활의 이야기도 필요했다. 교활 왕의 치부는 함부로 꺼낼 수가 없었다.

특히 이곳 정한에서는.

의원은 귀찮다는 표정으로 손을 휘저었다.

"시킬 건 다 시켰으니 그만 가 봐. 이제부터 이 녀석은 내가 데리고 있을 테니까."

싸늘한 말에 라야는 두말없이 걸어 나갔다. 문을 열면서 마지막으로 돌아보자, 의원은 어두운 얼굴로 사내에게 말을 걸고 있었다.

"대체 어떻게 돌아온 거야."

목소리엔 걱정이 담겨 있었다.

라야는 문을 닫았다.

6.

정한은 원래 교활의 아버지인 정한 왕이 세웠던 나라였다.

그런 정한 왕이 돌연히 죽고, 그 뒤를 이어 계승한 것이 현재의 교활 왕으로, 그 치세가 벌써 백 년이 넘었다.

선대왕의 치세와 합치면 대략 백오십 년쯤 되는 기간이었다.

"정한에는 현재 세 명의 왕이 있어."

여노는 발랄한 목소리로 말했다.

"한 명은 알다시피 교활 왕이야. 소흔 호수를 만들고, 정한을 다스리는 우리들의 진왕님이시지. 두세 번째는 교활 왕의 두 아드님이고. 두 아드님이 쌍둥이이신 건 알아? 그 두 아드님은 같은 날, 같은 시각 동시에 태어났을 뿐만 아니라 군석도 각각 가지고 있었대."

라야의 검은 눈이 커졌다. 여노는 자랑스럽게 말했다.

"놀랍지? 그 귀한 군석을 동시에 두 분이나 가지고 태어나신 거야. 듣기로는 교활 왕께서도 꽤 놀라셨다고 해. 아니지. 놀라지 않은 사람이 있으면 그게 더 이상한가?"

그녀는 눈을 접고 곱게 웃었다.

어린 시절의 기억이라 많이 흐릿해졌지만 온 나라가 축제 분위기였던 것은 기억했다. 쌍둥이님들이 태어난 그날, 모두가 노래를 부르고 춤을 췄다. 어렸던 여노도 집 밖으로 나가 교활 왕이 사시는 본궁을 향해 몇 번이고 경하의 절을 올리고, 노래와 춤을 추면서 배부르게 먹었다.

"쌍둥이 중 둘째 왕자님의 성함은 라기에 님이셔. 라기에 님은 교활 왕님의 아낌을 받고 본궁에서 무럭무럭 자라는 중이신데, 성품이 착하시고 영특하셔서 교활 왕께서 무척이나 아낀다고 들었어. 교활 왕님이 계셔서 정한을 이어받지는 못하겠지만 모두가 농담 삼아 '후계자'라고 부를 만큼이래. 아직 군석이 열리진 않았지만 교활 왕께서 그리 아껴 주시는 걸 보면 그분도 훗날……."

여노의 말을 듣던 라야가 불쑥 물었다.

"라기에라는 분의 군석은 아직 열리지 않았단 겁니까?"

"어? 어, 응. 아직 예비 왕이셔. 나이가 올해 열일곱이 되셨으니, 좀 더 늦어도 상관없겠지. 다른 나라는 모르겠지만 정한에서 성인 취급해 주는 나이는 스물이거든."

라야의 눈이 깊어졌다.

아기에의 군석은 이미 열려 있었다. 자투라란 군위도 하나 있었다.

여노가 계속 말했다.

"마지막은…… 왕은 왕이신데, 아마 비를 내릴 수는 없으실 거야. 아까 말했지? 쌍둥이라고. 그 첫 번째 분이신데, 성함은 아기에 님이라고 알고 있어."

아기에의 이야기가 나왔다. 라야는 무심한 척 눈앞의 물을 마시며 물었다.

"비를 내릴 수 없는 이유는 무엇입니까?"

"많이 아프대. 몸이 아니라 마음 쪽이."

예상했던 대답이 나왔다. 여노는 금기를 말하는 것처럼 속삭였다.

"태어날 때부터 정신병을 앓고 있었나 봐. 군석은 일찍 열렸는데 제 구실을 못한다고 들었어. 슬픈 일이지 뭐야? 비를 내릴 수 있는 왕이 제정신이 아니라니……. 문제는 그분 때문에 교활 왕께서 많이 슬퍼하셨다는 거야. 아들이 많이 아프니 아버지인 교활 왕께서 밤마다 눈물로 지새우기도 하셨다던걸? 게다가 그 아기에 님 때문에 다친 적이 많이 있었대. 정신병인 아들이 아버지를 몰라보고 칼을 휘둘렀을 때도 있었고, 왕비님을 높은 곳에서 밀어서 떨어뜨리기도 했었대. 교활 왕도 참 가엾으시지."

"……."

라야의 얼굴이 딱딱하게 굳었다.

"지금도 손을 쓸 수 없을 만큼 정신병이 심해져서 어디선가 요양 중이라는데, 잘은 몰라. 나도 전부 들은 이야기니까."

여노는 발랄하게 웃으며 이야기를 정리해 줬다. 그녀는 쟁반을 품에 안고 물었다.

"그럼 뭐 더 듣고 싶은 건?"

"……아, 감사했습니다."

"응."

여노는 손을 흔들고는 또각또각 걸어갔다.

이제 막 일곱 시가 넘은 시간이라 주점은 점점 더 복잡해지고, 떠들썩해지고 있었다. 어제처럼 술에 취한 사내들이 얼큰한 얼굴로 웃었다. 여노는 그들 사이로 들어가 웃는 낯으로 상대하며 자신에게 주어진 일을 하기 시작했다.

라야도 여노가 떠난 후 자리를 벗어나 이 층의 방으로 향했다. 주점의 떠들썩한 소리는 문을 닫자 완전히 차단되었다. 초가 켜지지 않은 방이 밤의 어둠 그대로 그를 반겼다.

라야는 차분히 걸음을 옮겨 침대에 앉았다. 앉자마자 부쩍 늘어 버린 한숨이 흘러나왔다.

'왕이 세 명.'

교활 왕, 아기에, 그리고 라기에.

아기에는 교활 왕에게 몇 번을 죽임을 당할 뻔했고, 그 쌍둥이 동생인 라기에는 '후계자'라고 불릴 만큼 교활 왕의 사랑을 받고 있다. 같은 날, 같은 시각에 태어난 쌍둥이인데도 아들들에 대한 교활의 대우가 판이하게 갈린다.

쌍둥이 중 하나에게는 끈질긴 죽임을, 하나에게는 아낌없는 사랑을.

'군석 때문인가.'

한 명은 각성했고, 또 다른 한 명은 각성하지 못했다.

라야가 아는 차이는 그것밖에 없다. 그러니 생각할 수 있는 것도 제한되었다. 라야는 입술을 깨물고 생각에 잠겼다. 하지만 역시 뾰족한 것이 없었다. 소년은 곧장 생각을 바꿔 오늘 만난 사내를 떠올렸다.

멍한 얼굴이 금방 떠올랐다. 객관적으로도 잘생긴 얼굴이었다. 이목구비가 뚜렷했고, 눈도 컸다.

'왕과 연관이 있겠지.'

하지만 어떤 왕과?

당장 물어보고 싶었다. 하지만 의원의 날카로운 눈초리가 마음에 걸렸다. 의원은 그 이상한 사내를 구박하면서도 감싸고돌았다. 라야

라면 하지도 못할 말을 사내에게 퍼붓다가도 연민의 눈길로 사내를
응시했다. 걱정하고 있었다.

"자지 마. 정한으로 가."

어두운 방 안에서 소리 내어 말해 보았다. 사내의 오른손에 있던
글귀였다. 칼로 새긴 것이 분명한 상흔은 삐뚤삐뚤하지만 그리 전하
고 있었다.

라야는 그 글귀를 곱씹다 다음엔 왼손 글귀를 중얼거렸다.

"잊지 마. 왕을 찾아."

……찾아?

찌푸려져 있던 눈동자에 이채가 서렸다.

'왜 이 간단한 것을 눈치채지 못했지?

왕을 찾으라는 것은 왕이 어디 있는지 모른다는 소리가 된다. 모르
니까 정한에 와서 찾으려는 거다.

―자신과 마찬가지로.

라야는 침대에서 벌떡 일어났다.

정한에는 세 명의 왕이 있다.

그 세 명의 왕 중 행방을 모르는 왕은 단 하나뿐이다. 미치광이라
는 오명을 뒤집어쓰고, 요양을 갔다고 알려져 있는 첫 번째 왕자. 아
비에게 죽을 뻔한 것을 몇 번이나 넘기고 넘겨서 군위를 살리고 다시
정한으로 돌아왔다.

그런데 어디 있는지 아는 사람이 없다.

거기까지 생각했을 때, 라야는 어느새 움직이고 있었다. 긴 다리가
성큼성큼 계단을 밟았다.

밤이 찾아온 정한은 어두웠지만 밝았다. 하늘엔 달과 별이 있었고, 땅에는 가로수에 매달려 은은히 빛나는 황색 등이 있었다.

라야는 그 등을 따라 뛰다시피 걸었다.

해가 진 정한이지만 여전히 활기찼다.

아이의 손을 잡고 가는 부부도 있었고, 사랑을 속삭이는 연인도 있었다. 어둠이 내려앉았지만 두려워하지 않았다. 거대하고 든든한 성벽과 왕, 그리고 나라를 지키는 무사들을 믿고 밤이 내려앉은 대로를 환한 얼굴로 걸어 다녔다.

부락이었다면 모두가 숨을 죽일 시간이다. 그곳에선 어둠이 내리면 굶주린 짐승들이 기어 나왔다. 도둑과 강도들도 제 고향인 양 활보하며 걸어 다녔다. 부락민이 세워 둔 울타리는 흙으로 만든 두꺼비집만큼이나 쉽게 무너지며 침입자를 허용했다. 제 몸을 지킬 힘이 없는 사람은 집 안에 틀어박혀 밤에는 나오지 않았다. 아이들은 부모의 품을 파고들어 갔고, 부모는 머리맡에 식칼을 두고 잠을 잤다.

판이하게 다른 밤의 모습에 라야의 걸음이 잠시 주춤했다.

하지만 곧 다시 등불을 따라 뛰었다. 가로수에 달린 황색 등이 발치를 비춰 준다. 집이 가까운 아이들은 그 황색 등 밑에서 오밀조밀 모여 앉아 팽이치기를 하느라 바빴다.

라야는 그들을 지나 진료소에 도착했다. '오늘은 이만 문을 닫습니다' 라고 적힌 팻말이 문 앞에서 흔들렸다. 하지만 창문에서는 여전히 불빛이 새어 나왔고, 문틈으로는 사람 그림자가 어른거렸다.

검은 머리 소년은 후, 숨을 뱉으며 문 앞에 섰다.

각오가 필요한 일이었다.

사내가 아기에와 연관이 있는지 묻기 위해선 아들을 죽이려는 이 나라의 왕에 관한 이야기를 꺼내야 했다.

그 왕이 아들에게 무슨 짓을 해 왔는지, 자신이 어떻게 아기에와 만났는지, 편지에 뭐가 적혀 있었는지 그 모든 것을 전해야 했다. 아니면 그 사내를 감싸고도는 의원이 말해 줄 리가 없었다.

무엇보다 저들이 아기에와 아무런 상관이 없다면.

'……추방당하겠지.'

문을 두드리려던 손이 잠시 멈칫했다.

이 나라를 다스리고, 비를 내려 주는 왕의 치부를 꺼내자마자 광신도로 돌변할 것이다. 그들이 왕에게 해를 끼치는, 평화롭게 사는 자신의 안전을 위협하는 반역도를 그냥 내버려 둘 리가 없었다.

문을 두드리려던 손이 그대로 멈췄다. 검은 눈동자에 나타난 망설임이 손에까지 전염됐다.

그때, 문틈으로 두런두런 말소리가 들려왔다.

"제정신이라고?"

"응."

대답하는 목소리가 또렷했다. 사내의 목소리였다. 어수룩한 목소리가 아니었고, 바보같이 되묻지도 않았다. 본의 아니게 엿듣게 된 라야의 눈이 커졌다. 사내가 이런 식으로 말했었나?

"어떻게 돌아왔나 했더니, 정신이 오락가락했단 말이지?"

이건 의원의 목소리였다. 비아냥거리는 말투와 목소리가 또렷하게 들려온다.

"멋지군. 잠을 자고 일어난 후에는 지진아, 손에 적힌 글귀를 보고 일어난 후에는 정상인. 오락가락 쉴 틈이 없겠어. 손에 그 글을 새긴 것도 네 스스로 한 건가?"

"응."

또다시 사내가 대답했다. 의원이 이를 갈았다.

"너도 은근히 독한 데가 있었구나. 평소 때는 무슨 소리를 들어도 헤헤헤거리던 놈이. 이번엔 아주 내 속을 뒤집어 놨어."

"……네가 나라도 그랬을 거야."

사내가 느릿하게 대답했다. 문틈으로 보이는 그림자가 흔들렸다.

"그렇게 왕을 못 보고 내보내졌으면 내가 아니라 그 어떤 누구라도 그랬을 거야."

잠시 침묵이 오갔다. 문틈으로 비춰지는 그림자가 촛불이 일렁일 때마다 같이 일렁거렸다.

왕의 이야기가 나왔다.

문 앞의 라야가 숨을 죽였다. 의원이 한숨과 함께 말했다.

"그래서 몇 년이 지났는지는 기억하고 있냐? 십 년? 이십 년? 삼십 년? 몇 년일 것 같아?"

쏘아 내는 말투는 화살과 같이 사내에게 박혀 들었다. 사내가 침묵했다. 무슨 생각을 하는지, 무슨 표정을 짓는지 문밖에 있는 라야는 볼 수가 없었다. 다만 진료소 안에 떠도는 무거운 분위기만큼은 느낄 수 있었다.

침묵이 계속되었다. 한참의 시간이 지난다.

입을 꽉 다문 사내를 대신해 의원이 답했다.

"백 년이야."

문 앞에 있던 라야의 눈이 커졌다. 잘못 들었나 하는 생각이 드는 순간, 의원이 다시 말했다. 말투는 한층 더 격해졌고, 목소리는 한층 더 작아졌다.

"백 년이 지났어. 알고 있어? 십 년도 아니고, 이십 년도 아니야! 백 년이야!"

"……알아. 미쳐 있을 때는 못했지만, 제정신일 때는 헤아리면서 걸었어."

사내는 중얼거리듯이 말했다.

"자지 않으려고 노력했어. 자고 일어나면 난 이상해져 버리니까 되도록 잠을 안 자려고 노력하면서 계속 걸었어."

사내는 불면중 환자처럼 눈 밑에 검은 그림자를 드리우고 다녔다.

"보면 알아. 그래서 손바닥에 새겼겠지."

"응, 자지 말고, 정한으로 가라고. 잊지 말고, 왕을 찾으라고. 내 손으로 내가 새겼어. 그 손바닥을 보고 걸으면 잠이 와도 버틸 수 있었어. 하지만 일주일, 이주일 정도 넘으면 한계가 와. 허벅지를 꼬집어도 잠이 깨지 않았어. 그래서 살을 도려내면서 걷기도 했어."

의원은 말이 없었다. 사내가 울듯이 중얼거렸다.

"그런데도…… 백 년이 흘렀어."

목소리에 울음이 담겼다. 사내의 짓눌린 흐느낌이 문밖으로 흘러나왔다. 라야는 시간이 멈춘 듯이 가만히 있었다.

"시간은 자꾸만 흘러가는데, 잠이 들고 나면 나는 항상 다른 곳에 있었어. 시간은 촉박한데 잠이 들면 나는 왕을 잊어. 손바닥을 보고 겨우 제정신을 차리고 보면 이미 한참은 다른 곳으로 와 있어. 같은 곳을 또 걷고, 또 걷고, 또 걷고. 그렇게 해서 백 년이나 흘렀어."

"……그래, 백 년이야."

흐느끼는 사내의 말에 대답하는 의원의 목소리에도 힘이 없었다.

둘은 다시 말이 없었다. 사내의 흐느낌만 간간이 흘러나왔다. 잠시 쉬는 것처럼 물 따르는 소리가 났다.

"이제부터 어쩔 거야?"

의원이 물었다. 사내는 훌쩍이면서도 단호히 말했다.

"왕을 찾을 거야."

"……무슨 수로? 백 년 전부터 행방불명된 분이야. 그 당시 그녀를 찾기 위해 몇 명이 동원됐는지 알아? 수천 명도 넘었어. 정한의 모든 사람들이 그녀를 찾기 위해 돌아다녔지. 너는 그사이에 내가 나라 바깥으로 보내 버려서 모르겠지만 그때 찾아보지 않은 곳이 없었어. 민가 하나하나를 뒤지고, 수상한 나무 밑, 심지어 어린아이 침대 밑까지 샅샅이 훑었지. 그런데도 못 찾았어."

"그래도 찾아야 해."

대답은 똑같았다.

"왕을 찾기 위해 나는 쉬지 않고 걸어왔어. 백 년이야. 포기할 수 없어."

"……너 하나만 묻자."

듣고 있던 의원이 불쑥 물었다. 사내의 그림자가 움직였다. 의원이 손가락으로 사내를 가리켰다.

"넌 네가 폐군위廢君衛란 건 자각하고 있긴 하냐?"

폐군위[4].

---

[4] 廢君衛=왕과의 계약에서 파기당한 군위.

그 말에 듣고 있던 라야의 몸이 경직된다.

사내는 말이 없었다. 부정인지, 긍정인지 라야로서는 알 수가 없다. 의원이 쐐기를 박았다.

"그래, 알고 있겠지. 네 정신이 오락가락한 이유가 그것밖에 없을 테니까. 폐군위들이 왜 미치는지 알아? 계약이 끊겨서 소중한 것을 잃어버렸기 때문이야. 그래서 미치지. 폐군위들이 왕을 잃고 가지는 상실감은 나 같은 의원이 고칠 수 있는 부분이 아니니까."

의원은 거기까지 말하고 후, 한숨을 쉬었다.

"알겠어? 네가 폐군위가 됐다는 것은 네 계약이 끊겼다는 소리가 돼. 계약이 끊겼다는 것은 왕께서……."

"그래도 찾아야 해."

의원의 말을 사내가 잘랐다. 의원이 말을 멈췄다.

"찾아야 해. 어떤 모습으로 있든, 어디에 있든 나는 가야 해. 나는 군위야. 나는 왕을 지키는 수호자야. 줄곧 곁에 있으면서 지켜 드리겠다고 맹세했어. 그게 내 삶이고, 내 운명이야. 기억 나, 미드렌?"

사내는 의원을 미드렌이라 불렀다.

"우리들의 왕은 울보였어. 나만큼이나 울보였어. 너와 나 둘 중에 하나만 없어져도 울음을 터트리셨지. 그런데 지금 보여? 너와 나는 이렇게 만나서 모였는데, 우리들 중에 왕은 없어. 혼자인 것을 지독하게 무서워하는 그분의 곁에 아무도 없어. 그것이 얼마나 끔찍한 일인지 느껴져? 왕의 울음소리가 들리지 않아? 난 눈만 감으면 들려! 꿈에서도 들려! 와 달라고 하는데! 갈 수가 없어!'

사내가 슬픔에 눌려 호소했다. 의원은 눈이 고요하게 가라앉았다. 대신 물 잔을 쥔 그의 손이 바르르 떨렸다.

"그러니까 찾아가 드려야 해. 우리가 가야 해."

"……정신 차려. 백 년이 흘렀어."

"그래도 찾아야 해."

"……백 년이 지났다고 했어."

"알아."

사내가 대답했다.

안다고? 그 간단한 대답에 의원이 버럭 소리를 질렀다. 참다 참다 터진 것처럼 그의 목소리가 격하게 흘러나왔다.

"알긴 뭘 알아! 백 년이 뭘 변화시켰는지 알아? 지금의 정한을 다스리는 것은 예전의 왕이 아니야! 정한 왕은 병으로 죽었고, 그의 첫째 아들이 뒤를 이었어! 이 나라엔 도저히 사람의 손으로 만들 수 없어 보이는 호수가 하나 생겼고, 백 년 전보다 더 풍족하고 호화로워졌어. 나를 봐. 너와 똑같이 나이를 먹고 똑같이 왕의 곁에 있던 나야. 하지만 나는 늙기 시작했어. 그런데도 넌 여전히 예전과 같은 모습이지. 이게 백 년이란 시간이 한 짓이야! 그리고 또 무엇을 변화시켰는지 알아?"

의원은 그리 말하며 손으로 얼굴을 쓸어내렸다.

"이젠 우리의 왕을 기억해 주는 사람조차 없단 소리다, 이 멍청아!"

미드렌의 억눌린 목소리가 절박하게 흘러나왔다.

사내의 눈동자가 커졌다.

그리고 동시에— 문이 열렸다.

제 3 장

백년전과 현재

백 년 전과 현재

1.

의원과 사내는 갑작스레 들어온 라야를 보고 굳었다. 라야는 딱딱한 표정으로 들어와 문을 닫았다.

진료소 안의 공기는 꽤 후덥지근했다. 아궁이의 불은 여전히 활활 타오르고 있었는데, 이야기가 새어 나갈까 염려한 의원이 창문을 꼭꼭 닫아 놓았기 때문이었다.

의원은 라야를 보고 자리에서 일어났다. 의자가 드륵 뒤로 밀렸다.

"너는……."

라야는 의원의 말이 끝나기도 전에 사내와 의원에게 다가가 고개를 숙였다. 검은 머리칼이 앞으로 흘러내렸다.

"죄송합니다. 본의 아니게 이야기를 엿듣게 되었습니다."

사내가 얼빠진 얼굴로 눈만 깜빡거렸다. 의원도 망연한 얼굴로 가만히 서 있었다. 엿듣는 것도 몰랐는데, 엿들었다고 이실직고 사과하는 사람을 보면 누구나 그런 표정을 지을 만했다.

라야는 숙였던 고개를 들어 올렸다. 소년의 얼굴은 사내의 기억에도 있었다.

"너는…… 날 도와준 아이구나."

온전치 못한 정신이었지만, 조금씩은 기억이 난다. 자신을 업고 달린 아이였다. 검은 머리와 안경이 확실하게 기억났다.

멍하게 있던 의원은 사내의 말을 듣고 퍼뜩 정신을 차렸다. 그는 불같이 화를 내며 가까이 다가온 라야의 멱살을 잡아 올렸다. 라야의 발뒤꿈치가 들어 올려지고, 강제로 끌려갔다.

의원은 말없이 라야를 노려보았다. 갈색 눈동자가 잡아먹을 듯이 이글거렸다. 라야는 그런 의원의 눈을 피하지 않았다. 단지 정중하게 멱살이 잡힌 채로 다시 한 번 사과했다.

"죄송합니다."

의원은 다시 이를 갈았다. 금방이라도 욕설을 내뱉을 것 같았지만 내뱉지 않았다. 방금 소년이 내뱉은 사과의 말이 그것을 막았다. 정중한 사과가 그의 이성을 붙잡고 늘어졌다.

의원이 씹어 먹을 듯이 내뱉었다.

"엿들었다고?"

"……네, 죄송합니다."

라야는 다시 한 번 사과했다. 의원은 주먹을 움켜쥐고 팰 것처럼 라야를 노려봤다. 상황이 험악하게 흘러가자 사내가 뒤에서 말렸다.

"미드렌, 괜찮으니까 그만해."

"괜찮다고?"

라야를 노려보던 의원이 목표물을 바꿨다. 불태워 죽일 듯한 눈동자가 사내를 향했다. 사내가 움찔 목을 움츠렸다.

"너와 내가 한 이야기가 얼마나 큰 위험을 떠안고 있는지는 아냐?"

알 리가 없다. 사내는 눈을 크게 뜬 채로 고개를 저었다. 이게 심각한 이야기였어? 한심한 사내의 모습에 의원이 귀신같은 얼굴로 웃었다.

"그래, 모르겠지. 알 리가 있나. 지진아가 되어서 왕만 찾겠다고, 어미 따르는 오리 새끼처럼 졸졸졸 걸어왔을 테니. 알 리가 없지!"

"너, 지진아라니. 그런 말 함부로 쓰면 안 돼. 좋지 않은 말이야. 애들이 들으면 그대로 흉내 낼 거야."

"닥쳐! 어디서 교육자질이야!"

이번에 의원은 흡사 귀신이 된 것 같은 얼굴로 눈을 부라렸다. 사내의 목이 다시 자라처럼 움츠러들었다. 먹이사슬 위치가 분명해 보이는 관계였다.

라야는 사내와 의원의 말을 멱살이 잡힌 채로 듣고 있었다. 한동안 씹어 먹을 듯 사내를 응시하던 미드렌은, 곧 제 손에 잡힌 라야를 응시했다.

눈을 마주친 라야가 다시 내뱉었다.

"죄송합니다."

빠득, 이를 간 의원이 멱살을 놓았다. 멱살이 풀린 라야가 뒷걸음치며 바로 섰다. 라야는 멱살이 풀리자마자 다시 고개를 숙였다.

"죄송합니다."

"됐으니 그만해! 사과를 몇 번이나 하는 거야!"

의원이 바락 소리를 질렀다. 그는 짜증을 참으며 다시 의자로 돌아가 앉았다. 사내는 의원의 눈치를 보며 라야를 힐끔거렸다. 저를 업어서 여기에 몇 번이고 날라 준 소년이니, 절로 호감이 갔다.

"그래서 용건이 뭐야?"

의원이 단도직입적으로 말한다.

"호기심 채우기 급급한 보통 녀석이었다면 엿들을 때까지 엿듣고 알아서 갔겠지. 그런데 그리하지 않은 것은 용건이 있다는 소리겠지? 말해, 무슨 이유야?"

백 년을 허투루 산 것은 아니다. 의원은 화가 나는 상황에서도 침착하게 대응했다.

라야는 그런 의원을 보다 사내를 보았다.

빛이 돌아온 사내의 회색빛 눈동자는 꽤 부드러운 느낌을 가지고 있었다. 그리고 자신과 같이 왕을 찾아 정한까지 왔다. 폐군위가 되어서도 정신을 놓지 않기 위해 자신의 몸에 칼자국까지 새기면서 왔다고 들었다.

그런 사람의 이야기를 문밖에서 엿들을 수 없었다. 쥐새끼처럼 숨을 죽이고, 떳떳치 못한 사람처럼 엿듣고 도망칠 수 없었다.

라야는 그 사내를 보고 말했다.

"왕을 찾고 계시다고 들었습니다."

"그런데?"

사내 대신 의원이 쏘듯 말했다. 라야는 거기에 지지 않고 말했다.

"저도 왕을 찾고 있습니다."

의원의 눈이 놀람으로 일렁였다.

라야는 고개를 숙이고 부탁했다.

"제 이야기를 들어 주십시오."

뜨거운 물이 내어졌다. 의원은 돌잔에 뜨거운 물을 붓고 그곳에 찻 잎을 몇 개 넣었다.

"먹어. 너도, 그리고 네놈도. 안정 효과를 주는 거니까."

라야는 주는 대로 마셨다. 보라색 머리카락 사내는 고개를 저었다.

"안정 효과를 주면 안 돼. 자고 싶지 않아. 자면 항상 악몽이 와. 끔 찍해. 얼마나 무서운지 몰라."

"네가 애야? 자는 걸 무서워하지 말고 자. 넌 좀 자야 돼. 눈 밑에 그 그림자는 뭐야? 불면증 환자도 그것보단 덜해. 뭣보다 그 손바닥 글 씨 보면 제정신 차리는 거 아니었어?"

"예전엔 그랬었는데……. 하지만 이젠 운이 좋을 때만 그래."

그건 또 무슨 소리야? 의원이 물었다. 라야는 물을 마시면서 이야 기를 귀담아들었다.

사내가 흐린 목소리로 중얼거렸다.

"예전엔 자고 일어나도 손바닥의 상처를 보면 금방 제정신을 차렸 는데, 가면 갈수록 그게 더뎌지고 있어. 손바닥을 봐도 아무렇지도 않게 지나친 적이 몇 번 있어."

"……약을 계속 먹어서 약발이 떨어진 거야. 충격 요법으로 정신 을 차린 것인데, 계속 보니 충격이 덜한 거지."

의원이 신랄하게 말했다. 사내는 어깨가 추욱 처져 중얼거렸다.

"얼굴에 새겨 볼까?"

"하지 마! 그랬다간 돌아다니지도 못해!"

의원이 버럭 소리를 질렀다. 사내는 기가 죽은 듯 입술을 내밀고는 따뜻한 물을 한 모금 마셨다.

라야는 아까 전 의원에게 잡혀 구겨진 멱살을 폈다. 멱살을 잡힌 것은 자신이 잘못했으니 상관은 없는데, 옷이 구겨진 것은 마음에 들지 않았다. 주름 하나 없이 쭉쭉 펴고 고개를 드니, 의원이 가관이라는 표정으로 응시하고 있었다.

"이건 또 별난 놈이군."

"네?"

"됐고, 이야기나 해 봐. 네 이야기를 들어 달랬지?"

"네."

"해 봐."

의원은 턱짓하며 앞에 놓은 물을 마셨다. 라야도 손을 뻗어 물 잔을 만졌다. 따뜻한 물의 온도가 손바닥으로 전해진다. 따뜻한 것을 만지자 마음에 안정감이 찾아왔다.

검은 머리 소년은 조심히 첫발을 내딛었다.

"아기에라는 이름을 아십니까?"

"아기에?"

의원이 눈살을 찌푸렸다. 갈색 눈썹이 구겨지고 눈가의 주름이 생겨났다.

"알다마다. 이 정한국의 쌍둥이 왕자 중 첫째, 미치광이 왕자잖아."

"그런 왕자가 있어?"

미드렌의 말에 되물은 것은 사내였다. 의원이 사내 쪽은 쳐다보지도 않고 말했다.

"있어. 교활이 쌍둥이를 낳았거든."

"교활?"

사내가 되물었다.

라야는 말을 멈췄다. 의원이 끼기긱 소리가 날 것처럼 목을 돌려 사내를 응시했다. 기가 막힌 표정이었다.

"교활도 몰라? 넌 아는 게 있긴 해? 백 년 동안 걷기만 했냐?"

"응."

"……미치겠군. 교활은 로사우의 진명이야. 로사우는 기억 나?"

로사우? 라야의 귀도 솔깃해졌다.

아는 이름이 나오자 사내는 기쁜 표정을 지었다.

"기억 나. 정한 왕의 첫째 아들. 내성적이고 부끄러움을 많이 타는 성격의 아이였지. 남 앞에 서면 말도 제대로 못했잖아. 나랑 비슷했는데……. 그가 진명을 받았어?"

"그래, 교활이라는 진명이야."

"굉장해! 어? 그…… 가 정한을 이어받았어?"

"우리의 왕이 사라졌으니, 그놈밖에 없잖아."

사내와 의원은 둘밖에 모르는 이야기를 주고받았다. 라야에게 의원의 시선이 다시 돌아온 것은 조금 뒤였다.

"그래서 아기에 왕자가 뭐?"

"그 왕자가 어떻게 지내고 있는지는 아십니까?"

"태어날 때부터 정신병을 가지고 태어나서 지금은 어딘가에 요양 중이지 않나? 정신병이 심해져서 도저히 곁에 둘 수 없다고 하던데. 요양하러 보내는 아들을 교활이 울면서 배웅했다는 소리가 있었지."

사내가 거들었다.

"그래? 그럼 정말 많이 울었겠네. 그 아이는 자기가 기르던 화분이 죽었을 때도 눈물을 쏟았었잖아. 정확히 네가 부순 화분이었지. 미드렌, 너 그때 너무 심했어. 남이 아끼는 걸 그렇게 하면 못써. 아이들한테도 모범이 되지 못한단 말이야."

"교육자질 하지 말랬지! 게다가 언제 적 이야기를 꺼내는 거야! 이 멍청아! 닥치고 들어!"

이야기가 계속 끊기자 의원이 버럭 소리를 질렀다. 사내의 기가 다시 죽었다.

라야는 쓴웃음을 짓고 말했다. 아기에게 정신병이 낙인처럼 찍혀 있는 것이 가슴 아팠다.

"저는 아기에를 약 한 달 전에 본 적이 있습니다."

이야기가 시작되었다.

라야는 혼자만 알고 있던 모든 이야기를 처음으로 탁 털어놓고 말했다. 진곡에서 있었던 이야기와 자투라의 이야기, 그 자투라가 비밀리에 전해 준 편지의 내용이 전부 드러난다.

이야기를 들으면 들을수록 미드렌의 얼굴이 굳어졌다. 사내는 입을 막고 비명을 삼켰다.

"편지의 내용은 그것이 전부입니다. 제가 정한으로 온 이유이기도 합니다. 정한에 도착해서 아기에에 관해 물어보면 하나같이 아기에가 미쳤다고 알고 있었습니다. 하지만 제가 본 아기에는 미치지 않았습니다."

말이 모두 끝났다. 의원이 믿을 수 없다는 듯이 중얼거렸다.

"그럼 뭐야, 첫째 왕자가 미쳤다는 소문이 거짓이라고?"

"네."

미드렌이 팔짱을 끼고 의자 등받이에 등을 기댔다. 그의 얼굴이 심각하게 굳어졌다. 사내가 어리둥절한 얼굴로 물었다.

"그럼 왜 미쳤다는 소문이 난 거야? 정상이라며?"

"누가 의도적으로 흘린 거지."

"누가?"

의원이 이번에는 사내를 한심하게 응시했다. 사내는 여전히 어리둥절한 얼굴이었다. 라야는 미묘한 표정으로 물을 홀짝였다. 의원은 노려보는 것을 그만뒀다. 그의 손이 머리를 벅벅 긁어 댔다.

"네가 이해해라. 저 녀석이 오락가락하니까 정신이 혼미한 모양이야. 뇌가 죽었어. 어디에도 쓸데가 없는 반푼이가 됐군. 백 년 전엔 안 저랬다. 저 녀석이 저래 봬도 선생질을 하며 돌아다녔던 놈이라고. 그런데 이젠 꼴통이야."

"꼴통이라니⋯⋯."

사내가 웅얼거렸다. 하지만 머릿속이 혼미한 것은 맞기에 미처 항변하지 못했다. 의원이 한숨을 푹 쉬고 해설했다.

"멍청아, 잘 들어. 정한에서 아기에 왕자가 미쳤다는 소문을 모르는 사람이 없어. 그만큼 많이, 널리 퍼졌다는 거야. 이게 거짓된 소문이었으면 그의 아비인 교활 왕이 가만히 있겠어? 즉시 아니라고 선언했겠지. 나라면 내 아들이 미쳤다는 소문이 돌면 가만히 안 있어. 그 소문을 퍼트린 놈을 잡아 족치고 물고문해서라도 죽여 놔야지, 안 그래? 내 아들에게 헛소리를 해 대는데 살려 줄 아비가 어디 있어? 그런데 교활이 가만히 있는 거야. 그 소문이 사실인 것처럼."

"아기에를 본 사람도 없습니다. 모두 요양을 갔다고 알고 있지요."

라야가 거들었다.

사내의 눈이 커졌다. 회색빛 눈동자에 혼란스러움이 깃들었다. 사내는 라야와 의원을 번갈아 봤다.

"그, 그럼 로사우가 그런 소문을 퍼트렸다는 거야? 왜?"

"알 것 같냐? 저 꼬마가 한 이야기가 사실이라면 자기 아들을 죽이려고 한 것 같은데, 더한 소문을 못 낼까."

의원은 쯧 혀를 찼다. 사내가 충격 먹은 눈으로 꿍얼거렸다.

"로사우는 그런 애가 아닌데……."

사내의 기억 속에 한 명의 소년이 떠오른다. 그땐 미드렌도, 자신도 어렸을 때였다.

소년의 수줍게 웃는 얼굴이 가장 먼저 떠오른다. 동물을 아끼고, 순하게 웃고, 작은 선물에도 함박웃음을 지었다. 소소한 것을 좋아하여 직접 수를 놓고, 화분을 기르기도 했다. 고민이 있으면 같이 나누고, 슬픈 일이면 같이 울어 주고, 웃는 일이면 같이 웃었다.

미워할 수 없는 아이.

그 아이가 로사우였다.

적어도 사내가 알기로는 그랬다.

제 4 장

교활(팔일전)

제 4 장
교활(팔 일 전)

1.

여인은 아름다웠다.

키는 아담하여 사내들이 품기 좋았고, 살결은 희고 고와 사내들의 시선을 잡아끌었다. 조곤조곤한 말투와 목소리는 사내들을 홀리기 충분했으며, 엉덩이까지 내려오는 벽자색 머리카락은 그녀의 분위기에 한껏 취할 수 있게 만들어 주었다.

몸가짐도 훌륭했다.

어릴 적부터 걸을 때마다 소리를 내지 않도록 배워 왔다. 이를 보이며 웃지도 않았고, 조곤조곤 말하는 방법을 터득했으며, 부족한 사람들에게 베푸는 법을 배웠다.

그런 여인이 고급스런 쟁반에 찻잔과 찻주전자를 얹고 바삐 뛰고 있었다. 구름 위를 걷는 걸음법 따위는 이미 잊었다. 그녀는 마을의 흔한 여자아이들과 똑같이 치마를 휘날리며 뛰었다. 그녀가 뛸 때마다 찻주전자로 끓인 찻물 방울이 쟁반 위에 흩어졌고, 손끝마저 덮을 정도의 풍성한 소매가 뒤로 가 흔들렸다.

"마마!"

그녀의 뒤를 따르던 젊은 궁녀 하나가 참다못해 부른다. 젊은 자신은 괜찮지만 궁녀들 중에는 나이가 지긋한 궁녀들도 있었다. 주름진 살과 뼈마디가 아프다는 그들은 이미 오래전에 복도에 쓰러져 주검이 되어 가고 있었다.

"그러다 넘어지십니다!"

"괜찮아!"

활기찬 목소리가 복도를 쩌렁쩌렁 울렸다. 사랑스런 외모와는 달리 말괄량이였다. 멈출 것 같지가 않다. 이번엔 다른 궁녀가 외쳤다.

"하다못해 쟁반은 저희를 주시옵소서, 마마! 그러다 왕께 드릴 찻물이 다 쏟아지겠습니다. 왕께서 차를 마시기 위해 마마를 기다리옵고 계신데, 마실 찻물조차 없이 드리면 어쩝니까아!"

"안 돼! 내가 직접 드리고 싶어!"

"마마!"

여인은 설레는 마음으로 뛰고 또 뛰었다. 복도를 가로지르는 모습에 복도에서 머리를 조아리고 있던 궁인들이 살포시 웃음을 터트렸다. 그녀의 사랑스러운 모습에 모두가 미소 지었다.

몇 분을 뛰던 여인의 앞에 드디어 목적지가 보였다.

작고 아담한 문이었다. 예부터 내려오는 문양을 문짝에 새기고, 난이 그려진 창호지를 곱게 바른 문이었다.

그 문을 지키는 호위 무사가 여인을 발견하자마자 꾸벅 고개를 숙인다. 여인이 활짝 웃었다. 소녀 같은 웃음이 얼굴에 번지고, 홍조가 드러났다. 설레는 마음이 그대로 보인다.

고개를 숙여 인사한 무사들이 여인을 위해 문을 열었다. 여인은 날 듯이 뛰어 그 문 안으로 뛰어 들어갔다. 그 뒤를 따르던 궁녀들이 문 앞에서 일제히 주저앉아 숨을 골랐다.

문이 닫히고, 여인은 뛰던 걸음을 멈췄다.

문 안에 펼쳐진 방은 넓고 화사했다.

열어 놓은 창으론 봄을 맞은 나비들이 들어와 팔랑거렸다. 창문 밑, 나무로 만들어진 고급스런 탁자 위에는 기다란 화병이 자리 잡고 있었고, 그 화병에는 정원에서 직접 꺾어다 놓은 개나리꽃이 있다. 마주 보는 또 다른 화병에는 진달래꽃을 꺾어 놓았다. 여인은 매일같이 물을 갈아 주고 시든 잎을 떼어 냈다.

방 한쪽 귀퉁이에는 거문고가 있다. 이것 또한 여인이 가져다 놓았다. 거문고는 여인이 가장 잘 연주하는 악기다. 거문고만 있다면 다 큰 어른 눈에서 눈물을 쏙 뺄 만한 근사한 연주를 그 자리에서 해내고는 했다. 혹시나 싶어 가야금도 가져다 놓았다. 아직 왕께서 거문고 소리를 좋아하는지, 가야금 소리를 더 좋아하는지 알 수가 없어 여인은 두 악기를 모두 가져다 놓고 매일같이 왕을 기다렸다.

벽에 세워 둔 열두 폭의 산수화 병풍도 여인이 왕을 위해 준비한 것들이었다. 그림을 보는 것을 좋아한다는 왕을 위해 그녀는 직접 수소문하여 큰 값을 치르고 가져와 세워 두었다.

그밖에도 많았다.

창에 발린 창호지에는 유명한 화가를 초빙해 그림을 그리게 해 놨고, 알록달록한 풍경은 창 위에 달아 두고 소리를 들었다. 바닥에는 장인이 수를 놓아 만들었다는 방석을 수북하게 쌓아 놓았다. 거기에 모자라 왕께서 좋아할 법한 물건이란 물건은 모조리 가져와 서랍 속에 넣어 놨다.

궁녀들은 '너무 많아서 오히려 정신이 없습니다, 마마'라고 간청 드렸지만 여인은 꿋꿋했다. 그녀는 커다란 방 하나를 빈자리 없이 그림과 방석으로 메웠고, 수많은 흔들개비들을 천장에 달아 놨다.

모든 것은 왕을 위해.

그리고 오늘, 드디어 왕을 만날 수 있게 되었다. 입궁한 첫날만 보고 못 봤던 왕이었다. 여인이 상사병에 걸려 목말라 가던 중 팔 일 만에 다시 뵐 수 있게 되었다.

여인은 쟁반을 든 채로 두리번거리며, 이곳에 계실 왕을 찾았다. 왕을 만날 수 있다는 기쁨에 두근거림이 멈추지 않았다. 찻주전자에 든 찻물 또한 여인이 왕을 위해 직접 끓인 것이었다.

하지만 두리번거려 보아도 왕은 보이지 않았다. 온통 방석 천지라 더 그랬을지도 모른다.

여인은 조금씩 생겨나는 불안감을 씻기 위해 더 두리번거렸다.

'설마 그 사이에 다시 가신 걸까?

차를 끓이는 시간이 너무 오래 걸렸던 걸까? 소녀가 보고 싶지 않으셨던 걸까? 가지각색의 생각이 여인을 침울하게 만들었다.

그런 여인의 등 뒤에서 검을 찬 한 사내가 걸어 나왔다. 그는 앞만 보고 두리번거리는 여인의 어깨를 툭툭 쳤다. 여인이 '어?' 하며 뒤를 돌아본다. 사내를 본 여인의 고운 얼굴이 다시 활짝 펴졌다.

"소란 님!"

소란이라고 불린 사내가 희미하게 웃었다. 그는 말없이 손가락 하나로 입을 막고 쉿, 소리를 냈다. 여인이 합, 입을 다문다. 사내는 다시 손가락으로 방구석을 가리켰다. 여인이 빼꼼히 고개를 내밀었다.

방석 사이사이로 금빛 실타래가 보였다. 그 금빛 실타래를 여인의 눈동자가 따라간다. 흰 옷자락이 보인다. 흰 옷자락 다음엔 얼굴이었다. 여인이 준비한 방석을 겹겹이 쌓아 베고는, 그 속에 왕께서 잠들어 계셨다.

여인의 가슴에 똬리 틀던 불안감이 사라지고 대신 감격이 차올랐다. 그녀는 감격의 비명을 참기 위해 혀를 깨물고 허벅지를 꼬집고 발을 꼬았다.

왕이 고른 숨소리를 낸다. 가슴께가 천천히 오르고 내렸고, 이마에 박힌 물방울 모양의 군석은 더할 나위 없이 은은하게 빛났다.

잠이 든 왕의 얼굴을 감상(?)하게 된 여인의 얼굴이 은연중에 붉어졌다.

입궁하고 나서 일주일 만에 보는 왕이었다.

아기처럼 잠이 든 왕을 본 여인은 소리가 나지 않도록 조심하며, 그 자리에 앉았다. 쟁반 위에 담아 가져온 찻잔과 찻주전자는 무릎 위에 올려놨다. 왕께서 깨어나시면 필시 목이 마르다 하실 터이니, 바로 드리고 싶었다.

여인이 조용히 앉아서 기다리자, 소란이라 불린 사내도 다시 뒷걸음쳐 그늘로 돌아갔다. 왕의 세 번째 군위인 그는 밤새도록 왕을 지켰음에도 지친 기색 하나 없이 주위를 경계했다.

지친 왕이 잠에서 깨어났을 때는 한 시간이 훌쩍 지났을 때였다. 소란도 그대로였고, 여인도 그대로였다. 여인은 옷자락 스치는 소리라도 날까 싶어 움직이지 않았고, 소란도 마찬가지였다.

왕은 깨어나자 잠시 어리둥절한 모습으로 주위를 둘러본다. 소란이 무릎을 꿇고 고개를 숙였다. 소란의 연하늘색 머리칼이 폭포수처럼 앞으로 흘러나왔다.

왕의 시선은 소란에게 머물다 여인에게로 향했다. 시선을 받은 여인의 어깨와 등줄기가 뻣뻣해졌다. 그녀는 자신이 가장 자랑하던 미소와 눈웃음을 애써 지어 보였다. 혹시 밉보일까, 쟁반을 든 손이 바들바들 떨린다.

"……?"

여인을 본 왕이 잠시 갸웃한다. 그러다 곧 뭔가 기억이 났는지 눈이 커지고 비스듬히 누워 있던 몸을 급히 일으켰다.

"아, 아, 미안하오. 기다렸소?"

약간 얼이 빠진 얼굴이었다. 여인은 일주일 만에 만나는 왕에 홀려 그 얼빠진 얼굴을 못 봤다. 그녀는 왕이 자신에게 말 걸어 준 것이 기뻐 마냥 해맑게 웃기 바빴다.

언제 떨었냐는 듯 여인은 유창하게 말했다.

"기다리지 않았습니다. 왕께서 잠든 모습을 보는 것만으로도 시간이 가는 줄 몰랐습니다. 어쩜 그리 고우시고, 아기처럼 주무십니까?"

"그, 그렇소?"

"그렇습니다. 저는 잘 때 이불을 걷어찬다고 아직까지도 혼이 납니다. 유모가 그래선 안 된다고 제 다리를 묶어 놓고 잔 적도 있었지만, 그날은 이불을 걷어차는 대신 침대 밑으로 떨어져 내렸답니다. 덕분에 커다란 혹이 생겨 그날부터는 묶지 않고 그냥 잘 수 있었습니다."

치부를 밝히는 여인은 해맑았다. 치부라곤 미처 생각지 못하고, 그저 왕께 많은 이야기를 올리고 싶다는 마음이 강해 보였다.

왕은 더더욱 얼이 빠진 얼굴을 했다. 무릎을 꿇고 대기하던 소란이 아무도 모르게 고개를 절레절레 흔들었다.

왕은 얼이 나간 얼굴로 여인의 말을 곱씹다 툭 내뱉었다.

"그날은 괜찮지 않았소?"

"어느 날 말씀이시옵니까?"

흠모하는 왕께서 말을 걸어 주신다. 여인의 눈이 하늘의 별보다 더욱 반짝이며 왕을 뚫어져라 응시했다. 왕의 눈 깜빡임 하나도 놓치지 않을 듯 과도한 눈빛 공격이었다. 자신만을 빤히 바라보는 여인의 시선에 왕은 침을 꿀꺽 삼켰다.

"그, 그대가 처음 입궁했던 날 말이오……."

"아, 그때 저는 자지 않았습니다."

여인은 일주일 전 입궁하여 왕과 함께 첫날밤을 보냈다. 정식으로 교지를 받은 것이 아니라, 후보로 들어온 것이기에 교합은 이뤄지지 않았다. 다만 전통에 의해 왕과 같은 침대에 누워 한 이불을 덮고 잤었다. 많은 궁녀와 무관들이 지켜보는 가운데, 왕과 보내는 첫날이었다.

왕은 황망한 눈동자로 물었다.

"잠을 자지 않았었…… 소?"

"잠이 오지 않았습니다. 바로 곁에 왕께서 너무 곤히 자고 계신 터라, 잠을 청하려야 청할 수가 없었습니다. 심장은 물레방아가 돌아가는 것처럼 쿵쾅거리고, 입안은 가뭄이 온 것처럼 침이 마르고, 몸은 볕에 말리는 무처럼 배배 꼬이는 통에 무리였습니다."

그렇게 말한 여인은 사랑에 빠진 소녀였다.

누가 봐도 그랬다. 왕이 봐도 그랬다.

왕이 흘리는 땀이 더욱 많아졌다. 그는 여기서 벗어나고 싶어 다리를 들썩였으나, 빠져나갈 핑계가 없었다.

왕이 입을 다물자 방 안엔 고요함이 찾아왔다. 그 고요함이 숨 막힌 것은 왕뿐이었다. 군위인 소란은 지키는 것에 열중해 상관없었고, 여인은 왕과 함께 있는 것만으로도 기분이 좋아 어깨를 덩실거렸다.

왕은 고요함을 이기기 위해 다른 것을 물었다.

"이 방을 일주일 동안 혼자 꾸민 것이오?"

"네!"

여인이 기다렸다는 듯 주먹을 쥐고 대답했다. 마침 언제 물어보아 주시나 기다리던 차였다.

"왕께서 그림을 좋아한다는 소리에 많이 준비했사옵니다. 열두 폭 병풍에 그려진 그림은 장인 가리가 그린 것이고, 저 벽에 걸린 그림들은 사이, 소정, 여한이 그린 그림들이옵니다. 여기에 있는 이 방석들도 잘 보면 하나같이 무늬가 다 다르온데, 이것을 누가 수놓았냐면 저 북쪽에 도란이라는 장인이……."

줄줄줄줄 내뱉는 말은 자기 잇속 챙기기에 바쁜 관리들까지 능가할 정도로 빨랐다. 왕은 그녀의 말을 듣던 중간 즈음부터 하하하 웃으며 여긴 어딘지, 나는 누구인지를 고뇌했다.

하지만 여인은 눈치가 없었다. 그녀는 조잘조잘 잘도 떠들어 대며 자신이 해 온 것들을 이것저것 고했다.

"저기 저 꽃 보이십니까? 왕께서 정원에 나갈 틈도 없이 바쁘시다 하여 제가 꺾어다 꽂아 놓았답니다."

"그렇소?"

"천장에 매달린 흔들개비들은 모두 제가 달아 놓았습니다. 너무 높아 의자를 밟고 올라서서 달았는데, 팔이 아파 죽을 뻔했지만 왕께서 보실 거라 괜찮았습니다."

"그…… 렇소?"

팔이 아팠다니 괜찮냐고 물어야 할까? 왕은 잠시 고민했지만 그 전에 여인의 말이 빨랐다. 여인은 이미 다른 것을 물어 왔다.

"왕께서는 거문고 소리와 가야금 소리 중 어느 것이 더 좋으십니까?"

방 한구석에 시선이 닿았다. 가야금과 거문고가 들어 있는 갑이 나란히 서 있었다. 왕께 노래를 들려 드리기 위해 여인이 준비한 것이었다.

여인이 눈을 빛내며 왕을 응시했다. 둘 중 하나를 고르면 먹이를 노리는 매처럼 날아올라 낚아채서 올 기세였다. 왕은 여인의 시선이 부담스러워 은근슬쩍 시선을 돌리며 툭 내뱉었다.

"짐은 비파 소리가 더 좋소."

"헉!"

여인이 충격을 먹은 듯 숨을 들이켰다. 그녀의 고운 안색이 흙빛이 되었다. 그러고는 세상의 끝없는 절망을 본 것처럼 해쓱해졌다. 너무 갑작스런 변화에 왕이 차마 손은 뻗지 못하고 다급히 물었다.

"왜, 왜 그러시오?"

"소녀, 소녀는…… 비파를 배우지 못했사옵니다."

여인의 눈에 눈물이 차올랐다.

"아버지와 어머니께서 비파는 천것들이 하는 악기라며 가야금과 거문고만 배우라 하셨습니다. 그것들만 배우면 괜찮다고 하셨는데……. 아아! 저는 이때껏 뭘 배우면서 살아온 걸까요! 왕께서 좋아하는 악기 하나 다룰 줄 모르다니! 어리석기 짝이 없사옵니다! 나 같은 건! 나 같은 건!"

여인이 자신의 머리를 내려쳤다. 왕이 안절부절못하며 일어나 말했다.

"아, 아니요. 다시 생각해 보니 거문고 소리도 좋아했던 것 같소! 거문고요! 거문고 소리가 좋소!"

"아닙니다! 소녀를 생각해 하시는 말씀인 거 다 압니다!"

이럴 때는 눈치가 빨랐다. 왕은 순간 할 말이 없었다. 여인은 독하게 이를 사리물더니, 집안을 멸망케 한 원수에게 복수의 칼날을 갈 듯 말했다.

"이 소녀, 오늘부터 비파를 몇 날 며칠이고 타며, 희대의 비파 악공이 될 것이옵니다. 제가 비파를 연주하면 꽃과 꽃 사이를 노니는 나비와 하늘에 사는 새들도 들으러 올 정도로 열심히 할 것이옵니다. 왕께서는 부디 그때까지 기다려 주실 수 있을는지요?"

여인이 눈에 눈물을 그렁그렁 달고 올려다봤다. 그 모습에 왕의 심장이 철렁 내려앉았다.

"기다릴 수 있다마다!"

대답은 저절로 나왔다. 여인의 얼굴에 다시 기쁨과 환희가 퍼져 나갔다. 저도 모르게 대답한 왕은 '아……' 하면서 자신의 말실수를 깨달았다. 뒤에 있던 소란도 같이 '아' 하며 얼굴을 쓸었다.

"정말 기쁘옵니다. 반드시 열심히 해서 왕의 귀를 즐겁게 해 드리겠습니다. 소녀, 할 수 있사옵니다. 반드시 기다려 주시옵소서!"

이럴 때는 눈치가 또 없었다. 한참을 떠들던 여인은 왕께 드릴 찻물을 다시 끓여 오겠다며 쟁반을 들고 나갔다.

격침당한 왕이 풀썩, 군위 소란의 무릎으로 쓰러졌다.

관리들을 치다꺼리하는 것이 저 여인을 상대하는 것보단 쉬울 것 같았다.

2.

"……소란아."

"말씀하십시오."

왕은 말 대신 소란의 무릎에 얼굴을 묻었다. 그 갑갑한 마음이 느껴져 소란이 한숨을 내쉬었다.

"나가라고, 필요 없다고 한마디만 하시면 되는 일입니다."

"……차마 말이 안 나오는 걸 어쩌느냐."

왕은 군위의 무릎에 얼굴을 놓고 위로를 원했다. 군위 소란은 그런 왕의 마음을 기꺼이 알아주었다. 딱딱한 굳은살이 있는 손가락 사이로 왕의 금빛 머리카락이 흘러내렸다.

"제가 말해 볼까요?"

우울함을 내보이던 왕이 고개를 번쩍 들었다. 하지만 곧 시무룩한 표정을 짓고 고개를 저었다. 이마에 박힌 보랏빛 군석이 음울하게 빛났다.

"그건 아니다. 아무리 그래도 그건 예의가 아니지 않느냐."

지켜보는 사람은 물론이고, 당사자인 왕조차도 알 수 있었다.

여인은 왕을 좋아한다고 온몸으로 말하고 있었다.

자신이 원하는 것이 있으면 무엇이든 가져오겠다고 다리를 들썩이고, 목이 마르다 하면 손을 바삐 움직여 찻물을 끓여 오고, 자신이 말하는 것은 모두 듣겠다 하여 귀를 쫑긋 세운다. 자신의 말 한마디와 행동 하나에 울고 웃는 것은 두말할 것도 없었다.

그녀에게 배정된 이 방을 이렇게 산만하게 꾸민 것도 모두 왕인 자신을 위해서다.

여인의 방이거늘, 이 방에는 자신이 좋아하는 그림만을 걸어 두고, 자신이 편히 쉴 수 있도록 빈틈 하나 없이 방석을 깔아 두었다. 흔들 개비하며, 병풍하며, 그림하며, 방석하며. 그 어느 것 하나 여인의 물건은 없고 오로지 왕인 자신을 위한 물건만 있었다.

그리고 그 속에서 온몸으로 말한다.

─당신을 이렇게나 좋아하고 있어요.

그런 여인에게 타인의 입으로 나가 달라고 말할 수는 없다. 그래서 스스로의 입으로 말하려고 몇 번이고 노력하는데, 좋아한다고 온몸으로 말하는 몸짓이나 호의를 가득 담고 올려다보는 눈빛이면 입이 딱 닫히고 만다. 도무지 싫다고, 거북스럽다고, 나가 달라고 말할 수가 없는 것이다.

왕은 한숨과 함께 여인의 웃는 얼굴을 떠올렸다. 스무 살 여인의 환하게 웃는 얼굴은 꽤 위력적이었다. 한 나라를 좌지우지하는 왕의 입도 다물게 할 만큼 대단했다.

"거북스럽다고 말하시는 게 그리 어려우십니까."

어렵다.

왕은 소리 내어 말하지 않았다. 그러나 군위는 듣지 않아도 왕의 마음을 알았다.

세 번째 군위가 머리를 쓰다듬는다.

왕은 소란의 무릎에 얼굴을 파묻곤 가만히 있었다.

여인의 이름은 기란이었다.

정한국 재상의 차녀로, 올해 나이 스물이다.

그녀가 왕의 후처로 거론되기 시작한 것은 약 일 년 전으로 그때 그녀의 나이 열아홉 살이었다.

어려도 너무 어렸다. 왕은 그녀가 후처로 거론된다는 이야기를 듣고 설레설레 고개를 저었다. 살아온 세월 차이가 얼만데 그런 말들을 하는 건지 이해가 가지 않았다.

하지만 관리들은 한사코 후처를 들여야 한다며 상소를 올렸다. 황망하고 우습게도 자신이 너무 외로워 보인다는 이유가 적힌 상소였다.

"……소란아, 짐이 외로워 보이느냐?"

왕은 투덜거리며 몸을 뒤집었다. 소란의 무릎을 베고 몸을 뒤집자, 내려다보는 소란과 눈이 마주쳤다. 소란이 무뚝뚝한 얼굴을 펴고 희미하게 웃었다.

"외로우십니까?"

"짐이 먼저 물었다."

"외로워 보이십니다."

"어느 점이?"

정말 궁금해서 물었다. 왕인 자신은 다 가지고 있었다. 하나는 미쳤지만, 다른 하나는 훌륭하게 커 준 아들도 있었다. 왕비도 있었다. 관리들은 후처를 들이라 청하지만 자신에겐 분명 왕비가 있었다.

얼마나 아름다운 왕비인지 관리들은 보지 못해서 모른다. 그녀가 웃으면 왕인 자신도 웃고, 그녀가 울면 왕인 자신도 울었다. 그녀가 없으면 자신도 없다. 그럴 정도로 사랑하는 여인이었다.

세 명의 군위도 든든하게 옆을 지켰다. 진왕 배덕에겐 미치지 못하는 숫자이지만 하나같이 훌륭하고 충성스럽고 똑똑한 아이들이었다.

첫 번째 군위는 말도 많고 행동도 가볍지만 바람을 다루는 술법을 가지고 있었다. 술법사들이 드물었기에 그가 군위가 되고자 찾아왔다고, 무릎을 꿇고 고개를 숙일 때는 감격마저 들었다. 그 아이를 군위로 들인 후에는 아이의 힘을 빌려 하늘을 날기도 했었다.

두 번째 군위는 소란처럼 검을 다루는, 고호라는 이름의 군위였다. 덩치가 크고 우직해서 태산과도 비슷한 녀석이라 마음에 들었다. 무슨 일이 있어도 든든하게 뒤를 지켜 줄 것 같은 덩치와 우직함에 반해 군위로 들였다고 해도 과언이 아니었다.

세 번째 군위인 소란은 두 번째 아이보단 약하지만 그래도 강한 검술을 가지고 있었다. 어리광을 부리면 유일하게 받아 주는 아이기도 했다. 첫 번째 아이에게 어리광을 피우면 그 아이도 덩달아 같이 어리광을 피웠고, 두 번째 아이는 어리광을 피워도 태산같이 딱딱했다. 그래서 어리광을 부리는 것은 소란이 딱이었다.

나라도 많이 키웠다. 자신이 세운 나라가 아닌 아비가 물려준 나라기도 했지만 아비의 나라에서 이렇게 크게 만든 것은 자신의 능력이었다. 큰 호수를 만들고, 상가와 민가를 따로 구분 짓고, 길을 정비하고, 수로를 만들고 사람들이 살기 좋게 애썼다. 노인과 아이들이 잘 살아야 좋을 것 같기에 복지도 잘 다져 놓았고, 살기 힘든 주위 부락과 여행자들에게도 먹을 것, 입을 것을 종종 나누어 주었다.

그런 사람들은 자신을 '신' 이라고 불렀다.

날마다 궁 쪽을 보며 왕께서 무탈하기를 비는 국민만 해도 수천 명이다. 관리들도 자신을 위해서라면 불구덩이에 몸을 던질 사람들로만 골라 났다.

그런데도 사람들은 자신이 외롭게 보인다며 호들갑을 떨었다. 여인이 후처로 바쳐진 것도 그 이유에서였다.

"모르겠습니다."

소란이 솔직하게 대답했다. 정확한 답이 아니라 송구스럽다는 표정을 짓고 있었다. 소란의 무릎을 베고 누운 왕은 손을 뻗어 소란의 머리를 쓰다듬었다. 괜찮다는 말을 손짓으로 대신하는 것이다. 소란이 희미하게 웃었다.

또래로 보이는 외견이지만 왕의 나이는 이미 백 세가 훌쩍 넘었다. 왕의 눈에 군위는 아이였다. 관리들도, 나라의 사람들도— 전부 아이들이었다.

아이(?)를 다독이고 나서 왕은 다시 여인 쪽으로 생각을 돌렸다.

여인은 찻물을 다시 끓이기 위해 궁의 바깥쪽에 있는 어주御廚[5]까지 갔을 것이다. 그곳에서 여기까지는 꽤 먼 거리다. 여인의 걸음으로는 족히 십 분이 걸리고도 남는다.

그렇게까지 하니 더더욱 부담스러웠다.

"……처음엔 기란 낭께서는 날 싫어한다고 하지 않았더냐?"

"그랬습니다."

---

[5] 수라간.

왕의 한탄에 소란이 대답했다. 왕은 푹 한숨을 쉬고 투덜거렸다.

"소문이 파다했잖느냐. 재상의 둘째 여식이 짐과 혼약을 맺기가 싫어 밤마다 눈물로 지새우고, 아버지인 재상에게 제발 그 명을 거둬 달라 빌고 또 빌었다고 말이다."

"그렇습니다."

소란이 대답했다. 왕은 소란을 올려보다가 다시 몸을 뒤집어 무릎에 얼굴을 파묻었다.

"그런데 어찌 저리 갑자기 마음을 바꾸어 날 곤혹케 하는 건지 도무지 모르겠구나."

고민이 깊어 한숨이 푹 나온다. 소란이 그에 대한 답을 주었다.

"첫눈에 반했다고 했습니다."

"뭐?"

무릎을 벤 채로 왕이 눈을 크게 떴다. 세상에서 가장 무서운 말을 들은 것처럼 왕의 눈이 벌벌 떨렸다.

"어, 언제? 언제 그런 소리를 들었느냐?"

"왕이 싫어서 집까지 뛰쳐나가려고 했던 마마께서 왜 혼사를 허락하셨나 물었더니 그리 답해 주셨습니다."

소란은 그때의 기억을 떠올리며 낱낱이 고했다.

"아버지께서 마음을 돌려 주실 것 같지 않아 왕께 직접 가서 이 혼사를 부디 없애 주실 것을 부탁드리러 왔다고 했습니다. 아버지인 재상의 눈을 피해서 살금살금 궁으로 들어오느라 정식 절차를 미처 밟지 못하고 본궁本宮에 숨어들었다고 하셨지요. 그리고는 왕께서 종종 지나치신다는 정원 후미에 숨어 기다리셨다고 합니다."

"……"

왕은 뭍에 나온 물고기가 되었다. 그의 입이 뻐끔뻐끔거리며 산소를 요구했다.

소란은 계속해서 고해 나갔다.

"정원의 후미에서 한 시간, 두 시간 기다리고 있으니 먼발치에 금빛 실타래가 보였답니다. 환한 햇살 아래 비치는 금빛 실타래는 마치 꿀과 같았고, 이마에 있는 군석은 밤하늘에 뿌려 놓은 별과 같았으며, 햇살 아래 반짝이는 두 황금빛 눈동자는 금을 녹여 만든 것처럼 밝고 따스했다고 기란 마마께서 말씀하셨습니다. 기란 마마는 그때부터 왕에게 반하……."

"……그만하거라."

왕은 소란의 무릎에 다시 얼굴을 박았다. 귀까지 붉어진 얼굴을 들키기가 싫어서 한참을 가만히 있었다. 그리고 몇 분 후, 왕이 겨우겨우 목소리를 끌어냈다.

"그리 열렬한 고백은 난생처음이로구나."

낯이 다 부끄럽다. 왕은 주절주절 내뱉으며 몸을 웅크렸다.

하지만 그래도 안 되는 것은 안 되는 것이었다. 왕은 기란이 혼사를 극렬히 거부하는 것만을 믿고 재상이 내미는 혼사를 떨떠름하게 받아들였다. 둘째 딸이 그리 거부하는데, 아비인 재상이 못 이기겠거니. 그럼 자신이 혼사를 받아들여도 자연스럽게 흐지부지되겠거니.

그리될 줄 알았다.

"……다시 무르자고 재상에게 말하면 분명 화내겠지?"

"화내겠지요. 입궁까지 한 과년한 딸이 사위에게 소박맞고 돌아오는 꼴 아닙니까."

왕의 속도 모르고, 왕이 묻는 것이라면 무조건 진실을 말해 주는 군위가 야속하기 짝이 없다.

왕은 더욱더 우울함에 빠져들었다.

"남이 화낼 법한 행동은 하기가 싫다. 그렇다고 나를 좋아하는 사람에게 야속하게도 나가 달란 말도 못하겠구나."

왕은 괴로운 신음 소리를 내며 가라앉았다.

"어떻게 하면 미움을 받지 않을 수 있을까."

한숨과도 같이 말했다. 소란은 우울해진 왕을 보고 덩달아 우울한 표정을 지으며 왕의 머리칼을 매만졌다.

왕이 작게 중얼거렸다.

"어찌하면 미움받지 않고 끝낼 수 있을까."

3.

기란은 왕께 찻물을 따라 올리고, 방석 위에 조신하게 앉았다. 벽자색 머리카락이 허리를 넘어 바닥에 닿았다. 가볍게 땋아서 틀어 올려 비녀를 꽂고 다녀야 마땅하지만, 여인의 마음이 그것을 저지했다. 머리를 틀어 올리는 것보다 푸는 것이 훨씬 어여뻤기 때문이다. 기란은 사랑하는 님에게 가장 어여쁜 모습만 보이고 싶었다.

"맛나시옵니까?"

"그렇소."

기란의 물음에 왕이 대답했다.

빈말은 아니었다. 유서 깊은 가문의 여식으로 태어나 남편을 내조

하는 방법은 확실히 배웠는지 차 맛만큼은 일품이었다. 온도도 딱하니 알맞고, 코를 간지럽히는 향도 좋았다. 입안에 머금은 차 맛이 은은하게 퍼져 나가서 온몸을 따뜻하게 하는 것이 차가 아니라 달달한 약초 물을 먹는 것 같았다.

맛나다는 대답에 기란의 얼굴이 밝아졌다. 혹여 입맛에 안 맞으면 어찌하나 싶어 조바심이 나던 차였다.

"입에 맞으시다니 너무 기쁘옵니다. 어린 시절부터 찻물을 끓이는 법을 배웠사온데, 그땐 철이 없어 차를 끓이는 시간이 너무 싫고 지겨워서 마당에 사는 지렁이를 잡아 와 찻주전자에 넣고 끓이기도 했지요."

"풉!"

왕이 분사했다. 입에서 찻물이 뚝뚝 흐르고, 방석 위에 찻물이 흩뿌려졌다. 왕이 허리를 숙인 채 쿨럭쿨럭 기침을 했다. 기란이 당황하여 어쩔 줄 몰라 할 때, 소란은 손수건을 꺼내 왕께 건넸다.

"쿨럭. 고맙다, 소란아."

쿨럭이는 왕은 수건을 받아 입을 닦았다. 소란은 다시 조용히 물러서서 그림자처럼 섰다. 간신히 평정을 찾은 왕은 떨떠름한 얼굴로 기란을 응시했다.

기란이 입을 가운데 모으고 눈물을 충전 중이었다.

아차, 왕이 그대로 뚝 멈췄다. 기란이 울먹이며 물어 왔다.

"소녀의 찻물이 그리 형편없으셨사옵니까? 소녀의 마음을 위해 일부러 맛나다고 하신 것이옵니까?"

"아, 아니요. 그, 그게 아니라…… 지, 지……."

지렁이 때문에 그렇소. 찻물에 지렁이를 넣고 끓였다 하지 않으셨소. 그 말에 놀라 그랬소. 절대로 차 맛이 이상하거나 그래서 그랬던 게 아니라, 단지 지렁이라는 말이 내 허를 찔렀소. 지렁이를 넣고 끓인 당사자가 방금 내가 마신 찻물을 끓여 와서 그렇소. 지렁이가 문제요.

—라는 말이 왕의 입안에서만 맴돌았다.

기란은 울음을 꾹 참고 변명하듯 중얼거렸다.

"어릴 적, 지렁이를 넣고 끓여 만든 찻물을 아버지께 드렸을 때 아버지께서는 맛나다 칭찬을 하셨사옵니다. 지렁이 넣은 줄도 모르고 저를 칭찬하셨지요. 그다음엔 정원의 흙을 퍼 와서 넣고, 여름에는 매미를, 가을에는 잠자리를, 겨울에는 동면한 개구리까지 잡아 끓였지만 모두 맛나다고 하셨습니다."

"……"

왕의 시선이 쟁반에 있는 찻주전자로 향했다. 뚜껑을 열어 안을 보고 싶어졌다.

"그래서 자만하였나 봅니다. 장난을 치듯 끓인 찻물도 맛나다고 하니 정성스럽게 끓인 찻물이라면 왕께서 당연히 입맛에 맞아 좋아하실 줄 알았나 봅니다. 어리석었습니다. 소녀가 바보 같았습니다! 앞으로 비파 연주와 더불어 찻물 끓이는 법을 혹독하게 연구하고 바로잡아야겠습니다!'

기란이 두 주먹을 불끈 쥐었다. 온 세상이 자신에게 덤벼들어도 씩씩하게 헤쳐 나갈 것 같은 각오가 얼굴에 떠올랐다.

왕은 그런 기란을 보며 눈을 깜빡이다 희미하게 웃었다. 그에겐 열 살배기 어린아이가 앞으로 공부를 더 열심히 하겠다고 다짐하는 기특한 모습으로 보였다.

'역시 안 되겠구나.'

모지고 야속한 말이 하기가 싫어 미뤄 왔지만 역시 저런 모습을 보면 해야겠다는 생각이 들었다. 이렇게 시간을 끄는 것도 그녀에겐 좋지 않았다. 그녀는 이제 막 스물이 된 꽃다운 나이였고, 꽉 막히고 답답한 궁이 아니라 널따란 마을을 활보하며 자신과 같은 나이의 사람과 같이 지내야 했다.

백 세가 넘은 자신은 너무 늙었다.

외견은 이십 세에 멈춰 있어서 기란과 같으나, 뇌는 낡디낡아 스무 살의 팔팔한 그녀를 따라가지 못했다. 무엇보다 자신에겐 끔찍이 사랑하는 왕비가 있었다. 눈에 넣어도 아프지 않고, 얼굴만 봐도 힘이 된다. 그녀가 있는데 또 다른 여인을 부인으로 삼는 것은 배신과도 같은 행위였다.

왕은 손에 들고 있던 찻잔을 내려놓고 기란을 불렀다.

"기란 낭娘."

"네?"

두 주먹 불끈 쥐고 각오하던 기란이 돌아본다. 크고 맑은 눈동자가 매우 어여뻤다. 하얀 데다 작은 얼굴이 어여쁘고, 아담한 체구도 어여뻤으며, 분홍 연지를 찍어 바른 입술도 어여뻤다. 허리를 넘는 긴 벽자색 머리카락은 그녀의 자랑이라고 할 만큼이나 아름다웠다. 무릇 사내라면 당연히 마음이 흔들릴 외모다. 재상이 자신의 차녀를 자랑하고 다닌 마음도 이해가 되었다.

하지만 왕은 쓴웃음만을 머금었다. 저토록 어여쁘니 자신의 후처로 뽑혔을 것이다.

"아까는 사레가 걸려서 그리된 것이오. 기란 낭이 끓이는 찻물 솜씨는 가히 장인 급이니 걱정하지 않아도 되오. 정말 맛나게 마셨소."

"그렇사옵니까!"

기란의 얼굴이 다시 밝아졌다. 그늘이 사라지고 햇빛을 본 꽃과도 같이 환한 얼굴이 되었다.

왕이 또다시 입을 열었다.

"비파 연주도 기대가 되오. 무얼 하든 열심히 하는 그대라면 분명히 뛰어난 솜씨로 연주를 해 주겠지. 그대 말처럼 희대의 악공이 되어 꽃과 꽃 사이를 날아다니는 나비와 하늘에 사는 새들이 들으러 올지도 모르오. 짐은 그날이 무척이나 기대가 되는군."

어쩐지 심상치 않게 흘러간다. 차가 맛있다 칭찬받고 활짝 웃던 기란의 얼굴에서 점차 웃음이 사라졌다. 기란은 눈을 동그랗게 뜨고 왕의 말을 경청했다. 숨소리 하나도 놓치지 않기 위해 귀를 기울인다.

왕은 두 주먹을 쥐고, 심호흡을 하며 말을 꺼냈다. 미움 받아야 할 말을 꺼낸다고 생각하니 심장이 발발 떨렸다.

"하지만 궁 안에서는 아니 되오."

"……네?"

기란의 대답이 늦게 나왔다. 충격으로 눈이 흔들리고 눈이 심하게 깜빡였다. 그것을 본 왕의 입이 순간 막혔다. 손가락이 꼼질거리고, 도망치고 싶어서 엉덩이가 들썩였다. 뒤에서 소란이 힘내라고 작게 응원한다.

미움 받기가 싫어 일주일 동안 미뤄 왔던 말들이었다. 입궁한 첫날 기란을 보고, 집무실에 일주일 동안 갇혀서 죽어라 일만 한 것도 이 말들을 입 밖에 내기가 무서워 피해 다녔던 것이다.

왕은 침을 꿀꺽 삼켰다. 그는 간신히 기란에게 상처가 덜 되도록 말을 골랐다.

"……기란 낭께선 너무 젊으오."

"저는 상관없사옵니다."

바로 대답이 튀어나왔다. 왕은 고개를 절레절레 저었다. 금빛 실타 래 같은 머리카락이 흔들렸다. 이마에 박힌 보랏빛 군석이 아름답게 반짝였다.

"기란 낭께서는 궁宮을 너무 얕잡아 보고 있다오. 궁에 한 번 들어 오면 바깥으로 나가는 것조차 어려운 것이 현실이오. 특히 왕의 곁을 지키는 여인이라면 무엇을 하더라도 주위의 시선을 받게 되어 있소. 바깥출입을 하고 싶을 때도 이유가 있어야 하오. 이유가 없으면 나갈 수도 없어. 친정에 갈 때도 왕인 나에게 허락을 받아야 하는 것은 물 론이고, 그에 따른 절차가 한둘이 아니오. 스물의 꽃다운 나이를 그 리 보내고 싶으오? 궁에 갇혀 정원만 오가며 살고 싶소? 그대는 그대 의 친오라비와 친동생을 보는 것에도 허락이 필요하게 될 것이오. 그 것이 궁이오."

"저는 그래도 상관없사옵니다!"

"짐은 싫소."

왕은 슬프게 중얼거렸다.

"그대는 지금이 가장 아름다운 시기요. 스무 살이 얼마나 멋진 황 금기인지 아시오? 그때라면 하고 싶은 것도 많고, 먹고 싶은 것도 많 고, 보고 싶은 것도 많을 나이오. 친구도 많이 사귈 수 있는 나이지. 마을을 돌아다니며 여러 친구들을 사귀고 싶지 않소? 서쪽 마을엔 어 떤 사람이 있을지, 동쪽 마을엔 어떤 사람이 있을지 궁금치 않으시 오? 벽공은 또 어떻게 벽돌을 만드는지, 화공은 어찌 유리그릇을 만드는지 궁금하지 않소? 그것을 두 눈으로 보고, 감탄해 보고 싶지 않소? 시장에선 사람들이 어찌 살며, 아이들은 어찌 뛰어노는지, 활기차게 살아가는 사람의 모습이 궁금하진 않으시오? 짐은 그랬소. 그땐 뭐든 것이 궁금했지. 하지만 정식으로 교지가 내리게 되면 그것들을 볼 수가 없어지오. 짐이 그랬다오⋯⋯."

정한의 왕자로 태어나 궁 밖으로 나갈 수가 없었다.

아바마마께서 주신 궁에서 살다, 책을 읽다, 무엇을 하기 위해선 아바마마의 허락이 필요했다.

"짐은 그대가 짐의 옆에 붙어 궁 안에만 있는 모습이 보기가 싫을 것 같소. 상상만 해도 마음이 아프오. 짐이 돌아오길 기다리며, 방 안에 가만히 앉아 있을 그대를 생각하면 가슴이 미어질 것 같소. 친우 하나 사귀기 힘든 궁에서 그대는 계속 홀로 짐만을 기다려야 할 것이오."

왕은 쓰게 읊조렸다.

"궁은 제약이 심하오. 여인에겐 더욱 심하오. 왕의 부인이라면 더더욱 심하겠지. ⋯⋯짐은 그게 싫소. 그래서 짐은 그대가 궁 밖으로 나가 주었으면 하오. 나이에 맞게 활짝 피어올랐으면 좋겠소."

"하지만⋯⋯ 하지만 소녀는 전하를 사모하고 있사옵니다."

기란이 풀잎에 맺힌 이슬 같은 눈물을 뚝뚝 흘렸다. 구슬프게 우는 얼굴에 왕의 심장이 조여들었다.

"우, 울지 마오⋯⋯."

"사모하고 있사옵니다. 여인의 입으로 이런 말을 하는 것이 부끄러운 짓인 것을 알지만, 말하지 않고는 버티지 못하겠사옵니다. 사모하고 있사옵니다. 처음 본 그날부터 흠모하였습니다. 왕을 보기만 하면 가슴이 두근거리고, 얼굴이 빨갛게 달아오르고, 손가락이 꼼지락거려 단 한 번도 가만히 있질 못하였사옵니다. 왕께 잘 보이고 싶어 수십 색의 연지를 찍어 보았고, 하루에도 수십 벌의 옷을 갈아입으며 무엇이 가장 어울릴까 고민하고 또 고민하였사옵니다."

기란의 기다란 속눈썹에 한 방울의 눈물이 고였다. 왕은 우는 여인에게 당황하여 말 한마디 못 건네고 손을 휘젓고 있었다. 소란이 안타까운 표정으로 왕을 응시했다.

기란은 고여 있던 눈물 한 방울을 떨궜다. 우유 같던 피부를 따라 눈물이 바닥으로 뚝뚝 떨어진다.

"이미 제 모든 삶은 왕께 맞춰 돌아가고 있사옵니다. 그런 저에게 궁을 나가라고 하시다니요. 너무 야속하옵니다. 너무 슬프옵니다. 저는 궁을 나가자마자 상사병에 걸려 몸져누울 것입니다. 왕을 뵙지 못하는 하루하루가 지옥 같아 입술이 바짝 마르고, 식사 한 번 못하고 울기만 할 것이옵니다. 잠에 들면 저승사자가 꿈에 나타나 어서 오라 손짓하겠지요. 저는 그리 최후를 맞이하여 죽을 것이옵니다."

"그, 그럴 리가……."

왕은 말을 잇지 못했다. 눈물을 가득 담은 기란이 올려다보았기 때문이다. 기란의 슬픈 감정이 커다란 눈에 모두 드러나 있었다.

왕은 저도 모르게 울 듯한 얼굴을 지었다.

"……미안하오, 기란 낭."

홀쩍홀쩍 울고 있던 기란은 그 목소리에 큰 충격을 받았다. 그녀는 울고 있는 채로 눈을 크게 뜨고 왕을 올려다보았다.

"미안하오."

왕이 다시 사과의 말을 입에 담았다. 서글픔이 뚝뚝 묻어져 나오는 목소리가 기란의 심장을 관통했다. 그녀의 심장이 땅으로 곤두박질치는 것처럼 아파 왔다.

저 때문에 왕이 슬퍼하고 있다.

기란이 다급히 말했다.

"아니, 아니옵니다. 모두 저를 위해 해 주신 말씀인 것, 소녀 다 알고 있사옵니다. 하지만 소녀가 철이 없어서 받아들일 준비가 되어 있지 않아 그런 것이니 너무 마음 쓰지 말아 주시옵소서! 저는 이제 괜찮습니다! 괜찮고말고요!"

그녀는 황급히 손수건을 꺼내 흐르는 눈물을 닦았다.

그리고 붉어진 얼굴로 애써 웃어 보였다.

4.

어느덧 해가 저물었다.

산 위에 지어진 본궁에도 석양의 그늘이 드리웠다. 기란이 왕을 위해 가져온 열두 폭 병풍의 그림에도 붉은 석양이 비치고, 활짝 열린 창문으로 들어온 바람이 풍경을 건드렸다.

풍경이 딸랑 운다.

천장에 매달린 흔들개비들도 동시에 흔들렸다.

"……이것들 때문에 마음이 불편하시겠사옵니다."

기란이 흔들리는 흔들개비를 보며 말했다.

차를 마시니 마음이 안정이 되었다. 목구멍을 타고 넘어가는 따뜻함이 슬픔을 감싸 주는 느낌이다. 코끝은 빨갛고, 눈도 퉁퉁 부어올랐지만 기란은 웃는 얼굴을 거두지 않았다. 혹여 왕께서 불편하실까, 조잘거리는 것도 멈추지 않았다.

"궁 밖으로 나갈 때 다 치우고 가야겠사옵니다."

"……미안하오."

할 말이 사과밖에 없는 왕이 또다시 사과했다. 기란은 웃으며 고개를 저었다.

"아니옵니다. 전부 소녀가 좋아서 했던 것이옵니다."

"그 마음은 무척 기뻤소."

"그럼 되었사옵니다. 소녀, 그 말이 듣고 싶었습니다."

기란이 다시 차를 마셨다.

둘은 나란히 앉아 석양을 보았다. 산꼭대기에서 보는 석양은 사람의 손으로는 그리지 못할 자연의 그림이었다. 멀리 보이는 거대한 호수는, 하늘을 비추는 자연의 거울이었다. 이 모두 인간의 힘으로는 이뤄 낼 수 없는 것들이었다.

"소녀는 이미 소원 하나를 이루었습니다."

석양을 보던 기란이 입을 열었다. 석양을 보던 왕이 고개를 돌려 기란을 응시했다. 기란이 종달새처럼 어여삐 말했다.

"이렇게 나란히 앉아 석양을 보며 시간을 보내고 싶었습니다. 말을 나누지 않아도 같은 것을 보고 같은 시간을 보내는 것이 얼마나 큰 기쁨일까 상상하였지요. 근데 이리 이루어지니 무척 기쁩니다."

석양의 붉은빛이 기란의 옷자락을 넘어왔다.

그 빛이 너무 고와 기란은 손을 뻗어 석양빛에 담갔다. 석양의 붉은빛이 기란의 손목까지 어른거렸다.

왕도 그런 기란의 행동을 따라 했다. 창을 통해 들어온 석양빛이 발치까지 내려왔다. 왕이 손을 뻗자, 새하얗기만 했던 손이 하늘을 물들인 색과 똑같이 물들었다.

왕의 얼굴에 희미한 웃음이 생겼다. 소소한 것도 나누자 기쁨이 배가 되었다. 왕이 기뻐하자 기란도 기뻐하며 웃었다.

"이런 소소한 것을 좋아하였구려. 짐이 못나서 미안하오. 궁을 나가도 불미스러운 소문에 휩싸이지 않도록 짐이 힘을 쓰고, 또 훗날 원하는 것이 있으면 언제든지 들어줄 것이오. 혹 짐에게 원하는 소원은 없으시오? 짐이 뭐든지 들어 드리리다."

석양빛을 받으며 왕이 말했다. 그의 금빛 실타래가 석양과 어울려 은은하게 빛났다. 그 속에서 반짝이는 보랏빛 군석과 황금빛 눈동자와 흰 피부, 또한 입고 있는 비단 옷자락마저 붉은빛과 어울려 아름답게 보인다.

"소원…… 말씀이시옵니까?"

"그렇소. 원하는 것이 있소?"

여인의 마음에 큰 못을 박았으니, 그것을 풀어 줄 소원 하나를 들어주고 싶었다.

기란은 큰 눈을 더 크게 뜨더니, 잠시 뭔가에 홀린 듯 입을 열었다.

"정녕 들어주시옵니까?"

"그렇소."

기란의 눈이 깜빡였다. 큰 눈이 깜빡일 때마다 기다란 속눈썹도 같이 흔들렸다. 기란은 홀린 듯이 입을 열었다.

"소녀는…… 일주일이옵니다."

"일주일?"

"비파를 열심히 연습하여 들려 드릴 시간을 원하옵니다. 부디 소녀에게 궁에서 일주일만 더 지내라 말씀해 주시면 아니 되옵니까?"

의외의 소원에 왕의 말이 멈췄다.

"비파를 연주해 드리고 싶사옵니다. 일주일 동안 연습해 보았자 희대의 악공이 될 수 있을 리가 없겠지만. 그래도 연습하고 또 연습해서 단 한 번만이라도 왕께 그럴싸한 비파 소리를 들려 드리고 싶사옵니다."

기란은 절절히 자신의 마음을 내비쳤다.

"왕께 단 한 번만이라도 소녀의 실력을 뽐낼 기회를 주실 수 있을는지요?"

왕은 오래 산다.

병들지 않고 늙지 않는다면 젊은 모습으로 오래오래 살 수 있다.

그 속에서 기란은 하루살이에 불과했다. 왕과 연관되지 못한 그녀는 금세 늙어 흙으로 돌아갈 터. 그렇다면 단 한 번, 부디 왕의 기억 속에서 잊히지 않는 모습을 새기고 싶었다.

"분홍 연지를 찍어 바르고 세상에서 가장 아름다운 옷을 입고 잊히지 않을 만큼 아름다운 모습으로 왕의 앞에서 연주를 하고 싶사옵니다."

기란은 똑바로 왕을 응시하며, 자신의 마음을 고백했다.

곁에 있을 수는 없겠지만 궁을 나가서라도 여전히 흠모하고 사모하겠노라 그리 말한 것이나 진배없었다.

왕은 그 마음이 기뻤다.

고마웠다.

"일주일 뒤면 국명부가 열리는 날이구려."

"네. 그래서 더욱더 그날 연주하고 싶사옵니다. 중요한 날이라는 것은 알고 있사오나, 부디 그날에 연주할 수 있도록 해 주십시오."

　―국명부가 열릴 때마다 자신이 기억날 수 있도록.

　여인은 그 말을 내뱉고 방석 위에 무릎을 꿇었다. 무릎 앞에 양손을 조신하게 모으고 고개를 조아리자 벽자색 머리카락이 흘러내렸다. 전쟁터에 보낸 지아비를 여의고, 자결을 앞둔 여인의 모습 같아 보였다.

　왕의 입이 열렸다.

　세상 위에서 사는 왕이지만 한없이 다정한 목소리다. 그 울림조차 따뜻하고 보드라웠다.

　"윤허하오."

　기란은 감격하여 눈물을 흘렸다. 감사한 마음에 절을 하니 벽자색 머리카락이 바닥에 흐드러지게 피어났다.

제 5 장

어둠 속에서 (팔 일 전)

제 5 장
어둠 속에서(팔 일 전)

1.

─종이가 왔다. 작게 찢어 우물우물 씹어 꿀꺽 삼켰다.

늙은 궁녀는 오늘도 정해진 시간에 일어났다.

나이가 들어서인지 부쩍 일어나는 것이 힘들어졌다. 걸을 때마다
뼈마디가 쑤시는 것은 물론이고, 검버섯이 핀 살가죽이 탄력을 잃고
죽죽 늘어졌다. 몸의 기능도 많이 떨어져 자고 일어나면 이불에 소변
을 지린 적도 종종 생겼다. 요실금도 생기고, 오줌소태도 생겼다. 하
나같이 아래에만 병이 생겼다.

─죽을 때가 된 거겠지.

병든 자신의 몸을 궁녀는 그리 생각하고 넘겼다. 자신의 몸인데도

길거리에 굴러다니는 돌처럼 무심했다.

늙은 궁녀는 달거리하는 어린 계집애들처럼 아래 속옷에 개짐[6]을 넣고 일어섰다. 일어설 때는 지팡이가 필요했다.

그녀가 맡은 일은 고귀한 분의 뒷바라지였다.

자신이 머무는 이곳 지하실보다 더 깊숙한 곳에 있는 방으로 가서 청소와 빨래를 하고, 정해진 시간마다 요리를 하여 문틈으로 넣어 드리는 일을 맡았다. 그 일이 끝나면 자신의 방으로 돌아가 고귀한 분이 입는 옷들에 바느질과 다림질을 하면서 시간을 보냈다. 젊었을 적엔 퍽 여유로운 일들이었지만 늙고 나니 이것도 힘에 부치고 시간에 시달렸다.

바깥에서 살던 것보단 훨씬 간단하고 편한 일이지만 궁녀는 이 일을 하기 위해 두 눈과 혀를 진왕께 바쳤다. 뻘겋게 달아오른 철을 제 손으로 들고 눈을 지지고, 의원의 앞에서 혀를 잘라 말문을 막았다.

가족도 없는 고아였기에 가능한 일이었다. 비루한 몸으로 정한에 찾아온 자신을 교활 왕께서 받아 주셨기에 해낸 일이었다.

젊었을 적의 그녀는 무척이나 볼품없었다.

몸은 비쩍 말라 살이 없었고, 얼굴은 태어날 때부터 흉측했다. 입은 세로로 갈라진 언청이에, 코는 사내의 주먹만큼이나 크면서도 납작했다. 눈은 가로로 길게 찢어져 가만히 있어도 노려보는 것처럼 보였다.

어찌나 흉한지 여인은 몸 파는 일도 힘들었다. 동곡 한 닢, 물 한 모금만이라도 괜찮다며 절실하게 유혹해도 사내들은 여인의 얼굴만

---

6) 생리대.

보면 역정을 냈다. 그리고 그들 대부분이 여인을 거칠게 안고 난 후엔 돈 대신 주먹과 욕지거리를 날리고 사라졌다.

부모도 없이 혼자 자라 배운 것도 없고, 가진 것도 없다.

몸 파는 일도 힘들어 먹고살 길이 막막했던 그녀는 결국 남의 물건에 손을 댔다. 부락에 몰래 숨어 들어가 부락민의 물건을 조금씩 훔쳤다. 하지만 그것 또한 금방 들켰다. 그녀는 그동안 훔친 물건을 모조리 빼앗긴 채, 온몸에 시퍼런 멍을 달고 다른 곳으로 쫓겨나야 했다. 몸이 성한 것만으로도 다행이었던 비참한 인생이다.

되돌아보면 그렇게 힘든 때가 없었다.

하지만 그 모든 것을 잊고, 기뻐할 만한 일이 자신에게 일어났다.

정한이라는 나라에 가까이 있다가 국명부가 열린다는 소리를 들었다. 할 줄 아는 것도 없고, 가진 것도 없고, 나이도 많았다. 얼굴 또한 흉측하기 짝이 없는 자신을 받아 줄 리가 없다. 여인은 그것을 알았지만 국명부에 이름을 적기 위해 정한으로 들어갔다.

국명부가 열리는 시기에는, 국명부에 이름을 적기 위해 들어오는 사람들에게 무료로 밥과 잠잘 곳을 주었다. 여인이 원한 것은 그것이었다. 단 며칠만이라도 배부르게, 안전하게 잘 수 있는 나날들이었다.

그리고 국명부가 열리는 날이 왔다. 여인은 왕의 앞에 나섰다.

어차피 떨어질 것이니, 기대는 하지 않았다. 볼품없는 몸과 더러운 옷가지를 걸친 채 왕의 앞으로 나아가 고개를 조아렸다. 반들반들 윤이 나는 바닥에 후줄근하기 짝이 없는 그녀의 모습이 비춰졌다. 화려하고 반짝이는 궁에서 그녀는 먼지보다 더 초라했다. 갈라진 손톱과 검게 탄 손을 가진 것 또한 그녀밖에 없었다. 그녀는 소매 안으로 손을 집어넣기 위해 애썼다.

왕의 목소리는 들리지 않았다. 왕의 곁에 선 관리들이 이것저것 물어 왔고, 여인은 더듬더듬 대답했다. 얼굴을 천으로 가린 것이 무엄하다 하여 천을 벗었건만, 벗자마자 관리들은 이맛살을 찌푸렸다. 혀를 차는 소리도 어렴풋이 들렸다. 떨리는 손으로 더듬더듬 천을 다시 뒤집어써도 관리들은 무엄하다 욕하지 않았다.

그때 손을 내밀어 준 것이 교활 왕이었다.

옥좌에서 내려와 볼품없는 자신에게 손을 내밀어 주셨다. 수많은 사내들이 추하게 생긴 얼굴을 보고 침을 뱉었었는데, 왕께서는 달랐다. 왕의 입이 열리고 고른 치아가 보였다.

―힘들었겠구나.

그 한마디에 여인은 눈물이 났다. 입술이 발발 떨렸다. 동곡 한 닢에 몸을 팔고, 억센 사내들에게 모욕을 당해도 나지 않던 눈물이 그때부터 흘러내렸다.

왕은 아름다웠다. 머리칼이 태양처럼 반짝였다. 황금빛 눈동자는 갓 태어난 병아리처럼 순수하고 포근했고, 이마에 박힌 보랏빛 군석은 새벽처럼 영롱하게 빛났다.

여인은 군석을 처음 봤다. 그것을 울면서 홀린 듯 응시하고 있자, 왕께서는 희미하게 웃으셨다.

그리고 그날 여인은 국명부에 이름을 얻을 자격을 얻었다.

감격. 그런 감격이 또 있을까.

부모에게도 버림받고, 어딜 가나 환영받지 못한 자신을 이 세상에서 가장 고귀하고 훌륭하신 분이 받아 주시다니. 힘들었겠다고 건네주신 따뜻한 말 한마디는 그녀에게 있어서 가장 귀중한 것이 되었다.

무엇이든 하고 싶어졌다.

자신을 처음으로 받아 준 이 왕을 위해 그녀는 무엇이든 하고 싶었다. 그녀는 국명부에 이름을 적자마자 바로 궁녀로 지원했다. 흉측한 얼굴과 많은 나이 탓에 궁녀가 못 된다면 스스로를 노비로 팔아 궁노비가 될 각오마저 있었다.

뜻밖에도 그녀는 궁녀가 되었다. 국명부에 이름을 적을 수 없을 거라 여겼는데 국명부에 이름을 적고, 궁녀도 될 수 없다고 여겼는데 궁녀가 되었다.

그녀는 평생 겪을 운을 여기서 다 겪는 것처럼 느껴졌다. 기뻤다. 힘들었던 모든 세월을 보상받는 것처럼 행복했다. 궁녀가 된 그녀는 열심히 일했다. 흉측한 얼굴 탓에 모두가 그녀를 기피했지만, 그녀는 아랑곳없이 성실하게 일을 했다. 따돌려도 좋았다. 차가운 겨울날, 시린 물에 빤 천으로 궁의 복도를 닦아도 기뻤다. 자신이 닦은 이 길을 왕이 걸어 주실 거라는 생각만으로도 가슴이 벅찼다.

성실하고 묵묵하게 일하는 그녀에게 동무도 생겼었다. 싹싹한 어린 궁녀로, 한참이나 나이가 많은 자신을 '언니, 언니!' 하며 따라다니는 착한 아이였다. 여인은 그 아이에게 글을 배웠다. 왕께 도움이 되고 싶었고, 아이가 그리하면 좋겠다고 해서 배우기 시작한 글이었다. 글을 다 배우기까진 꼬박 일 년이 걸렸다.

글을 다 배운 후, 궁에는 은밀한 소문이 돌았다.

자신과 유일하게 친하게 지내는 아이가 그 소문을 들려주었다. 왕께서 앞을 보지 못하는 것과 동시에 입이 무거운 자를 구한다는 소문이었다.

그 소문을 들은 여인은 심장이 쿵쾅거렸다. 왕께 도움이 될 수 있는 기회였다. 하지만 자신의 눈은 멀쩡했다. 하루 종일 몇 마디 안 하는 입은 자신이 있었으나, 자신의 멀쩡한 눈이 고비였다.

여인이 고민하는 사이에 아이는 다른 소문을 전해 주었다.

앞을 보지 못하고, 입이 무거운 자를 찾을 수가 없어서 왕께서 너무나 힘들어 하고 있다는 소문이었다. 미친 왕자와 관련된 일이라, 왕께서 밤마다 잠도 못 이루고 있다고 했다.

여인은 그때 마음을 정했다.

그녀는 의원을 불러 놓고 불로 달군 철로 제 눈을 지졌다. 그 고통이 극심했으나 왕께 도움이 된다는 것 하나만으로 버텼다. 이왕 하는 김에 혀도 잘랐다. 입이 무거운 게 아니라, 아예 말을 못하면 더 쓸모가 있지 않을까 하는 생각에서였다.

그런 그녀를 —왕께서는 또다시 선택해 주셨다.

앞으로의 일을 부탁한다고 말씀하시는 왕의 말에 여인은 세상의 모든 것을 얻은 기분을 느꼈다. 빛을 잃은 눈과 목소리를 잃은 입이 전혀 아깝지 않았다.

그리고 지금껏 궁녀는 이곳 지하실에서 살았다.

2.

그녀는 지팡이로 앞을 두드리며 걸어 나갔다. 낡은 몸뚱이가 거슬릴 때는 왕께서 부탁하신 일을 제대로 못할 때뿐이었다.

그녀는 두 눈과 말을 잃었지만 그 누구보다도 이곳 지하실을 훤히 꿰뚫고 있었다. 어디에 무엇이 있는지, 어디가 어떻게 되어 있는지

두 눈이 훤한 사람들보다도 그녀가 더 잘 알았다.

지팡이로 더듬으며 걸어간 그녀는 곧 걸음을 멈췄다. 자신의 방에서 딱 서른 걸음이었다. 그녀는 오른손을 오른쪽으로 뻗었다. 뻗은 곳에 철문이 있다.

그녀는 허리춤에 매단 열쇠를 꺼내 철문에 달린 자물쇠를 땄다. 자물쇠는 총 다섯 개다. 그녀는 눈이 보이는 것처럼 열쇠를 꽂고 자물쇠를 따서 문을 열었다.

문을 열고 들어가면 커다란 방 하나가 궁녀를 맞이했다. 그녀는 방 안에 들어서자마자 무릎을 꿇고 고개를 조아렸다. 바닥에 깔린 푹신한 양탄자의 촉감이 느껴졌다.

그녀가 고개 숙인 방향에 '미친 왕자'가 있는지는 그녀도 알 수 없었다. 귀는 들렸지만 소리는 나지 않았다. 왕자가 있는 기척이 느껴질 때도 있었지만 없는 것처럼 조용할 때도 있었다. 오늘은 왕자가 없는 것처럼 조용했다. 숨소리도 들리지 않는다.

인사가 끝난 후엔 삐걱거리는 몸을 일으켜 욕실로 향했다. 아침이 시작되었으니 목욕물을 데워야 했다. 왕자가 씻을 물을 데우는 것이 그녀의 첫 번째 일과였다.

욕실에 들어간 궁녀는 받아 놓은 물을 아궁이에 넣고 불을 지폈다. 불길은 뜨거움으로 조절했다. 손바닥을 대고 불길이 적당한지 심한지를 조절하면서 아궁이의 물을 데웠다.

물은 바깥에서 길어 오지 않고 이곳에서 자급자족했다. 왕이 사는 나라에는 물이 마르지 않아 지하수가 존재했다. 이곳 지하실에서는 그 지하수를 끌어 올려 사용하고, 궁녀는 그 지하수로 왕자가 쓸 목욕물을 데웠다.

아궁이에 불을 지핀 궁녀는 욕실 바깥으로 나갔다. 물을 데우기까지는 약간의 시간이 걸린다. 그사이에 다른 할 일을 해야 했다.

지팡이로 바닥을 더듬어 나가자, 지팡이 끝에 걸리는 것이 몇몇 있었다. 그것들은 대부분 빨랫감들이었다. 궁녀는 그것들을 모조리 바구니에 처넣고 문 앞에 가져다 놓았다.

바구니에 빨랫감을 넣은 궁녀는 이번에는 탁자 위를 두드리며 주전자를 찾았다. 주전자의 물을 갈아 놓고, 물 잔을 씻어야 했다.

탁탁.

탁자를 두드리는 소리가 지하실을 울렸다.

3.

탁탁.

두드리는 소리에 아기에는 흐릿한 눈을 들었다.

열 때문에 눈앞이 흐려져 천장이 잘 보이지 않았다. 쿵쿵 뛰는 심장 소리는 귀에 달라붙은 듯 시끄러웠다. 누가 귀 옆에서 북을 쳐도 이보다는 조용할 것 같았다.

'오늘이 며칠이지?

입이 바싹 말랐다. 목이 타서 괴롭다. 물을 마시고 싶지만 손가락 하나만 까닥거려도 온몸이 아파 왔다. 어제 졸린 목과 발길질이 타격이 컸다. 괜찮다 싶을 때면 어김없이 찾아와 폭력을 행사하는 그 인간 때문에 몸이 갈수록 망가지고 있었다.

아기에는 물을 마시는 대신 침을 삼켰다. 침이 넘어가자 목이 따갑다. 어제 그놈에게 졸린 목엔 시퍼렇다 못해 검게 변한 손자국이 먹물 자국처럼 퍼져 있다.

아기에는 늘어지듯 숨을 내뱉고 다시 눈을 감았다.

자투라를 파기하고, 정한에서 남은 마지막 미련을 처리하기 위해 이곳으로 되돌아온 게 일주일 전이다.

한 달 만에 돌아온 아들을 아버지는 격하게 반겼다.

어찌나 격한지 입가가 터져 피가 흘러내렸다. 뺨에는 손자국으로 멍이 들었고, 갈비뼈와 왼팔이 부러졌다. 왼쪽 팔은 부목을 대고 붕대를 감았지만 갈비뼈는 그대로 버티는 수밖에 없었다. 또 죽을 정도로 목을 졸렸다. 숨이 막혀 정신을 잃고 나니, 아기에는 지하실에 처넣어져 있었다.

열 살 때부터 갇혀 지냈던 곳이다.

지하라 창문은 없다. 촛불을 켜지 않으면 항상 어둡다. 사방이 벽과 철문으로 막혀 있고, 오가는 사람은 눈과 입이 먼 늙은 궁녀가 전부였다. 소리는 물론이고, 코로 맡을 수 있는 냄새는 언제나 습기에 찬 퀴퀴한 냄새밖에 없었다.

이곳에 들어오자마자 아기에는 예전으로 돌아간 기분을 만끽했다. 달릴 수도 없고, 크게 소리쳐도 들어줄 사람 없는 이곳의 생활은 무덤이나 마찬가지였다.

책이라도 있었으면 그나마 나았을 텐데, 전능하신 아버지는 아들이 똑똑해지는 것을 원치 않았다. 글도 잊고, 말을 더듬으며 의사 표현을 제대로 못하는 한심하고 멍청한 아들을 원했다.

다른 사람과 대화하는 것도 용납하지 않았다.

자신과 말하는 사람은 다음 날의 해를 보지 못했다. 무슨 작당을 하느냐가 주된 이유였다. 또 자신이 아는 비밀을 다른 사람에게 발설할까 두려워했다. 그때의 그놈은 참 끊임없이 사람을 죽여 댔고, 훌륭하게 죽음을 포장하여 자신의 위치를 지켰다.

사람이 몇 번 죽어 나가자 안 되겠다고 생각했는지, 그놈이 이상한 여자를 들여보냈다. 눈이 멀고 혀가 없는 늙은 여자였다. 그녀에겐 귀가 남아 있었지만 듣지 않았다. 그놈에게 무슨 말을, 무슨 명령을 들었는지 아기에가 무슨 말만 하려고 하면 귀를 막고 바깥으로 나가 몇 시간 후에나 돌아오곤 했다.

아기에는 그럴 때마다 오기가 났다. 쉬지 않고 말을 걸어 그녀에게 명령을 하는 자가 어떤 자인지 알리고 싶어졌다. 그놈이 어떤 놈인지, 자신을 어떻게 대하는지 알리고 싶었다. 어린 시절의 발악이었다.

하지만 여자는 아기에가 그러면 그럴수록 귀를 막고 돌아오지 않는 시간이 길어졌다.

먼저 멈춘 것은 아기에 쪽이었다.

여자가 스스로 혀를 자르고, 눈을 지진 것을 알게 된 후였다. 혐오심이 일었다. 이용당하는 건지도 모르고, 제 모든 것을 준 여자가 멍청하고 혐오스러워졌다. 아기에는 두 번 다시 여자에게 말을 건네지 않았다.

그 여자가 지하실에 들어온 이후로는 아기에의 상대는 줄곧 자투라였다. 자투라와 대화하고, 자투라와 눈을 맞추고, 자투라와만 감정을 공유했다. 슬픈 것도, 아픈 것도, 재미있는 것도 모두 그녀와 공유할 수 있었다. 그도 웬일인지 자투리만은 내버려 두었다.

하지만 팔 년이 지나서 그것도 한계가 왔다. 그놈이 슬슬 자투라를 죽여야겠다는 의사를 비쳐 왔다. 말은 상냥하고 조근하게 해 왔으나, 그 말속의 의중을 아기에가 눈치 빠르게 알아차렸다.

살리려면 어쩔 수가 없지.

아기에는 자투라를 노예로 팔아 버렸다. 하지만 그것도 안심되지 않아 파기하여 폐군위로 만들었다.

무능한 왕이 자신의 군위를 지킬 수 있는 방법이 그것밖에 없었다. 떠오르는 방법이, 할 수 있는 것들이 그리 고약한 것들밖에 없었다.

아기에는 침대에 누운 채로 자투라의 마지막을 떠올렸다.

폐군위가 된 자투라는, 왕인 자신이 눈앞에 있는데도 몰라봤다. 빛을 잃고 흐려진 눈동자는 아기에의 가슴을 싸하게 만들었다. 미쳐 버린 그녀는 예전처럼 말하고 웃는 법을 잊었다. 그저 갓 태어난 돌화족들처럼 멍하니, 마냥 멍하니 돌 위에 앉아 황량한 돌산의 풍경을 내려다보기만 했다.

혹시나 싶어 말을 걸었다. 대답이 없었다. 이름을 부르고, 명령을 내려 보아도 자투라는 돌처럼 가만히 있었다.

미치는 것도 여러 종류가 있는데, 자투라는 모든 것을 지워 버리는 쪽을 택했다. 움직이는 법조차 잊고, 살아가는 것조차 잊는 방법을 택했다.

한때 그녀의 왕이었으며, 그녀의 모든 것이었던 아기에는 그것을 알고 비릿하게 웃었다.

바람이 불고 머리카락이 흐트러졌다. 땅에 거슬린 옷자락에 흙이 묻고, 해가 지고 밤이 찾아왔다. 황량한 돌산의 밤은 다른 곳보다 더 시렸다. 아기에는 자투라의 옆을 꼬박 하루 동안 지켰다.

울음은 나지 않았다. 거짓 눈물은 마음만 먹으면 흘릴 수 있는데,

이럴 때는 눈물이 나오지 않았다. 가슴속이 비가 오지 않는 땅처럼 점점 메마르고 쩍쩍 갈라진 것 같았다.

하루를 소비하여 자투라 곁을 지킨 아기에는 정한으로 돌아갈 준비를 했다. 흐트러진 자투라의 머리칼을 정리해 주고, 흙이 묻은 옷자락을 털어 주었다. 왜소해 보이는 어깨에 외투를 덮어 주는 것도 잊지 않았다. 돌로 이뤄진 그녀의 몸은 추위와 더위를 타지 않는 몸이란 걸 알고 있지만, 외투는 아기에의 마지막 배려였다.

―이젠 안전할 거야.

그게 마지막 말이었다.

아기에는 등을 돌려 걸어갔다. 황량한 돌산에는 자투라만이 혼자 남았다. 계속 걸어가자 자투라가 보이지 않게 되었다. 돌산도 멀어졌다. 여덟 살 때부터 함께해 오던 동행자가 사라진 것을 그때부터 느꼈다. 아기에는 휑해진 가슴속을 문질렀다. 메마르다 못해 쩍쩍 갈라진 가슴속에 이젠 찬바람까지 휑휑 불었다.

'살아만 있으면 돼.'

그것은 아기에가 가지고 있는 좌우명이나 다름없었다.

살아 있기만 하면 언제든 자신이 만나러 갈 수가 있다. 살아 있기만 한다면 다시 시작할 수가 있다. 비록 예전처럼 지낼 수는 없겠지만, 그래도 죽어 썩어 없어지는 것보단 낫지 않나.

거기까지 생각한 아기에는 과거의 기억 속에서 깨어났다.

변하지 않는 까만 천장이 눈에 들어왔다. 끙 소리와 함께 일어나 앉았다. 몸을 일으키는 것만으로도 온몸에 통증이 내달렸다. 파랗게 멍이 든 몸은 구석구석 쑤시지 않는 곳이 없었다.

앞을 보니 철문 앞에 식판이 놓여 있었다. 철문의 밑구멍에 난 구명으로 넣어진 식판이었다.

오늘의 음식은 미음이었다. 아니, 아기에가 이곳으로 돌아온 후부터 줄곧 미음이었다.

입안이 찢어지고 성치 않은 몸뚱이를 배려해서 넣어 준다. 감격이야, 이런 배려라니. 몸 둘 바를 모르겠네. 아기에는 그리 중얼거리며 침대에서 내려가 걸어갔다. 통증이 치달아 오르고, 한 걸음 걸을 때마다 어딘가가 지끈거렸다.

식판을 들고 다시 침대로 왔다. 오른손으로 숟가락을 들었다. 숟가락이 벌벌 떨렸다. 왼팔은 부러졌고, 오른손은 퉁퉁 부어 수전증 걸린 사람처럼 벌벌 떨리는 게 그대로 보였다.

아기에는 큭 웃으면서 미음을 먹었다. 어제는 숟가락 하나 들지 못하고 골골댔는데, 오늘은 그래도 살 만했다. 숨은 쉴 수 있을 정도로 아프니까.

숟가락에 실린 미음이 아기에의 입안으로 삼켜졌다. 따뜻한 미음은 씹지 않아도 부드럽게 흘러 들어갔다.

'웃기지도 않아.'

패 죽일 것처럼 굴다가도 굶겨 죽이는 것을 무서워해 이런 배려를 보인다.

이 모순된 상황에 어이가 없다. 아기에는 상대를 비웃으면서 남김없이 먹었다. 자존심이 강한 놈이라면, 자신이 조금이라도 라야 같았더라면 식판을 던져 버리고 굶어 죽는 쪽을 택했겠지. 하지만 자신은 라야가 아니었다. 자존심보단 실리였다. 굶는 것은 손해 보는 짓이다. 굶으면 체력이 떨어지고, 머리 굴러가는 속도가 느려졌다. 상처가 낫는 것도 더뎌졌다. 자존심은 챙길 수 있어도 잃는 것이 많다. 그런 짓은 하기가 싫었다.

곧 식판이 깨끗하게 비워졌다. 아기에는 그것을 침대 밑에 아무렇게나 던져두었다. 목욕물을 데우러 간 늙은 궁녀가 알아서 치울 차례였다.

배를 불리자마자 침대 위에 다시 누웠다. 시커먼 천장이 다시 눈에 들어왔다.

아기에는 눈을 감고 기다렸다. 여러 가지 생각이 흘러가고, 또 흘러갔다. 여기를 어떻게 다시 나갈지, 어머니는 어디에 있을지, 과연 찾을 수가 있을지, 계획에 흠은 없는지.

생각은 정처 없이 흘러갔다. 하지만 단 하나도 허투루 생각하지 않았다. 망상에 빠지지도 않았다. 아기에는 철저한 계산속으로 모든 것을 생각했다.

읽는 것, 보는 것, 듣고 말하는 것을 모두 빼앗긴 아기에는 자신의 두뇌가 죽는 것을 방지하기 위해 하루에도 수십 번 스스로가 문제를 내고 그 문제를 맞혔다. 자투라도 그것에 동참했었다. 자투라는 그놈의 허락이 있을 때만 자신의 곁에 있을 수 있었다. 그 허락이 나지 않을 때는 바깥에서 책을 읽고 그것을 외웠다. 외우고 또 외워서 허락이 나는 날 지하실로 들어와 아기에에게 이야기보따리처럼 풀어 냈다.

물은 먹물처럼 사용했다. 손가락에 물을 찍어 지하실 바닥에 그렸다. 그림을 그리고, 글을 쓰고, 계산법을 풀고 자투라가 가져온 잡다한 지식들을 들으면서 자신만의 방식으로 정리했다.

다행히 머리는 한 번 들은 것을 잊지 않았다. 지식이 뭉쳐 힘이 되었다. 아기에는 그 지식들을 적재적소에 움직이며 쓸 줄 알았다. 머리가 둔해질 것 같은 시기에는 다른 것을 보고 배우는 것을 반복했다.

그렇게 유지되고 움직이도록 만든 머릿속이 끊임없이 움직였다. 목표가 무엇인지 정해 두고, 정한에서 없애 버려도 될 것, 그래선 안 되는 것들을 구분했다. 그리고 맨 마지막에는 자신이 세운 계획을 점검했다.

계획을 꼼꼼히 점검하고 나서, 머릿속은 한 번 쉬어 가는 것처럼 다른 것을 떠올려 아기에게 보여 줬다.

검은 머리 소년이었다.

떠올리자마자 웃음이 나왔다. 웃는 얼굴도 몇 번 봤는데 왜 화난 얼굴이 머릿속에 콱 박혀 있는지, 화난 얼굴의 라야만 떠올랐다.

'화났겠지.'

가문을 싫어하는 걸 알면서도, 덜컥 가문과 연결시켜 놓고 돌아섰다. 간다는 말 한마디도 하지 않았다. 이름도 가르쳐 주지 않았고, 사는 곳도 말해 주지 않았다. 그 성격에 화를 내지 않을 리가 없지. 왠지 즐거워서 아기에는 실실 웃었다.

'다시 만날 수 있을까.'

되도록이면 만나고 싶다.

아기에는 솔직하게 생각했다. 정반대의 성격의 친구였지만, 나쁘지 않았다. 좋은 녀석이었다. 자신과 비교했을 때 라야는 제대로 컸다. 비교당하고 무시당하고, 경멸을 받았을 것이 분명한 그곳에서 홀로 그렇게 반듯하게 크는 것은 쉬운 일이 아니다.

삐뚤어져도 할 말이 없을 상황이었을 텐데, 용하기도 하지.

아기에는 또렷한 검은 눈동자를 떠올렸다.

즐거운 날들이었다. 자유란 것은 그런 것이었다. 뛰고, 말하고, 울고, 소리치는 것. 아기에는 팔 년, 해가 바뀌었으니 이제 구 년이다.

구 년간 그 자유를 누려 보지 못했다. 군석을 이마에 박고, 여덟 살 때 각성했는데도 노비보다도 못한 인생살이었다.

그래서 노비였던 진곡의 생활은 꽤 좋았다. 노비 신분으로 위장했지만 훌륭한 주인 덕택에 힘들지 않았다. 못난 주인을 만나면 하루 종일 맞고 다니다가 끝난다는데, '무무'의 주인은 노비에겐 딱 노비만의 대우를 해 주었다. 다른 노비들처럼 낙인을 찍지도 않았다. 노비는 그저 노비다. 그 이상도 그 이하도 아니다. 인간 이하처럼 취급해서도, 짐승처럼 데리고 놀아서도 안 된다. 라야는 딱 그리 생각하는 것 같았다.

라야를 떠올리자 진곡에서 지냈던 날들이 부드럽게 흘러갔다. 꿈결과도 같은 기억이었다.

'못 만나겠지.'

이름도, 사는 곳도 말해 주지 않았다. 아기에는 만나러 갈 생각이 없고, 라야는 만나러 올 수가 없으니 두 번 다시 만날 리가 없다. 우연찮게 만난다고 해도 아기에는 모른 척할 작정이었다.

넌 누구지? 나와 아는 사이였던가?

아기에는 그때의 일을 상상하며 히죽 웃었다. 하지만 곧 웃음이 멈췄다.

주위에 남아 있는 것이 하나도 없다. 이게 모두 그놈 탓이다. 조금만 친해져도, 사소한 말 한마디만 나눠도 목을 쳐 내 버리니까 가까워질 사람을 만들 수가 없다. 남은 사람도 없다.

아기에는 어금니가 부서지도록 깨물었다. 모두 그놈이 겁을 집어먹어서 벌어진 일이었다. 그는 손을 들어 부러진 갈비뼈 쪽을 슬쩍 만졌다. 조금만 움직여도 통증이 밀려오는 부위다.

'일주일 뒤지.'

아기에는 서늘하게 눈을 빛냈다.

일주일 후, 이곳 정한의 국명부가 열린다. 그놈이 가장 바쁘고 정
신없을 시기였다. 이 시기를 놓치면 다음은 오 년 후다. 오 년을 더 이
렇게 지낼 수는 없다.

그러니 반드시, 이 일주일 안에 모든 끝을 봐야 했다.

아기에는 조용히 웃었다.

계획은 이미 움직이고 있다. 그것에 모든 것을 걸었다. 갈비뼈를
부러뜨려 주셨으니, 돌아왔을 때처럼 조용히 나가지는 않을 거다.

화려하고, 멋들어지게.

"—갚아 줘야지."

지하실의 어둠이 아기에에게 내려앉았다.

아기에는 침대에 누운 채로 입꼬리를 끌어 올렸다.

그리고 밤이 되었다.

제 6 장

밤의 시간(팔 일 전)

제 6 장
밤의 시간(팔 일 전)

1.

밤이 되면 고요해진다. 지하실은 더 고요하다.

사방이 막혀 있는 터라 작은 소리가 나도 울렸다.

지하실 복도를 가로지르는 세 개의 발소리가 있었다. 발소리는 철
문 앞에서 멈췄다. 아기에는 감고 있던 눈을 떴다.

철커덕.

자물쇠 여는 소리가 들린다. 자물쇠는 총 다섯 개다. 아기에가 불
안한 일을 벌일 때면 하나씩, 하나씩 늘던 것이 어느덧 다섯 개가 되
었다.

아기에는 눈을 뜬 상태로 웃었다.

이틀 만이다. 예전에는 그렇지 않았는데, 아기에가 한 번 나가고

나서부터는 주기가 잦아졌다. 하루를 건너, 하루 사이에 자신이 무슨 짓이라도 할까, 전전긍긍하는 꼬락서니라니.

아기에는 입꼬리를 끌어 올린 채로 일어나 앉았다. 부러진 갈비뼈가 쑤셔 오지만 아픈 기색은 전혀 없다. 당당하게 눈을 뜨고, 태연자약한 자세로 앉아서 문이 열리기를 기다렸다. 이것은 그만의 전투태세였다. 어떤 말과 어떤 폭력이 가해져도 입가에 웃음은 사라지지 않는다. 당당한 눈빛 또한 흔들리지 않는다. 금방 깨질 것 같은 얼음 위에 서 있더라도 표정과 몸짓만큼은 든든한 땅 위를 밟는 것처럼 그대로 유지할 수 있다.

자물쇠가 모두 따지고, 문이 열렸다. 호롱의 불빛이 아기에가 있는 쪽으로 새어 들어왔다.

열린 문 앞에 그가 서 있었다. 완전무결, 자신이 깨끗하다고 말하기라도 하듯 새하얀 옷을 걸치고 있다. 금빛 실타래 같은 머리카락은 허벅지까지 내려오고, 황금을 녹여 만들었다고 하는 눈동자가 고통의 빛을 띠고 그곳에 있었다. 이마의 정중앙에는 어느 왕들이 그렇듯 '비'와 '물'을 상징하는 군석이 존재했다. 그 색은 정한의 왕, 진명 교활을 상징하는 보랏빛이었다.

아기에는 웃으며 그를 반겼다. 아기에가 웃자 교활의 눈이 잘게 떨렸다. 낮에 기란을 보던 온화하고 부드러운 눈동자는 온데간데없이 엄마를 잃어버린 미아 같은 표정을 지었다.

"계속 거기에 서 있을 거예요, 아버지?"

아기에가 상냥하게 불렀다. 목소리만큼은 아버지를 걱정하는 착한 아들이었다.

왕은 그 말에 이끌리는 듯 방에 들어섰다. 그의 뒤에는 그가 맞이

한 세 번째 군위와 두 번째 군위가 그를 지키고 있었다. 둘 다 허리에 검을 차고, 왕의 뒤를 지킬 수 있는 유일한 자들이었다.

세 번째 군위는 왕을 따라 지하실 방 안으로 들어갔다. 두 번째 군위는 방 밖에 남고 문을 닫았다. 그는 바깥에서 닥칠지 모르는 만일의 위협에 대비했다. 산만 한 덩치를 가진 그가 문 앞을 지키자, 철문은 틈 하나 없이 그에게 가렸다.

문을 닫자 아기에가 갇힌 지하실은 다시 고요에 휩싸였다. 교활은 단단하게 닫힌 문을 한 번 보고, 아기에에게로 걸어갔다.

그의 시선이 아기에를 쭉 훑었다.

—확인하는 것이다. 달라졌는지, 아닌지를.

아들을 훑는 아버지의 눈동자엔 일련의 희망이 깃들었다.

그저께 흠씬 밟아 놓았으니, 오늘은 변했을지도 모른다. 달라졌을지도 모른다. 착해졌을지도 몰라.

눈이 마주쳤다. 눈빛이 달라졌는지 확인하고, 목을 타고 넘어간 다음엔 팔과 다리였다.

아기에는 이를 드러내며 웃었다.

"왜, 이번에는 변했을 것 같아?"

뾰족한 목소리가 교활에게로 날아갔다. 아기에가 변했기를 바라면서 그것을 확인하던 교활이 멈칫했다. 희망을 가졌던 황금빛 눈동자가 꺼무룩 소리를 내며 죽어 갔다.

아기에는 그 눈동자를 보며 못 박았다.

"달라졌을 리가 있나, 내가 네 아들인 게 변하지 않는 한 평생 그대로겠지. 병신에 개새끼고 제 아비도 몰라보는 너처럼. 안 그래?"

신랄한 말이었다. 희망은 심지가 다 된 촛불처럼 꺼져 내렸다. 교활은 성큼성큼 아기에에게로 다가갔다. 가까이 다가간 그의 손이 위로 치켜 올라갔다.

아기에는 눈을 감지 않고 교활을 향해 도전적으로 웃었다. 그 미소가 교활의 가슴속을 섬뜩하게 만들었다. 천장까지 닿을 듯 높이 올라간 손이 그대로 내려쳐졌다.

짜악!

아기에의 얼굴이 휙 돌아갔다. 그것이 시작 신호였다. 아기에는 갈비뼈를 지키기 위해 몸을 웅크렸다. 감정과 힘이 실린 주먹이 머리와 등을 두드렸다.

소란은 무표정한 얼굴로 구석으로 가서 섰다. 구석의 어두운 그림자에 스며들자 방 안은 교활과 아기에 둘만이 남겨진 것처럼 보였다.

짜악! 소리가 또다시 울렸다. 아까보다 더 힘이 들어가고 매서웠다. 분을 이기지 못한 교활이 아기에의 머리칼을 휘어잡고 침대 밑으로 끌어당겼다. 아기에의 몸이 쿵 소리를 내고 떨어졌다.

부러진 갈비뼈가 아팠지만, 아기에는 신음을 참고 주먹을 움켜쥐었다. 입안에 피가 섞인 침이 고였다. 아기에는 그 침을 교활의 발에다 뱉었다.

―퉤.

피 묻은 침이 교활의 발치에 떨어졌다. 무차별로 폭력을 퍼붓던 교활이 그것에 멈칫했다. 그의 눈이 충격으로 흔들렸다. 믿을 수가 없다는 눈으로 침과 아기에를 번갈아 봤다.

아기에는 콜록거리며 고개를 들었다. 충격받은 교활의 모습에, 아기에의 입가에는 미소가 맺혔다.

"왜 침 뱉으면 안 돼? 이것도 나쁜 행동이야? 당신은 아버지한테 침

같은 거 뱉은 적이 없어?'

교활의 눈에 서서히 붉은 기가 돌았다. 그의 손이 떨렸다. 아기에는 기회를 잡고 히쭉였다.

"아, 없구나. 하긴 그 전에 독을 먹이고 죽여 버렸겠지."

교활의 발이 들렸다. 부러진 갈비뼈를 손으로 막고, 득의만만하게 웃는 아기에의 얼굴을 향해 그 발이 날아들었다.

교활은 이를 악물고 발로 '이것'을 짓이겼다. 밟고 차고 머리통을 깨부술 것처럼 후려친 후에, 피가 나오는 부분을 비비며 짓이겼다. 소름 끼치고, 구역질 나고, 혐오스러워서 견딜 수가 없다.

"짐이! 짐이 그렇게 애썼는데!'

악에 찬 비명이었다. 아기에는 맞는 동안에도 웃었다. 교활의 비명 소리가 들리면 들릴수록 웃음이 진해졌다.

문 밖을 지키고 있는 두 번째 군위는 착잡한 얼굴로 왕의 비명을 들었다.

왕의 목소리가 커질 때마다 때리는 소리도 커졌다. 발로 때리다가 힘들면 손이 된다. 손으로 때리다가 힘이 들면 다시 발을 든다.

바닥에 깔린 양탄자에 피가 뿌려졌다. 교활의 옷자락에도 피가 튀었다.

폭력은 교활이 지친 순간 멈췄다.

교활은 어깨로 숨을 쉬며 씩씩거렸다. 그의 앞에는 고깃덩어리처럼 누워 있는 아들이 있었다.

아버지의 눈이 커졌다.

그의 손과 발이 새빨갛게 물들었다.

교활은 이를 악물고 주먹을 바스러질 듯이 쥐었다

2.

아기에는 천천히 눈을 떴다. 머리 쪽이 화끈거리고 통증이 일었다. 눈을 뜨자마자 보이는 것은 역시나 시커먼 벽지로 도배가 된 천장이었다. 악의적인 폭력이 끝나고 보면 항상 보이는 것이니 새삼스러울 것도 없었다.

지긋지긋하기도 하지.

입 밖으로 내지 않고 입만 달싹인다. 그것만으로도 머리에 통증이 밀려왔다. 아기에는 꾹 참으며 이불을 쥐어뜯었다. 통증으로 인해 가쁜 숨이 쉬어졌다. 어깨가 들썩이고 호흡이 짧아졌다.

이번엔 얼마나 누워 있어야 하지?

"한동안 움직이면 안 된단다."

대답처럼 목소리가 들렸다. 아기에는 눈동자만을 돌려서 옆을 쳐다봤다. 교활이 있었다. 가슴에 쌓아 둔 것을 모조리 풀어냈는지, 처음과 같은 비통한 모습이었다. 어린 양처럼 순하고, 엄마를 잃어버려서 어디로 가야 할지 모르는 미아 같은 모습이기도 했다.

그는 친히 약과 붕대를 감아 주었다. 자기 몸에 난 상처를 치료하는 것처럼 고통스러운 얼굴로 아기에의 몸을 치료했다. 아기에보다 자신이 더 아픈 표정을 지었다.

"라기에는 잘 지내고 있단다."

피멍이 든 아기에의 팔에 약을 바르며, 교활이 입을 열었다.

"그 아인 다행히 너와 짐 같지가 않단다. 다정하고 정 많은 성격이 네 어미와 내 동생을 닮았지. 커서도 변하지 않으니, 참으로 다행이

162

란다."

　조곤조곤한 말투와 목소리는 그를 자상한 아버지로 포장했다. 아기에는 핏줄이 터져 붉어진 눈으로 그를 응시했다. 두 눈덩이가 팅팅 부어올랐고, 입술 위쪽도 퉁퉁 부었다. 머리를 집중적으로 맞았기 때문에 성한 구석이 없었다. 입안도 찢어졌는지, 침을 삼키면 피 맛이 느껴졌다. 이마 안쪽은 찢어져서 붕대를 감았다. 피 묻은 금발이 옆으로 흘렀다.

　교활은 이번엔 다른 이름을 꺼냈다.

　"루가얀도 잘 있단다."

　아기에의 동공이 커졌다.

　루가얀은 라기에와 아기에를 낳은, 정한의 왕비였다. 교활의 아내였고, 교활과 아기에가 동시에 그리워하는 유일한 존재였다. 아기에가 정한을 떠나지 못하고 다시 찾은 이유기도 했다.

　어머니가 정한에 없었으면 돌아오지도 않았다. 어머니가 없었더라면 살아가는 것을 택하지도 않았다.

　"많이 나아지고 있어. 요 근랜 눈도 떴지. 나를 알아보진 못했지만 그래도 눈을 뜬 것만으로 어디냐. 구 년을 잠들어 있었는데, 몇 년을 더 못 기다릴까."

　교활은 아기에의 팔을 침대 위에 내려다 놓았다. 아기에는 실핏줄이 터진 얼굴로 교활을 보다가 다시 입을 달싹였다.

　어머니는 어딨지? 보게 해 줘.

　하지만 목소리가 나오지 않았다. 기절한 후에 목이 밟혔는지, 말 대신 기괴한 숨소리만 흘러나왔다. 아기에는 어금니가 부서지도록 꽉 깨물었다.

아버지는 아들의 달싹임을 보지 못했다. 컴컴한 지하에, 호롱불 하나만을 의지한 교활이 동화책 읽어 주듯 나른한 목소리로 말했다.

"요즘 짐은 하루 빨리 너를 바로잡아서 예전 생활로 돌아가는 꿈만 꾼단다. 라기에는 어릴 적 그대로 자라 주고 있으니 놔둬도 상관없을 테고, 루가얀은 이제 눈을 떴으니 걱정 없단다. 조금 더 지나면 이제 말도 하고, 걷고, 예전처럼 웃으면서 짐을 보아 주겠지. 짐은 그날이 무척이나 기대되는구나."

교활은 그리 말하고 흐릿하게 웃었다. 처연한 웃음이었다. 기란이 있으면 어찌 그런 웃음을 지으십니까, 하며 물을 정도로 슬퍼 보였다.

하지만 아기에는 감흥이 없었다. 그저 속에 단단한 도끼를 들고 그의 행동과 말을 들으면서 틈을 보고 있었다. 틈이 보이면 속에 든 도끼를 내려찍어 그의 가슴을 가를 준비가 언제든지 되어 있었다.

교활은 아기에의 속을 모르는 채 계속 중얼거렸다.

"루가얀도 나아지고 있으니, 이제 아기에 너만 괜찮아지면 된다, 너만 괜찮아지면 돼. 짐이 아니라 루가얀을 닮고, 네 동생처럼 행동하고 생각하면 짐이 바라는 그때로 돌아갈 수 있을 거란다."

교활은 파랗게 변한 아기에의 손을 살짝 잡아끌었다. 한 나라의 임금은 비는 것처럼 애원했다.

"부탁이란다, 짐의 아들. 부디 달라져 다오. 변해 다오. 짐처럼은 안 돼. 루가얀처럼 되어야 된다. 짐의 동생처럼 변하는 것도 좋아. 하지만 짐처럼만은 안 돼. 짐을 닮아서는 안 돼, 짐은 안 돼."

교활은 아기에의 손을 쥔 손에 힘을 주었다. 아기에의 입이 악 다물렸다. 손가락이 부러질 것처럼 조여들었다. 교활은 그 상태로 점점 힘을 주고 아기에의 두 눈을 똑똑히 응시했다.

형형히 빛나는 황금빛 눈동자와 핏줄 선 청안금안이 마주쳤다.

"절대로— 절대로 짐처럼 되어서만은 안 돼."

교활의 목소리가 나직이 속삭였다.

"짐이 얼마나 나쁜 사람인지, 너는 잘 알고 있지 않느냐."

그는 작게 흐느꼈다.

"짐이 지은 죄를 너는 알고 있지 않느냐."

3.

철문이 닫히고 자물쇠가 잠겼다.

왕은 흐느끼며 걸어갔다. 복도를 걸을 때마다 교활은 흐느끼며 눈물을 훔쳤다.

세 번째 군위인 소란은 왕을 안타깝게 응시했다. 두 번째 군위의 표정은 무표정했지만 시선만큼은 왕에게서 떨어지질 않았다.

지하실 복도의 끝에 도달하자 계단이 나왔다. 그 계단을 밟고 위로 오르자 나라의 모든 책을 한 권씩 모아둔 장서각이 나왔다. 교활은 우울한 얼굴로 올라와 기다렸다. 소란이 그 뒤를 냉큼 따라붙었다.

마지막으로 빠져나온 두 번째 군위는 장서각으로 나오자마자 지하실로 통하는 문을 닫았다. 바닥에 달린 철문이었다. 그것을 단단히 닫고 잠근 후에, 평소에 쓰던 것처럼 양탄자를 깔았다. 비밀문은 감쪽같이 사라졌다. 두 번째 군위는 옆으로 밀어 놓은 책상을 끌어 그 문을 또 한 번 막았다.

문을 단단히 막고 나서 교활은 등을 돌려 침실로 향했다.

밤이 늦었다. 부엉이가 부엉부엉 울며 밤을 더 깊게 만들었다.

침실에 도착하자 아무도 없었다. 궁녀와 무관들이라도 있어야 하지만, 교활이 모두 물린 탓에 조용했다.

교활은 직접 문을 열고 들어가 침대에 바로 누웠다. 매일매일 새로운 것으로 갈리는 솜이불에서 따뜻한 햇볕 냄새가 난다. 교활은 눈을 감고 그 내음을 들이켰다.

"소란은 그만 물러가려무나. 너도 이젠 쉬어야지."

왕의 명령에 군위는 복종했다. 하지만 슬퍼하는 왕을 두는 군위의 발걸음은 가볍지 않았다. 소란은 몇 번이나 교활을 돌아보며 문을 나섰다.

다시금 문이 닫히는 소리가 나고 방 안은 정적으로 감돌았다. 부엉이 소리가 다시 들렸다. 교활은 침대에 누운 채로 몸을 돌려 창을 응시했다. 보름달이 떴는지 밤이 밝다. 창으로 내려오는 달빛이 바닥을 비췄다.

교활은 그것을 보며 눈을 깜빡였다. 시간이 흐르면서 달빛의 방향이 조금씩 바뀌어 나갔다.

보랏빛 군석을 가진 왕은 그것을 보며 생각에 빠졌다. 생각은 길었다. 달빛의 방향이 다시 바뀌었다.

"이대로는 안 되겠구나."

교활이 마침내 입을 열었다. 왕은 누워 있던 몸을 일으키고, 앞으로 쏠린 금빛 실타래를 뒤로 쓸어 넘겼다.

"고호야."

문 앞에 철벽처럼 지키고 있던 두 번째 군위 고호가 움직였다. 태산같이 큰 덩치에 힘이 세고, 항상 그 자리에 있을 것 같은 우직함을 보여 주는 교활의 두 번째 군위였다.

고호는 큰 덩치에도 불구하고 소리 없이 움직여, 교활의 발치에 무릎을 꿇고 고개를 조아렸다.

"방법을 바꿔야겠다. 이대로 가다간 아기에, 짐의 아들은 평생 변하지 않을 것 같구나."

교활은 자신의 손을 내려다보았다. 붉은 피가 여전히 손바닥에 묻어 있다. 아들의 피다. 아들이 변하길 바라면서, 제발 달라지길 원하면서 내려친 흔적이었다. 교활은 그것을 고통 어린 시선으로 내려다보았다. 아기에의 얼굴이 반사적으로 떠올랐다.

"그 아이 눈을 보았느냐?"

목소리가 덜덜 떨렸다.

"짐에게 달려들 것 같았다. 그때의 짐과 똑같았다. 짐과 똑같아지고 있어. 달라지길 바라면서 교육을 하고 있는데, 해도 해도 달라지지 않는구나."

교활의 입술이 바르르 떨렸다. 자신의 아들이 자신과 똑같은 모습으로 살아간다고 상상하자 소름이 돋았다.

"보통 방법으로는 안 된다. 이대로는 아니 돼. 네가 도와줘야겠다."

교활이 말했다. 고호는 말없이 고개를 바닥에 처박았다.

"정한의 감옥으로 가서, 나이가 어린 죄인들을 데리고 오너라. 이방인이어야 하고 가족은 없어야 한다."

군위는 왕의 말을 새겨들었다.

"죄명이 심하면 더욱 좋겠지. 죽어도 억울하지 않을 것 같은 아이들로만 골라 오거라."

"예."

굵직한 목소리가 대답했다. 교활은 덧붙였다.

"아무도 몰라야 한다. 너와 짐만이 알아야 한다. 잊지 말거라. 짐은 미움받기 싫구나."

예— 하고 고호가 다시 대답한다. 교활은 충직하게 대답하는 자신의 군위를 보며 슬픔을 참았다.

그는 새하얀 손을 뻗어 두 번째 군위의 머리를 쓰다듬어 주었다. 고호가 시선을 들었다. 충직한 개처럼 시선이 흔들리지 않았다.

"너에게만 더러운 일을 시켜서 미안하구나."

"아닙니다."

"짐이 이 일을 믿고 맡길 사람은 너밖에 없다. 너만이 내 이런 일을 해 줄 수 있는 아이구나. 네가 없으면 짐은 어찌 살 뻔했느냐."

고호의 남색 눈동자가 우직하게 빛났다. 왕이 네가 없으면 어찌 살 뻔했냐고 말한다. 그것은 군위에게 있어서 최고의 칭찬이었다.

우직한 눈동자에 반드시 기대에 보답하겠다는 결의가 떠올랐다. 고호는 고개를 깊게 조아린 뒤 뒷걸음질로 물러났다. 군위가 없는 왕의 처소는 다시 무관들로 채워졌다.

교활은 침대에서 일어나 창 쪽으로 걸어갔다. 달빛이 그의 머리 위로 내리쬐었다.

멀리 그의 명령으로 인해 만들어진 소흔 호수가 보였다.

장렬한 아름다움이라고 누군가가 말했던 호수였다.

제 7 장

죄를 지은 다섯 명의 아이들(칠일전)

제 7 장
죄를 지은 다섯 명의 아이들(칠 일 전)

1.

―종이가 왔다. 작게 찢어 우물우물 씹어 꿀꺽 삼켰다.

날이 밝았다.

날이 밝자마자 늙은 궁녀가 들어와서 또다시 목욕물을 데우고 주전자의 물을 갈았다. 바닥에 널려 있는 빨랫감을 치우고, 눈먼 손을 더듬어 식판을 치웠다. 양탄자에 묻어 있는 피비린내 나는 액체는 걸레를 빨아와 싹싹 닦고 또 닦아 낸다.

언제나 똑같은 지하실의 풍경이었다.

날이 밝아도 햇살이 들어올 구멍이 없으니, 아기에는 늙은 궁녀의 등장으로 날짜를 헤아리며 침대에 누워 있었다.

─짜증 나.

아기에는 퉁퉁 부운 얼굴로 눈살을 찌푸렸다. 피부가 이불에 스치는 것조차 아파서 끙끙거리는 신음 소리가 내뱉어졌다. 더 짜증 나는 것은 아픈 와중에도 배는 꼬르륵거리며 밥을 요구한다는 점이다.

다시금 터진 입안과 까칠한 목구멍은 밥을 거부했다. 침만 삼켜도 아팠다. 입맛도 없다. 아기에는 그것을 무시하고 밥을 먹기 위해 몸을 일으켰다. 밥을 먹어야 힘이 나고, 머리가 굴러가니 어쩔 수가 없다.

몸을 일으키자마자 어제와는 다른 아픔이 뼈와 살을 긁고 지나갔다. 순간 숨이 탁 틀어 막혔다. 아기에는 눈을 크게 뜨고, 뼈가 도드라질 정도로 이불을 움켜쥐었다.

허억, 허억 숨소리가 흘러나왔다. 땀이 뚝뚝 이불 위로 떨어졌다. 꽉 다문 입에선 피 맛이 느껴졌다.

─개 같아.

아기에는 아주 천천히 이불을 쥔 손에 힘을 풀었다. 고통이 잠시 멈췄다. 움직이지 않으면 아픔이 덜했다. 쥐 죽은 듯이 누워 있는 것이 좋을지도 모른다.

땀에 젖은 시선이 문 앞으로 향한다. 궁녀가 바쁘게 움직여 준비한 식판이 그곳에 놓여 있다. 미음이다. 좋은 배려다. 눈물이 날 정도로 좋은 배려였다. 때린 다음에 잘 먹으라고 미음을 챙겨주니, 색다른 감동이 뭉실뭉실 피어올랐다.

'먹어야지.'

먹고 얼른 나아야지.

아프다고 가만히 있을 순 없지. 그래야 엿 먹이지.

다시 움직였다. 걷지 못하면 기어서라도 갈 생각으로 움직였다. 움직이자마자 소름 끼치는 통증이 밀려왔다. 식은땀이 이마에 매달렸다. 머리에 후끈후끈 열이 올랐다.

—우리 아들, 아프니?

갑자기 어머니가 떠올랐다. 아기에가 감기에 걸렸을 때였다. 지금처럼 머리에 후끈후끈 열이 오를 때, 어머니의 손처럼 차갑고 따뜻한 것이 없었다.

—아기에 님, 많이 아프십니까? 제가 곁에 있습니다.

자투라도 같이 떠올랐다.

양손에 힘이 들어가고 부들부들 떨렸다. 핏발이 선 눈동자에 독기가 서렸다.

아기에는 아픔을 무시하고 엉금엉금 기어 침대 끝머리로 갔다. 침대 끝머리에서 바닥으로 내려오는 것은 더 심한 고통이 뒤따랐다.

식판에 기어이 도달했다. 미음이 보였다.

아기에는 히죽 웃고, 식판에 바로 고개를 처박았다. 숟가락을 들 힘도 없었다.

식사를 끝마치고 나자 큰일이라도 한 것처럼 기운이 쑥 빠졌다. 침대로 다시 돌아갈 엄두는 나지도 않아 아기에는 바닥에 굴러다니는 빨랫감처럼 누워 있었다.

천장의 새카만 벽지가 계속 눈에 들어왔다. 사실 눈만 뜨면 보이는 게 저것밖에 없었다. 듣는 것도 똑같다. 아기에의 귀로는 목욕물을 데우는 궁녀의 소리만이 계속해서 들렸다.

지긋지긋하기도 하지.

이곳에 갇힌 후로 아기에는 줄곧 지긋지긋하다고 생각했다.

듣는 것도, 보는 것도 모두 지긋지긋했다. 아기에는 아픈 팔을 들어 올려 귀를 막았다.

아무 소리도 들리지 않는다.

차라리 이게 나았다. 아무것도 들리지 않는 게 그나마 낫다.

귀를 막은 채로 눈을 감았다. 검은 어둠이 보였다. 눈을 떴다. 새카만 벽지가 눈에 들어왔다. 다시 눈을 감았다.

어둠이다.

―어둠.

―새카만 벽지.

어둠.

벽지.

―……!

순간, 발작처럼 비명을 지르고 싶었다.

매일매일 목욕물을 데우는 궁녀의 소리가, 눈만 뜨면 보이는 새카만 벽지가 때때로 미칠 것처럼 아기에를 몰아붙였다. 교활이 두 손으로 목을 조른다면 이곳에서의 일분일초는 정신을 갉아먹었다.

아기에는 귀를 막던 손을 옮겨 눈을 짓눌렀다.

팔 년을 참았다. 아니, 햇수가 바뀌었으니 이제 구 년이다. 구 년을 참아 냈다.

'더 못 참을 거 없어.'

까득 소리가 날 정도로 어금니가 맞물렸다. 숨도 크게 들이쉬었다. 치밀어 오르는 모든 감정을 안으로 눌러 꾹꾹 밀어냈다. 그 다음에는 쉬웠다. 이것이 터져 나오지 않도록 단단하고 견고한 벽을 쌓고 모른

척하고 있으면 그만이었다.

지하실 복도를 가로지르는 발자국 소리가 들린 것은 그 즈음이었다. 아기에는 눈을 가리던 손을 떼고 철문 쪽을 응시했다. 발자국 소리가 점점 커진다.

'뭐야?'

아기에는 아픈 몸을 일으켜 침대에 기댔다. 발소리가 더 가까워졌다. 여러 개의 발소리였다. 분잡하고 가볍고 시끄럽다. 아기에의 입꼬리가 반사적으로 올라갔다.

궁녀가 들어오면서 자물쇠가 풀린 문이 열리고, 건장한 체격에 갈색 머리를 짧게 자른 고호가 들어섰다. 교활의 두 번째 군위이자, 교활의 그림자였다. 자투라를 죽이라는 명을 받은 것도 저놈이었다. 교활의 더러운 짓은 모두 고호가 했다.

고호는 마른 눈빛으로 침대에 기대어 앉아 있는 아기에를 응시했다.

"왔어?"

아기에는 웃으면서 손을 흔들었다. 쉰 목소리가 났다. 아예 나오지 않았다면 곤란했을지도 모른다.

아기에가 가진 무기는 '말' 밖에 없었다.

그는 아픈 기색을 지우기 위해 생글생글 웃으며 물었다.

"무슨 일이야, 이런 시간에? 날 보러 와 준 거야?"

고호는 대답 대신 움직였다. 문을 가로막고 있던 그의 덩치가 옆으로 물러서자마자 아이들이 우르르 들어왔다. 총 다섯이었다. 남자아이가 셋, 여자아이가 둘이다. 하나같이 꾀죄죄한 몰골들이었다. 옷도 다 똑같은 걸 입고, 가는 발목에는 어른들도 버거워 할 족쇄를 차고 있었다. 눈은 천으로 가린 채였다.

―이건 또 무슨 짓이지?

아기에의 머리가 굴러갔다. 두말할 것 없이 그놈 짓이었다.

고호는 아이들의 가는 어깨를 잡아 일렬로 세웠다. 남자아이들이 비틀거리며 오른쪽부터 차례대로 섰다. 여자아이 둘은 마지막이었다. 들어오기 전에 무슨 소리를 들은 것인지, 아이들은 소리 하나 내지 않고 입술을 꽉 깨물었다. 아이들의 긴장이 아기에가 있는 곳까지 느껴졌다.

목욕물을 데우던 궁녀도 소란스러움을 느꼈는지 고개를 들이밀었다. 멍청한 늙은 궁녀는 아기에가 목욕물을 쓰는지 안 쓰는지조차 모르고, 매일같이 데웠다.

고호는 뒤도 돌아보지 않고 그녀에게 말했다.

"왕의 명령으로 왔다. 잠시 나가도록."

앞을 보지 못하는 그녀의 귀는 눈이나 똑같았다. 듣자마자 자신이 그토록 사모하는 왕의 군위라는 것을 알았다. 그녀는 넙죽 엎드려 인사를 하고, 삐걱거리는 뼈를 움직여 재빨리 바깥으로 나갔다.

문 닫는 소리가 들렸다. 아기에는 팔짱을 낀 채로 기다렸다.

늙은 궁녀가 혀를 자르고 눈을 지진 것은 교활의 상냥하고 따뜻한 모습 때문이었다. 그런 궁녀를 내보낸다는 것은 교활이 더러운 수작질을 한다는 소리와 상통했다.

궁녀의 발소리가 사라졌을 때, 본론은 시작됐다.

"왕께서 하사하신 아이들입니다."

고호는 아이들을 가리켰다. 총 다섯 명의 아이들이 긴장하며 서 있었다. 아기에는 아이들을 차례차례 눈에 담았다. 면으로 만들어진 옷이 거슬렸다. 저 옷은 정한의 죄수들이 입는 옷이었다. 그들은 오로지 저 한 벌로 여름과 겨울을 난다.

하사? 죄인들을?

아기에는 조롱 섞인 말투를 던졌다.

"그럼 좀 더 멀쩡한 것들로 데려오지그래? 딱 봐도 죄 지은 놈들이 잖아. 겁이 나서 똑바로 쳐다나 보겠어? 나한테 해코지하면 어떡해? 나 겁 많은 거 몰라?"

"어제부로 사면되었습니다."

고호는 제 할 말만 하며, 건조한 시선을 아이들에게로 옮겼다. 감정 없는 시선에 아이들의 몸이 덜덜 떨렸다.

"이 아이들이 오늘부터 왕자님의 말벗이 될 것입니다."

"말벗?"

"혼자 계시는 것은 정신 건강에 좋지 않다고, 왕께서 친히 내리셨습니다. 노비로 쓰셔도 되고 친우로 사귀어도 됩니다. 모쪼록 마음대로 하십시오."

두 번째 군위의 말이 끝날 때마다 아이들이 침을 꿀꺽 삼켰다. 네 번째로 서 있는 여자아이는 고호가 다가갈 때마다 오줌이라도 지릴 것 같았다.

침대에 기대어 있던 아기에는 진짜로 웃고 말았다. 죄인에, 나이도 한참 어린것들을 데려와서 하는 말이 가관이었다. 눈 가리고 아웅 하는 것도 정도껏 해야지. 한눈에 봐도 '말벗'이 아닌 것들을 데려와, 말벗을 하라고?

"친우로 사귀어도 된다는 아이들이 너무 겁먹고 있는데?"

"규칙을 알려 주었을 뿐입니다."

고호의 커다란 손이 가장 왼쪽에 있는 남자아이의 머리 위에 안착했다.

"맡은 바 역할을 제대로 하지 못할 시에 이 아이들은 죽습니다."

평이한 어조였다.

아이들에겐 가슴 철렁한 이야기였지만 아기에에게는 시큰둥한 이야기였다. 당연히 그렇겠지. 딱 봐도 죽어도 상관없을 것 같은 애들을 데리고 왔으면서 새삼스럽게.

아기에는 그 점을 꼬집고 넘어갔다.

"뭐, 그놈이 네게 시킨 일이 다 그렇잖아. 납치해라, 죽여라, 버려라, 묻어라. 아, 또 뭐가 있더라, 그 정신병자 같은 자식이 네게 시키는 일이?"

고호의 눈빛이 단번에 사나워졌다. 아기에가 칭한 '그놈'이 누구인지 그가 모를 리가 없었다.

아기에의 비웃음이 담긴 시선과 고호의 사나운 눈빛이 공중에서 부딪혔다.

그때 아이들 중 하나가 딸꾹질했다. 딸꾹딸꾹 소리가 지하실에 울렸다. 세 번째 남자아이였다. 고호의 시선이 그 아이에게로 향했다. 아기에도 한심한 시선으로 그 아이를 응시했다. 눈은 가려졌지만 시선을 느낀 아이는 곧 죽을 것처럼 새하얗게 질렸다.

아기에는 시선을 뗐다. 평상심으로 돌아온 고호가 말했다.

"이 아이들 중 왕자님과 친해지는 아이, 하나만이 살 수 있을 겁니다."

고호는 교활이 했던 말을 그대로 전했다.

"하루에 한 명씩입니다, 왕자님. 만약 그것을 멈추고 싶으시거든……"

" '변해' 라고 말하셨겠지, 나의 아버님은."

아기에의 눈동자가 시커멓게 죽었다. 꿍꿍이속도 뭣도 아니다. 이것은 교활의 교육 방법이었다. 자신처럼 되지 않길 바라는 아버지가 아들에게 하는 훈육이었다.

아기에는 손사래 쳤다.

"차라리 지금 당장 죽여."

아이들이 동시에 숨을 들이켰다. 아기에는 침대에 기댔던 몸을 천천히 일으켰다. 너무 한자리에 가만히 있어도 아파하는 것으로 보이니, 이쯤해서 움직여 줄 시간이었다. 자연스럽게 행동하려니 이마에 땀이 찼다. 부들부들 떨리는 팔과 다리를 감추기 위해 재빨리 몸을 돌려 침대에 몸을 뉘였다.

"난 한숨 잘 거야. 마음대로 해. 죽이든, 놓고 가든."

"놓고 가겠습니다."

고호는 대답 후, 아이들의 눈을 가린 천을 하나씩 풀어 줬다. 아이들은 새카만 벽지로 도배된 방에 한 번 놀라고, 아기에의 이마에 박힌 것을 보고 또다시 놀랐다.

새파란 군석이 보였다.

왕이었다.

2.

새파란 군석을 가진 왕, 아기에는 침대에 누워 아이들이 하는 꼴을 보고 있었다.

아이들은 하나같이 겁에 질려 떨어 댔다.

서로의 눈치를 보고 손가락을 꼼질거렸다. 꼼질거리는 손가락은 거친 감옥 생활에 갈라지고 닳아 있었다. 목 밑에는 새카맣게 때가 앉아 있었고, 발목에 채인 족쇄는 움직일 때마다 달그락거렸다. 오랫동안 신발을 신지 않은 발바닥은 군은살이 단단히 박혀 있었고, 살점도 없이 비쩍 말라 있었다.

아기에는 감흥 없이 그들을 보았다.

머릿속에 적나라한 상상이 피어났다. 아이들이 죽는 상상이었다. 상상 속에선 피가 양탄자를 적시고 비명과 울음소리가 난탕질 쳤다. 아이들이 살려 달라고 비는 소리와 우는 소리도 추가했다. 역시 아무렇지도 않다. 더 잔인한 모습을 상상해 봐도 아무렇지 않다.

아기에는 콧방귀를 꼈다. 아이들 목이 뎅겅 떨어져 바닥을 굴러다닌다고 해도 감흥이 없다.

'어리면 그나마 내가 휘둘릴 거라 계산했어?'

앞에 있다면 오산이라고 말해 주고 싶었을 텐데.

아기에는 그놈을 비웃으며 등을 돌렸다.

다섯 명이면 오 일치다. 아니, 그중에 하나는 살린다고 했으니 총 사 일치다. 사 일 동안 성격이 변하는 것은 있을 수가 없는 일이다. 그놈 또한 그것을 모를 리가 없을 텐데, 이런 수작질을 하는 것을 보면 아이들이 죽는 것쯤은 감수한다는 증거였다.

죽을 놈들에게 신경을 써 주기엔 시간이 아깝다. 자신의 목숨 하나 간수하기도 힘든데, 다른 놈까지 챙겨 주고 싶지도 않았다.

'자기 목숨은 자기가 챙겨야지.'

아기에는 이불을 어깨까지 끌어 올리고 눈을 감았다. 체력을 보충해야 했다. 국명부가 열릴 때까지 칠 일 남았으니 그때까지 다친 몸의 상처가 조금이라도 아물어야 했다.

군석을 가진 왕이 눈을 감자, 아이들은 숨만 쉬며 눈알을 굴렸다. 아이들은 아기에의 군석에서 시선을 떼지 못했다. 새파란 군석은 말로만 듣던 소설 속의 이야기였다.

―군석을 가지신 분이 어째서 이런 곳에 있는 거지?

아이들의 머릿속엔 그런 의문이 떠올랐다. 왜지? 왜야? 아이들은 서로서로 눈짓했다. 하지만 곧 자신의 처지를 알고 다른 것을 생각했다.

어떻게 해야 친해질 수 있지?

그중 가장 마지막에 있던 여자아이가 움직였다. 다른 아이들보다 바짝 야윈 몸뚱이에 키도 제일 작았다. 나이도 가장 어린 열둘이었다. 여자애는 쪼르르 뛰어가 가장 왼쪽에 있던 소년에게 매달렸다.

"꺽― 꺽―."

소리가 나오지 않는 입으로 열심히 부른다. 왼쪽에 있던 소년은 무심하게 소녀를 내려다봤다.

"왜?"

무미건조한 시선에 여자애의 눈이 끔뻑 감았다 떠졌다. 소년은 대답하지 않는 여자애를 밀치고 구석 자리로 갔다. 밀쳐진 여자애가 휘청거리며 바닥에 엉덩이를 찧는다. 거절당한 여자애의 눈에서 금세 눈물이 차올랐다.

소녀는 제 오빠의 눈치를 보며 오빠 옆에 따라 앉았다. 닿으면 싫어하는 걸 알고 있어서 닿지 않게 조심하면서도, 멀리 떨어지기가 싫어 최대한 가깝게 붙어 앉았다.

둘은 나이 차가 두 살 나는 남매였다. 소녀를 밀쳐 낸 소년이 열네 살 오빠였고, 여자애가 열두 살 동생이었다.

—친하게 지내라.

여동생, 해울은 그 말을 떠올렸다.

그것이 죄를 사면해 준 이유였다. 정한에 들어와서 죄를 저지른 자신들을 감옥에서 꺼내 주면서 그자가 한 말이었다.

—친하게 지내지 않으면 너희들은 죽는다.

무감정한 목소리는 사실을 담고 있었다. 산 같이 큰 사내의 눈동자엔 온기가 없었다. 해울은 그런 눈동자를 몇 번 본 적 있다. 사람을 사람으로 보지 않는 사람들이 보통 그런 눈을 하고 있었다. 자신을 끌고 가려던 아버지 또한 그런 눈을 하고 있었다. 그들은 사람을 죽이는 걸 아주 쉽게 생각했다.

해울은 고호가 와 사면해 준 것을 행운으로 여겼다. 어떤 사람과 친하게 지내기만 하면 살려 준다고 했으니 운도 이런 운이 없다.

그런데 한 명인 줄은 몰랐다. 친해지는 사람은 다 살려 주는 줄로만 알았다. 고호는 그 말을 빼고 말했다.

'친해져야 해.'

지금 억울함을 느껴 봐야 소용없다. 살려면 친해져야 했다. 무슨 방법이라도 좋았다. 우스꽝스러운 표정이나 행동을 하고, 바보취급을 받아도 좋다. 그것으로 저분께서 웃는다면 친해지는 발판이 될 수도 있다.

해울은 다시 오빠의 눈치를 보았다. 오빠는 벽에 기대 눈을 감고 있다.

―오빠는 어쩔 거야?

한 명밖에 못 산대.

오빠는 어쩔 거야? 오빠가 살고 싶으면 나 포기할 수 있는데.

해울은 그렇게 묻고 싶었다. 입을 열어 묻고 싶었다.

그러나 목소리는 나오지 않는다. 해울은 글도 몰랐다. 아버지가 필요 없다고 해서, 오빠처럼 배우지 못했다.

답답한 마음에 소녀는 입술을 깨물었다. 지금이 움직여야 할 때였다. 다른 아이들이 서로의 눈치를 보고 있는 지금, 먼저 선수를 치고 움직이는 쪽이 유리한데…….

오빠 마음을 알 수가 없으니 움직일 수가 없다.

소녀는 아쉬운 마음에 침대 쪽으로 시선을 돌렸다. 해울의 시야에 또렷이 떠 있는 청안과 금안의 눈동자가 보였다. 청안에 그려져 있는 이질적인 주술진 문양이 생생하게 보였다.

소녀가 흠칫 놀라 어깨를 움츠렸다.

"너희들 남맨가 보지?"

어느 사이엔가 남매를 보고 있었던 아기에가 물었다. 소녀는 경직된 자세로 가만히 있었다. 이렇게 정면으로 왕의 얼굴을 본 적은 처음이었다. 군석이 이 세상의 것이 아닌 빛깔로 빛난다. 어쩐지 숨이 턱 틀어 막혔다. 소녀의 눈에 군석은 그렇게나 예뻤다.

아기에는 시큰둥한 얼굴로 다시 물었다.

"남매냐니까?"

소녀는 경직된 얼굴로 고개를 끄덕였다. 아기에는 눈을 찡그렸다.

"무슨 죄를 지었기에 남매가 나란히 감옥에 들어갔지?"

소녀의 몸은 그 순간 굳어 버렸다. 옆에 있던 오빠도 굳은 기색이 해울에게 느껴졌다.

아기에의 입술이 삐뚜름하게 올라갔다. 이것 봐라?

"용기 있네. 나와 친해져야 살 수 있을 텐데, 무시나 하고. 죽어도 괜찮다는 소리지? 응? 죽여 줄까?"

작은 목소리지만 아이들에겐 크게 들렸다. 해울은 몸이 얼어붙은 상황에서 간신히 입을 열었다.

그런데 목소리가 나오지 않는다.

해울은 입조차 얼어붙었다. 자신은 벙어리였다. 말을 할 수가 없다.

그때 눈치만 보고 있던 다른 소년이 치고 들어왔다. 딸꾹질하던 세 번째 아이였다. 아이는 남매를 밀어내고 다짜고짜 얼굴을 들이밀었다.

"저, 저는!"

이건 또 뭐야? 아기에의 시선이 세 번째 아이에게로 옮겨 갔다. 아이는 더듬더듬, 그러면서 또박또박 아기에의 질문에 대답했다.

"먹을 걸 훔치고 달아나다가 아, 앞에 있는 노인분을 밀쳤는데……."

"는데?"

"죽…… 으셨어요."

"……"

너무나 시시한 죽음에 아기에는 바람 빠지는 소리를 냈다. 소년은 당황해서 덧붙였다.

"그, 그냥 도망치려고 살짝 밀친 것뿐인데, 너무 고령이셔서 돌아가셨다고……. 바닥에 머리를 부딪쳐서 손쓸 사이가 없으셨대요."

아이의 눈에 눈물이 그렁그렁 맺혔다. 도둑질이 한순간의 살인 사건으로 변했다. 순관은 가차 없이 아이를 잡아 감옥에 처넣었다. 국명부에 이름을 쓰지 않은 '이방인'은 아무리 나이가 어려도 법의 최고형을 선사받았다. 재판과 미성년자를 위한 법의 보호는 국명부에 이름을 적은 '국민'들만이 누릴 수 있는 권리였다.

"사형수였구나, 너."

아이가 파리하게 질려 고개를 끄덕였다. 아이의 눈동자에 기대감이 차올랐다. 조금이라도 말을 나눈 자신이 더 빨리 친해질 수 있는 기회였다.

아기에는 환한 미소를 짓고 말했다.

"그럼 여기서 죽어도 억울하지 않겠네?"

아이가 그대로 멈췄다.

아기에는 굳어 버린 아이를 뒤로하고 다른 아이들에게로 시선을 돌렸다. 아이들 대부분이 시간이 멈춘 것처럼 굳어서 아기에만을 보고 있었다.

"그냥 죽는 게 나을 거야."

툭 내뱉었다.

아기에 나름의 배려였다. 그는 저 아이들의 운명을 알았다. 친해지면 살고, 친해지지 않으면 죽는다고? 개소리였다. 어차피 끝은 죽음이었다. 조금 더 빨리 죽느냐 늦게 죽느냐, 편히 죽느냐 고통스럽게 죽느냐의 차이만 있었다.

왕의 배려는 소리 없는 파문을 낳았다. 아이들의 눈동자가 공포에 잠식됐다.

"도와주세요!"

다급해진 세 번째 남자아이가 아기에를 향해 애타게 외쳤다. 아기에는 그 아이를 내려다봤다. 표정이 없는 아기에는 그 어떤 때보다도 차가웠다.

"도와주세요! 친해지면 살 수 있는 거잖아요! 살고 싶어요!"

아이는 절박했다. 실수로 사람을 죽이고, 사형 날짜를 받고 하루하루를 두려움에 살아가던 시간들이 끔찍했다. 진명을 받은 왕은 자애롭고 사람을 사랑할 줄 아는 훌륭한 왕이라고 들었지만, 그것도 전부 자신의 국명부에 이름을 적은 '국민'들에게만 한해서였다.

정한의 왕은 이방인이 자신의 국민을 죽인 것을 용서하지 않았다.

"뭐든지 할게요!"

네 명의 아이들의 시선이 세 번째 아이에게로 모여들었다. 아기에는 대답 없이 가만히 있었다. 애처롭게 외치는 아이는 결국 울먹거렸다.

"……왕이시잖아요."

아이는 무릎을 꿇었다. 왕을 만나면 이렇게 무릎을 꿇고, 고개를 조아린다는 것을 그제야 떠올렸다. 아이의 머리가 바닥에 닿을 듯이 내려갔다. 아이는 머리를 숙인 채로 자신의 떨림을 전했다.

"비를 내리는 분이시잖아요. 나라를 세우고, 우리들에게 물을 내려 주시는 분이시잖아요. 살려 주세요! 부탁드려요! 살려 주세요! 무엇이든 가능한 신이시잖아요! 살려 주실 수 있으시잖아요!"

어릴 적에 어른께 들었던 이야기를 아이는 그대로 읊었다.

비를 내리고, 신의 선택을 받은 왕.

신과도 같고, 나라를 세우고 우리를 이끌어 주시는 고귀한 분.

아이의 눈앞에 있는 사람은 그런 '왕'이었다. 불가능한 것이 있을 리가 없다.

"제발 살려 주세요……."

아이가 빌었다. 가만히 보던 아기에가 이불을 걷고 일어났다. 이마에 박혀 있는 푸른색 군석이 희미하게 빛났다.

"너부터 죽어야겠다."

애처롭게 빌고 있던 아이의 머리가 화들짝 들렸다.

아기에는 몸을 바로 세워 아이를 내려다봤다.

아기에의 얼굴은 웃고 있었다. 눈이 반달로 휘고 입꼬리는 올라간다. 근사한 웃음이다. 하지만 눈동자는 시커멓게 가라앉아 있었다. 그가 사근사근히 내뱉었다.

"무섭댔지? 그럼 그놈이 오면 너부터 죽이라고 말할게. 빨리 죽는 게 무서움이 덜할 거 아니야. 목이 잘리고, 몸뚱아리가 땅속에서 썩어 나가게 되면 그런 무서움도 없어질 거야. 무섭다고 몸부림치던 인간들이 죽자마자 말없이 고이고이 자는 걸 내가 몇 번 봤거든. 내 말 믿지? 그래 믿겠지. 네 말대로 나는 왕인걸. 왕은 신이라는데, 무슨 말이라도 다 믿겠지."

아이는 충격으로 말을 잇지 못했다. 아기에는 다른 네 명의 아이들을 향해 신랄하게 말했다.

"너희들도 무섭지? 하지만 이 녀석이 가장 겁이 많은 것 같으니까, 양보 좀 해. 감옥 동기잖아. 그 정도는 배려해 줘야 착한 아이들이지. 할 수 있지? 못할 것 같은 사람 나와 봐. 이 녀석보다 겁이 많은 걸로 여기고 먼저 죽도록 배려해 줄 테니까."

아이들 중 그 누구도 나서지 않았다.

아기에는 싱긋 웃었다. 교활에게 맞은 것 때문에 나빠졌던 기분은 더더욱 최악으로 내달렸다.

무엇이든 가능한 왕이라고? 누가?

"그럼 이 녀석이 가장 먼저 죽는 걸로 정한 거다. 알았지?"

왕은 아이를 내려다봤다.

충격을 먹은 세 번째 아이의 입에선 다시 딸꾹질 소리가 터져 나왔다.

3.

밤이 왔다.

죽음을 선고받은 세 번째 아이는 구석에 가서 몸을 웅크리고 떨고 있었다. 나머지 아이들은 옹기종기 모여 그 아이를 한 번 훔쳐보고, 아기에를 한 번 쳐다보기를 반복했다.

자물쇠 따는 소리가 들렸다. 곧이어 철문이 열리고 고호가 들어왔다. 언제 봐도 산만 한 덩치였다. 그가 들어서자마자 지하실 문은 빈틈 하나 없이 막혔다. 고호는 문을 닫고, 똑바로 아기에에게로 걸어갔다.

"많이 친해지셨습니까?"

무뚝뚝한 어조가 본론을 물어왔다. 낮에 데려와 놓고 밤에 와서 그 사이 친해졌냐고 묻는다.

본보기다.

아기에에게 내보이는 본보기이기도 했고, 아이들에게 향한 본보기이기도 했다. 친해지지 않으면 너희들은 이렇게 죽는다— 라는 실감을 실어 주기 위해서다.

아기에는 고개를 흔들었다. 그럴 줄 알았다고 말하는 것처럼 고호는 지하실을 휘 둘러보았다. 풀을 발라 놓은 것처럼 오빠에게서 떨어지지 않으려는 여동생과 그런 여동생을 보지 않는 오빠가 보였다. 다른 쪽에는 고호를 보고 소변이라도 지릴 것처럼 떨고 있는 여자아이, 숨만 몰아쉬고 있는 남자아이도 있었다.

하나가 모자라다. 고호는 조금 더 시선을 돌렸다. 혼자서 멀찍이 떨어져 웅크리고 있는 남자아이가 보였다.

"저 아이는?"

아기에는 기다렸다는 듯이 시큰둥하게 대답했다.

"마음에 안 들어서 뭐라고 좀 했는데, 겁을 먹고 저러더라."

"마음에 안 드십니까?"

고호가 담담하게 물었다. 아이들은 숨소리조차 죽였다. 웅크리고 있던 남자아이가 절박한 얼굴로 고개를 들었다. 아기에는 귀를 후비는 척하며 툭 내뱉었다.

"마음에 안 들어. 헛소리를 하더라고."

그 말이 끝나기 무섭게 고호가 그 아이에게로 향했다. 아이의 입에서 비명이 터졌다.

"오지 마세요! 오지 마세요! 아악! 오지 마! 오지 마악—!"

구석에 박혀 웅크리고 있던 아이가 고개를 휘젓고, 다리를 퍼덕였다. 더 이상 물러갈 곳이 없는데도 아이의 다리는 버둥거리며 바닥을 밀었다. 고호의 큼직한 손이 아이에게로 닿았다.

"싫어! 죽기 싫어! 엄마! 엄마아!"

공포가 전염이 되었다. 옹기종기 모여 있는 두 명의 아이들이 하얗게 질린 얼굴로 숨만 몰아쉬었다. 오빠에게 붙어 있는 여자애는 오빠의 옷자락을 쥐고 꺽꺽거렸다.

아기에는 귀를 막고 냉정히 말했다.

"시끄럽잖아. 입부터 막아."

고호의 커다란 입이 순식간에 아이의 입을 틀어막았다. 아이의 비명이 막혀 나오지 않았다. 아이는 구명줄을 잡듯이 아기에가 있는 방향으로 작은 손을 내밀었다. 아기에는 쳐다보지도 않았다.

고호가 나갔다. 철문이 닫히고 자물쇠가 잠겼다. 아기에는 바로 침대에 누워 참고 있던 신음을 내뱉었다. 파리하게 멍이 든 온몸과 부러진 갈비뼈에서 통증이 잇달았다.

뚜벅이는 발소리가 사라지고 나서 지하실은 언제나와 같은 정적에 휩싸였다.

아이들은 뭐라 할 것도 없이 입을 걸어 잠갔다.

아기에조차 가라앉게 만드는 정적이었다. 그는 침대에 누운 채로 구석에 옹기종기 모여 앉아 떨고만 있는 아이들을 응시했다. 하나가 죽어 나갔으니, 네 명이 남았다. 사흘분의 목숨이다. 교활이 저 사흘분의 목숨으로 무엇을 할지는 짐작이 갔다.

―살려 주라고 비는 모습을 원하겠지.

변하지 않을 거라고 확신하고 있는 주제에.

아이들을 보고 동정하는 자신의 모습을 보고 싶어 하고 있다.

아이들은 그런 용도였다.

생각에 빠져 있는 아기에의 시야 속으로 벽에 기대어 앉은 소년이 보였다. 남매 중 오빠인 소년이었다.

소년은 네 명의 아이들 중 유일하게 떨지 않았다. 그저 무기력하게 벽에 기대어 자신이 죽을 차례를 그저 기다리고 있었다. 희미하게 뜬 눈이 허공을 응시했다. 옆에 여동생이 있는데도 보지를 않는다. 옆에 있는 여동생만 애가 타는 눈치다.

'말을 못하나?

달싹거리는 여자아이의 입이 보였다. 아기에는 저도 모르게 읽어 내렸다.

ㅡ오빠, 살고 싶지 않아?

살고 싶지 않아? 살고 싶으면 내가 포기할 수 있어. 오빠, 나 좀 봐. 응? 오빠, 무슨 생각해? 나 놔두고 죽을 생각 아니지, 그치? 내가 노력해서 오빠 좀 살려 달라고 말해 볼까? 그럼 오빠 좋아해 줄 거야? 다시 예전처럼 살아가 줄 거야?

"……."

여자애가 무슨 말을 하는지 알아 버린 아기에는 이불을 머리끝까지 뒤집어썼다. 어떻게 주위에 제정신이 아닌 애들이 이렇게 수두룩할 수가 있을까. 도무지 알 수가 없다.

이불 속에 그렇게 가만히 있었더니 점점 답답해져 왔다. 목도 마르다. 잠이라도 오면 좋겠는데, 고호 놈이 왔다간 탓에 잠도 달아나 버렸다.

아기에는 짜증스럽게 이불 속에서 목만 꺼냈다. 몸을 일으켜 팔을 한껏 뻗어야 하는 곳에 주전자가 있는 게 보인다. 그는 주전자를 보다가 조금만 움직여도 아픈 제 몸을 떠올렸다.

"……."

그래, 이왕 준 거 써먹어야지. 아기에는 목소리를 끄집어냈다.

"아무나 물 좀 가져와."

침대에 누워 손가락만 까닥였다. 당연한 명령이었고 그럴 만한 위치였다. 명령을 들은 아이들은 아무도 불쾌해 하진 않았지만 선뜻 나서지도 않았다. 첫 번째로 끌려간 아이가 겁이 많아 보인다는 이유로 보내진 탓이었다.

아이들은 저마다 눈치를 보며 슬슬 어쩔지 궁리했다. 눈 돌아가는 소리가 들릴 정도다.

아기에의 눈이 서서히 도끼눈으로 변해 갈 때, 아이들 중 하나가 움직였다. 오빠의 옆에서 소리 없이 입술만 달싹이던 여자아이였다. 아이는 쪼르르 걸어와 잔에 물을 따라 왕께 건넸다.

아기에는 그 잔을 받아 마셨다. 소녀는 시종이라도 된 것처럼 아기에가 다 마신 물 잔을 받아 탁자 위에 올려 뒀다. 왕의 입에 비스듬한 웃음이 걸렸다. 모두 눈치만 보는 와중에 여자아이가 움직인 이유를 아기에는 알고 있었다.

"오빠를 그렇게 살리고 싶어?"

여자아이가 깜짝 놀라 눈을 크게 뜬다. 아이는 습관처럼 달싹였다.

"어떻게 아세요? 제가 한 말 들렸어요?"

"들린 게 아니라 읽은 거야."

멍청하기는. 목소리가 안 나오는데 어떻게 들어.

아기에가 콕 집어 정정해 주었다. 소녀의 눈이 크게 벌어졌다. 다른 아이들은 어리둥절한 얼굴로 아기에를 보고 있었다. 아이들의 눈에는 아기에 혼자 말하는 것처럼 보였다.

"어떻게요?"

"독순술이라는 거야. 입 모양을 읽어서 대충 알아듣는 거야. 왜, 천재 같아? 멋져?"

아기에는 자랑스러운 표정을 지어 보였다.

독순술을 익히기까지 아기에는 토할 것 같은 노력을 쏟아부었다. 모두 그놈을 엿 먹이기 위해서였다. 깨끗한 척, 고결한 척 사람들에게 보호받는 그놈을 엿 먹이기 위해서는 하나라도 더 많은 재주가 필요했다.

독순술은 그중에 있었다.

책이 없어도, 붓과 먹물이 없어도, 가르쳐 주는 자가 없어도 혼자 터득하고 배웠다. 지하실에 갇힌 아기에가 스스로 공부할 수 있는 몇 안 되는 것들 중 하나였다.

여자아이는 입술 모양을 읽고 알아듣는다는 소리에 입을 합, 다물었다. 혹시라도 눈앞의 왕께 거슬리는 말을 할까 조심하는 태도였다.

"알았으면 가 봐."

여자아이는 고개를 끄덕이고 오빠에게로 돌아갔다. 여동생을 둔 남자애는 무슨 생각을 하는지, 여동생이 움직였다는 것도 모르는 듯 보였다.

그리고 그때부터 왠지 아기에의 잔잔한 심부름은 여자아이가 도맡아 하는 일로 변했다.

물을 떠오고, 식판을 가져왔다. 목욕물이 있는 곳으로 가 수건에 물을 적셔 아기에의 몸을 닦는 것도 그 아이가 자발적으로 나서서 해치우기 시작했다.

아기에는 뻔뻔하게 부려 먹었고, 여자아이는 당당하게 부려 먹혔다.

여자애의 오빠는 그 모습을 보고도 가만히 앉아 있기만 했다.

제 8 장

오빠와 여동생(육일전)

제 8 장
오빠와 여동생(육 일 전)

1.

―종이가 왔다. 작게 찢어 우물우물 씹어 꿀꺽 삼켰다.

"눈 떠."

아기에의 목소리와 동시에 아이들은 눈을 떴다.

눈을 감고 있으라는 왕의 명령이 있었다. 실눈을 뜨거나, 조금이라
도 이상한 행동을 보인다면 '오늘의 먹잇감이 되게 해 주지. 한번 해
봐' 라는 윽박 때문에 아이들은 오만상을 찡그리며 눈을 감고 있었다.

해울도 왕의 목소리에 눈을 떴다. 오빠는 눈을 감은 김에 계속 잘
생각인지 눈을 뜨지 않았다. 해울은 그런 오빠를 우울히 응시했다.

"해울, 물 가득 따라 와."

어느새 이름까지 캐물은 아기에가 당당히 명령을 내렸다. 여동생은 오빠 곁을 벗어나 두말없이 움직였다. 해울이 바쁘게 움직이는 소리가 지하실을 조금씩 채웠다.

해울은 아이들 중 가장 어린 탓에 몸집도 가장 작았다. 감옥에서 지급된 옷도 해울에겐 커서 그런지 어깨가 계속 흘러내렸다. 그것을 계속 추스르면서 해울은 아기에가 원하는 대로 물을 가져다 바쳤다. 발목에 찬 족쇄 소리가 달그락거린다.

"더."

아기에는 다 마신 잔을 해울에게 던졌다. 던져진 잔이 붕— 호선을 그리며 날아간다. 해울이 당황하며 물 잔을 잡아챘다. 쑥 빠지는 것이 조금만 늦었어도 떨어뜨릴 뻔했다.

"가득 떠 와."

그렇게 말한 왕은 베개에 얼굴을 푹 파묻고 눈을 감았다. 해울은 곧장 주전자로 향했다. 주전자가 가볍다. 뚜껑을 열어 보자 담아 놓은 물이 없었다. 아침에 늙은 궁녀가 갈아 준 것인데도 다 마셔 버리고 비어 있었다.

해울은 침대에 누워 있는 왕을 한 번 보고, 욕실에 딸린 부엌으로 뛰어들어 물을 떴다. 잔에 담긴 물이 출렁인다. 그것을 한 방울이라도 쏟을까, 두 손으로 받쳐 들고 조심조심 움직였다.

그런 해울의 앞에 바싹 마른 다리 하나가 쑥 뻗어 나왔다. 두 눈으로 봤어도 피하지 못할 만큼 갑자기 나왔다.

다리에 걸린 해울이 큰 소리를 내며 넘어졌다. 돌로 만든 잔이 지하실 바닥을 데구루루 구른다. 잔에 있던 물은 양탄자를 적시고 젖어 들었다.

시끄러운 소리에 아기에도 눈을 떴다. 그는 넘어져 있는 해울에게 왈칵 짜증부터 냈다.

"뭐야, 물 하나도 제대로 못 떠 와?"

왕의 타박에 해울의 얼굴이 해쓱하게 질린다. 동시에 옆에서 비릿하게 웃고 있는 여자아이의 얼굴도 눈에 들어왔다. 제 딴에는 표정을 숨긴답시고 겁먹은 것처럼 보이려고 노력은 하고 있었지만 아기에의 눈썰미는 속이지 못했다.

표정을 숨기려면 완전히 숨겨야지.

아기에는 한눈에 상황 파악을 했다. 자신의 수발을 드는 해울이 이대로 가다간 선택받을 확률이 높을 테니까, 아이 나름대로 잔꾀를 부린 것이다.

발을 건 여자아이는 아기에가 자신을 보고 있는 것을 알았는지 슬그머니 어깨를 움츠렸다. 아기에는 화낼 생각이 없었다. 되레 후한 점수를 퍼부었다. 아무것도 하지 않고 살려 달라고 징징 대는 것들이나 운에 맡기기만 하는 것들보다야 저런 것들이 훨씬 나았다.

넘어진 해울이 허둥지둥 일어섰다. 하지만 그것보다 더 빨리, 다리를 건 여자아이가 먼저 일어나 바닥을 구르는 잔을 집어 들었다. 아기에의 눈치를 보고, 괜찮다 싶으니 움직이기 시작한 것이다.

해울보다 한발 먼저 잔을 집어 든 여자아이, 바로는 그대로 부엌으로 뛰어가 물을 떠 아기에에게 건넸다. 아기에가 모르는 척 물을 받아 마신다. 바로는 득의만만하게 웃으며 승리자의 표정을 지었다. 해울은 망연자실한 표정으로 그 자리에 그대로 있었다.

해울의 오빠가 움직인 것은 그때였다.

살기 싫다는 표정으로 하루 종일 멍하니 허공을 응시하고 있던 소년의 손이 득의만만하게 웃고 있는 바로의 머리채를 잡아챘다. 머리채를 잡힌 여자아이의 입에서 악 소리가 터졌다.

갑작스런 사태에 해울의 눈이 커졌다.

아기에도 물을 마시다 말고 눈을 크게 떴다.

왕의 앞인데도 소년은 아랑곳없이 움직였다. 아기에는 입을 딱 벌렸다. 소년은 머리채를 잡은 그 손을 그대로 뒤흔들었다. 아기에 앞에서 작은 여자아이가 악악 소리를 내며 질질 끌려 다녔다.

"내가—."

소년이 처음으로 입을 열었다. 씹어 먹을 것처럼 낮게 으르렁거린다.

"내 동생—."

바로가 결국 바닥에 주저앉았다. 입에서 비명과 울음이 섞인 소리가 나왔다. 머리칼이 한가득 뽑혔다. 저항해도 소용이 없다. 따귀만 몇 번 더 맞을 뿐이다. 소년은 머리채를 잡은 그대로 바로를 집어 던졌다.

"건드리지 말랬잖아!"

소년 뒤에 있던 빈 주전자가 공중을 날았다. 쇠로 만든 주전자는 공중을 날아 바로의 얼굴에 처박히고 떨어졌다. 바로의 코에서 코피가 주룩 흐른다. 그 뒤를 이어 주전자 밑에 있던 탁자도 공중으로 날아들었다. 바로가 기겁하며 간발의 차이로 피한다. 바닥에 떨어진 탁자가 순식간에 부서졌다.

지하실은 순식간에 난장판이 됐다.

해울이 꺽꺽 울면서 제 오빠를 말려 댔고, 바로는 악악 소리를 내며 바닥을 굴러다녔다.

아기에는 잠시 말을 잃었다. 이성을 잃은 소년이 그야말로 날뛰고 있었다. 왕이라는 점을 기쁘게 받아들인 적은 한 번도 없지만, 그렇다고 군석을 가진 자신을 이렇듯 무시하고 날뛰는 놈도 처음이었다.

결국 바로는 지하실에 딸린 창고로 울면서 도망갔다. 소년의 발작 아닌 발작은 거기서 끝났다. 씩씩거리던 소년은 제 감정을 추스르기 위해 한참을 가만히 있었다. 해울이 옆에서 훌쩍훌쩍 운다. 콧물도 찍찍 흘리고 눈물도 쥐어 짜냈다.

소년은 크게 소리쳤다.

"내가 당하고 살지 말랬잖아!"

해울이 더 서럽게 울었다. 소리가 났으면 시끄러워서 짜증이 났을 텐데, 소리 없이 우는 것을 보니 제법 더 서러워 보였다.

소년은 우는 여동생을 내버려 두고 다시 원래 자리로 돌아갔다. 끝까지 아기에는 안중에도 없었다. 해울은 뒤에 남아 한참을 훌쩍이더니, 물끄러미 자신을 응시하는 아기에를 발견하고 주섬주섬 물건을 치우기 시작했다.

치우는 손길이 꽤 다급했다. 한쪽이 구부러진 쇠주전자를 부엌으로 옮겨 놓고, 다리 한쪽이 날아간 탁자도 주섬주섬 주워 모아, 바로가 숨은 창고에 넣어 뒀다.

부산스럽게 움직이는 해울 덕분에 지하실은 곧 제 모습을 찾아갔다. 해울은 땀을 뻘뻘 흘리며 달라진 것이 없는지 꼼꼼히 살폈다. 물론 주전자와 탁자가 있는 자리가 텅텅 비어 이상했지만 거기 말고는 모두가 깨끗하고 정리가 되었다.

"다 치웠어요."

해울이 쪼르르 다가와 입술을 달싹인다. 구경하고 있던 아기에는 픽 웃었다. 어차피 싫어하는 지하실이다. 부서지든 말든 상관없다. 꽤 재미있는 구경도 했으니 기분 나쁠 이유가 없다.

"누가 물어봤어?'

"……우리 오빠 제가 바보같이 굴어서 화가 난 거예요. 제 탓이니까 미워하지 말아 주세요."

혹시라도 오늘 밤에 오빠가 선택되어 죽임당할까 봐, 해울은 열심히 변호했다.

"제가 매일매일 당하고 살다 보니까. ……아, 난 안 그러는 것 같은데 오빠는 제가 당하고만 사는 것처럼 보인대요. 그래서 당하고 살지말라고 매일매일 화를 내는데 제가 잘 못 알아먹어서……. 사실 아까 제가 넘어진 것도 바로가 발을 걸어서 넘어진 거거든요. 그걸 오빠가 봤나 봐요."

말할 때마다 해울의 표정은 우울해져 갔다.

아기에는 픽 웃고는 되물었다.

"그런데?'

해울이 달싹이는 것을 멈췄다. 눈동자가 당황으로 얼룩졌다. 아기에는 기다려 주지 않았다.

"어쩌라는 거야? 더 할 말 없어? 할 말 다 했으면 가 봐. 쓸모없는 말만 주절주절 떠들어 대니 지겨워 죽겠어."

아기에는 비웃으며 타박했다.

해울의 얼굴이 무안함에 시뻘겋게 물들었다.

2.

해울은 오빠 곁에 앉아 있었다. 가까이 닿으면 싫어하니까 한 뼘 정도 떨어져 앉는 걸 잊지 않는다.

언제 화를 냈냐는 듯 오빠는 조용했다. 예전처럼 공허한 시선으로 가만히 앉아 시간을 죽였다. 삶의 의욕이 없어 보인다. 해울은 오빠를 훔쳐보다가 우울한 얼굴로 다리를 끌어모아 안았다.

말도 못하게 된 후로 오빠와는 제대로 대화다운 대화도 못해 봤다. 손짓과 발짓으로는 전하는 말엔 한계가 있었다. 글을 모르니 쓸 수도 없다. 글을 배우고 싶었지만 목소리를 잃은 직후 감옥으로 끌려갔기 때문에 배울 시간도 없었다.

오빠라는 글자는 어떻게 쓰는 거지?

죽을 날이 얼마 남지 않았는데 그것이 궁금해졌다. 내 이름은 어떻게 쓰는 걸까. 오빠 이름은? '미안해'라는 말은 어떻게 쓰는 거지?

해울은 ─오빠 미안해, 라고 말하고 싶었다.

감옥에 들어오게 된 것도, 오빠가 무기력하게 된 것도 전부 해울의 탓이니까 바로잡고 싶은데 그것이 힘들다. 그래도 위안이 되는 것은, 해울이 당할 때마다 오빠가 돌변해서 도와준다는 점이었다.

어린 여자아이는 왕을 훔쳐봤다. 그분과 친해져야 살아남을 수 있다. 그래서 없던 용기, 있던 용기 싹싹 긁어모아 움직였다. 소심하고 내성적인 인생 최초로 낸 용기였다.

덕분에 심부름도 하고, 작은 대화도 몇 번 나누긴 했는데…….

해울은 좀 전에 했던 대화를 되새겼다. 우울했던 기분이 더 우울해진다. 조금도 가까워지지 않았다. 다른 아이들보다는 한발 앞섰다고 생각했는데 깨닫고 보니 여전히 같은 자리였다.

'어쩌지?'

고민하며 왕을 훔쳐본다. 왕은 침대에서 움직이지 않았다. 베개를 베고 누워서 하루 종일 가만히 있는다. 잠을 자는 것이 아니다. 왕은 무언가를 끊임없이 생각했다. 저런 왕과 친해지려면 어떻게 해야 할까? 무엇을 좋아하고 무엇을 싫어하지?

"오빠."

해울이 입술을 달싹여 오빠를 불렀다. 오빠는 대답하지 않았다. 다른 곳을 보고 있다. 그때 이후로 단 한 번도 해울을 바라봐 준 적이 없었다.

"나 열심히 할게."

들리지 않는 말이라는 것은 서글프다. 해울은 작게 중얼거리며 눈을 감았다.

단 한 명이었다.

단 한 명만 살려 준다고 했다. 그게 자신의 오빠가 되도록 해울은 최선을 다해야 했다. 오빠가 알면 싫어할 것이 분명하지만 해울이 오빠를 위해 할 수 있는 것은 그것뿐이다.

'그러려면 오늘 밤부터 무사히 넘겨야지.'

해울은 바로를 떠올렸다.

바로의 죄명은 첫 번째로 죽은 아이보다 더 지독했다. 그 아이는 사람을 죽이긴 했어도 실수였다. 그러나 바로는 영아유괴에 생매장이었다. 변명도 가관이었다.

─그 아이를 죽이면, 제가 대신할 수 있을 것 같았어요.

바로는 울먹이며 그리 죄를 고했다고 해울은 들었다. 상냥하고 젊은 부부가 먹지 못해 비쩍 말라 버린 바로를 가여워 하여 자상하게 대해 준 것이 원인이었다. 바로는 그 부부의 상냥함이 온전히 자신의 것이 되기를 원했다. 부부의 아이가 자신이기를 간절히 바랐다. 그러자 방해물이 눈에 들어왔다. 젊은 부부의 갓난아이가 그것이었다.

바로는 사람의 눈을 피해 아이를 데리고 도망쳤다. 빽빽 우는 아이를 땅에 묻고 천연덕스럽게 돌아와 불쌍한 아이 흉내를 내며 부부에게 다가갔다.

이 일로 정한이 발칵 뒤집힌 것은 당연했다.

정한 사람들이 이방인에게 인색하게 된 것도 이런 이유에서였다.

'……오늘 밤은 바로가 되어야 해.'

자신은 마지막 날이다. 오빠를 살리고 마지막 날에 잠에 들 것이다. 그러니 그 전은 다른 아이들로 채워야 했다.

해울은 입술을 깨물고 어떻게 할까, 생각에 잠겼다.

3.

시커먼 벽지는 오늘도 그대로였다.

아기에가 혼자 있을 때 시커먼 벽지는 그를 벼랑으로 몰아세웠다. 벽지는 벽지일 뿐, 자신에게 아무런 해가 되지 않는다는 것을 알고 있는데도 보고만 있으면 벼랑 끝머리에 서 있는 느낌이 들었다.

—그놈은 이걸 노리고 새카만 벽지를 발랐겠지.

아기에는 벽지를 노려봤다.

미치지 않은 것은 곁을 지켜 준 자투라 덕분이었다. 자투라가 손을
잡아 주고 곁에 있었다. 어머니도 시시때때로 떠올랐다. 자신이 이곳
에 갇힌 사실을 알아주는 유일한 사람들이었다.

그들이 살아 있다는 것만으로도 아기에겐 큰 위안이다. 그들이
없었다면 일찌감치 혀를 깨물고 죽었을 목숨이다.

'눈을 뜨셨다고 했지.'

그놈이 한 이야기를 떠올렸다. 이제 아기에가 여기에 갇혀 사는 것
을 아는 사람은 어머니밖에 없었다. 자투라는 폐군위가 되어 왕을 잊
었다.

'날 기억하고 계실까?'

─그렇게 높은 곳에서 떨어졌는데.

메마른 입술을 깨물었다. 몸이 아픈 탓에 입술은 수시로 바짝 말랐
다. 아기에는 벽지에서 눈을 떼고 시선을 내렸다. 조금 떨어진 곳에
오빠와 앉아 있는 해울이 보였다. 해울은 왕과 눈을 마주치자마자 눈
썹을 끔뻑이더니, 재빨리 물을 떠와 잔을 내밀었다.

"……."

작은 손이 내민 물 잔을 아기에는 말없이 응시했다. 투명한 물이
가득 담겨 있다. 마시고 싶지만 쓰린 속이 먼저다. 자신의 목이 마를
때마다 물을 가져다준 것은 자투라였다.

이딴 여자애가 아니었다.

그렇게 생각한 순간 아기에의 속이 뒤틀렸다.

"그렇게 살고 싶어?"

아기에는 해울이 든 물을 빼앗아 마시고 물 잔을 던졌다. 물 잔은

바닥에 부딪혀 튕겨 올라 구석으로 굴러갔다. 해울의 눈동자가 커진다. 갑작스런 소동에 아이들의 시선이 모아졌다. 창고에 숨은 바로도 빼꼼히 고개를 내밀었다.

"살고 싶어?"

왕이 다시 말했다. 해울은 얼결에 고개를 끄덕였다.

진한 미소가 왕의 얼굴에 피어났다.

그는 손을 뻗어 해울의 목을 움켜쥐었다. 먹지 못해 작은 몸뚱아리라 그런지, 가는 목이 한 손에 다 잡힌다.

"살고 싶어?"

아주 천천히 목을 조르면서 다시 한 번 물었다. 해울의 얼굴에 당황이 생겨났다.

"묻잖아. 살고 싶어? 이런 곳에서 나와 같이 갇혀 살고 싶어? 나가지도 못하고, 주는 음식 받아먹으면서, 그놈이 오면 얻어터지고 평생을 여기서 썩어야 할지도 모르는데, 그런데도 살고 싶어? 그래?"

해울은 대답하지 못했다. 목을 조르는 손 때문에 점점 숨을 쉴 수가 없었다. 반사적으로 목을 조른 왕의 손을 떼어 내기 위해 발버둥 쳤지만 역부족이었다.

"나를 잘 봐."

다정한 어조였다. 목이 졸린 해울의 뒷목이 일순 삐쭉 섰다. 왜 이런 느낌이 나는지 몰라, 소녀는 목이 졸리면서도 눈만 동그랗게 떴다.

아기에는 목을 조른 채로 해울을 끌어당겼다.

"내가 제정신으로 보여?"

소녀의 눈이 커진다.

"정상으로 보여? 똑바로 잘 살고 있는 걸로 보여? 내가 여길 나간다면, 다른 사람처럼 평범하게 섞여 살 수 있을 거라 보여?"

아기에는 부드러운 미소를 지어 보였다. 어릴 적 몇 번이고 연습한 웃음이었다.

"그리 보인다면 다행이야. 내가 겉은 그럴듯하도록 애써서 노력 중이거든. 정상으로 보이지 않는다면 섭섭하지."

왕의 목소리가 더더욱 낮아졌다. 소녀는 뱀 앞의 쥐처럼 굳어서 침을 꿀꺽 삼켰다. 졸린 목이 아파 오는데도 꼼짝도 할 수가 없다.

"그런데 속은 정반대야. 하루 종일 사람 죽이는 상상만 하지. 여기서 나가기 전에 아주아주 뜨겁게 달군 기름을 그 늙은 궁녀에게 퍼부어 버리고, 이곳에 불을 질러서 두 번 다시는 못쓰게 만들 거야."

그걸론 부족하지. 아기에는 상상만으로도 즐거운 듯이 히죽 웃었다.

"그리고 사람들이 먹는 물에 독을 타서 내 존재를 알리는 거야. 미치광이 왕자로 알고 있다지? 그럼 그걸 확실히 해 줘야지! 어떻게 미쳤는지 확실히 보여 주고 두렵게 만들어야지! 모두가 내 이름만 들으면 끔찍하다는 표정을 지을 만큼! 그놈은 또 어떻게 엿을 먹이지? 이쪽도 죽을 각오로 덤벼서 죽여 버릴까? 아니야. 그걸론 부족해. 그럼 어쩌지? 아! 맞아! '라기에'를 죽이자!'

아기에는 환희에 차 소리 높였다.

"라기에가 누군지 알아? 실마리를 줄게. 내 이름은 아기에야. 그럼 라기에는 누구게? 정답. 내 쌍둥이 동생이야. 나랑 한날한시에 태어나서 나와는 전혀 다르게 살고 있는 내 쌍둥이지. 나와 달리 그놈이 아주아주아주 애지중지하는 녀석이거든. 그런 녀석을 죽여서 팔 하나를 그놈의 면상에 던지고, 다리 하나도 잘라 그놈 면상에 던지고,

머리통을 정한 마을 광장에 떡 하니 걸어 두는 거야. 그럼 그놈의 얼굴은 어떻게 될까?'

소녀의 목을 움켜쥐고 있는 손에 점점 힘이 들어갔다. 청안과 금안이 희번득 빛났다.

"그렇게 생각하자마자 너무 보고 싶어서 심장이 뛰더라. 그놈의 일그러진 얼굴, 절망에 휩싸인 면상, 통곡하는 낯짝. 꼭 보고 싶어서 손이 근질근질해서 참으려니 좀이 좀 쑤셔야지. 그래서 진지하게 생각했어. 정말로 죽여 버릴까? 쌍둥이인 게 뭔 대수야? 형제인 게 대단한 일이야? 핏줄이 그리 중요해? 내 아버지도 나를 이렇게 대하는데, 나도 해도 상관없지 않아?'

아기에는 아주 상냥하게 웃어 보였다.

"그게 여기서 만들어진 나야."

해울의 안색이 점점 질려 나간다. 아기에는 목을 조르면서도, 엄지손가락을 세워 해울의 턱을 살살 문질렀다. 그의 목소리가 상냥해졌다.

"나는 내가 살 수 있으면 무엇이든 해도 괜찮아. 죄 없는 사람? 죽어도 돼. 내 동생? 죽으라지. 아이가 딸린 부모들? 알게 뭐야. 다 죽어 버리라지. 그걸 신경 써 줄 필요가 있어? 왜? 자기 목숨은 자기가 챙겨야 되는 거잖아. 그치? 응?'

목이 졸린 해울이 꺽꺽거렸다. 괴롭다는 게 느껴진다. 손에서 느껴지는 맥동이 점점 약해진다. 아기에는 목을 잡은 채로 해울을 끌어당겼다. 해울이 힘없이 끌려왔다.

"여기서 살아남는다는 것은 나처럼 된다는 거야. 그런데도 여기서 살고 싶어?'

아기에는 작게 읊조렸다. 숨이 넘어가고 있는 해울은 이미 듣지 않고 있었다.

해울의 등 뒤에서 누군가가 다급히 뛰어온다. 해울의 오빠였다. 제 동생의 숨넘어가는 소리가 들리니까 귀신같은 모습을 하고서 뛰어온다.

아기에는 픽 웃고는 목을 조르던 오른손을 풀고 해울을 밀쳐 냈다. 붉은 양탄자가 깔린 바닥에 해울이 넘어진 채로 기침을 토했다. 거친 기침 소리에 달려오던 소년이 해울의 앞을 가로막고 멈춰 선다.

그는 딱딱하게 굳어서 아기에를 노려봤다. 붉은빛 눈동자가 제법 사납다. 금방이라도 달려들 것 같은 날짐승이 따로 없다.

"왜 멈춰? 덤벼 봐. 아까 그 계집애에게 했던 것처럼."

창고에서 목만 내밀어 지켜보던 바로가 깜짝 놀란다.

아기에는 침대 밑으로 다리를 내려 꼬았다. 침대에 널려 있던 이불도 끌어 어깨에 걸친다. 왕은 그 자세로 소년과 눈을 마주했다. 아기에는 자신이 이렇게 하면 어떻게 보일지 알고 있었다.

거만하고 오만해 보이겠지. 일평생 권력을 누려 온 고약한 늙은 왕이 옥좌에 앉아 있는 것처럼.

아기에는 아주 천천히 웃었다. 소년이 빠드득 이를 갈며 뒤로 물러섰다. 한 발자국, 또 한 발자국 물러서서 바닥에 쓰러져 쿨럭거리는 여동생을 일으켜 세운다. 해울의 목에 파란 손자국이 찍혔다. 아기에의 눈에도 보이니 소년의 눈에도 당연히 보였을 것이다. 소년은 화난 얼굴로 입술을 씹었다. 화가 나서 벌벌 떨리는 손끝이 보인다.

목 졸린 게 뭐가 대수라고.

아기에는 그들 남매를 시큰둥하게 보며 오른손을 까닥였다. 아까 뒤집혔던 속이 아직 풀리지 않았다. 목을 조르고 저만큼 겁을 주고 기침을 하는 꼬라지를 보면 웬만큼 풀렸어야 하는데, 어쩐지 더 뒤집히고 있었다.

그 이유를 아기에는 금방 찾아냈다.

남매 때문이다. 저 두 연놈들 때문이다. 핏줄이라고 서로 위하는 꼬락서니를 보니 속에서 천불이 피어오른다.

아버지의 손에 의해 갇혀 있는 자신의 앞에서, 저딴 꼴이라니.

한 번 화가 난 걸 인식하니 아기에는 참을 수가 없었다. 아니, 참을 필요가 없었다. 여기는 지하실이었다. 머리를 굴릴 필요도 없다. 저 남매를 떼어 낼 방법은 생각할 것도 없이 코앞에 있었다.

"오늘 밤에 죽는 건 너로 하자."

아기에는 손가락으로 소년을 가리켰다. 오빠 손에 기대어 서 있던 해울의 눈동자가 커진다.

"나를 그딴 눈으로 노려보다니, 건방지잖아."

본심을 속이며 말도 안 되는 이유를 들이댄다. 아기에는 그것이 만족스러워서 크게 웃었다. 큭큭거리는 소리가 지하실을 떠돌아다닌다. 사형을 선고받은 소년을 제외한 모든 아이들이 굳어져 가는 와중에 혼자만 큰 소리로 웃어 댔다.

그러다가 돌연 웃음소리가 뚝 멈춘다.

아기에는 정색한 얼굴로 지하실을 둘러봤다. 웃고 있는 건 자신밖에 없다. 아이들 모두 딱딱하게 굳어서 툭 건드리면 부서질 것처럼 질려 있다.

재미없게시리.

"웃어."

아기에는 짜증스럽게 명령했다. 아이들은 무슨 소린지 한 번에 알아듣지 못했다.

왕은 다시 명령했다.

"웃으란 소리 안 들려?"

다시금 명령을 내린다. 아이들은 이제야 명령을 이해했다. 창고에 숨어 있던 바로가 얼른 기어 나와 입꼬리를 끌어 올린다. 존재감 없이 구석에 처박혀 오돌오돌 떨고 있던 소년도 억지로 헤헤헤 웃었다. 둘 다 입꼬리가 사정없이 떨렸다. 눈동자는 충격을 받은 것처럼 떨면서 입만 웃고 있었다.

아기에는 만족스럽게 고개를 주억거렸다. 그의 발치로 뭔가가 달려와 옷자락을 잡고 늘어지지만 않았더라면 계속 만족스럽게 웃고 있을 작정이었다.

"안 돼요!"

해울이 울먹이며 입을 크게 벌렸다.

"안 돼요! 우리 오빠는 안 돼요!"

"뭐야."

작은 손이 옷자락을 집어 뜯었다. 소녀는 절박하게 자신의 말을 전달했다.

"우리 오빠는 이곳에서 죽어선 안 되는 유일한 사람이에요!"

죽어야 할 것은 오빠가 아니었다. 자신이었다.

"저기 저 앉아 있는 여자애 보이세요? 저랑 동갑으로 바로라는 이름을 가진 여자애요. 바로는 젊은 부부의 어린 딸을 납치해 생매장해 죽였어요. 자신이 그 자리를 대신 차지하고 싶다는 욕심이에요! 그리고 저 구석에 앉아 있는 소년은 자신을 거지라고 놀리는 아이의 머리를 쳐

죽였어요."

해울은 아이들의 죄를 밀고했다. 왕의 시선이 똑바로 해울에게 쏘아졌다. 해울은 침을 꼴깍 삼켰다. 발발 떨리는 눈동자로 소녀는 힘겹게 내뱉었다.

"그리고 저는 아버지를 죽였어요."

갑작스런 커다란 고백이었다. 짜증스럽게 듣고 있던 아기에의 눈이 잠시나마 커졌다. 다른 아이들은 보지 못했다. 오로지 해울만이 그 눈동자를 보며 달싹였다.

"아버지를 죽였어요. 저를 길러 주신 친아버지인데, 죽이고 말았어요. 어떻게 죽였는지 아세요? 푸줏간에서 쓰는 칼을 집어 아버지의 목에 꽂으셨어요. 근데 그걸로 한 번에 죽지 않더라고요. 그래서 계속 내려쳤어요. 더 이상 움직이지 못할 때까지, 피가 분수처럼 뿜어져 나오는데도, 계속 내려쳤어요."

아기에의 눈동자가 천천히 가늘어졌다. 거짓인지, 진심인지 가늠하는 눈이다. 침이 넘어가면서 해울의 목울대가 움직였다.

해울은 거침없이 자신의 의견을 피력했다.

"절 늙은 노인에게 팔아 버리겠다고 했어요. 그걸로 먹고살겠다고요! 너무 화가 나서 아버지를 죽였어요! 오빠는 그 자리에 있다가 공범으로 몰려 같이 잡힌 거지 죄를 지은 게 아니에요. 죄를 지은 건 저와 저곳에 앉은 저 애들밖에 없어요. 그렇다면 죄를 짓지 않은 제 오빠가 살아남아야 하는 게 아닌가요?"

소녀는 오빠를 지키기 노력했다. 부릅뜬 눈동자에서 주룩 눈물이 흘러나왔다.

"부디 용서해 주세요. 우리 오빠가 노려본 것은 왕께 해를 끼치려고 그랬던 것이 아니에요. 단지, 단지 지금은 감정 조절을 잘 하지 못해서 그러는 거예요. 아버지가 돌아가신 후부터 오빠는 항상 저런 모습으로…… 있었어요."

아기에는 대답하지 않았다.

해울은 울 것 같은 표정을 지으며 바닥에 무릎을 꿇었다. 머리가 바닥에 닿는다. 뒤에 서 있는 소녀의 오빠가 눈을 크게 뜨고 제 여동생을 보고 있었다.

소녀는 반듯한 자세로 고개를 조아렸다. 첫 번째로 죽은 아이가 한 것처럼 이마를 바닥에 대고, 손바닥이 위를 향하도록 들어 올렸다.

왕의 자비를 바라는 행동이다.

비가 필요한 백성들이 부디 왕께서 비를 내려 주시기를 기원하는 자세이기도 했다.

아기에의 얼굴이 조금이지만 무너졌다.

처음으로 평정이 흔들렸다.

4.

아기에는 침대에 누워 해울을 보고 있었다. 해울은 손바닥을 위로 향한 채 움직이지 않았다.

벌써 네 시간째였다. 다리와 팔에 피가 통하지 않아 저려 오는 것을 넘어서 아파 올 시간이었다. 오빠는 그 옆에서 피가 나도록 입술을 깨물고 소녀를 노려보고 있었다. 소년이 강제로 여동생을 일으켜 세워도 여동생은 계속 저 같은 자세를 취했다.

―아버지를 죽였어요.

그 말을 혀에 굴려 봤다. 마음에 드는 말이었다. 그 말 하나에 뒤집혔던 속이 풀렸으니 말 다했다.

아버지를 죽인 딸.
아버지를 죽인 아들.

자신이 원하는 것이 그거였다. 이런 생활을 끝내기 위해서 필요한 것도 그놈의 죽음이었다.
아버지의 죽음.
하지만 이런 생각을 입 밖으로 내뱉으면 하나같이 말한다.

―그건 나쁜 생각이에요.

아기에는 주먹을 움켜쥐었다. 배 속이 찌르르해지고 웃음이 터져 나왔다. 그런 말을 하는 놈들의 주둥이를 꿰매고 자신과 같은 꼴을 만들어도 그런 말이 나올까 궁금했다.
그리고 묻고 싶었다.

―맞아 봤어?
―부모의 손에 뼈가 부러지도록 맞아 봤어?

―부모한테 살려 달라고 빌어 봤어?
―맞아서 죽을 것 같았던 공포를 느껴 본 적 있어?

아니, 없겠지.
있으면 그런 말을 못해.
그러니 말하지.

―그래도 그 생각은 나쁜 생각이에요, 라고.

갑작스럽게 웃음이 터져 나왔다. 아기에는 웃었다. 아까보다 더 크
게 웃자, 부러진 갈비뼈가 다시 아파 왔다. 아이들이 다시 공포에 질
린 눈으로 왕을 훔쳐본다.

너무 웃어서 나는 눈물을 닦고, 아기에는 마른눈으로 검은 벽지를
올려다봤다.

이곳은 무덤이다. 자신이 누워 있는 이 침대는 관짝이고, 매일매일
자신에게 보내지는 밥은 제삿밥이다. 흙도 거의 다 덮었다. 자투라가
폐군위가 되어 자신을 잊었으니, 이제 한 줌의 흙만 더 덮으면 무덤
은 완성되는 것이나 마찬가지다.

관 짝에 누워 있는 동안 자신의 몸도 시체가 되었다. 이런 관 속에
누워 구 년을 썩었더니, 시체처럼 피도 눈물도 모두 말라 버렸다.

시체가 자유를 찾아 바깥을 돌아다녀 봤자, 살아 있는 놈들과 어울
리지 못하는 것은 당연한 사실이었다.

'이런 느낌을 혼자 맛보면 아깝지.'

언젠가 그놈에게 반드시 갚아 준다.

지금은 힘이 없어 이리 당하고 있지만 나중에는 마냥 당하지만은 않는다.

그냥 죽이는 것도 아쉽다.

자신과 마찬가지로 같은 꼴로 만들어 버려야지. 물이 없는 곳에 우물을 만들어 놓고 그곳에 처넣어 버리자. 물만 넣어 주면 그래도 한 달은 살 테니, 한 달 동안 있는 괴로움이란 괴로움은 다 느끼게 해 주는 거야. 라기에도 그때 죽여서 우물 안에 처넣어야지. 그렇게 사랑하는 아들이었으니 시체라도 곁에 있으면 조금은 위로가 되겠지.

아기에는 그때를 상상하며 비리게 웃었다. 가슴속이 통쾌해졌다.

밤이 깊고 시간이 되었다.

곧 복도를 울리는 발자국 소리가 들렸다. 무거운 발소리였다. 뚜벅뚜벅 걸어와 철문 앞에 선다. 이어서 다섯 개의 자물쇠를 여는 소리도 들려왔다. 아이들이 오돌오돌 떨어 댔다.

해울은 여전히 엎드려 있었다. 팔과 다리가 새파랗게 변해 저리는 것을 넘어섰다.

마침내 철문을 열고 무표정한 고호가 들어섰다. 아기에는 고호를 보며 습관처럼 웃었다. 저 산 같은 사내도 언젠간 죽여 버려야 했다. 그놈의 명령을 받고 자투라를 죽이려고 했던 것이 저놈이었다.

'용서 안 해.'

군위에 대한 계약으로 인해 그랬다고 한들, 아기에는 용서할 생각이 없었다. 원한은 종이처럼 한 장 한 장 쌓아 가슴속에 숨겨 뒀다. 원한이 피로 적혀 있는 종이였다. 구 년간 쌓인 종이는 몸속을 가득 메우고 넘쳐흘렀다.

고호는 어제처럼 성큼성큼 다가와, 어제와 똑같이 내뱉었다.

"많이 친해지셨습니까?"

대답은 하나뿐이다.

"아니."

예상했던 대답이 나와, 고호는 어제처럼 지하실을 둘러보았다. 구석에서 떨고 있는 남녀 두 아이와 무릎을 꿇고 고개를 조아린 소녀가 보였다. 소녀 옆에는 소년 하나가 입술을 깨물고 서 있었다.

고호는 해울을 가리켰다.

"저 아이는?"

"……."

아기에는 대답하려다 입을 닫았다. 아이들은 도살장에 끌려가는 가축 같은 표정을 짓고 왕의 대답을 기다렸다.

해울은 머리를 조아린 채 일어나지 않았다. 목에 맺힌 땀이 바닥으로 뚝뚝 흘러내린다. 손바닥을 위로 향하도록 들어 올린 것도 그대로였다.

그 같잖은 꼴이 아기에의 눈에 거슬렸다. 동정을 유발할 생각이었다면 오산이라고 말해 주고 싶어 목 안이 근질거렸다.

—저런 것 따위 나한테 통하지 않아.

"아기에 님?"

고호가 다시 불렀다. 아기에는 소년과 해울에게서 시선을 떼지 않았다.

아버지를 죽인 아이였다. 어찌 보면 자신의 미래의 모습이었고 동족이라고도 말할 수 있다.

'저 녀석들은 내가 그놈을 죽여도 욕을 못 하겠지.'

같은 죄를 지었으니까.

그것 때문에 마음이 살짝 움직였다. 아기에는 천천히 입을 열었다.

"저 애들은 내버려 둬."

해울이 놀란 듯이 처박은 고개를 번쩍 들었다. 입술을 깨물고 있던 소년도 고개를 들었다. 번복된 결정에 아이들은 눈을 크게 뜨고 왕에게 집중했다. 아기에는 그 아이들을 보는 상태로 손가락만을 들어 '바로'라는 여자애를 가리켰다.

"저 애를 데려가. 너만 보면 오줌을 쌀 정도로 겁을 먹는 것 같은데, 나중에 진짜로 지리면 기분이 엿 같을 테니까, 오늘 당장 데려가. 아, 데려갈 때 입 막는 거 잊지 마. 시끄러우니까."

갑작스레 제물이 된 바로의 눈이 커졌다. 고호는 고개를 끄덕이고 걸음을 옮겼다. 큼직한 손이 바로에게 닿는다. 바로는 기겁한 듯 소리를 질렀다.

"싫어요……!"

손이 입을 막았다. 큼직한 손은 입과 코를 동시에 막았다. 바로 옆에 앉아 떨고 있던 소년 하나가 재빨리 다른 곳으로 도망쳤다. 자신도 제물이 될까 구석에 숨어 토끼처럼 바들바들 떨었다.

철문이 닫히고 고호의 흔적이 사라졌다. 물기를 머금은 바로의 눈이 황망히 사라졌다. 아기에는 바로라는 소녀가 사라질 동안 눈길 한 번 주지 않았다. 왕의 신경은 이미 다른 곳에 옮겨져 있었다.

또다시 하루를 더 살게 된 해울과 소년은 의아한 눈으로 아기에를 응시했다.

아기에의 청안이 흐릿하게 빛났다. 고호가 사라지자마자 그의 입가에 맺힌 미소가 사라졌다.

"물 가져와."

해울이 발딱 일어나 주전자로 향했다. 다리에 쥐가 났는지 절뚝절뚝거리면서 뛴다. 그래도 멈칫하는 기색은 없었다. 물 잔에 물을 붓자마자 그것을 들고 아기에에게 내밀었다.

물을 마신 아기에는 물 잔을 꽉 움켜쥐고 눈을 감았다.

"내가 내 말을 번복하는 경우가 별로 없지."

손에 꽉 쥐고 있던 물 잔이 다시 바닥으로 던져졌다. 무언가 부서지는 소리에 해울이 어깨를 움츠렸다. 해울의 뒤를 따라오던 소년은 조용히 여동생의 절뚝거리는 다리를 보고 있었다.

아기에는 후— 숨을 내쉬었다. 그의 얼굴에 다시 그림 같은 미소가 달렸다.

"내가 너희들을 살려 준 이유는, 단 하나야."

청안과 금안이 해울에게로 향했다. 몇 시간 동안이나 처박은 고개를 다시 들게 된 해울은 아기에와 눈이 마주치자마자 다시 고개를 조아렸다.

"아버지를 죽였다 했지?"

조용한 밤에 유리를 깬 듯한 날카로운 말이었다. 여동생 뒤에 선 소년이 놀라 몸을 멈췄다. 그는 왕이 독순술을 할 수 있다는 것을 몰랐다. 여동생과 왕이 무슨 대화를 나누는지도 몰랐다.

해울만이 죄책감 어린 얼굴로 고개를 끄덕였다.

"그게 마음에 들었어."

"……그것 때문에요?"

이해할 수가 없었는지 아이의 달싹임이 느려진다.

그래, 이해하지 못하겠지. 아버지를 죽인 아이들을 그 누가 마음에 들어 할까.

그래서 더더욱 마음에 들었다.

동족이 있다면 이런 느낌일 거야. 아기에는 속으로 히죽거리는 것과 동시에 손을 뻗어 앞에 있는 해울의 머리를 상냥하게 쓰다듬었다. 목을 졸랐던 손으로 이번에는 머리를 쓰다듬었다.

"마음에 들었으니 기회를 주지."

해울의 눈이 끔뻑거린다.

"너희 남매들 중 한 명을 살려 줄게. 단, 그 살아남을 사람을 너희들이 직접 정하고 나한테 말해. 너희들 사이에서 입씨름하기 싫으니까 너희들이 직접 정해. 나한테 미루지 마."

남매에게선 대답이 없었다. 해울이 반사적으로 오빠를 돌아본다. 소년도 해울을 내려다보고 있었다.

아기에도 그 둘을 짓궂은 표정으로 번갈아 보고는 구석에 박혀 있는 남은 아이 하나를 흘겨봤다. 애초부터 존재감이 없었던 아이였다. 아이는 아기에가 마지막에 남매 중 하나를 살려 줄 것이란 말을 듣고는 소리 없이 떨고 있었다.

"넌 내일이야."

왕은 결정타를 날렸다.

소년의 얼굴이 새하얗게 변하고 숨이 멈춘다. 변변찮은 용기도 없는 소년은 살고 싶다고 빌지도 못했다.

아기에는 그런 소년을 속으로 비웃으며 침대에 드러누웠다.

아픈 몸으로 열을 냈더니 금세 피곤해졌다. 부목을 댄 왼팔은 괜찮지만 부러진 갈비뼈가 문제다. 아기에는 오른손으로 부러진 갈비뼈 부근을 슬금슬금 만졌다.

시커먼 벽지가 아기에를 내려다보며 비웃었다.

─벌써 지쳤어? 벌써 지쳤어? 지쳤어?

아기에는 무표정한 얼굴로 계속 부러진 갈비뼈 근처를 더듬어 나
갔다.

─너도 죽지 그래. 너도 죽지 그래. 왜 살아? 왜 사는 거야? 너 죽는
아이들이 부럽지? 여기 갇혀 있지 않아도 되잖아. 엉망이 되도록 안
맞아도 되잖아. 죽으면 얼마나 편할까, 부럽지 않아? 너도 그냥 죽지
그래?

벽지가 낄낄거렸다.

─왜 버티는지 알 수가 없다니까. 이젠 자투라도 없잖아. 널 잊었
지. 네가 버려서, 미쳐서 돌산에 앉아서 가만히 있을 거야, 평— 생.
평생을 그렇게 가만히 앉아 있겠지. 불쌍한 자투라. 왕을 잘못 만나
서 그게 무슨 꼴일까. 그리고 네 어머니는? 네 어머니는 어떻지? 널
구하려다 그 높은 곳에서 떨어져서 어떻게 되었을 것 같아? 그놈이
시체나 다름없는 어머니를 데리고 어디로 갔을 것 같아? 왜 숨기는
것 같아? 응? 응? 응?

아기에는 눈을 질끈 감았다. 벽지는 계속 지껄였다.

─정말 살아 계신다고 믿어? 이미 죽어 버린 거 아냐? 살아 계시면
그놈이 안 보여 줄 리가 없잖아. 그놈이 숨길 리가 없잖아. 정한의 왕

비 자리가 몇 년 동안이나 비어 있을 리가 없잖아. 역시 죽은 거야. 그 놈은 미친놈이니까, 시체가 된 어머니를 껴안고 살아 있다고 믿고 있을 거야. 그렇지 않아? 네 어머니는 죽었어. 네가 그토록 만나고 싶어 하는 어머니는 이미 돼─ 졌─ 어어어어.

갈비뼈를 만지는 손에 조금씩 힘이 들어갔다. 눈을 뜨고 벽지를 노려보는 청안과 금안에 독기가 서린다.

─그럼 라기에는? 호의호식하고 있겠지. 그놈 밑에서 주는 밥, 주는 돈, 주는 옷으로 잘 받아먹고 잘 살고 있을 거야. 헤어진 지 벌써 구 년이니까, 널 까마득하게 잊고 있지. 너도 그 녀석을 까마득하게 잊고 있고. 그럼 너에게 뭐가 남았지? 네 어머니는 죽었고, 자투라도 널 잊었고……. 음, 아! 라야가 남았나? 바깥에 라야가 남아 있구나. 유일하게 널 기억해 주는 녀석!

벽지는 여기저기서 떠들었다.

─그 녀석을 만나고 싶지? 친구잖아. 하긴 그 녀석의 성격이면 배신도 안 할 거고, 네 사정을 알면 끝까지 지켜 주려고 할 거야, 그런 성격이니까. 착한 녀석이야. 근본부터 삐뚤어진 너와는 다르지. 그런데 그 착한 녀석이 아버지를 죽이려는 널 이해할 수 있을까? 그 올바른 녀석이? 오히려 네 앞길을 가로막을 거야.

벽지가 빙글빙글 돌았다.

─무엇보다 네가 어디에 있는지 알기나 해? 만나러 온대? 넌 그 녀석을 만나러 갈 생각이 눈곱만큼도 없잖아. 너와 친하다는 걸 알면 교활이 손을 뻗쳐서 무슨 짓을 할지도 모르는데, 만나러 갈 작정이야? 아니지. 넌 만나러 못 가. 그 녀석이 어디에 있는지 아는 너는 만나러 가지 않을 테고, 그 녀석은 네가 있는 곳을 모르는데 찾아올 수 있을 리가 없지. 큭, 친구라는데 이제 평생 못 보겠네?

벽지가 키득키득 웃었다.

─역시 그냥 죽는 게 낫지 않겠어?

"닥쳐."
결국엔 참다못해 내뱉었다. 지하실에 웅크리고 있는 아이들이 움찔거렸다.
왕은 차가운 눈으로 새카만 벽지가 있는 천장을 노려봤다.
말소리가 그쳤다.
저 벽지가 아니다.
자신의 속마음이었다.
아기에는 입꼬리를 끌어당기고 웃었다.
"이젠 별 시답지 않은 생각을 다 하네."
아기에는 이불을 머리끝까지 올린 채 잠에 빠져들었다.

제 9 장

남매의 선택(사일 전)

제 9 장
남매의 선택(사 일 전)

1.

—종이가 왔다. 작게 찢어 우물우물 씹어 꿀꺽 삼켰다.

다시 해가 밝았다.

늙은 궁녀가 어김없이 지팡이를 두드리며 찾아왔다. 늙을 만큼 늙은 주제에 시간 하나는 여전히 칼 같았다. 아기에는 칼 같이 찾아온 궁녀를 보고 반드시 뜨거운 기름을 퍼부어 버릴 거라 다짐했다. 그렇지 않으면 속이 풀리지 않는다.

몸은 꽤 많이 나아졌다. 젊은 피의 효력이었다. 부러진 곳은 여전했지만 멍의 색은 옅어졌다. 침을 조금만 삼켜도 아프던 목과 입안도 괜찮아졌다. 목이 졸린 흔적으로 남았던 검은 손자국도 조금 연해졌다. 갈비뼈의 통증은 여전했지만 못 움직일 만큼은 아니다.

'열리기 전에 한 번은 더 찾아오겠지.'

몸의 상처를 더듬으며 생각했다.

국명부가 열리는 날이 얼마 남지 않았다. 그놈이 왕으로서 눈코 뜰 새 없이 바쁠 날들이 그때였다. 그래서 더더욱 그놈은 국명부가 열리기 전에 아기에를 한 번 더 찾아올 수밖에 없다. 바빠져서 관심이 소홀해진 틈을 타, 자신이 무슨 짓을 저지를까 겁을 먹을 테니 폭력으로 풀 작정일 것이다.

아기에는 습관적으로 웃고 말았다.

겁을 먹은 놈이 믿는 것이라고는 폭력밖에 없다. 두려움을 해소하고, 자신이 아파서 움직이지 못하도록 흠씬 두드리고 패 버려야지만 안심하는 것이다. 그리고 나가서 자애로운 왕의 역할을 수행한다. 부드러운 미소를 입가에 머금고, 그 누구보다도 상냥하고 따스한 왕이라는 얼굴로 서서 왕으로서 움직인다.

그럼 아무도 의심하지 않았다.

저 왕이 뒤에서 무슨 짓을 하는지.

'어떻게 할까.'

이게 마지막 고비다. 이 고비를 잘 넘겨야 했다. 두드려 맞아서 못 움직이게 되었다간 계획이고 뭐고 그냥 끝난다.

아기에는 천천히 자기가 가진 무기를 떠올렸다.

무기는 별것 없다.

해울에게 써먹고 있는, 입모양을 읽어 상대방의 말을 듣는 독순술이 그중 하나였다. 또 목소리 변조가 있다. 아기에는 일주일의 시간만 있으면 상대방의 목소리를 그대로 흉내 낼 수 있었다. 교활의 목소리도 고호의 목소리도 모두 흉내 낼 수 있다. 거짓 눈물도 흘릴 수 있다. 강약 조절도 가능하다. 부모를 여읜 여섯 살배기처럼 울 수도 있고, 새 오줌만큼의 눈물을 고고하게 떨굴 수도 있다. 재료만 있다면 변장도 기가 막히게 한다. 가발도 진짜 머리처럼 꾸며서 쓸 수 있고, 주근깨도 그려 넣고 눈동자색도 유리알로 바꿀 수 있는 실력이 있다.

어둠과 계약하여 생긴 '주술'이라는 힘도 있다. 피가 쓰이는 것이 아쉽기는 하지만 매우 유용할 때가 많았다. 하지만 이것들은 모두 이곳에선 소용없었다. 종이로 만든 칼보다도 허약한 무기들이었다.

그놈에게 대항할 무기는 자연스럽게 한 개로 추려졌다.

군위에 보호 받고 있는 '왕'에게 상처를 낼 수 있는 유일무이한 무기.

―말.

아기에는 입술을 혀로 핥아 올렸다.

자신이 가진 최고의 무기는 말이었다. 그것밖에 없다. 그놈이 폭력을 행사하기 전에 숨겨 둔 도끼를 꺼내 그놈의 머리를 날려 버려야만 했다.

―무슨 이야기를 꺼내지?

어머니가 그곳에서 떨어진 이야기를 할까? 어머니를 입에 올려, 네 꼬라지를 보게 된다면 아주 좋아할 거라고 할까? 그럼 폭력을 행사할 그놈이 멈칫하고 꼬리를 말고 도망갈까?

아기에의 손가락이 입술을 툭툭 쳤다.

아니, 그런 것으로는 화만 더 돋울 수 있다. 다리뼈라도 부러지면 도망치는 것은 정말로 무리다. 듣자마자 심장이 철렁이고, 불안해질 수 있는 뭔가가 있어야 한다. 꼬리를 말고 도망치게 하려면……

'당사자가 다시는 마주하고 싶어 하지 않는 과거가 좋겠지.'

그놈이 가장 끔찍이 여기는 일이 뭐였더라?

비상한 머리는 금세 답을 찾았다.

아기에의 입술이 부드럽게 호선을 그렸다.

생각을 끝낸 왕은 침대 위에 앉아 주위를 휘 둘러보았다.

오늘 밤 죽기로 내정된 소년이 모든 것을 포기한 얼굴로 구석에 박혀 있었다. 그동안 살아온 인생을 되돌아보고 있는 얼굴이었다. 엄마, 아빠의 얼굴을 기억한다면 그것도 떠올리고 있겠지.

참 바보 같다.

아기에는 혀를 쯧 하고 차고 말았다.

자신이라면 그딴 생각보다 살아날 방법을 궁리하느라 바빴을 것이다. 정 안 되면 뾰족하고 날카로운 무언가를 하나 숨겨 두고, 고호가 다가올 때 눈이라도 찌르려고 발악했겠지. 실패할 확률이 더 높겠지만 성공할 확률도 있다. 어차피 죽을 거라면 망설일 필요가 없었다.

그런데 소년이 하고 있는 것이라고는 훌쩍훌쩍, 무서워, 덜덜덜, 엄마아빠, 살고 싶어요, 누가 좀 도와주세요— 가 끝이었다. 한심하다 못해 바보 같아 보일 뿐이다. 마음에 들지도 않는다.

아기에는 가차 없이 고개를 돌렸다.

이번에는 남매가 보였다.

무슨 대화를 나눴는지 해울이 질질 짜고 있었다. 소년은 평소처럼 공허하고 무기력한 얼굴로 앉아 있었다. 듣지 않아도 알 수 있었다.

소년이 죽기로, 막무가내로 결정을 내린 모양이었다. 해울이 아무리 말해도 해울의 오빠, 기해는 들을 수가 없으니 당연한 결과라면 결과였다.

복도에 다시 발자국 소리가 들렸다.

늙은 궁녀의 발소리였다. 그녀는 지팡이로 바닥을 두드리면서 걸어와 철문 안으로 식판을 밀어 넣었다.

훌쩍이던 해울이 그것을 집어 아기에에게 건넸다. 아기에는 당연하다는 듯이 받아먹었다.

시간은 계속 흘러 밤이 되었다.

어김없이 철문이 열리고 왕의 개가 들어섰다. 고호가 왔을 즈음엔 아기에는 앉아 있었다. 허리를 꼿꼿이 세우고 웃는 얼굴을 만들어 냈다.

"친해지셨습니까?"

고호가 똑같이 묻는다. 아기에는 무시하고 혼자 있는 소년을 가리켰다. 이번의 제물이었다. 소년은 파리한 얼굴로 고호의 손에 끌려갔다. 자포자기한 발걸음이 질질 끌려간다.

철문이 닫히기 전 소년이 뒤돌아보았다. 아기에는 잘 가라고 손을 흔들어 주었다. 소년의 음울한 눈동자가 그 손짓에 흔들렸다. 죽으러 가는 자신을 아무도 붙잡아 주지 않는 게 너무 슬퍼 끝내 울음이 터졌다.

철문이 닫히자마자 소년의 울음이 사라졌다.

다섯이었던 것들이 이제는 둘 남았다. 남은 둘도 내일이면 끝이다. 아기에는 홀가분해졌다. 어릴 적엔 자신과 이야기를 나눈 사람들이 죽어 나갈 때마다 비명을 지르고 울음을 터트렸지만 이제는 그저 귀찮을 뿐이었다.

침대에 누워 가만히 있자, 어쩐지 진곡이 떠올랐다. 진곡은 검은 천장이 아니라, 새파란 하늘을 가지고 있었다. 달리면 바람이 닿았고, 발바닥에 닿는 것은 까칠한 흙이었다. 여러 가지 소리도 들려왔다. 궁녀가 목욕물 데우는 소리가 아니다. 칭얼거리는 계집의 비명 소리도 있었고, 아이의 울음소리도 있었다.

아기에는 그 속에서 물빛머리로 있었다. 이름은 무무였다. 그 속에 친구도 있었다. 검은 머리를 가지고 안경을 썼다. 잔소리가 심해서 계속 떽떽거린다. 아기에는 삐쭉 시할머니 같다고 농담처럼 말했다. 바로 주먹이 날아왔다. 그놈이 휘두르는 주먹과 달랐다. 적당히 힘이 빠지고, 적당히 아픈 주먹이었다.

그걸 맞은 자신은 아프다고 엄살을 피우며 깽깽거렸다. 사실 별로 아프지도 않았다. 친구가 코웃음을 치며 무시하고 걸어갔다.

오랜만에 좋은 꿈을 꾸며 아기에는 잠에 빠져들었다.

남매들은 그보다 늦게 잠이 들었다. 오빠 쪽이 먼저 눈을 감고 잠을 청했다.

해울은 오빠가 완전히 잠에 든 것을 확인하고 일어났다. 깨어난 것이 아니라 기다리고 있었다. 해울은 어둠에 익숙해지기 위해 몇 번이고 눈을 깜빡였다. 구석에 촛불 하나만 간신히 켜져 있는 지하실의 어둠은 꽤 짙었다. 달빛조차 들어오지 않으니 당연했다.

어둠에 눈이 익숙해지자, 해울은 잠이 든 오빠의 얼굴을 내려다봤다. 자신의 붉은 머리카락이 아버지를 닮았다면, 오빠의 짙은 갈색 머리카락은 어머니를 닮았다.

"오빠."

소녀는 소리를 잃은 말로 말했다.

"오빠, 그날 기억 나?"

해울이 말한 아버지가 죽던 날이었다. 평생 가도 결코 잊을 수가 없다. 소녀는 그때 목소리를 잃었고, 아버지를 잃었고, 오빠를 잃을 뻔했다.

"미안해."

그날의 기억은 붉기만 했다.

"정말 미안해."

해울은 자신보다 두 살이나 많지만 거의 같은 몸집을 한 오빠를 슬프게 내려다봤다. 오빠가 크게 자라지 못한 것은 먹을 것을 모두 자신에게 양보했기 때문이다. 매일매일, 오빠가 먹을 것을 대신 먹고 보호받으면서 자라 왔다.

"이번엔 오빠 차례야."

2.

강제로 깨어난 왕은 짜증이 난 표정이었다. 해울은 잠시 움츠러들었다. 목이 자라처럼 들어가고 끔뻑끔뻑 눈치를 본다. 그러나 정말로 겁이 난 것은 아니다. 이쯤 되니 짜증난 표정의 왕보다 웃는 왕을 조심해야한다는 것 정도는 알아 버렸다.

"뭐야? 간만에 좋은 꿈을 꾸고 있었는데."

"내일 죽는 건 저예요."

달싹임은 소리 없이 아기에에게 전달이 됐다. 아기에는 어둠 속에서 희미한 촛불 빛에 의지한 채 읽어 내렸다.

"오빠가 그냥 있진 않을 거예요. 오빤 자기가 죽는 걸로 알고 있거든요."

살고 싶지 않은 자신이 죽겠다고 일방적으로 결론을 내리고 등을 돌렸다. 대화는 없었다. 일방적인 통보였다. 해울은 말이 통하지 않게 된 오빠의 등을 보며 조금 울었다.

아기에는 차갑게 응답했다.

"그래서?"

"좀 도와주세요."

"뭘?"

해울은 간단히 말했다.

"그냥 모른 척만 해 주시면 되요. 제가 뭘 해도요."

오빠의 눈은 속일 수 있지만 왕의 눈은 속일 자신이 없었다. 해울은 아예 당당히 모른 척해 달라고 부탁하기로 마음먹었다.

왕의 얼굴에서 짜증이 사라진다. 흥미로운 미소가 입가에 번졌다.

"뭘 하게?"

"수면 가루를 먹일 거예요. 그 궁녀님께 부탁해서."

"호오."

"오빠가 잠이 들면 제가 나갈 거예요. 그걸 모른 척해 주시면 돼요."

수면 가루를 궁녀에게 얻어 내는 것은 해울의 힘으로 해내야 했다. 아기에는 그 행동력이 마음에 들었다. 질질 짜고 세상을 한탄하며 앉아 있는 것보단 야비한 짓이라도 해서 자신이 원하는 것을 거머쥐는 쪽이 좋았다.

"좋아."

어려운 것도 아니지, 보이는 것을 안 보이는 척해 주기만 하면 된다니까.

아기에의 수락을 얻어 낸 해울은 희미하게 웃었다.

소녀가 다시 달싹였다.

"그리고……."

3.

—종이가 왔다. 작게 찢어 우물우물 씹어 꿀꺽 삼켰다.

아침이 되자마자 늙은 궁녀가 시간에 맞춰 들어왔다.

지팡이로 바닥을 두드리고, 철문을 열고, 왕자가 있다고 생각하는 방향을 향해 고개를 조아리고, 욕실로 들어가고. 그 모든 과정을 구 년 동안 해 왔으니 매일매일이 판에 찍은 듯이 똑같다.

그것이 변함없는 그녀의 일과였다.

그런데 다른 것이 생겼다. 해울이다. 어린 소녀는 궁녀를 보자마자 벌떡 일어나 그녀를 따라 일손을 도왔다. 눈이 먼 궁녀를 대신해 물을 나르고, 햇볕에 바짝 말린 동물들의 분을 장작 대신에 집어넣었다.

오랜 세월 동안 살아온 궁녀는 갑작스런 도움의 손길에 당황하지 않았다. 잠시 멈칫하더니, 당연하다는 듯이 해울을 부려 먹기 시작했다.

"네 동생은 제법이야."

아기에가 말했다. 그 소리가 소년의 귀에 닿았다. 소년의 허무한 시선이 옮겨져 왕을 시야에 담을 때쯤 왕은 이미 다른 생각을 하고 있었다.

'일주일 내내 한 번도 안 가진 않을 텐데.'

오늘 아침에 날아온 쪽지엔 여전히 어머니의 행방을 알 수가 없다고 적혀 있었다. 알려 준 자에 따르면 심지어 '그'라기에조차 구 년 동안이나 어머니를 만나 뵙지 못한 것으로 보인다고 했다.

'구 년이면 나와 같아.'

그럼 어머니가 그곳에서 떨어진 후로 라기에조차 어머니를 만나 뵙지 못했다는 소리다. 어떤 때는 어머니를 닮았다고, 어떤 때는 제 동생을 닮았다고 그렇게 감싸고도는 라기에조차 만나지 못하게 숨겨 두다니.

'어떻게 되신 걸까.'

어머니 루가얀은 교활에게 가장 소중한 존재였다.

그런 짓을 하면서까지 이 나라를 계승한 것도 어머니와 함께 있고 싶어서였다. 국민들은 교활을 자비롭고 따스한 인간 따위로 알고 있지만, 나라가 이만큼 윤택해지고 사람들이 풍요로운 삶을 살아가게 된 이유도 모두 어머니를 위해서였다.

어머니를 위해서라면, 교활은 무엇이든 한다.

그런 교활이 어머니를 꽁꽁 숨겨 두는 이유라면…….

생각에 빠져 있는 사이 아침이 들어왔다. 곧 시간이 더 지나자 점심이 들어왔다. 궁녀는 늙은 몸으로 참 꼬박꼬박 바삐 움직이며 할 일을 해치웠다.

점심이 들어오자 이번에도 해울이 움직여 식판을 아기에에게 건

넣다. 같이 넣어진 작은 빵 쪼가리 두 개도 해울이 집어 저 하나 오빠 하나 나누어 우걱우걱 먹었다.

오빠는 빵을 새 모이처럼 뜯어먹고는 바닥에 내려놓았다.

소년은 항상 조금밖에 먹지 않았다.

4.

날이 저물었다.

아기에는 해울의 도움을 받아 몸을 닦았다. 머리는 감지 않고 그대로 놔뒀다. 일주일째 감지 못했더니 머리가 닿아 있던 베개에서 축축한 느낌이 났다. 머리를 긁으면 손에서 냄새가 났다.

"머리는요?"

해울이 달싹였다. 아기에는 고개를 저었다. 머리를 감으려면 욕실로 가야 한다. 많이 나아졌다고 해도 갈비뼈는 여전히 아팠다. 욕실로 걸어갔다가 잘못해서 건드리기라도 해서 악화된다면 그거야말로 바보 같은 경우였다.

저녁 시간이 되자 다시 식판이 밀어 넣어졌다. 동시에 빵 두개도 던져졌다. 해울은 침을 꼴깍 삼키고 식판과 빵을 집어 들었다. 아기에의 시선이 그 움직임에서 떨어지지 않고 달라붙었다.

그 뒤로는 정해진 수순이었다.

왕인 아기에게 먼저 식판을.

빵 두 쪼가리는 해울과 그 오빠의 몫이었다.

해울은 식판을 아기에에게 건네주고 잠시 주춤거렸다. 여동생은 오빠를 힐끗 보고, 오빠의 시선에선 보지 못하도록 등을 돌렸다. 꼼지락거리는 손이 옷 사이에 숨겨 뒀던 약봉지를 꺼낸다.

수면 가루였다.

늙은 궁녀를 졸졸 따라다니면서 부탁해서 받은.

해울은 그 수면제를 오빠에게 줄 빵에 뿌렸다. 아기에는 약속대로 모른 척 시선을 돌렸다. 모르는 척해 주는 것이 그와 해울의 약속이었다.

해울은 오빠에게 걸어가 빵을 건넸다. 소년은 언제나처럼 공허한 표정으로 빵을 조금씩 뜯어먹다 말았다.

아주 적게 먹어서 해울은 속이 타는 듯 보였지만, 그것만으로도 효과는 있었다. 기해는 몇 분 안 돼서 꾸벅꾸벅 졸기 시작했다. 고개가 흔들흔들 움직이더니 곧 벽에 기대어 잠이 든다.

해울도 먹는 척 시늉하던 것을 멈췄다.

"축하해."

아기에가 박수쳤다. 짝짝짝. 승리자를 위한 박수였다. 텅 비다시피한 지하실에 박수 소리가 울렸다. 시끄러운 소리에도 소년은 깨지 않았다. 쌕쌕 숨소리가 곤한 잠에 빠졌다는 것을 알려 주었다.

해울은 오빠 곁에 얌전히 앉아 주먹을 움켜쥐었다. 박수 소리가 짝짝짝 날 때마다 주먹을 쥔 손이 떨렸다. 종내엔 어깨가 들썩였다.

어릴 적엔 나름 괜찮았다.

진심으로 이렇게 괴로운 적이 없었다.

하지만 살던 부락이 망하고, 어머니가 돌아가신 후로는 모든 것이 변했다. 너무 커서 산처럼 보이던, 평소에도 해울을 못마땅하게 보시

238

던 아버지는 더더욱 해울을 구박했고, 신경질적으로 변했다.

곧 복도에 발자국 소리가 들렸다. 산처럼 무거운 발걸음 소리였다. 해울은 팔목으로 쓱쓱 눈물을 닦았다.

발걸음 소리가 철문 앞에서 멈춰 섰다. 해울은 떨리는 다리로 일어섰다. 나뭇가지 같은 다리가 멋대로 떨렸다. 서 있기만 하는데도 족쇄가 달그락거린다.

"제가 부탁드린 것, 꼭 부탁드려요."

해울이 창백한 얼굴로 달싹였다. 왕은 대답하지 않았다.

빈틈 하나 없이 맞물려 있던 육중한 철문이 끼익 열린다. 열린 문틈으로 교활의 개가 보였다. 언제나와 같이 크고, 바위처럼 단단한 사내였다.

변하는 건 없다.

여동생은 또다시 잠이 든 오빠를 내려다봤다. 그러고는 떨리는 다리로 총총 걸어가 고호의 손을 잡았다. 고호가 아기에에게 말을 걸기 전이었다.

해울은 고호의 손을 잡은 채로 고호를 응시했다.

고호는 제 손을 잡은 아이를 한 번 응시하더니, 무뚝뚝하게 내뱉었다.

"이 아이입니까?"

감정 한 톨 없었다. 왕의 명령 앞에서 아이들의 목숨은 사소한 것에 지나지 않았다.

"그래."

아기에는 대답했다. 고개를 끄덕인 고호가 해울의 손을 잡아끌었다.

철문이 닫히기 전에 해울이 다시 한 번 뒤를 돌아보았다. 그 시선 끝에는 당연히 오빠가 있었다. 오빠를 보던 해울의 시선이 재빨리 옮겨 왕을 향했다. 시선이 자신에게까지 오자 아기에는 조금 놀랐다.
보통 이런 순간에는 미련이 남는 상대에게만 시선이 머무른다.

"저 거짓말을 한 게 있어요."

해울이 재빨리 달싹였다. 문이 끼익 소리를 낸다.

"아버지를 죽인 건 제가 아니에요."

쿵.

철문은 빈틈없이 문틀과 맞물렸다.

무거운 발소리가 멀어졌다. 그에 따라 가벼운 발소리도 동시에 멀
어졌다.

아기에는 해울의 마지막 말에 소년을 돌아봤다.

5.

기해는 꿈을 꾸고 있었다.

꿈속에 아버지가 나왔다. 주위에 파리가 들끓었다. 시뻘건 내장이
아버지가 지나온 자리마다 떨어졌다. 붉은 머리카락에 피가 묻어 더
붉게 보였다. 피투성이인 아버지가 목이 꺾인 기해를 보고 히죽히죽
웃었다.

—아파아, 아프다아아.

누런 이에서도 핏물이 뚝뚝 떨어졌다. 아버지는 곳곳에 구멍이 난
몸으로 흐느적흐느적 다가왔다. 입으로는 아프다고 연신 소리치고
있지만 입은 어쩐지 히죽히죽 웃는다. 그가 걸어오는 새하얀 길마다

내장과 피가 후드득후드득 쏟아져 내렸다.

기해는 창백해진 채 서 있었다. 도망치려고 했지만 발이 떨어지지 않았다. 주위에 파리가 들끓는 아버지가 어느새 가까이 다가왔다. 썩는 냄새가 확 풍겼다.

코앞에서 아버지가 기해의 어깨를 쥐고 다그쳤다.

―아프다, 기해야. 아아, 아프다, 기해야. 고작 저딴 계집애 때문에 이 아버지를 네가! 아이고, 아이고, 아이고.

기해의 어깨에 새빨간 손자국이 생겼다. 기해는 하얗게 질린 얼굴로 고개를 휘저었다. 어깨를 잡은 아버지의 손을 떼어 내려고 했지만 역부족이다. 힘이 달렸다. 기해가 떼어 내려고 할 때마다 아버지는 더 강한 힘으로 죄어 왔다.

―속상해, 속상해. 이 아버지가 뭘 그리 잘못했다고. 아이고, 아이고. 저 계집애를 그자한테 팔았으면 우린 잘 살 수 있었을 거야. 더 잘 살 수 있었을 거라고! 남들도 다 그렇게 했어! 남들도 딸 있으면 가져다 팔아! 딸은 그러라고 낳는 거지! 아들은 대를 잇고, 딸은 팔아서 그 아들놈들 뒷바라지용으로 쓰는 건 당연한 거야! 그런데 고작 저딴 계집애 때문에 이 아비를 죽여?!

말할 때마다 아버지의 입에서 피가 튀어나왔다. 기해는 피를 흠뻑 뒤집어쓰고 떨었다. 하얗게 질린 얼굴에 남은 것은 공포밖에 없었다.

―내가 너에게 얼마나 잘했는데! 그런데 나를 죽여?! 아비를 죽인 놈! 넌 어딜 가나 욕먹을 거다! 어디 한번 보자! 절대로 용서 안 해!

아들의 손에 죽은 아버지가 저주의 말을 쏟아 냈다.

―용서받을 수 있다고 생각한 건 아니겠지? 사람다운 대접을 바라는 건 아니겠지? 이 애비를 죽여 놓고는, 사람답게 살고 싶은 건 아니

겠지! 밥도 처먹지 마! 물도 처마시지 마! 너 같은 패륜아에겐 먹는 것도 아깝고 마시는 것도 아까워! 그냥 뒈져! 뒈져! 뒈져어어!

피를 줄줄 흘리는 아버지가 아들의 목을 움켜쥐었다. 기해는 헉 숨을 들이켜고 손을 들어 올렸다. 반사적으로 들어 올린 손엔 그때처럼 푸줏간 칼이 쥐어져 있었다.

그때와 마찬가지다.

기해는 저도 모르게 휘둘렀다. 푸줏간 칼이 푹 아버지의 목에 박혀 들어갔다.

피가 뿜어져 나왔다. 아버지의 피가 기해의 머리끝부터 발끝까지 적셔 들었다. 주위의 벽과 길에도 모두 아버지의 피로 도배가 되었다.

끄륵 소리를 내며 아버지가 뒤로 넘어갔다.

장소는 어느새 아버지를 죽였던 그곳이다.

죽어 가는 아버지가 배신감에 찬 눈동자로 기해를 봤다. 기해는 죄책감에 몸서리쳤다. 목에 푸줏간 칼을 박고 쓰러지는 아버지가 끝까지 기해만 응시하고 있었다.

아버지의 눈이 기어이 흰자를 보이며 뒤집어졌다.

기해는 비명을 지르면서 잠에서 깨어났다.

6.

식은땀이 뚝 턱을 타고 떨어졌다.

기해는 침을 삼키고 땀을 닦아 내렸다. 짙은 갈색 머리칼이 땀에 젖어 축축했다. 목덜미도, 맨몸에 걸친 것이나 다름없는 죄수옷도 모두 땀에 절었다.

'꿈?'

한숨을 내쉬고 양손에 얼굴을 묻었다.

꿈이라 다행이야. 꿈이라 정말 다행이야. 안도감이 퍼졌다. 꿈인데도 손이 떨리고 있었다. 심장이 쿵쾅거리는 소리가 귓구멍을 놓아 주질 않았다.

몇 번이나 안도의 한숨을 내쉬고서 기해는 주위를 돌아볼 여유를 가지게 되었다.

사위가 컴컴하다. 촛불 하나가 욕실 문 근처에서 빛나고 있었지만 그 작은 빛으로는 지하실에 드리운 컴컴한 어둠을 물리치기엔 역부족이었다. 촛불 빛은 기해가 있는 곳까지 오지 않았다. 왕이 있는 침대 쪽은 당연히 더 어두웠다.

'몇 시지?'

지하실에 갇힌 후로는 시간관념이 어지러워졌다. 늙은 여자가 들어와 목욕물을 데우면 하루가 시작되고, 식판이 넣어지는 때를 보고 점심, 저녁때를 구분했다. 이렇게 잠에 든 후 불현듯이 깨어나면 시간 따위는 알 수가 없었다. 이곳에선 해가 지는 것도, 달이 기우는 것도 보이지 않았다.

'언제 잠에 든 거지?'

머리를 짚고 생각에 빠졌다.

'해울이는 어디 갔지?'

더듬더듬 기억을 쫓아 올라가니 저녁으로 빵을 먹은 것까진 기억났다.

하지만 그 뒤가 컴컴했다. 기절한 것처럼 기억이 나지 않았다. 빵을 먹자마자 잠들었다고 생각하기엔 이상한 구석이 너무 많았다. 빵을 받아들 때만 해도 잠이 오질 않았으니까.

불안이 차츰차츰 올라왔다. 기해는 어둠 속을 두리번거리며 일어났다. 어둠에 점점 눈이 익는다. 컴컴함에 익숙해진 눈은 어두움에 가려졌던 물건들을 하나둘 발견했다.

그러나 그 속에 여동생의 모습은 없었다.

순간 가슴이 철렁한다. 기해는 발작처럼 욕실로 뛰어갔다. 주전자에 물이 떨어져서 욕실에 딸린 부엌으로 가 있겠지 싶었다. 거치적거리는 족쇄를 발목에 달고서 한달음에 욕실 문을 열어젖혔다.

없다.

기해의 눈이 부엌과 욕실을 샅샅이 살폈다. 불안감이 머리끝까지 차올랐다. 기해는 등을 돌려 창고로 뛰어갔다. 발목에 족쇄를 찬 것도 까맣게 잊고 여기저기 뛰어다녔다.

창고 문을 열어젖혔지만 여동생은 그곳에도 없었다.

등줄기가 서늘해졌다. 악몽보다 더 끔찍한 현실이 와 닿았다. 천장이 빙글빙글 돌았다. 일렁이는 촛불 빛에 기해의 그림자도 덩달아 일렁였다.

"네 동생은 너를 살리고 싶어 했어."

어둠 속에서 목소리가 들려왔다. 왕의 목소리였다. 침대 위에 앉아 있는 왕이 조곤조곤한 목소리로 말을 이어 붙였다.

"말을 못하는 대신에 행동력은 있었지."

하얀 손이 뻗어 나와 침대 속을 가리는 천개를 걷어 냈다. 촛불 밑에 선 기해가 뒤를 돌아봤다.

침대 위의 왕이 웃고 있었다. 왕의 금빛 머리카락은 어둠 속에서도 빛났다. 흰 피부도 거기에 어울렸다. 푸른색 군석은 당연히 은은한 빛을 뿜어내고 있었고 각각 다른 색을 가진 청안금안 눈동자도 기괴하게 잘 어울렸다.

기해는 나오지 않는 목소리를 억지로 끄집어냈다.

"죽어야 할 것은 저라고, ······둘이서 정했었어요."

"네 여동생이 그걸 뒤집었지. 네가 아무것도 안 하고 멍하니 허공만 보고 있을 때."

차가운 말이 폐부를 찔렀다. 기해의 얼굴이 천천히 일그러졌다.

왕은 이불을 뒤집어쓴 채 다가와 기해의 앞에 섰다. 그는 불쑥 손에 쥐고 있던 것을 내밀었다.

"네 여동생이 부탁한 거야. 제법이라고 말했지? 왕을 부려 먹을 줄 알아."

기해는 떨리는 손으로 그것을 잡았다.

작은 천이었다. 이것이 무엇인지 기해는 받자마자 알아챘다. 정한의 감옥에 갇히게 되었을 때 간수들이 나눠 줬던 옷의 천이었다. 기해가 입고 있는, 그리고 해울도 입고 있는 옷의 천 조각이었다.

조심스럽게 천을 펼치자 붉은색 글자가 삐뚤삐뚤하게 이어져 있었다.

—오빠, 미안해.

기해는 삐뚤삐뚤한 글씨를 보고 주저앉았다.

제 10 장

그들의 이야기(현재)

제 10 장
그들의 이야기 (현재)

1.

보랏빛 머리의 사내는 우울한 얼굴로 입을 열었다.

"로사우는 조금 내성적이었어."

로사우.

라야는 그 이름을 되뇌었다. 교활 왕의 아명이었다. 나라를 다스리기 전의, 진명을 받고 교활이란 이름을 가지기 전에 그가 썼던 이름이었다. 교활의 이름이 익숙해진 사람들에게 로사우는 조금 이질적으로 다가왔다.

"어느 정도로 내성적이었냐 하면…… 있는 것을 모를 정도로 조용하고, 군석을 가진 왕자답지 않게 오만하지도, 자만하지도 않았어."

"참 좋게도 말해 주네. 한마디로 말해 존재감이 없는 놈이었지."

의원, 미드렌이 끼어들었다.

그는 신경질적인 표정으로 라야에게 직설했다.

"하고 싶은 말도 못하고 우물쭈물했지. 듣고 있으면 금세 답답해졌어. 자신의 말이 남에게 불쾌할까 봐 시종일관 입을 다물고 있었는데 그게 속 터졌지. 완전 소심했다니까. 옥좌에 앉으면 관리들의 먹잇감이 될 자질은 충분히 넘치고 흘렀었지."

사내는 험한 말을 막 뿌려 대는 미드렌을 슬픈 눈으로 응시했다. 왜 그리 나쁜 말만 골라 하냐, 난 널 그리 키우지 않았는데, 하는 의미의 눈빛이었다.

미드렌은 그 눈길을 무시하고 라야를 봤다.

"솔직히 그놈이 진왕이 된 걸 믿을 수가 없어. 신의 실수거나 우리가 알고 있는 진왕의 뜻이 틀렸다고 여길 정도였으니 말 다 했다니까. 그놈이 진왕이라니, 말이 돼?"

미드렌이 투덜거렸다. 라야는 고개를 갸웃거리며 물었다.

"……뜻이 틀렸다는 것이 무슨 소리입니까?"

진왕은 하늘에게서 진명을 받은 자.

즉, 하늘의 인정을 받은 훌륭한 왕이라는 뜻이다. 사람들은 하늘의 인정을 받았으니 진명이 내려오는 것이라고 믿었고, 그렇게 퍼져 있었다.

"백 년 동안 살면 여러 이야기를 듣게 돼."

미드렌은 숨길 것도 없는 이야기라며 말해 왔다.

"그중에 학자도 있었지. 술에 잔뜩 취한 학자가 어깨를 으쓱거리면서 자랑스럽게 떠들던 말 중에 진왕에 관한 것이 있었어. 진왕은 보통 사람들이 생각하는 그런 뜻이 아닐 수도 있다고."

라야는 허리를 곱게 편 채 앞에 놓은 차를 한 모금 마셨다. 하지만 검은 눈동자는 미드렌에게서 떨어지지 않았다.

"예로 악몽 왕이 있어. 진명이 하늘의 인정을 받은 훌륭한 왕에게만 내리는 이름이라면, 첫 번째 진왕이자 악몽은 절대로 진명을 받아선 안 되는 왕이잖아. 안 그래?"

첫 번째 진왕 악몽은 사람에 대한 기피증이 있었다고 전해진다. 그가 가진 군석은 검은색이었고 지나가는 곳마다 사람이 있으면 반드시 죽어 나갔다. 사람을 심하게 기피하는 그의 마음이 그런 참혹한 결과를 낳게 했다고 입에서 입으로 전해졌다.

"악몽 왕은 사람을 학살하고 걸어가는 길마다 피를 떨어뜨렸지. 아이, 노인, 여자 가릴 것 없이 죽이고 죽였어. 그런 왕이 첫 번째 진왕이야. 어디를 봐도 미치광이 살인마가 군석을 달고 이곳저곳을 기웃거린 것밖에 안 되는데 하늘은 그에게 진명을 내렸지. 그게 바로 '악몽'. 진명을 하늘이 인정하는 사람에게 내리는 것이라면, 하늘은 악몽을 인정했다는 뜻이 돼. 그건 말이 되질 않잖아. 하늘이 살인마를 인정했다고?"

미드렌도 말하다 말고 목이 말랐는지 물을 한 모금 마셨다.

"그래서 웬만한 학자들은 진명眞名에 다른 뜻이 있다고 생각하면서 찾고 있다고, 그 학자가 말했어. 그중에 유력한 가설이 이거야. 진명은 '조심' 하라고 주의를 주는 하늘의 뜻이 아닐까."

"주의하란 소리?"

사내가 끼어들었다.

"그래."

미드렌은 팔짱을 끼고 의자 등받이에 등을 기댔다.

"취한 학자 놈이 이름을 봐도 그렇다고 떠들어 댔어. 첫 번째 악몽, 두 번째 소생, 세 번째 배덕, 네 번째 교활, 다섯 번째 소심, 여섯 번째 진화. 사람들이 진명이라고 부르긴 하는데, 솔직히 이름이라고 못할 단어들이야. 하지만 반대로, 이것이 성격과 성향에 대해서 나타낸다 하더라고."

미드렌은 간단히 간추렸다.

"악몽은 말 그대로 악몽이었지. 사람들에게 있어서 그는 기억하기도 싫은 끔찍한 존재였을 거야. 마주치기만 해도 죽었으니까 그 당시엔 사람들이 그 왕과 마주치지 않기 위해 노력했다지. 배덕도 말 그대로 배덕스러운 왕이라고 들었고, 교활도 어쩌면 이름 그대로고."

그의 말이 맞았다. 악몽은 말 그대로 악몽이었다. 부연 설명이 필요가 없을 정도로 확실했다.

세 번째 왕은 배덕이다. 모든 도덕은 그의 앞에서 무용지물이란 사실이 공공연했다. 그는 도덕심이 없다. 흔한 예의 하나 지키지 않는 난폭자, 난봉꾼, 여러 가지 말로 불린다. 그는 마음에 드는 여자면 유부녀라고 해도 납치하여 데리고 간다고 들었다.

마땅히 비난받아야 할 사람이었건만, 그는 진왕이라는 이유만으로 보호받고 있었다.

다섯 번째 왕 소심에 대해선 그다지 밝혀진 게 없다. 그는 사람이 가길 주저하는 북쪽에서 보도라는 나라를 만든 왕이었다.

라야는 생각을 멈췄다.

보라색 머리칼을 가진 사내가 다른 것을 물었다.

"악몽, 배덕, 교활은 어느 정도 이해가 가. 하지만 다른 왕들은……그다지 주의할 만큼의 진명은 아니게 느껴지는데."

"학자들 사이에도 그게 문제인 거지."

미드렌이 탁자에 팔꿈치를 얹고 턱을 올렸다.

"악몽 왕, 배덕 왕, 교활 왕은 진명 자체가 어두운 쪽이라 가설에 도움이 되는데, 소생, 진화, 소심 왕 같은 경우에는 가설과 정반대로 향하는 진명들이야. 거기다 교활 왕은 거대한 나라를 다스리고 사랑받는 왕이지. 그런 왕의 진명을 거들먹거리면서 '진명을 받은 왕들은 사실 하늘의 인정을 받은 왕이 아니라 조심하라고 알려 준 왕들이다. 진명은 이름이 아니라 낙인이다. 우리가 알던 사실은 틀린 것들이다.'라고 가설을 발표하면 당연히 사달이 나겠지. 그래서 가설을 함부로 발설도 못한대."

그런 것치고는 미드렌은 그 학자에게서 다 들은 것처럼 보였다.

"……나라는 어떻게 된 거야?"

사내가 끼어들었다. 그는 혼미한 정신으로도 그 사실이 믿기지 않는 듯했다.

"진왕들이 다스리는 나라는 모두 좋은, 살기 좋은 나라란 소리를 듣고 있잖아."

"오래되지도 않았잖아."

의원은 사내를 한심하게 바라봤다.

"교활, 진화, 소심이 다스리는 나라 중에 백 년이 넘은 나라는 이곳 정한밖에 없는 데다, 정한도 교활 왕이 세운 나라가 아니야. 그 이전부터 내려온 나라를 로사우가 세습한 거지. 각자의 나라 재위 기간을 따져 보면 백 년을 넘긴 곳이 없어."

"아직 모른다는 뜻입니까?"

라야가 끼어들었다.

"그렇지."

의원이 딱, 손가락을 튕겼다.

"사람들은 '진왕의 나라는 오래가고, 아주 좋은 나라' 라고 떠벌리고 다니지만 사실은 착각이란 거야. 칠십 년쯤 가는 나라를 다스리는 것은 보통의 왕들 중에도 있어. 사람들이 그것을 모르고 진왕의 나라만 찬양해 대는 것은 휩쓸린 것이라고 말하더군."

"휩쓸려?"

보랏빛 머리칼의 사내가 멍한 눈으로 물었다.

"분위기에 휩쓸리는 거 있잖아. 그런 거 비슷한 거야. 모두가 진왕의 나라는 오래가고 좋은 나라라고 떠벌리니까, 자동으로 세뇌되고 휩쓸린 거지. 아이들도 부모의 그 말을 듣고 자랐을 테니, 자연히 그렇게 여겼을 거고."

진왕들이 다스리는 나라들이 특별히 오래가는 것이 아니다. 라야는 미드렌의 말을 곱씹었다. 정말로, 꼼꼼히 생각해 보면 진왕의 나라가 백 년 이상 간 곳은 없었다.

"진왕의 나라가 유독 큰 것은 그런 효과 때문이겠군요."

라야가 덧붙였다. 의원은 고개를 끄덕였다.

"맞아. 진왕의 나라는 훌륭한 나라라고 생각하고 있으니까, 너도 나도 몰려가니 자연스럽게 커질 수밖에 없지. 그 순환이 계속 되니까 '진왕의 나라는 좋은 나라다' 라는 소리도 계속 나오는 거고. 너희들도 어느 순간부터 그렇게 생각하고 있었잖아. '진왕은 하늘의 인정을 받은 진정한 왕이고, 그들이 다스리는 나라는 좋은 나라' 라고. 이게 뿌리처럼 박혀 있어서 좋은 효과가 몰려오는 거야."

전혀 생각해 보지 않은 가설이었다. 이 가설이 학자들 사이에서 은근히 떠돌고 있다는 것조차 놀라웠다.

라야는 자연스럽게 진화 왕을 떠올렸다.

철혈의 여왕.

선대왕이 무너뜨린 나라를 혼자의 힘으로 일으켜 세운 그녀를 칭하는 호칭이었다. 그녀는 관리 하나 없이 혼자의 힘으로 나라의 기틀을 세웠고, 쉬지 않고 달려왔다.

라야는 진화 왕이 나라를 다스리는 모습은 보지 못했다. 그가 본 것은 어깨에 짐을 내려 둔 왕이 가문에서 지내는 모습이었다.

나라를 다스리는 진화의 모습은 가문과 정반대라고 들었다. 너무 철두철미해서 관리들이 혀를 내두르고, 환하게 웃는 법도 드물어서 가까이 두는 사람조차 별로 없다고. 그런 사람들이 진화 왕과 가문에 도착하면 진화 왕의 달라진 모습에 놀란다고 말이다.

미드렌이 말한 가설이 맞다면, 그런 진화 왕께도 문제가 있다는 소리가 된다.

"……그 가설은 틀릴 거야."

양 손바닥에 칼자국을 내서 겨우겨우 정한에 도착한 사내가 나지막하게 입을 열었다.

"다른 왕들은 모르겠지만— 로사우는 우리가 겪어 봤잖아, 미드렌. 그렇게 착하고 조용한 애는 난 본 적이 없었어."

왕자에, 군석을 가지고 태어났는데도 그 흔한 거드름을 떨지 않았다. 왕자치곤 존재감이 부족하다는 말에도 동의하지만 사내의 기억 속에 로사우는 한낮의 따뜻한 온기를 맞으며 책을 읽고, 병아리를 보고 귀엽다고 말하는 순수한 사람이었다.

미드렌은 혀를 찼다.

"네놈은 애초부터 사람을 좋게 보니까 그렇지. 그게 착한 거야? 그냥 속으로 다 삭인 거지. 어차피 백 년이 넘었으니 말해 주는 건데."

"응?"

"우리들의 왕이 사라진 이유에 관해 내가 가장 의심한 것은 덜도 말고 더도 말고 딱 그놈, 로사우였어."

"뭐?"

놀란 사내의 목소리가 커졌다.

미드렌은 손가락으로 사내의 이마를 콕콕 찍었다.

"파기 당해서 멍청해지고, 혼미해진 것은 알겠는데 생각해 봐라. 백 년 전에 우리들의 왕이 사라지고 동시에 누가 사라졌지?"

사내의 눈이 데굴데굴 굴렀다. 아마도 기억이 안 나는 모양이었다. 라야가 끼어들었다.

"사라진 분이 한 명 더 있으셨습니까?"

미드렌은 생각을 쥐어짜는 사내에게 보내는 한심한 시선을 거두지 않았다.

"있다마다. 로사우의 동생 로파우라는 왕자가 있었어. 로파우는 군석은 없었지만 형인 로사우보다 왕의 자질이 있다고 생각되었던 왕자야. 로파우는 우리들의 왕이 사라진 그날 같이 사라졌어."

같은 날에 군석을 가진 여왕이 사라지고, 동시에 정한국의 두 번째 왕자가 사라졌다. 그것이 얼마나 큰일인지 라야는 그 일을 직접 겪어 보진 않았지만 충분히 느낄 수 있었다.

"나라가 발칵 뒤집어졌지. 모든 국민이 찾아 나섰다고 해도 과언이 아니야. 그 뒤를 이어 전대 정한 왕……, 그러니까 로사우의 아버지지. 그 왕이 쓰러졌어. 아니 쓰러지자마자 얼마 못 버티고 죽었다고 하는 게 낫겠네. 하여튼 그런 일이 있은 후 왕위는 자연스럽게 로사우에게로 옮겨 갔고, 즉위 하는 날― 진명을 받은 거야."

―교활이라는 진명을.

진명을 받은 왕이 즉위하자 나라는 시끄러워졌다. 사라져 버린 두 번째 왕자와 군석을 가진 여왕, 죽어 버린 선대왕은 까맣게 잊을 정도로 정한의 국민들은 열광했다.

"이게 다 일주일도 안 돼서 벌어진 일이야. 믿겨? 로사우가 옥좌에 앉는 것을 방해하던 모든 이가 없어지고 죽어 나간 게 일주일 동안 벌어진 일이란 게? 난 로사우를 의심할 수밖에 없었어."

사내는 멍한 눈을 껌뻑거렸다. 라야가 다시 궁금한 점을 물었다.

"……교활 왕이 옥좌에 앉는 것을 방해당했습니까?"

"방해당한 건 아니야. 찜찜한 건 그 부분이지. 애초에 로사우는 옥좌에 관심이 없었어."

군석이 자신이 아니라 아우에게 갔어야 한다고 말한 적도 있었다. 그리고 그건 다른 이들도 마찬가지였다.

당시 정한 왕은 늙어 가고 있었다. 왕은 보통 성인이 되면 성장이 멈추고, 젊은 모습으로 살아가면서 나라를 다스리는 것이 보통이였다.

하지만 간혹 늙거나 죽어 가는 이가 있는데, 정한 왕이 그런 경우였다.

늙어 가는 정한 왕은 자신이 힘들게 세운 나라를 아들이 물려받기 원했다. 그러나 군석을 타고난 첫째 아들은 옥좌에 어울리는 성격이 아니었다. 애석하게도 군석이 없는 둘째가 왕위에 더 잘 어울리는 성격을 가지고 있었다.

정한 왕은 고심했다. 원래라면 비를 내릴 수 있는 첫째에게 물려줘야 마땅하나, 애써 세운 나라를 첫째 아들에게 맡겨 놨다간 관리들의 밥이 될 것 같았다. 저 내성적인 성격을 뜯어고치고자 노력해 봤으나 소용이 없었다.

결국 정한 왕은 다른 왕을 끌어들였다.

"그게 우리들의 왕이야, 여왕."

"두 번째 왕자의 약혼녀였지. 드물지만 이런 경우도 있어. 왕의 핏줄이 나라를 이어받고 싶은데, 군석이 없을 경우에 반려를 비를 내릴 수 있는 '왕'으로 들이는 거야."

옥좌에 앉아 나라를 다스리기 위해서는 여러 가지를 알아야 한다.

경제가 굴러가는 법을 배워야 하고, 관리들을 다스리는 법을 배워야 하며, 법을 익히고 국민들을 어르고 달래는, 그러면서도 엄하게 대할 수 있는 법도 배워야 했다. 그 이외에도 많았다. 말하자면 수도 없이 길었다. 자신의 선택이 어떤 결과를 불러올지 예상하려면 거의 모든 방면을 배워야 하는 자리가 왕의 자리였다.

"우리와 왕은 작은 국가에서 자란 소꿉친구야."

듣고 있던 보라색 머리칼 사내가 입을 열었다. 왕의 이야기가 나오자마자 활기에 차 입을 연다.

"항상 셋이 몰려다녔었어."

회색빛 눈동자가 아련함에 물든다.

몰려다닐 때, 왕은 이마에 있는 군석을 가리기 위해서 천을 매고 다녔다. 혼자 천을 매고 다니면 이상하게 보일까 싶어 미드렌과 사내는 왕과 똑같이 천을 이마에 매고 떠돌아다녔다.

셋은 그렇게 항상 함께였다.

미드렌이 주로 선두로 앞장섰고 중간에 왕이 있었다. 끝에는 그런 왕을 보호하듯 사내가 서서 따라갔다. 논두렁길을 걷고, 파릇파릇한 산 위를 헤쳐 다니면서 걸어 다녔다.

"그리고 좀 컸을 때, 정한국에서 옥좌의 반려가 될 '왕'을 모신다는 소리를 비밀리에 들었지."

소녀의 부모님들은 현명했다. 그들은 군석을 가진 딸이 태어나자마자 나라의 왕께 만나 뵙길 청하고, 어찌해야 하는지 물었다.

왕들은 대부분 다른 왕들을 키워 주거나 거둬 주지 않았다. 자신이 세운 나라를 뺏기는 경우가 있었기 때문이다.

소녀의 부모님이 찾아간 왕도 그러했지만 아예 모른 척하지는 않았다. 이마에 천을 매어 군석을 숨기고 조용히 사는 것이 도움이 될 거라고 미리 일렀다. 어린 왕은 표적이 되기 쉬우니 절대 떠벌려선 안 된다 못을 박았다.

정한에서 옥좌의 반려가 될 '왕'을 모신다는 소식도 그 왕이 직접 아랫사람을 시켜 비밀리에 전해 준 것이었다. 나이가 차고, 군석이 열린 왕을 계속 자신의 나라에 두는 것도 불편했으니 행한 조치이기도 했다.

방향은 정해졌다.

왕으로 태어나 숨어 사는 것 또한 죄책감이 들던 차였다. 목이 말라 죽는 사람이 이토록 많은데 숨어 살기만 하는 자신이 너무 못나 보인다며 여왕은 울먹이면서 말했다. 하지만 그렇다고, 배워먹지 못한 자신이 왕위에 오르는 것도 얼마나 무서운 일인지 알고 있었다.

좋은 기회다.

미드렌과 사내는 여왕을 데리고 정한으로 향했다. 옥좌에 앉을 만한 능력이 여왕께는 없었지만, 옥좌에 앉을 사람 대신 비를 내려 주고, 보필해 주는 것으로도 만족할 수 있었다.

"……그런 경우도 있었습니까."

"쉬쉬 하지만 있어. 비를 내리는 왕이 대대적으로 나서지만, 실질적으로는 다른 사람이 나라를 돌보는 거야. 보통 못 배운 왕들에게서 일어나는 현상이지. 못 배운 왕들도 자신이 나라를 제대로 다스리지 못한다는 것쯤은 알고 있으니까."

이야기는 계속 진행되었다.

정한에 도착한 그들은 둘째 왕자를 만났다. 이름은 로파우였고, 로사우의 동생이었다.

둘째 왕자가 망나니 같은 성격에 철부지였다면, 미드렌과 사내는 여왕의 손을 잡고 당장 떠날 셈이었다. 그들에게 여왕은 가족이었다. 여동생이나 다름없었고, 어린 시절의 좋아했던 감정도 남아 있었다.

그러나 둘째 왕자는 훌륭했다. 사내와 미드렌이 한 온갖 나쁜 상상을 걷어찰 정도로 좋은 놈이었다. 거만을 떨지도 않았다. 소설 속에 나오는 왕자처럼 웃었고, 예의가 발랐다. 지혜도 깊어 가벼운 행동이 없었다. 현명함이 몸과 말에서 뚝뚝 흘러넘쳤다.

두말할 것도 없이 당연히 승낙이었다. 여왕도 좋다고 했다. 둘은 약혼하게 되었고, 여왕은 그렇게 정한에 머물게 되었다.

"……이게 백 년 전의 이야기야."

미드렌은 이야기를 끝내고 차를 마셨다.

차는 어느새 식어 있었다.

2.

"말이 길어졌는데, 정리하자면 진명을 받기 전의 교활은 왕이 될 마음도 없고 자질도 없는 조용조용한 성격이었어."

미드렌은 다시 뜨거운 물을 붓고 차를 홀짝였다.

"늙어 가는 정한 왕은 둘째 왕자에게 나라를 물려주고자 비만 대신 내릴 수 있는 그림자 왕을 구했는데, 그게 우리 왕이었다는 거고."

사내가 옆에서 고개를 끄덕였다.

"그런데 뭔가가 틀어져서 둘째 왕자와 약혼녀였던 우리의 여왕께서 사라지시고, 정한 왕은 쓰러진 후 며칠도 안 돼 죽은 거지. 그 뒤를 이어 왕위를 이을 마음이 없었던 로사우가 교활이란 진명을 받으면서 즉! 위! 했고, 그게 지금까지 유지되어 왔다. ―이거야."

말하는 동안 심사가 틀어졌는지, 즉위를 끊어 말한 미드렌은 속을 담아 빈정거렸다.

"그러니 자연스럽게 착하고 내성적인 로사우를 의심했지. 옥좌와 관련된 사람들 중 남은 것은 로사우 하나밖에 없으니까. 한 나라의 왕자와 군석을 가진 여왕을 그렇게 감쪽같이 사라지게 할 수 있는 권력을 가진 것도 착하고 내성적이고 소심하고 순수한 로사우뿐이었지."

미드렌의 빈정거림은 최고조에 도달했다. 사내는 여전히 불만에 차 있었다. 미드렌이 저리 빈정거려도 그의 기억 속의 로사우는 정말 착하기 짝이 없는 소년이었다.

진료소엔 잠시 화르륵 거센 불길 소리가 들렸다. 가축의 분을 말려 장작 대신에 쓴 불길이 꽤 거셌다. 오래 잘 말렸기 때문에 냄새는 나지 않았지만, 타 들어가는 속도가 빨라 미드렌은 자주 갈아 주기 위해 일어났다.

"……언제부터 로사우를 의심했던 거야?"

불에 말린 분을 넣는 미드렌에게 사내의 말이 꽂혀 들었다. 미드렌은 담담히 대꾸했다.

"백 년 전 왕이 없어진 그날부터. 넌 그놈을 좋게 본 것 같지만 나는 그놈이 찜찜했거든."

사내의 얼굴이 어두워졌다.

"그래서 소득은?"

"없어, 깨끗해. 우리 왕의 옷도, 신발도, 머리카락 한 올도 찾을 수가 없었어."

미드렌은 어린 소녀를 기억한다. 어린 시절 추억에 그녀와 사내가 없던 적이 없었다. 셋은 항상 함께였다. 셋이 항상 몰려다녔기 때문이었는지, 셋 중 하나라도 없으면 소녀는 곧잘 울었다. 셋이 되어야 함박웃음을 지었고 더 컸을 때는 부모보다도 미드렌과 사내를 더 따랐다.

미드렌은 불에 마른 분을 처넣고 일어섰다. 가슴에 묻어 둔 기억이 생각 날 때마다 가슴속이 따끔따끔했다.

"너는 그만 버티고 자."

미드렌이 사내를 보고 침대를 가리켰다. 진료소에 환자를 위한 침대가 마련되어 있었다.

"짚도 새로 갈아서 제법 편할 거야."

"……자고 싶지 않아."

사내는 흐릿한 목소리로 중얼거렸다. 손바닥에 난 칼자국으로 정신을 차리는 것도 한두 번이다. 미드렌의 말대로 약발이 점점 떨어지고 있었다. 정신을 차리는 횟수도 점점 짧아지는데, 다시 잠들면 영원히 왕을 기억 못할까 두려웠다.

"내가 어떻게든 제정신으로 돌아오게 해 줄 테니, 자."

"……어떻게?"

"어떻게든."

사내는 망설이더니 자리에서 일어나 침대로 걸어갔다. 라야는 차를 마시며 그들의 대화를 듣고 있었다. 사내는 우물쭈물하더니 마지막에 미드렌의 얼굴을 한 번 보고는 잠에 들었다.

사내가 고른 숨을 내뱉는다. 미드렌은 그제야 참아 왔던 한숨을 내뱉었다. 찌푸려진 미간을 엄지손가락을 살살 밀고, 끓어오르는 것을 참기 위해 애썼다.

그는 사내를 보면서 뒤에 앉아 있는 라야에게 물었다.

"너는 어찌 할 거냐?"

"찾으러 갈 겁니다."

이야기를 들어 봤지만 의원도 아기에가 어디에 있는지는 모르고 있었다. 결국 두 발로 뛰어 찾아다니는 수밖에 없다.

'무사해야 할 텐데.'

라야는 바람을 담아 읊조렸다. 미드렌은 자신들의 왕이 행방불명되었다고 말하고 있지만 이미 알고 있는 눈치였다. 죽었다는 것을. 백 년 동안 찾지 못한 왕이 살아 있을 리가 없다. 그건 당연한 사실이었다.

"내가 그놈을 찝찝하게 여긴 것은 알 수 없는 속내였어."

미드렌은 불쑥 옛이야기를 꺼냈다.

"둘째 왕자 로파우는 화가 나면 화를 냈지. 미안한 일이 있으면 사과를 했고, 짜증이 나면 짜증을 냈지. 난 그런 인간들이 좋아. 뒤끝이 없었거든. 사회생활을 해 보면 저런 성격을 가진 놈들이 제일 좋더라고. 그런데 로사우는 그게 아니었어."

"……?"

"내성적인 성격 탓에 화를 내는 것도 못하고 사과하는 것도 못하는 녀석이었어. 얼마나 소심했는지. 그놈은 말도 못하고 가만히 있는 화분의 식물을 가장 좋아했던 녀석이야. 왕자로 태어나서 군석을 가지고 있는데도 아랫것들에게 명령을 내리는 것도 힘들어했어. 불평등한 일을 겪으면 화를 내야 하는데 무조건 고개만 숙이고 가만히 있는 거야. 화를 내야 하는 순간임에도 자기 잘못이란 듯이 숙이고 있는 꼴을 생각해 봐. 뭔가 이상하지 않아? 세 살배기 어린애가 들어도 화를 낼 말을 듣고도 가만히 있다면 속으로 대체 무슨 생각을 하고 있는 거라고 생각해?"

"……."

라야는 대답할 수가 없었다.

미드렌은 짜증을 내며 툭툭거렸다.

"난 그게 싫었어. 분명 자기도 느끼고 있을 거 아냐. 자기에겐 불평등한 일이고, 자기는 잘못한 게 없다는 걸. 자기가 화를 내야 하는 상황에 상대방이 화를 내고 몰아세우면 얼마나 억울하고 분해? 그런데 그걸 다 속으로 끌어안고 말 한마디 못하는데……. 볼 때마다 눈살 찡그려지고, 후에는 조금 무섭더라."

미드렌은 솔직하게 말했다. 라야가 고개를 갸웃거린다.

"뭐가 무서우셨습니까?"

"속에 끌어안은 거."

의원은 손가락을 까닥거렸다.

"내가 백 년을 넘게 살아서 보고 왔는데, 순간순간 화를 내는 놈들보다 끌어안고 조용조용히 사는 놈들이 더 무서웠어. 그게 쌓여서 터지면 끝이 없어. 쌓인 게 꾸역꾸역 나오니까. 게다가 로사우 그놈은 왕자였잖아."

미드렌은 얼굴을 구겼다. 생각만 해도 제일 싫은 종자들이었다.

"제왕학에 군사학에 정치에 수없이 많은 걸 배우고 있는 놈이 터진다고 생각하면 소름이 돋았지. 일생 밭만 일구는 것을 배우는 사람이 끙끙 앓던 것을 터트려 봤자 욕설밖에 더 있겠어? 아, 더 심하면 낫은 휘두르겠네. 그런데 권력을 가진, 그것도 최고 자리에 오를 수 있는 군석까지 가진 놈은 뭘 휘두르겠냐."

과연 소름이 돋을 만하다.

라야는 귀를 쫑긋 세우고 듣고 있다가 이상한 점이 있어서 물었다.

"……그런데 군석을 가진 왕자께 그리 함부로 하는 사람이 있었습니까?"

"할 수 있는 사람이 딱 하나 있었지. 해도 아무렇지도 않는 사람."

미드렌의 말에 라야는 퍼뜩 그 한 명을 떠올렸다.

"전대 정한 왕…… 께서 그러셨습니까?"

"그래. 정말 쥐 잡듯이 잡았다니까."

의원은 기다렸다는 듯이 말을 늘어놓았다.

"첫째 아들과 둘째 아들의 편애가 얼마나 심했는지 말도 못했지. 오죽했으면 둘째 왕자가 미안해서 형의 눈치를 봤겠냐."

"군석을 가지고 태어난 왕자인데도 못마땅하게 여긴 것입니까?"

"그래."

미드렌은 라야의 비어 버린 찻잔을 보고 일어서서 뜨거운 물을 받아 왔다. 라야는 고개 숙여 감사의 말을 전했다.

"정한 왕이 가장 중요하게 여긴 건……."

으음, 소리를 내며 침대에 누운 사내가 뒤척였다. 의원은 잠시 말을 멈췄다. 잠이 든 사내는 뒤척인 그대로 다시 숙면에 빠져들었다. 미드렌은 사내가 깨지 않은 것을 확인하고 다시 입을 열었다. 목소리는 아까보다 더 낮아졌다.

"그가 가장 중요하게 여긴 건 정한이었어. 젊은 시절부터 세워서 힘들게 여기까지 끌고 왔으니 애착이 남달랐겠지. 그런 와중에 자신은 늙어 가고 있고, 군석을 가진 아들놈을 운 좋게 낳았지만 성격이 아무래도 마음에 차지 않았던 모양이야."

나라를 세우고, 간신배인 관리들을 처단하면서 제 손으로 이룩한 나라 정한이었다. 평생을 바쳐 왔는데, 군석을 가진 아들놈이 영 미덥지 않았다.

"처음엔 그 내성적인 성격을 고쳐 보려고 한 것 같은데, 도저히 고쳐지지가 않은 거지. 화를 내 보기도 하고 사랑으로 보듬어 안아 보기도 하고, 갖가지 방법을 다 써 봤는데, 로사우는 그대로였어. 정한 왕은 결국 역정을 냈지."

화가 나서 퍼부었다. 군석을 가진 놈의 꼬라지가 도무지 마음에 들지 않았다. 군석을 가졌으면 자존심도 높고 사람을 휘어잡을 만한 성격을 가졌으면 했다. 칼처럼 냉정하진 않아도 자신의 주관대로 맺고 끊는 모습이라도 보여 줬더라면 그렇게 심하게 역정을 내지 않았을 거다. 정한 왕은 첫째 아들의 얼굴만 봐도 화가 났고, 하는 행동들마다 속이 터졌다.

"첫째 아들에게 향한 애정은 자연스럽게 둘째 아들에게 향했어. 기대감, 애정도, 기대도 모조리 옮겨 갔지. 둘째 아들은 군석이 없는 거 말고는 빠지는 데가 없었거든. 내성적이지도 않고, 상냥할 땐 상냥하고 화를 낼 땐 화를 냈지. 잘 가르치고 연륜만 있으면 나라 하나는 건사할 왕자였어. 그래서 그림자 왕을 찾았고, 우리의 여왕이 뽑혔지."

라야는 따뜻한 찻잔을 쥐고 듣기만 했다.

"그래도 조금 난리가 나기도 했어. 나라를 잇는다면 군석을 가진 첫째 아들이 잇는 게 당연해 보였으니까. 둘째 왕자인 로파우도 당연히 군석이 있는 형이 물려받을 거라고 생각하고, 자신은 형의 밑에서 나라를 이끄는 도움을 주겠다고 살아왔다니까 말 다 했지. 그런 와중에 우리 여왕님이 덜컥 와 버렸고, 로파우는 아버지의 편애를 받아 형을 밟아 버린 격이니 마음이 편할 리가 없었어."

라야는 고개를 끄덕였다. 심각한 이야긴데 어쩐지 옛날이야기를 듣는 것처럼 흥미진진했다.

"그런 로파우에게 로사우는 '네가 나라를 다스리는 게 나을 것 같아'라는 말까지 해 주신 훌륭하고 착하고 소심하고 내성적이면서도 순수한 왕자였지."

미드렌은 사내가 잠에 들었는데도 빈정거렸다.

"교활 왕이 말입니까?"

"그래. 분명 그때까지만 해도 옥좌에 관심이 없었어. 내가 보기에도 그놈은 조용한 데에 가서 식물이나 기르고 책이나 읽으면서 살고 싶어 하는 걸로 보였으니까. 나라를 잇는 것이 탐탁지 않았던 로파우는, 아버지도 나라를 이으라고 하고 형도 네가 이으면 좋겠다고 하니 결국 옥좌에 앉기로 결심했지. 그리고 뒤에 우리 여왕을 만나 뵙고 약혼했고."

라야는 듣고 있다가 다시 궁금한 점을 물었다.

"그런데 그 그림자 왕 말입니다."

"그게 왜?"

"왜 첫째 아들이었던 교활 왕을 그림자 왕으로 삼지 않으신 겁니까?"

그렇게 첫째 아들이 마음에 들지 않았다면 첫째 아들을 그림자 왕으로 비만 내리게 하고, 실질적으론 둘째 아들이 나라를 다스리는 방법도 있었다. 그런데 기어이 다른 곳에서 왕을 데려와 그림자 왕으로 삼았다. 라야는 그것이 궁금했다.

미드렌은 너털웃음을 터트렸다.

"그거? 간단해. 우리 왕은 아무것도 모르니까."

"……?"

"잘 생각해 봐. 나라를 다스리려면 많은 것을 배워야 해. 옥좌에 앉아 비를 내리는 것만으로 나라를 제대로 이끌 수는 없어. 돈 많고 잘 사는 집에 태어난 왕이라면 기꺼이 그런 교육을 받았겠지. 당연히 로사우도 모든 걸 배웠지. 그런 로사우를 그림자 왕으로 세워 두고 비만 내리게 한다는 걸 정한 왕은 찜찜해 했어. 혹시라도 자신이 죽은 뒤에 마음과 성격이 바뀌어서 로사우가 반역을 일으키고 나라를 다스리겠다고 한다면……. 나라의 주권은 당연히 로사우에게로 넘어 가겠지. 비를 내리는 건 그 녀석이니까."

미드렌은 찻물을 홀짝였다.

"그렇게 되면 나라는 쑥대밭이 될지도 모르고, 그림자 왕 대신 통치했던 둘째 아들 놈도 위험해질 수 있을 것 같고……. 여러 가지에 걸린 정한 왕은 아무것도 모르는 왕을 원했어."

가난한 곳에서 태어난 왕은 하루하루를 살아가는 법밖에 배우지 못했다.

"우리와 왕은 굶진 않지만 그렇다고 넉넉하지도 않았거든. 공부할 여건도 안 됐지. 길거리에 널린 풀들 중에 저건 먹을 수 있고 저건 먹을 수가 없고, 그런 건 구분해도 정치는 영 꽝이란 말이야. 그럼 반역을 일으켜 나라를 꿀꺽 집어삼킬 위험도 많이 줄어들고, 배 맞고 살다 보면 애를 낳고 정이 쌓이고……. 그런 이유에서지."

어쩐지 쓸쓸함이 묻어나는 목소리였다.

라야는 그들이 살아온 세월을 들으면서 가만히 있었다.

3.

밤이 더 깊어지기 전에 라야는 생각해 둔 것을 미드렌에게 부탁했다. 그러자 미드렌의 미간이 팍 찌푸려졌다.

"지도?"

"네."

"백 년 전의 궁의 지도를 봐도 도움이 될 것 같아?"

말은 투덜투덜 불만을 담아 말하면서도 미드렌은 귀한 종이 한 장을 꺼내 왔다. 붓과 벼루도 탁자 위에 놓았다.

"말하지만 백 년 전이야. 지금쯤 많이 달라졌겠지."

"그래도 기본은 변하지 않았을 거라 생각합니다."

"그래. 워낙에 클 테니 함부로 손도 못 댔겠지. 하지만 완전히 믿어선 안 돼."

미드렌은 그리 말하며 쓱쓱 그려 나갔다. 먹물을 머금은 붓이 종이를 검은색으로 물들여 나갔다. 그가 그려 나간 것은 관리들과 궁녀들이 머무는 곳이 아닌, 오로지 왕이 사는 본궁이었다. 왕은 본궁에서 집무를 보고 관리들을 불러 회의를 했다.

미드렌과 사내도 이 본궁에서 지낸 적이 있었다. 여왕의 군위와 조언자로서였다. 미드렌은 옛 기억을 되살려 종이에 담아냈다. 종이는 라야에게 던지듯 밀어 넣어졌다.

"……감사합니다."

"틀린 곳은 없을 거야."

미드렌은 벼루와 붓을 다시 챙겨 넣었다.

"왕을 찾기 위해 몇 십 번이나 뒤져서 아직도 기억나. 죽을 때까지 못 잊을 거야. 만약 다른 게 있으면 백 년 동안 변한 거지, 틀린 게 아니야."

"……."

"넌 미친 왕자를 찾는 거지?"

"아기에입니다."

라야가 빠르게 정정했다. 중년의 의원은 코웃음을 쳤다.

"그래, 그 미친 왕자. 찾아서 어떻게 할 건데? 상대는 진왕일 텐데."

미드렌은 그리 말하며 라야를 훑었다. 발끝에서 머리끝까지 훑는데 느껴지는 것은 단정함밖에 없었다. 단정하고 깔끔하다. 곧게 편 허리와 등, 어깨에선 다른 사람들에게 으레 있는 느슨함이 보이지 않왔다. 집 안에 혼자 있을 때도 갖은 예의는 다 차릴 놈이었다.

아까도 그러지 않았나. 엿들은 걸 아무도 모르는데 제 발로 걸어와 자백하고 사과했다. 가정교육을 잘 받았다 치고 넘어가기엔 너무 반듯했다. 칼 한 마디 들어가지 않을 정도의 반듯함은 없는 것보다 못했다.

"우선은 만나 봐야 알 것 같습니다. 도움이 필요한 상태라면 도와줄 것입니다. 도망치겠다고 하면 도망치는 것을 도와줄 생각입니다."

목숨은 이미 걸었다.

얄팍한 각오였다면 이곳까지 오지도 않았을 것이다. 푹푹 발이 빠지는 모래를 한 달간 넘게 걸어오면서 한 것이라고는 각오를 칼처럼 갈고닦아 똑바로 세우는 것뿐이었다.

"그것 말고 다른 것을 원하면 어쩔 건데? 도망치는 것도 필요 없고 이 상황을 타계할 도움도 필요 없고, 다른 것을 원하면?"

미드렌이 걸고넘어졌다.

"내가 의원 일을 하면서 정말 수많은 사람을 상대해 봤지만, 한 가지 분명한 게 있더라."

"뭐가 말입니까?"

"부모에게 맞고 자란 아이는 제대로 크는 경우가 드물어."

라야는 검은 눈을 들었다. 피곤한 것 같은 미드렌의 눈이 마주 보아 왔다.

"그런데 이 미친 왕자 주위엔 사람도 없다며. 그것이 잘못된 생각이라고 일러 주고, 보호해 주고, 보듬어 줄 사람도 없다면 머릿속 생각은 이미 갈 데까지 갔을 거야."

"……"

라야는 차마 아니라고 대답할 수 없었다. 침묵이 곧 긍정이 되었다. 아기에와 말 한마디 주고받은 사람은 모두 목이 잘려 나갔다고 적힌 편지의 글귀가 아른거렸다.

"어린아이가 아버지에게 매일매일 맞는데, 주위에 도와줄 사람 하나 없으면……. 처음엔 미친 왕자가 아니었겠지만 지금쯤은 미친 왕자가 되었을 거라고 생각되지 않냐? 대체 몇 년을 맞고 산 거야? 일주일을 꾸준히 맞아도 죽을 것처럼 힘들 텐데, 그 오랜 시간을 학대받았다고 가정하면 이미 온전하지 못할 거라고 보는데."

라야의 얼굴이 화가 난 듯 딱딱해졌다.

의원은 탁자에 팔을 올리고 턱을 괸다.

"그래, 가령 아주아주아주아주아주아주우우우우 정신력이 강한 놈이라고 가정해서 그 오랜 기간의 폭력을 버텨 냈다고 해 보자. 미치지도 않았다고 쳐. 그래도 그 녀석은…… 너와는 다른 사고방식을 가지고 있을 거야."

너와는 다른 사고방식.

그게 무슨 뜻인지 라야는 짚어 내질 못했다. 라야가 곤혹스러워 가만히 있자, 미드렌은 달리 말해 왔다.

"넌 널 낳아 준 아버지를 죽일 수 있어?"

"……."

낯이 왈칵 찌푸려졌다. 입에 담기조차 저어되는 말이다.

미드렌은 고저 없이 평이하게 말해 왔다.

"너라면 목에 칼이 들어와도 불가능하다고 하겠지. 아무리 밉고 싫어도 넌 그럴 놈이 아니야. 하지만 그 녀석은 어떨까?"

미드렌이 말하는 그 녀석은 아기에를 뜻했다. 라야는 아기에의 얼굴을 떠올렸다. 진곡에 있는 내내 웃는 얼굴만 봐서 그런지, 그동안 떠올렸던 얼굴도 내내 웃는 얼굴이었다.

그런데 이번에는 얼굴이 보이지 않았다. 금빛 머리카락에 푸른색 군석이 이마 정중앙에 박혀 있고, 눈동자색이 각각 다른 것도 알고 있고, 어떻게 생겼는지도 기억하고 있는데……. 흐릿하니 표정이 떠오르지 않았다.

정말 웃고 있을까?

자신이 떠올리는 것처럼?

"자신을 낳아 준 아버지가 타인보다도 더 심하게 대하는데, 그 녀석 머리통에 과연 인륜이라는 게 남아 있을까? 없을걸. 남아 있으면 그게 정말로 미친놈이지."

신랄하게 내뱉는 미드렌에 반해 라야는 침묵으로 일관했다.

"자, 그럼 원래 이야기로 돌아가서, 넌 그 미친 왕자가 자기 아버지를, 진왕 교활을 죽이려고 하면 어쩔 건데? 왕자가 네 생각대로 도망만 쳐 주고 조용히 숨어 살면 다행인데, 아버지를 죽여서 이때까지의 세월을 보상받겠다고 하면 너는 그걸 도와줄 수 있을까."

라야의 답은 듣지 않아도 정해져 있다. 미드렌은 바로 이어 답을 말했다.

"못 도와주겠지."

미드렌은 단호히 말했다.

"너 말고도 다른 사람도 그럴 거야. 친구가 제 아버지를 죽이겠다고 식칼 들고 길을 나서는데 같이 죽이자고 따라갈 사람은 없어. 오히려 말리면 모를까. 아니, 말려 주는 것도 좋은 친구지. 질겁하면서 친구의 연을 끊자고 하는 놈이 더 많을걸?"

미드렌은 픽 웃으며 손가락으로 탁자를 두드렸다.

라야는 가만히 있다가 무뚝뚝하게 대답했다.

"저는 말릴 겁니다."

"그래, 너는 말리겠지."

라야가 말한 답이 정답이었다.

아버지를 죽인다고 해도 지나간 세월을 보상받을 수는 없다. 오히려 낙인처럼 찍혀서 따라다닐 것이다. 아버지와 어울리는 아들을 보고서, 아버지가 자랑스럽다고 이야기를 하는 사람들 사이에서, 아버지를 죽인 아들은 대체 무슨 생각을 할까.

"그런데 그 녀석은 달가워하지 않을 거야. 그 점을 기억해 둬."

라야는 그 말에도 흔들림이 없었다. 어깨를 펴고 허리를 곧게 세우고 똑 부러지는 모습으로 앉아 있었다.

그 반듯한 모습이 그 미치광이 왕자에겐 독이 될 수도 있어.

미드렌은 그리 말하려다 입을 닫았다. 술 생각이 간절해졌다. 뭐 하나 쉬운 것이 없는 인생에 점점 지쳐 미드렌은 저도 모르게 한숨을 쉬었다.

라야는 그 한숨 소리를 들으며 일어났다. 의자가 드륵 소리를 내며 뒤로 밀린다. 미드렌이 그려 준 지도는 곱게 접어 품 안에 넣었다.

"이만 가 보겠습니다. 폐 끼쳐서 죄송합니다."

"그래, 가 봐."

서로의 상황을 알지만 마땅히 해 줄 것이 없었다. 라야는 고개를 꾸벅 숙이고 물러섰다. 검은색 신발이 뚜벅뚜벅 바닥을 밟고, 손은 문손잡이를 움켜쥐었다.

그때, 목소리가 들렸다.

4.

"문……을 열어야…… 하는데."

손잡이를 잡은 채로 라야가 뒤를 돌아봤다. 미드렌의 목소리가 아니었다. 시선은 저절로 침대 쪽으로 옮겨 갔다.

보랏빛 머리칼을 한 사내가 인상을 쓰고 식은땀을 흘리고 있었다. 의원도 낌새를 느꼈는지 의자에서 일어났다. 낮과 같은 상황이다. 의원이 부리나케 달려갔다. 손잡이를 잡고 있던 라야도 탁자를 뛰어넘어 달려갔다.

"제길!"

의원의 목소리가 신호였다. 사내의 몸이 급격하게 떨리고 발작이 시작되었다. 의원이 다리를 잡았다가 걷어차여 나가떨어졌다. 급히 달려온 라야가 대신 다리를 붙잡았다.

침대가 덜컹거렸다. 걷어차인 의원은 맞은 부위를 문지르며 사내의 상체 쪽으로 뛰어가 팔과 어깨를 내리눌렀다.

"문을, 문을! 문을―!"

사내의 목에 핏대가 섰다. 그가 혀를 깨물까 싶어 의원은 주위에 있는 천 아무거나 집어 사내의 입에 쑤셔 넣었다. 침대가 요란한 소리를 내며 앞뒤로 흔들렸다.

천을 입에 문 채로 사내는 울부짖었다.

울부짖는 목소리가 화살처럼 쑤셔 박혔다. 왕을 잃은 군위의 울음

소리였다. 울음소리가 장송곡처럼 이어졌다. 끅끅거리는 소리는 듣는 사람의 가슴도 미어지게 만들었다.

"……이거 발작이 아니잖아."

발작을 막고 있던 미드렌이 황망하게 중얼거린다. 다리를 잡고 있던 라야는 고개를 들었다.

의원은 굳은 얼굴로 이마에 흐르는 땀을 훔쳤다.

"발작과는 달라. 아까 네가 업고 왔을 때는 발작이었는데, 이건……. 하여튼 깨워야겠어. 잘 잡고 있어."

라야는 고개를 끄덕이고 다리를 더 강하게 내리눌렀다. 의원은 상체를 누른 손을 떼고 사내에게 다가가 뺨을 내리쳤다. 짝짝짝 소리가 연달아 울렸다.

깨지 않았다.

"시발! 무슨 꿈을 꾸고 있는 거야!"

사내가 다시 입술을 열었다. 그가 하는 말은 계속 똑같았다.

─문을 열어야 하는데.

뺨을 후려쳐도 깨어나지 않자, 의원은 물을 한 동이 떠와서 사내의 얼굴에 뿌렸다. 그래도 깨어나지 않는다. 의원은 손바닥에 손톱자국이 날 만큼 주먹을 움켜쥐었다.

사내와 의원의 몸은 어느새 땀으로 흠뻑 젖어 있었다. 의원은 우두커니 서서 사내를 내려다봤다. 조바심이 나지만 냉정한 얼굴이었다.

물, 따귀, 이런 걸로는 깨울 수가 없다.

단 한 번에 깨울 만한 자극적인 것이 있어야 한다.

……생각할 것도 없군.

의원은 허리를 숙여 사내에게 가까이 다가갔다. 그리고 강한 어조로 또박또박 내뱉었다.

"일어나, 리올. 왕을 만나러 가자."

허억거리며 사내가 숨을 몰아쉬었다. 의원은 사내의 입에 처박은 천을 꺼내 뒤로 던졌다. 사내의 숨이 고르게 변했다.

의원은 다시 말했다.

군위에게 제일 중요하고 자극적인 것은 왕이었다.

"왕께서 기다리고 계신다."

손가락이 움찔 떨린다. 들썩이던 몸부림도 잠잠해졌다. 라야는 손을 떼고 뒤로 물러섰다.

미드렌은 어린 시절을 떠올렸다.

어린 시절, 우리들의 중심에 있었던 우리들의 여신.

그녀를 떠올리며 미드렌은 슬프게 읊조렸다.

"왕이 왔어."

리올은 천천히 눈을 떴다.

제 11 장

발
작
의 이
유
─────

제 11 장
발작의 이유

1.

리올은 멍한 눈을 깜빡였다.

"내가……?"

"그래."

미드렌은 땀에 젖은 상의를 벗어 바구니에 던져 넣었다. 라야도 팔
뚝까지 걷은 소매를 밑으로 다시 내렸다. 의원은 땀에 절은 몸을 물
수건으로 닦으며 상황을 설명했다.

"처음엔 발작인 줄 알았는데, 아니었어."

이번엔 제대로 봤다. 첫 번째 발작은 리올이 돌아온 충격 때문에
자세히 못 봤고, 두 번째 발작만큼은 진짜 발작이었다. 그런데 세 번
째쯤 오자, 뭔가 이상하다는 것을 알게 되었다.

"넌 꿈을 지랄발광하면서 꾸냐?"

"지, 지랄이라니. 누가 듣고 배우겠다, 좀!"

"선생이었던 거 티 내지 마! 여기에 배울 사람이 어디 있어?"

미드렌이 쾅 탁자를 후려쳤다. 사내는 당당히 손가락을 펼쳐 라야를 가리켰다.

의원은 참다못해 역정을 냈다.

"이게 이제 눈까지 삐었나! 저놈은 배워도 절대 쓰지 않을 성격이니 걱정 말고, 네 스스로나 돌아봐. 대체 무슨 꿈을 꾸는 거야?"

꿈 이야기가 나오자 리올은 우울한 표정을 지었다.

"문이 보여."

"문?"

"커다란 문이야. 정한의 표식이 그려져 있는 문인데, 내가 그 앞에 서 있어."

허리엔 검을 차고 있었다. 검을 잘 다룬다는 소리는 들어 본 적 없지만 군위가 된 순간부터 검을 차고 있었다. 매일매일 하는 검 연습을 게을리 하지도 않았다. 왕을 지키기 위해서니까 당연히 강해지고 싶었다.

그런 리올이 보고 있는 문은 아주 컸다. 정한의 상징인 용이 문짝에 새겨져 있었고, 손잡이는 금과 철가루를 섞어 만든 흔적이 보였다.

리올은 그 문을 뚫어져라 보고 있었다. 심장이 쿵쾅거렸다. 목이 타 들어가고 속이 울렁거렸다.

"거기서 나는 한 가지 생각밖에 안 해."

―문을 열어야 해.

문을 열고 들어가야 해, 문을 열어야 해, 문을 열어 봐야 해.

문을! 문을!! 문을!!!

문을 열기 위해 리올은 꿈속에서 노력한다. 발버둥 치고 소리 지르고 두 팔을 허우적거리면서 문을 열기 위해 발악하다시피 허우적거렸다.

하지만 꿈의 문은 언제나 굳건히 닫힌 채로 열리지 않았다. 그 상태로 리올은 잠에서 깨어난다. 왕을 잃고 정한에서 나온 뒤로 줄곧 꿔 왔던 꿈이다. 얼마나 진짜 같은지, 일어나면 목덜미는 식은땀으로 흥건했다. 어쩔 때는 울고 있었다.

"그런데 발작처럼 그러는 줄은 몰랐어."

어쩐지, 자고 일어나면 평소보다도 몸이 아프더라, 하하하하.

사내는 쑥스러운 표정으로 머리를 긁적였다. 미드렌은 멍청하게 웃는 리올을 파묻고 싶은 표정이었다. 리올은 애써 그 눈길을 피하며 기쁜 표정으로 웃어 보였다.

"그보다 자고 일어났는데도 정신이 유지되네?"

"별로 자지도 않았어. 눈 밑에 그림자 봐. 더 진해진 것 같다."

"그래도 자고 나서도 제정신인 건 오랜만이야."

리올은 그게 기뻐 싱글싱글 웃었다. '이렇게 개운한 게 얼마만이지? 하고 두 팔을 벌려 쭉 기지개를 편다.

미드렌은 혀를 차고 고개를 돌렸다.

"어떻게 깨웠어?"

리올은 얼얼한 뺨을 몇 번 쓸었다. 볼거리 하는 아이들처럼 빵빵하게 부어올라 있지만 괜찮다. 이렇게라도 맞아서 정신이 유지된다면 몇천 번이라도 맞아 줄 용의가 있었다.

미드렌은 대답 대신 다른 이야기를 끄집어냈다. 왕이 왔다는 소리를 해서 깨웠다는 소리는 차마 내뱉지 못했다.

"왜 문을 못 여는데?"

"응?"

"꿈에서 보는 문, 왜 못 여는데?"

리올은 잠시 말을 못했다. 그러다 곧 한참을 생각하더니 스스로도
의아한 목소리를 끄집어냈다.

"그러게. 왜 그럴까?"

"……이젠 너무 한심해서 말이 안 나온다."

미드렌은 책상 뒤 상자에서 다른 상의를 꺼내 입었다. 벗어 던진 상
의와 똑같은 옷이라 갈아입어도 갈아입은 것 같지가 않다. 미드렌은
옷을 갈아입은 뒤에 깨끗한 천 하나를 다시 꺼내 라야에게 물었다.

"너도 닦을래?"

"괜찮습니다."

땀으로 목욕한 미드렌과 달리 단정한 모습의 라야가 짧게 거절했
다. 미드렌은 고개를 갸웃거렸다.

"땀 안 나?"

"안 났습니다."

"……다리가 훨씬 버거웠을 텐데?"

들썩이며 경련하는 어깨 쪽보다는 평생을 모든 체중을 싣고 걷고
뛰어다니는 다리가 더 버거운 것은 말할 것도 없다. 미드렌은 상체를
짓누르는데도 진땀을 빼고 두 팔이 후들거렸다.

"힘들지 않았습니다."

라야는 간결하게 말했다. 땀 한 방울 나지 않았기 때문에 전과 같
은 모습이었다. 미드렌은 묘한 얼굴을 했다.

"젊어서 그런 갑다."

젊은 얼굴의 리올이 노인네 같은 말투로 말했다. 미드렌은 기가 찼다.

"한가한 소리 좀 하지 마. 뇌가 멍청하다 못해 이젠 글러 먹었어?"

쏘아 대는 말투에도 리올은 이제 그러려니 하는 표정으로 웃고만 있었다. 자고 일어나도 정신이 온전한 것이 말도 못하게 기쁜 것처럼 보였다.

미드렌은 의자에 다시 앉아 한숨을 푹 쉬었다.

"꿈 이야기 다시 해 봐."

"왜? 그냥 꿈 아냐?"

리올은 천진하게 물었다. 그럴 때마다 미드렌의 한숨 횟수가 늘어나고 이마에 핏줄이 불거졌다. 라야는 아기에와 자신의 모습을 보는 것 같았다. 진곡에서 딱 저랬지. 시종일관 투탁거리는 재미에 시간 가는 줄을 몰랐다.

"기억 안 나? 왕이 사라지기 전까지 있었던 게 너잖아."

"……."

리올이 점점 하얗게 질렸다. 미드렌의 미간이 인정사정없이 찌푸려졌다.

"정말 기억 못했군."

순식간에 하얗게 질려 가는 리올은 귀신같아 보였다. 그의 손이 불안하게 떨렸다. 탁한 회색 눈동자는 동공이 없는 것처럼 뿌옇게 변했다.

"내가…… 함께 있었어?"

"그래."

미드렌은 담담히 대꾸하며 그날의 상황을 읊었다.

"나는 궁에 급한 환자가 생겼다고 해서 보러 갔지. 기억해 봐. 어린 궁녀였잖아. 궁의 노비 중 하나가 열이 나서 밤새도록 앓았는데, 아직까지 열이 내리지 않았다고 질질 짜면서 말했었잖아. 지체 높으신 궁의님께서는 노비 따위는 시료施療[7]해 주시지 않으시니 나한테 올 수밖에 없다고. 그 어린 궁녀를 본 왕께서 마음이 약해지셔서 내 등을 떠밀었지."

―미드렌, 도와주면 안 돼?

"어인 분부라고 거절할까. 나는 어린 궁녀를 따라나섰고, 왕은 너와 남았었어. 둘째 왕자님께서는 친구들과 사냥을 간 후였고. 너와 왕 둘만이 그곳에 남아 있었어. 우리들에게 지급된 방 말이야."

"……."

리올은 기억이 나지 않는 얼굴이었다. 미드렌은 마저 말했다.

"그리고 사라졌지. 돌아와 보니 너도 없고 왕도 없었어. 궁을 뒤지고 나서야 너를 찾았지만 너는 이미 제정신이 아니었어. 나를 보고 누구냐고 물었으니까."

어린 시절, 사춘기 시절, 청년 시절을 모두 함께 보낸 친우가 누구냐고 물어 왔다.

그 참담한 심정을 알까.

"군위였던 네가 그렇게 된 걸 보고 바로 왕께 무슨 일이 있는 걸 알

---

7) 무료로 치료해 줌.

았지. 찾아봤는데도 없길래, 정한 왕께 가서 사정을 말씀드리고 도움을 구했어. 바로 수색령이 떨어졌고 정한을 뒤졌어. 약혼자인 둘째 왕자에게도 알려야 해서 사냥을 간 곳으로 부랴부랴 전령을 보냈는데, 그 둘째 왕자께서도 동시에 행방불명되었지."

"……."

정한은 발칵 뒤집혔다.

미드렌은 정신이 이상해진 리올을 방에 쑤셔 넣고 백방으로 왕을 찾으러 다녔다. 해가 지고 밤이 되고, 어둠으로 뒤덮여도 왕은 보이지 않았다. 정한의 국민들도 동참했다. 나라의 모두가 찾았다고 해도 과언이 아니었다.

그런데도 왕은 없었다. 어둠으로 아무것도 보이지 않게 되서야 수색은 강제로 끝났다. 미드렌은 지친 몸을 끌고 리올에게로 돌아갔다. 머릿속엔 리올을 추궁할 생각으로 정신이 없었다. 왕은 어디 갔지? 왕은 어디 있어! 네가 곁에 있었잖아! 뭘 했던 거야! 끊임없이 그 물음만이 돌아다녔다. 평소보다 냉정을 잃고 있었다. 피도 눈물도 없다고 불렸던 미드렌이라고 해도 왕이 사라진 순간에는 이성을 유지할 수가 없었다.

리올을 처넣은 방문을 연 순간, 실낱같은 이성마저도 사라져 버렸다. 리올이 방바닥을 구르며 컥컥거리고 있었다. 목에는 누가 조른 흔적이 있었고, 창문은 열린 채로 흔들리고 있었다.

미드렌의 기척을 느끼고 누군가가 도망간 것이다.

"그래서 널 정한에서 내보냈어. 아무도 모르게, 아주 몰래. 누가 그런 짓을 했는지 알 수가 없었으니까. 로사우가 의심되긴 했었지만 왕이 없어진 판국에 정신이 팔려 너까지 죽을 수도 있다는 걸 알았으니까."

리올은 탁한 눈으로 듣고만 있었다.

"기억이 안 나."

"그런 것처럼 보여."

미드렌은 쓰게 웃었다. 듣고 있던 라야가 조심스럽게 입을 열었다.

"그때 교활 왕은 뭐하고 계셨습니까?"

"로사우? 근신 중이었지."

"근신이요?"

"정한 왕은 첫째 아들인 로사우에게 자주 역정을 냈어. 제 마음에 차지 않으니 뭐 하나 곱게 보인 게 없었겠지. 군석을 박고 태어나서 더더욱. 그래서 정한 왕은 로사우에게 자주 신경질을 부렸어. 아주 별거 아닌 일에도 탐탁지 않아 했지. '방 안에 들어가서 일주일간은 나오지 마라!' 이러면 근신이 확정되는 거야. 그럼 로사우는 꼼짝없이 방 안에 일주일 동안 있었어. 방문을 지키는 사람도 없었는데 철석같이 지켰지."

"그럼 그때도 근신 중이었습니까?"

"그래, 방 밖으로 나오지 않았어. 그래도 상황이 상황인 만큼 나와서 상황을 보고 참여하는 게 좋지 않느냐고 했거든. 성격이 아무리 내성적이라고 해도 군석을 가진 왕자니까, 제 동생과 약혼녀가 사라진 일은 걱정될 테니 참여시키라고. 그랬더니 정한 왕이 벌컥 화를 냈었지."

리올도 어느새 귀를 쫑긋 세우며 듣고 있었다.

"왜 화를 내셨어?"

"몰라. '그놈 이야기는 꺼내지도 마시오! 그 녀석은 이런 곳에 오지 않아도 돼! 평생 그곳에 처박혀 살라지! 평생 못 나오게 하겠다! 라고 했던가? 이건 좀 기억이 가물가물해. 하지만 거의 저런 뜻으로 말했지. 평소에도 로사우에게 자주 역정을 냈지만 그렇게 화난 모습은 나도 처음 봤었어. 근신하라고 명령을 내린 걸 기억한 것을 보면 보통화가 난 게 아니었을 테지."

라야가 의아해서 물었다.

"근신하라고 명령 내린 걸 기억하다는 것은 무슨 뜻입니까. 평소에는 기억을 못하신단 말씀이십니까?"

"아아, 그거."

미드렌은 픽 웃었다.

"로사우의 불쌍한 점이 그거였지. 정한 왕의 역정은 거의 습관이었어. 습관이 뭔지는 알지? 몸이 알아서 하는 거 말이야. 정한 왕은 거의 매번을 습관처럼 화를 내고 습관처럼 근신시켰지. 매번 그래 왔으니까 화가 나면 저절로 튀어나오는 게 '보기 싫으니 방에서 나오지 마라! 였어. 생각하지도 않고 툭툭 뱉었지. 그래서 가끔 자신이 근신시켰는지도 몰랐어. 습관처럼 내뱉었으니까. 하여튼 로사우는 동생과 왕께서 행방불명이 된 그날 방에 갇혀 가만히 있을 수밖에 없었다는 거야. 물론 지키는 사람은 없었지. 모든 사람이 왕자와 왕을 찾는데 혈안이 되었으니까."

미드렌은 의미심장한 말로 마무리를 지었다.

리올은 그 당시의 이야기를 듣고 혼란스러워 했다. 왜 기억을 못했지? 왜 단 한 번도 왕이 사라진 순간을 떠올리지 못했지? 내가 곁을 지키고 있었어? 그럼 그 문은 뭐지?

리올은 꿈속의 문을 떠올렸다. 커다란 문은 성인 남성의 키를 훌쩍 넘겼다. 금과 철을 섞어 만든 손잡이도, 문양도 모두 정한의 것이었지만 어느 방의 문인지는 알 수가 없었다.

그 문 앞에서 리올은 가만히 있었다. 들어가야 하는데 움직일 수가 없다. 식은땀이 흐르고, 심장이 쿵쾅거리고. 이성과 본능은 빨리 들어가라고 아우성치는데 몸은 꼼짝도 하지 않았다. 발이 돌처럼 굳은 것처럼 무겁게 느껴졌다.

리올은 혼잣말처럼 중얼거렸다.

"그 문 안에 왕께서 계셨을까?"

"거의 확실해."

미드렌은 단정 지었다. 라야도 알 것 같았다, 그것이 어떤 상황인지. 모르는 사람은 리올뿐이었다. 리올의 시선이 돌아갔다. 시선에는 물음표가 가득했다.

미드렌은 혀를 쯧 차고 다시 침대를 가리켰다.

"수면 가루를 줄 테니 먹고 푹 자."

"또?"

리올이 항의했다. 미드렌은 무시하고 약초를 모아 둔 선반을 뒤져 수면 가루를 꺼냈다.

"꿈도 꾸지 못할 정도로 푹 자도록 해. 그거 좀 잔 걸로 네놈 피곤이 풀렸을 것 같진 않아. 더 자고 내일 이야기해."

리올은 어쩔 수 없이 수면 가루를 먹었다. 가루는 금세 효과를 발휘했다. 꾸벅꾸벅 조는 리올을 침대로 보내고, 미드렌은 머리를 쥐어싸맸다.

2.

진료소 밖은 완전히 어둠으로 물들었다. 라야가 올 땐 있던 길거리의 사람들도 어느새 종적을 감췄다. 나무에 매달아 놓은 등불도 조금씩 꺼져 갔고, 어둠이 내려앉았다.

"눈치챘지? 리올에겐 아무 말도 하지 마."

집 밖으로 나와 문을 닫고, 그 문에 기댄 미드렌이 한숨과 섞어 말했다. 라야는 미드렌과 나란히 서서 진료소의 벽에 기대어 있었다. 하늘에 떠 있는 별들이 흐릿하게 빛났다. 달은 그 별들을 다스리는 왕처럼 중심에 떠서 환하게 빛나고 있었다.

라야는 별을 눈에 담으며 말했다.

"문 앞에서 몸이 움직이지 않는 이유 말입니까?"

"그래."

착잡하다. 미드렌은 주머니에 손을 넣고 라야와 마찬가지로 밤하늘을 응시했다.

"왕께선 '내가 부르기 전엔 들어오지 마' 라는 식으로 말했을 거야."

그럼 모든 상황이 설명이 된다.

왕의 명령을 받은 군위는 그 명령을 그대로 따를 수밖에 없다.

계약은 그런 계약이었다. 왕과 왕의 명령이 가장 소중한.

왕께 들어오지 말라는 명령을 받은 군위는 그 명령이 철회되기 전까진 들어갈 수가 없다. 방 안에서 왕의 비명이 들린다고 해도 명령을 받은 군위의 몸은 움직일 수가 없다. 군위가 움직이기 위해선 왕이 '들어와' 라고 명령해야 한다.

리올이 문을 열고 들어가야 한다고 생각한 것은 방 안의 왕께 무슨 일이 생겼기 때문일 것이다. 비명이 들렸거나 소란스러운 소리가 들렸겠지. 그래서 리올은 문을 열고 들어가야 한다고 계속해서 몸부림치는 것이다. 명령으로 묶인 몸뚱이로.

그건 즉, 왕이 죽는 순간 리올은 바깥에 있었다는 소리가 된다.

미드렌은 답답한 마음에 다시 한숨을 쉬었다. 한숨이 밤하늘로 올라간다.

"피곤하십니까?"

라야가 넌지시 물어 왔다. 미드렌은 그제야 자신이 피곤하다는 것을 깨달았다.

"그래, 맞아. 피곤해."

왕을 잃은 지 백 년이다.

아득할 만큼 오래된 기억이다. 지금에 와서 그 기억이 들쑤셔지니 기분이 좋지 않았다. 제정신이 아니던 친구도 일찌감치 굶어 죽었거나 짐승 밥이 되었다고 생각했다. 행방불명이라는 말을 대신 쓰고 있긴 하지만 왕께서 이미 돌아가셨다는 것도 느끼고 받아들였다.

그렇게 겨우 살고 있었다.

"……나는 왕을 찾는 걸 오래전에 포기했어."

미드렌은 자조 어린 목소리로 읊조렸다.

눈을 감으면 여전히 어린 시절이 떠오른다. 어린 시절만큼 아름다운 것은 없었다. 그렇게 소중했던 것도 없었다. 활짝 웃는 우리들의 여왕, 착하기만 한 친구. 미드렌은 그 속에 자신이 끼어 있다는 것이 행운이라고 생각한다.

하지만 백 년이란 시간이 흘렀다.

그 행운도, 추억도, 원한도, 분노도 전부 빛이 바랬다. 알록달록했던 추억들의 장면이 회색으로 변했다. 배가 고프면 먹고, 일할 시간이 되면 일했다. 그랬더니 어느 순간부터 어떻게든 살아가고 있었다.

미드렌은 자신의 손등을 내려다보았다. 주름이 자글자글한 중년 남자의 몸뚱이었다. 몸은 예전만큼 가볍지 않았고, 넘어지는 것도, 뛰는 것도 조심해야 할 나이에 가까워졌다.

"늙지 않는 사람들은 '왕의 은혜'를 받았다고 말하지."

"네."

"나도 한땐 왕의 은혜를 받은 사람들 중 하나였어. 그런데 지금은 이렇게나 늙어 버렸지."

미드렌은 이마를 가리켰다. 가로로 나 있는 주름이 이마를 지나고 있었다. 리올과 동갑인데 미드렌은 늙어 버렸다. 주름이 지고, 예전보다도 움직이는 것이 힘들어졌다.

그래서 리올을 빨리 알아보지 못했다. 죽었다고 생각했었고, 살아 있으면 자신처럼 늙은 모습이라고 여겼었다.

"젊음을 유지할 수 있는 왕들 중 가끔씩 늙은 왕들이 생기지. 왕의 은혜를 받은 사람들 중에서도 늙어 가기 시작하는 사람들이 나와. 그건 왜 그러는지 알아?"

대부분의 왕들은 군석을 각성하면 스무 살 때부터 늙지 않는다. 젊은 모습으로 백 년, 이백 년, 삼백 년을 살아가는 왕도 있다. 왕이 아끼는 사람들도 그런 왕의 영향을 받아 늙지 않는다. 부모나 형제, 군위나 무척 가까운 친구들이 그랬다. 그 늙지 않는 범위가 어디까지인지는 아직 모르나, 왕과 절친한 자들만이 늙지 않는다는 것은 확실했다.

미드렌도 이십 대에 멈춰 늙지 않았다. 늙기 시작한 것은 사라진 왕을 찾아 헤매는 것을 포기한 직후부터였다.

"모릅니다."

라야는 솔직하게 대답했다. 미드렌은 희미하게 웃었다.

"지쳤기 때문이야."

간결한 대답이 바람을 타고 전해졌다.

"사는 게 지쳐서 더 이상 살고 싶지 않으면 다시 늙기 시작하는 것
같아."

"……정말입니까?"

"내가 겪었으니까."

왕을 잃고 친우를 잃었다. 포기하지 않고 정한을 뒤지고 다녔다.
머리카락 한 올이라도 찾고자 끝없이 뒤지고, 왕을 수소문하고, 로사
우가 진왕이 되는 것을 보아 왔다. 그렇게 시간이 흐르면서 행방불명
된 자신들의 왕을 사람들이 잊어 가는 것 또한 지켜보아 왔다.

미드렌은 지쳤다.

지쳐서 더 이상은 무리라고 생각했다.

노화는 그 순간 시작되었다.

"아마 그런 걸 거야. 사람들 중에 동갑인데도 더 늙어 보이고 더 젊
어 보이는 사람이 있지?"

"네."

"더 늙어 보이는 사람의 이야기를 들어 보면 대부분이 고생을 하고
산 사람들이야. 그런데 젊어 보이는 사람은 긍정적이고 활달하게 인생
을 살아온 사람들이 대부분이고. 바로 그 차이인 것 같아. 왕과 왕의 주
변인이 갑자기 늙는 이유도, 마음고생 때문에 늙는 것과 같은……. 내
가 말하고도 무슨 말을 하는지 모르겠네. 하여튼 지쳐서 살고 싶은 마

음이 안 들 때 왕도, 왕의 은혜를 받은 사람도 늙는 것 같아."

라야는 진지하게 고개를 끄덕였다.

"말이 안 되는 것 같으면서도 말이 되는 것 같습니다."

"……두고 봐라. 학자들이 뒷받침할 만한 자료와 증거를 찾으면 바로 발표할 테니."

미드렌은 씹어 먹듯이 내뱉더니 자신의 가설이 맞다고 우겼다.

라야는 그 툭툭거리는 소리를 들으며 다시 밤하늘 쪽으로 시선을 옮겼다.

묘한 밤이다.

리올과 라야는 조금은 같은 입장이었다. 왕을 찾아 헤매는 것이 똑같고, 똑같은 나라에서 왕을 찾고 있었다.

그리고 미드렌과 리올.

한 명은 포기했고, 또 다른 한 명은 정신이 오락가락하여 왕을 쉽게 잊었다가 떠올리기를 반복했다. 저 모든 것이 백 년이란 시간이 해낸 일이었다.

라야도 정한에서 머물며, 아기에를 찾아야 한다.

앞으로 그 시간이 얼마나 걸릴지 모른다. 저들처럼 백 년이 될 수도 있다. 아기에의 흔적을 하나도 찾지 못하고, 수많은 시간을 흘려보낼지도 모른다.

그렇게 생각하자 열여섯 소년은 조금 무서워졌다.

아버지에게 학대당하는 아들을 그 누구도 알지 못하게 될까 봐 무서웠다.

제 12 장

이유(현재)

제 12 장
이유(현재)

1.

아기에의 예상대로 교활은 삼 일 밤이 되는 날, 다시 찾아왔다.

자물쇠 다섯 개가 열리는 소리가 나고, 육중한 철문이 구구궁 소리를 내며 열린다.

문틈으로 보랏빛 군석이 보였다. 실타래 같은 머리카락은 허벅지를 넘어서 종아리쯤에서 흔들린다. 어김없이 새하얀 옷을 입었다. 순백의 색은 깔끔하고 청량하니, 그것으로 조금이라도 죄를 가리고자 그는 꼬박꼬박 흰색 옷을 챙겨 입었다. 그의 뒤는 여전히 소란과 고호가 지켰다. 각자의 허리에 검을 차고 왕의 등 뒤를 맡아 단 하나의 허점도 용납하지 않았다.

아기에는 발소리가 들렸을 때부터 웃고 있었다.

진해진 웃음은 가면이었다. 송곳으로 찔러도 구멍 하나 나지 않을 단단한 가면이었다. 손끝부터 발끝까지 모든 것이 꾸며지고 만들어졌다. 눈빛도, 앉아 있는 자세도 전부 바뀌었다.

"어서 와, 아버지."

슬슬 올 때라고 생각했어.

아기에가 웃으면서 반기자 교활은 못마땅한 표정을 지었다. 지하실에 소란이 들어오자마자 문이 닫힌다. 문밖에서는 고호가 산처럼 버티고 서서 지킨다.

교활은 촛불 하나로 밝혀진 지하실을 꺼림칙한 표정으로 훑어보고, 그 속에서 웃고 있는 제 아들을 더 꺼림칙한 표정으로 응시했다.

어둠 속에서 아기에는 웃고 있었다.

"나라 운영은 잘되어 가?"

초반은 우선 가볍게 시작한다. 사과 껍질을 벗기듯이 살살 깎아 나간 후에 껍질을 다 벗긴 사과를 콱!반 토막 내는 것이 목표였다.

아기에는 침대에 널브러져 있는 이불을 외투처럼 어깨 위로 걸쳤다. 전장에서 장군들이 걸치는 가죽 외투처럼 보여야 했다. 밝은 곳에서 보면 볼품없어 보이겠지만 어둠 속에서는 꽤 그럴듯하게 보인다. 아니, 볼품없어도 괜찮다. 아기에는 이 이불로 자신을 그럴듯하게 내보일 자신이 있었다.

"물어볼 필요도 없나? 뭐, 잘되고 있겠지. 미움 받을까 무서워 나라 운영도 악착같이 할 테니."

교활은 그 자리에 서서 입술을 씹었다. 바깥에 나가면 훌륭하고 자애로운 왕처럼 행동할 수 있지만, 이곳에만 들어서면 그의 심장은 불안으로 충동질 쳤다.

"참, 인사해야지?"

아기에는 눈짓으로 기해를 가리켰다. 지하실 구석 한쪽, 촛불 빛도 들어오지 않는 구석에 기해가 음울한 얼굴로 웅크리고 있었다. 동생을 잃은 직후부터 저 지경이다. 밥을 먹지도 잠을 자지도 않았다.

교활은 기해를 발견하고 깜짝 놀라 물러섰다. 저런 곳에 있을 줄은 모르고 있었다. 미리 알고 있던 소란이 뒤로 물러선 왕을 보호하듯 받쳐 준다.

"네가 죽이라고 처넣은 아이들 중 마지막 생존자야. 가엾잖아. 위로의 말이라도 건네줘. 지금 막 여동생을 잃은 터라 식음을 전폐하고 슬퍼하고 있거든."

기해는 음울한 얼굴을 느릿하게 들어 올렸다. 교활도 고개를 돌려 기해를 응시했다.

여동생을 잃은 소년은 그제야 눈앞의 진왕이 자신과 여동생을 이곳으로 밀어 넣은 장본인이란 걸 알았다. 새하얀 옷을 입고, 새하얀 신발에, 금빛 머리칼을 가진 왕이 시야에 들어왔다. 너덜너덜한 옷을 입고 몇 년 동안 씻지 못해 더러운 몸뚱이를 가진 기해와는 비교도 할 수 없을 정도로 깔끔하다.

"어차피 사형수지 않느냐."

목소리는 자애로웠다. 하지만 말투와 표정은 달랐다. 교활은 혐오스럽다는 듯이 기해를 흘겨보곤 눈을 돌렸다. 벌레를 보는 듯한 눈빛에 기해의 가슴속이 쩍 갈라졌다. 쩍 갈라진 가슴속에서 사람 눈에는 보이지 않는 수많은 벌레들이 우글우글 튀어나와 기해를 덮었다.

아기에는 피식 웃었다.

"맞아, 사형수지. 그래도 죄를 지어 죗값을 치르는 식으로 죽는 것과 이런 곳으로 뭣도 모르고 끌려와 쥐도 새도 모르게 죽는 것과는 달라. 그 차이를 모르진 않잖아? 사형수는 죽으면 그 시신을 수습해 주는 사람이라도 있지, 저 아이의 누이는 어떻지? 어디서 죽었어? 내가 보기엔 그 네 명의 아이들, 평생 아무도 오지 않는 곳에서 썩어 나가겠지. 불쌍하기도 해라. 어려서 죽었는데 죽어서까지 그 꼴이라니."

아기에는 슬퍼 보이는 표정으로 비꼬았다.

교활의 표정은 여전히 변함없었다. 대신 기해의 표정이 죽어 나갔다.

기해는 파리한 얼굴로 쩍 갈라진 가슴 부분을 긁었다. 벌레다. 벌레가 온몸 위를 기어 다녔다. 잡아야 돼. 기해는 멍한 얼굴로 손을 놀렸다. 아무 생각 없이 벌레를 잡는 데만 신경이 쏠렸다. 눈동자가 넋을 잃은 것처럼 탁해졌다. 옷 위로 긁혀진 살갗이 붉은 피를 내보였다.

"꽤 감상적이 되었구나."

그사이 교활이 아기에에게 다가섰다. 침대에 앉아 있는 아기에가 아버지를 올려다봤다.

"그런 건 전혀 신경을 쓰지도 않아 보이더니."

"맞아. 신경 안 써. 하지만 너는 아니지."

아들에게 너— 라고 불린 교활의 뺨이 희미하게 떨렸다.

"미치도록 신경 쓰이겠지. 사형수라고 해도 애들 목숨 다섯을 가지고 장난을 쳐 댔으니 당연히 무섭겠지. 들키면 그날로 끝일 테니까."

불안함을 심어 주기 위해 아기에는 부러 상체를 흔들며 키득키득 웃었다. 어깨에 걸쳐진 이불이 외투처럼 흔들린다. 아기에는 그 외투에 부러진 팔을 넣고 가렸다. 약자처럼 보이면 안 된다.

"누구한테 들키면 안 되는 걸까."

알면서도 모르는 것처럼 운을 띄웠다. 눈알을 굴려 흘끗 보자 예상대로 교활이 입술을 깨물며 평정을 유지하기 위해 애쓰고 있었다.

됐다.

"기해야, 내가 복수할 수 있는 방법을 알려 줄까?"

이젠 진도를 더 밟아야 할 시간이었다. 아기에는 기해가 있는 쪽은 쳐다도 보지 않으면서 기해에게 말을 거는 척했다. 기해도 답하지 않았다. 그는 멍하니 피부 위를 돌아다니는 벌레를 잡고 있었다.

"네가 겪은 일을 딱 한사람에게만 말하면 돼. 정한 왕인 교활이 너에게 무슨 짓을 했는지, 딱 한사람에게만 고자질하면 복수는 완성되는 거야."

교활의 숨이 조금씩 빨라졌다. 눈동자가 불안하게 흔들리고, 군석의 빛도 어두워졌다.

"한 여성이야. 소녀처럼 아름답고 그 누구보다 올곧지. 정의롭고 또 정의로워서 불의를 참지 못해. 잘못된 것은 앞장서서 고쳐 나가고 그 누구보다도 바른 여성이야. 털털하고 씩씩해서 사랑도 많이 받지. 무려 진왕 교활의 사랑까지 독차지했으니, 그 사랑스러움이 얼마나 대단한지 짐작이 가? 응? 이름은 뭐냐고?"

묻는 사람은 없었다. 아기에 혼자 북 치고 장구 치고 떠들어 댔다. 불안에 떠는 황금빛 눈동자를 보면서 아기에는 미소 지었다.

"루가얀."

방황하던 눈동자가 사모하는 이의 이름을 듣자마자 크게 벌어졌다. 아기에는 웃음을 목 안으로 삼켰다. 이름 하나로 저 꼴이라니.

"루가얀이란 이름은 정한의 왕비이자 내 어머니의 것이야."

기해에게 말하는 것도 아니면서 기해에게 말하는 것처럼 말하며, 아기에는 교활을 들쑤셨다.

"우리의 위대하신 진왕 교활 님께서는 나의 어머님을 아내로 맞기 위해 안 해 본 것이 없다지? 어머니를 만난 그 다음 날부터 갖춰 본 적 없는 옷도 갖춰 입어 보고, 주렁주렁 기르기만 하던 머리칼을 다듬고, 손톱을 다듬고 부지런히 바깥 행차를 하셨다지. 그전에는 궁에서 한 발자국도 나가지 않는 음침하고 용기 없는 소년이었는데, 한 소녀에게 반해서 그렇게까지 하다니. 사람이 달라지기 쉽지 않은데 정말 대단한 발전이지 뭐야."

아기에는 비웃음을 적나라하게 내보였다.

"나라를 다스릴 마음이 없었으면서 맡아 다스리기 시작한 것도. 관리들 앞에 나서기도 싫어하던 사람이 당당하게 나서기 시작한 것도. 사람과 부딪히기 싫어하던 사람이 사람과 부딪히면서 법을 움직이기 시작한 것도. 전부 나의 어머니에게 잘 보이기 위해서였다면, 믿어져?"

교활은 파리한 얼굴로 듣고만 있었다. 자애와 고결한 가면을 뒤집어썼던 것이 부서졌다. 그는 루가얀의 이야기를 꺼낸 아기에를 철천지원수를 보는 듯 노려봤다.

"그러니 이 모든 것을 루가얀, 내 어머니께 일러바쳐 봐. 그럼 나의 정의로운 어머니께서는……."

말이 끝나기도 전에 목이 돌아갔다. 큰 소리가 났다. 아기에는 주륵 흘러내린 피를 손등으로 닦았다. 뒤이어 멱살이 잡히고, 그대로 끌어 올려졌다. 아픈 곳을 가리기 위해 외투처럼 걸쳤던 이불이 바닥에 툭 떨어졌다.

"오늘따라 네가 더…… 미쳐 있구나."

멱살을 잡고 아들을 일으킨 교활이 씹어 먹듯이 내뱉었다. 그릉그릉, 짐승이 우는 소리처럼 들린다.

아기에는 싱긋 웃었다. 뺨이 금세 빨갛게 부어올랐다. 멱살이 잡힌 탓에 갈비뼈도 욱신거린다.

사과를 베어 물어야 할 때가 왔다.

"네가 그렇게 만들었잖아."

소문을 냈다.

첫째 왕자의 행방을 궁금해 하지 않도록 교활은 첫째 아들이 미쳐서 요양을 보냈다고 소문을 냈다. 첫째 왕자인 아기에는 순식간에 정신병을 가진 사람이 됐다.

그 소문은 위력이 커서 아기에가 무슨 말을 해도 '미쳐서 저렇다'라는 말 한마디면 모두 수습이 됐다. 정신병에 걸린 아기에의 말은 모두 망상이고, 거짓이고, 허망한 것들이 되었다. 아버지가 때린다고 소리쳐도, 요양을 가지 않았다고 해도, 진왕이 사람을 죽이고 있다고 해도 정신병에 걸린 왕자의 말을 믿어 주는 자가 없다.

"나는 정상인데 네가 날 미쳐 있는 걸로 만들었지. 사람들이 다 날 미쳤다고 생각하니, 나 스스로도 내가 미친 줄로만 알았지. 그래, 탑에서 어머니가 떨어지기 전까진."

그때의 이야기가 나오자 교활의 얼굴이 야차처럼 일그러졌다. 아기에는 웃음을 거두고 진지한 어조로 속삭였다.

"여덟 살 때 내 군석이 열리고 모두가 축제 분위기에 빠졌을 때, 너는 자고 있던 나를 깨워 나를 끌고 탑으로 갔지. 그 탑에 나를 집어넣고 못 나오게 했어. 내보내 달라고, 열어 달라고 외치는 나와 사람들

을 향해 너는 뭐라고 했지?'

─첫째 왕자에게 정신병이 든 것 같다.

"그 몇 마디 말이 내 운명을 결정했지."

─몽유병도 있는 것 같구나. 자면서 짐에게 칼을 휘둘렀다.

얼마나 비참하고 슬픈 목소리로 말하는지 어린 시절의 아기에는 스스로가 몽유병에 걸렸다고 착각할 수밖에 없었다. 진짜로 칼을 들고 아버지를 해쳤나 싶어, 스스로가 무서워서 제대로 잠을 잘 수조차 없었다.

하지만 뭔가 이상하다는 것을 느꼈다.

아버지는 아들을 꽁꽁 가둬 놓고 의원을 부르지 않았다. 어머니 루가얀이 찾아와 어찌 된 일인지, 아기에를 봐야겠다고 말하면 교활은 위험하다고 말렸다. 자신을 해치려고 했으니 루가얀마저 해칠지 모른다고 말했다. 바보 같게도 어린 시절의 아기에는 그 말을 철석같이 믿고 어머니를 만나려 하지 않았다.

그렇게 하루가 지나고, 이틀이 지났다. 그쯤 되니 어린 나이라고 해도 의구심이 들었다. 평소와 다를 바가 없다. 시중을 드는 궁인들에게 물어도 별다른 정신병 증상은 없었다. 자신의 정신이 흐려지는 경우도 없고, 눈을 떠 보니 시간이 부쩍 흘러간 경우도 없었다. 몽유병이라 했는데 꿈을 꾸는 경우도 없었고, 자다가 일어나 돌아다녔다는 소리도 들어 보지 못했다.

아기에는 이상했다. 그 이상함을 문밖에 온 어머니께 말했다.

─어머니, 이상해요. 제가 정말 정신병에 걸린 건가요? 전 여느 날과 다를 바가 없어요. 잠을 자다가 낯선 곳에서 눈을 뜨지도 않고 걸어 다니지도 않아요. 전 평소와 같은데, 뭐가 다른지 모르겠어요.

한 달이나 지난 뒤였다. 아들의 훌쩍임에 모성이 강한 루가얀은 이성을 잃고 길길이 날뛰었다. 그녀는 관리의 여식이 아니었다. 고아로 자라 뒷골목을 휘어잡고 살아온 여장부였던 루가얀이었다. 그는 남편인 교활에게로 뛰어가 휘몰아치듯이 쏘아붙였다.

─아기에를 내보내 주세요.

─불가하오.

─아기에가 정말로 아프면 제가 보살피겠습니다.

─위험하오.

─주위에 무관들을 여럿 두고 보살피면 됩니다. 아직 어린아이가 아닙니까. 열 살이 채 못 된 아입니다.

─그래도 아니 되오.

─어째서 아니 됩니까?

─…….

─왜 아니 되옵니까?

─…….

뾰족한 대답 하나 없이 침묵하는 남편에게 아내는 불신을 품었다.

하지만 왕비의 권력이 진왕의 권력보다 높을 리가 없다. 교활은 아기에를 절대 바깥으로 내보내지 말라고 하였고, 루가얀과 만나는 것도 막아 버렸다.

결국 왕비는 주위를 모두 물리고, 치마를 찢고, 소매를 걷고 어린 시절 벽을 타던 것처럼 탑을 기어올랐다. 모두가 터져 나오는 비명을 삼켰다. 루가얀이 깜짝 놀라 탑에서 떨어질까 싶어 큰 소리를 내지 못하고 모두가 지켜보고만 있었다.

탑 속에 갇힌 아기에는 울고 있었다. 한 달 동안 바깥에 나가지 못해 우울증 같은 것이 왔다. 한 달 전엔 분명 자유롭고 멋대로 살아가고 있었다. 그런데 지금은 급변해서 방 안에 갇혀 오도 가도 못하고 있다. 가면 갈수록 무섭고 상황이 답답하여 아기에는 틈만 나면 울었다.

그때 높디높은 창밖에서 어머니의 목소리가 들렸다.

―아기에, 거기에 있니?

처음엔 환청인가 싶었다.

울고 있던 아기에는 고개를 들었다. 주위를 두리번거리며 소리가 나는 쪽을 찾았다.

―아기에, 울고 있니?

목소리는 또다시 들렸다. 아기에는 울음을 터트리며 소리가 나는 쪽을 찾았다. 어머니의 목소리다.

―어머니가 나가도록 도와줄게.

루가얀은 창밖에 매달려 있었다. 아이를 둘이나 낳고 오랜 세월을 살아온 어머니였지만 아기에를 발견하자마자 소녀처럼 웃었다.

아기에는 깜짝 놀랐다. 탑을 기어오를 사람이 있을 거라고는 생각지 못했다. 슬프면서도 무척 기뻐서 아기에는 한달음에 달려가 손을 뻗었다. 창밖에 보이는 어머니에게 닿고자 최대한 멀리 팔을 뻗었다.

그러나 미끄러지는 소리가 먼저였다. 창문에서 보이던 루가얀이 쑥 내려간다.

아기에가 창틀에 매달려 밑을 쳐다봤다. 여덟 살 아이의 눈에 밑으

308

로 곤두박질치고 있는 어머니의 모습이 눈에 들어왔다.

―곧 뭔가가 부서지는 소리가 들렸다.

"난 아직도 똑똑히 기억하는데, 너는 어때?"

그 당시 상황을 설명하는 아기에의 말에 교활은 하얗게 질려 있었다. 두 번 다시 떠올리고 싶지 않는 악몽 같은 기억들이다.

"넌 그 일을 빌미로 나를 이곳 지하실에 가뒀지."

아기에는 태양 빛조차 들지 않는 깊숙한 지하실에 처넣어졌다. 교활은 첫 번째 아이가 요양을 갔다고 둘러댔다. 점점 정신병이 심해진다고 변명이 따라왔다.

어머니가 떨어진 그 탑은 곧장 허물어졌다. 루가얀이 추락한 탑을 교활이 가만히 놔둘 리가 없었다.

그리고 그다음부터였다.

어머니를 볼 수 없었던 것이.

"내가 정신병이 아니란 걸 안 건 그때부터였어. 네가 이상한 말을 했더라고. '정신병을 가진 첫째 왕자가 어머니인 루가얀을 밀어 해했다' 라고. 참, 이상하지. 난 그런 적이 전혀 없는데 말이야."

정신병도, 몽유병도 아니었다.

미친 것은 교활이었다.

교활은 정말로 사랑하는 루가얀이 그렇게 된 것이 전부 아기에 탓이라고 여겼다.

가두기만 했던 그전과 달리 폭력이 시작된 것도 그때였다.

태양 빛도 바람도 파란 하늘도 보지 못하고, 어머니가 떨어진 광경을 고스란히 보았던 어린아이는 아버지의 폭력에 시달리기까지 했다.

"그런 내가 미치지 않았을 것 같아?"

성인 남성도 미쳤을 사건들이 연달아 일어났다. 올바른 사고를 가진 사람들도 일주일 동안 갇히면 미쳐 버릴 것 같은 곳에서 구 년을 갇혀 있었다. 아이는 어느 순간부터 울지 않게 되었다. 입가엔 미소가 사라지질 않았다.

"너에겐 예지력이 있나 봐. 어떻게 내가 미치는 걸 알고 어릴 때부터 소문을 냈을까."

교활은 숨을 몰아쉬었다.

그의 눈앞엔 피 웅덩이 속에 누워 있는 루가얀이 있었다.

아버지는 멱살을 잡은 아들을 그대로 밀쳤다. 아기에가 휘청 뒤로 물러서다 침대에 앉는다. 교활은 심장 부근을 움켜쥐고 숨을 들이켰다.

"더 이상…… 루가얀의 이름을 내뱉지 말거라."

"왜? 듣기만 해도 마음이 아파?"

능청스런 대답에 교활이 버럭 소리를 질렀다.

"널 만나려다 그곳에서 떨어졌다! 죄책감이 있으면 사죄하면서 이곳에 갇혀 평생 사죄하면서 살아!"

"지랄하지 마! 네가 날 가둬 놓으니까 떨어지신 거야!"

교활의 얼굴이 왈칵 구겨진다.

"네가 말도 안 되는 한심한 이유로 날 가둬 두지 않았더라면 어머니는 그 탑에 오르지도 않았어! 갇힌 아들을 보고 안도하여 손에 힘을 풀지도 않았고, 발도 헛디디지도 않았겠지! 자랑스러웠던 남편이 갑자기 돌변해서 자기 자식을 감금하고 있는데 정신 차릴 어머니가

이 세상에 어디 있지? 어머니를 그렇게 만든 건 너야!'

심장 부근을 움켜쥔 교활의 눈동자에 핏줄이 붉어졌다. 성인 남성의 손 치곤 새하얗기 짝이 없는 손에도 핏줄이 올라왔다.

"닥쳐!'

"가서 어머니한테 말해 봐! 왜 나를 가뒀는지, 너를 내가 너무 닮아서라고 말해 봐!'

"닥쳐!!'

"그럼 어머니가 궁금해 하겠지. 대체 무슨 짓을 했길래, 자기를 닮은 것이 무섭다고 할까!!'

교활의 손이 바들바들 떨렸다. 아기에는 시리게 웃었다.

"내가 말해 줄까?'

교활의 심장이 쿵— 소리를 내며 가라앉았다.

"아버지는 어머니와 결혼하기 위해서 친남동생을 죽이고, 그 약혼녀까지 목을 졸라 죽였다고."

교활이 비명을 지르며 물러섰다. 흰색의 옷을 입은 순백의 왕은 귀를 막고 비명을 질렀다. 소란이 기겁하여 왕께 뛰어가 교활을 부축했다.

"애지중지하던 둘째 아들을 잃고 슬픔에 빠진 아버지에게 남은 아들이었던 교활 왕이 시치미를 떼며 독을 먹였다고 말해 줄까? 그리고 정한에는 아들을 잃은 충격에 충격사 했다 소문을 냈다고?'

교활의 비명 소리가 커졌다.

소란이 부축한다. 소란이 교활을 진정시키기 위해 소리를 질러 보지만 교활에겐 들리지 않았다. 교활은 가슴속에 있는 죄책감에 몸서리치며 손톱으로 바닥을 긁었다.

아기에는 그 비명 소리보다 더 크게 외쳤다.

"한 여자와 결혼하기 위해 남동생을 죽이고! 그 약혼녀를 죽이고! 아버지마저 죽이고 왕좌를 차지했다니! 세상에! 얼마나 잘한 짓인지, 그 짓에 감복한 하늘에서 진명이 내려왔지! 교활! 교활! 위대한 진왕이라고! 세상 모두가 새로운 진왕 탄생의 축복에 건배!'

"고호!'

경기를 일으킬 지경까진 간 교활을 보며 소란이 고호를 불렀다. 문 앞을 지키던 고호가 문을 박차고 들어왔다. 바닥에 앉아 덜덜 떨고 있는 교활을 본 고호의 낯빛이 굳었다. 사나운 눈빛이 곧장 아기에게 꽂혔다.

아기에는 득의만만하게 웃었다. 교활의 군위는 저를 건드리지 못했다. 그들에겐 자신의 허락 없이는 아기에를 건들지 말라는 교활의 명이 내려져 있었다.

아기에는 천천히 숨을 골랐다.

"괴로워?'

아기에는 거만하고 오만한 표정을 짓고서 한 발 내딛었다.

"어머니가 고아라 결혼을 반대하는 아버지께 화가 나서 제 핏줄을 모두 죽이고 나서야 죄책감이 들었어? 화가 가라앉으니 자신이 지은 죄가 너무 끔찍해서 매일매일 악몽을 꾸나 보지? 그래서 밤중에 잠옷 차림으로 찾아오는 거겠지."

"……닥치거라."

씨근덕거리듯 교활이 내뱉었다. 그는 오심[8]이 치밀어 올랐다. 아기에의 말이 맞았다. 루가얀이 곁에 없는 지금 악몽이 더 심해졌다.

---

8) 가슴속이 불쾌하고 울렁거리며 구역질이 나면서도 토하지 못하고 신물이 올라오는 현상.

독을 먹고 피를 토하는 아버지도, 놀란 눈으로 보는 아우의 얼굴도, 목이 졸려 숨이 넘어가는 여인의 얼굴도 매일 밤 악몽처럼 다가왔다.

아기에는 여전히 노려보는 교활을 얼굴을 보며, 숨겨 뒀던 마지막 말을 꺼냈다.

"난 이걸 꼭 어머니께 말할 거야."

"……!"

교활의 눈이 희번득하게 빛났다. 자애로운 척, 상냥한 척 굴고 있던 눈동자가 처음으로 짐승처럼 빛났다.

"친남동생을 죽이고, 그 약혼녀마저 죽이고, 아버지를 죽여 옥좌를 탈환한 이유가 어머니와 결혼하기 위해서였다─ 라고 꼭꼭 말해 줄 거야."

비릿한 웃음이 입가에 퍼져 나갔다.

"우리 정의로운 어머니께서 아시면 혀를 깨물지언정 너와 계속 붙어 있을 리가 없지. 안 그래? 어머니는 너를 버리고 떠날 거야."

교활의 입에서 다시 비명이 터졌다. 그는 악몽을 꾼 어린애처럼 비명을 지르며 달려 나갔다.

그 뒤를 군위들이 쫓는다.

아기에는 그 모습을 보며 실컷 비웃었다.

3.

교활은 덜덜 떠는 걸음으로 지하실을 빠져나왔다.

그 뒤를 소란과 고호가 걱정스러운 표정으로 뒤따랐다.

밤바람을 헤치며 부지런히 걷던 왕은 궁 안 깊숙한 곳으로 향했다.

궁에는 반란을 대비한 여러 가지 장치가 되어 있다.

아기에가 갇힌 지하실도 그중에 하나였고, 다른 한곳은 숨겨진 듯
이 만들어진 정원이었다.

왕은 호위 무사를 단 한시도 떼어 놓고 살 수가 없다. 만약의 일을
대비하기 위해서다. 사고라도 일어나 왕이 절명하는 경우에는 나라
의 물이 말라 버릴 터이니 당연한 이유다.

하지만 그런 왕에게도 혼자 있고 싶은 때가 종종 있었다.

그런 때를 대비해 만들어진 것이 이 정원이었다. 궁의 건물로 사방
으로 가로막혀 있지만 천장만은 뻥 뚫린 정원이었다. 안에 위험 요소
가 될 만한 것은 하나도 없도록 만들어진 곳이다.

이 정원으로 가는 길은 정한의 왕족들만이 알고 있었다. 원래는 아
기에와 라기에도 알아야 하나, 교활은 제 손으로 아버지를 죽인 후
줄곧 자신과 군위들에게만 알려 주고 지내 왔다.

교활은 숨을 몰아쉬며 그 정원으로 들어갔다. 임금만이 들어갈
수 있는 정원에서 좀 더 들어가 군위를 떼어 놓고 홀림길[9]을 밟아
나갔다.

정원의 홀림길은 단순하지만 길었다. 길이 갈라진 곳이 여러 번 나
와 사람을 헷갈리게 만들었다. 그 갈라진 길을 한 번이라도 틀리면
전혀 다른 길로 나와 버리니 방심을 할 수도 없다.

교활은 기억하고 있는 대로 차례차례 길을 밟아 나갔다. 허리까지

---

9) 미로.

오던 수풀이 점점 짧아지고, 마침내 원하는 곳에 도착했다.

정원 한가운데에는 작은 연못이 만들어져 있다. 그 외에 여러 종류의 과실나무, 꽃들도 정원에 자리 잡고 있었다. 밤중이지만 꽤 아름답다. 사방이 막혀 있는 터라 바람이 멎었지만 대신 온화한 온도가 감도는 곳이다.

그 장관 속에서 교활은 다른 곳엔 시선을 두지 않고 한곳만 보고 걸어갔다.

나무와 꽃이 어우러지는 중앙에 새하얀 돌로 만들어진 아담한 집이 있었다. 새하얀 벽을 타고 넝쿨이 주렁주렁 열려 있다. 문 앞에는 철을 활처럼 휘어 꽂아 놓고 일부러 덩굴을 감아 놨다. 봄이 오고 여름이 되면 꽃이 만개하여 정원을 돋보이게 해 주는 것들 중 하나였다.

창틀에는 루가얀이 좋아하는 꽃들만 심은 화분이 놓여 있다. 정원 한편에 마련된 연못에는 알록달록한 물고기들이 헤엄쳤다. 루가얀이 일어설 때를 기다리며, 돌로 깎은 의자도 놓았다.

교활은 그 의자에 루가얀과 앉아 물고기와 꽃들을 감상하는 날을 기다렸다. 물 위에 사는 연꽃도 쳐 놓았으니 연꽃도 볼 수 있다.

"……루가얀."

애끓는 목소리가 흘러나온다.

부르는 것만으로도 교활의 눈에 눈물이 맺혔다. 이 나이가 되도록 눈물은 마르지 않았다.

교활은 크게 심호흡하고 오두막집으로 들어갔다.

오두막집에는 아기에게 붙여 놓은 것과 마찬가지로 궁녀 하나가 있었다. 이 궁녀 또한 눈이 멀고 혀가 없다. 아기에게 붙인 궁녀와 똑같은 방법으로 손에 넣은 자신의 사람이었다. 다른 점이라면 이 궁녀에겐 수준 높은 의술이 있다는 점뿐이다.

교활은 그 궁녀를 물리고 루가얀이 있는 쪽으로 걸어갔다. 루가얀
이 누운 침대에 새하얀 천개가 늘어져 있다. 천개가 가려져 있으니 루
가얀의 모습은 보이지 않고 그림자처럼 검은 윤곽만이 도드라졌다.

교활은 아주 천천히 천개를 걷었다.

침대 여기저기 흩어져 있는 설백색 머리카락이 보였다. 궁녀가 매
일 빗질을 해 준다지만 정작 주인의 손길은 받고 있지 못한 머리카락
들이었다. 그 머리카락들이 구 년 동안 길어서 침대 위를 모두 독차
지하고 있었다.

야위어 버린 가슴이 간신히 오르고 내린다. 살들을 뚫고 나올 정도
로 도드라진 갈비뼈가 보였다. 구 년 동안 움직이지 못한 발목은 어
린아이 손목만큼이나 가늘어졌다. 품에 안고 숨을 크게 들이쉬면 나
던 루가얀의 살 내음도 사라졌다.

교활은 침대 밑에 무릎을 꿇고 앉았다. 보랏빛 군석이 어지럽게 빛
났다. 이 나이가 되도록 눈물이 참지 않고 나는 것이 부끄러웠지만,
교활은 항상 루가얀 앞에서 울었다.

그는 울면서 힘없이 늘어져 있는 루가얀의 손에 얼굴을 묻었다.

작은 온기가 뺨에 닿았다. 병아리 체온보다도 작고 작은 온기였지
만 이 온기만으로도 교활은 위로받았다. 이 작은 온기에 교활은 매달
리는 것처럼 얼굴을 비볐다.

탑에서 떨어진 루가얀은 줄곧 이곳에 있었다.

수십 명이나 되는 의원을 불러 살려 내라 명을 내리고, 수소문하여
두 번째 진왕 소생에게 부탁해 그 치유력의 힘을 빌려 살려 냈다.

소생의 힘은 강력해서 의원들이 간신히 목숨만 붙여 뒀던 몸에 다

시 생기가 깃들었다. 부러졌던 뼈도, 상했던 내장의 상처도 모두 단번에 나았다. 괜히 진명 '소생'을 받은 것이 아니란 걸 그녀는 증명해 보였다.

그럼에도 깨어나지 않는 것은 정신적 문제였다. 소생은 그것만은 자신의 힘으로 어쩔 수 없다고 말하며 냉정히 가 버렸다.

―왜 깨어나지 않아?

교활은 묻고 싶었다. 그 눈으로 다시 한 번 나를 봐 달라고 애원하고 싶었다.

―내가 보고 싶지 않아?

말하면서도 무서움이 찾아왔다. 루가얀이 화를 내면 어쩌지? 아름답던 송화색 눈으로 나를 노려보면 나는 어쩌지? 자신의 아들을 어쨌냐고, 그 눈으로 노려보면서― 정이 떨어졌다고 외치면 어쩌지?

무서운 게 점점 늘어난다.

자신이 했던 과거의 일이 루가얀에게 알려질까 무섭다.

그녀가 자신을 떠나 버릴까 무섭다.

첫눈에 반한 송화색 눈동자에 자신에 대한 미움이 차오르는 것이 무섭다.

"루가얀……."

야윈 손을 비틀어 잡았다. 이제야 겨우 뜨게 된 눈동자는 공허하게 앞만을 응시할 뿐이다. 예전에는 그토록 생기 넘치던 송화색 눈동자가 이젠 아무것도 비추지 않고 있다.

교활은 조용히 애원했다.

"나를 미워하지 말아 줘."

어린애 같은 말투였다. 근엄한 척, 자상한 척, 모든 것을 꾸몄던 교활은 이곳에 없다. 여기에 앉아 있는 것은 오래전부터 자라지 못한 로사우였다. 보호가 필요했다. 따뜻한 품에 안긴 아기처럼 완벽한 보호가 필요했다.

"나는 너를 지키기 위해서였어."

침대 밑에 무릎을 꿇고, 고개를 숙였다. 길디긴 금발이 바닥에 닿아 널브러진다. 보랏빛 군석도 우중충하게 빛났다.

손을 잡은 손이 파르르 떨렸다.

"나의 아버지는…… 알잖아."

남성우월주의자였다. 그것이 뼛속까지 박혀 여자를 계집이라 낮춰 부르기 일쑤였다. 아버지가 다스리던 정한의 여자들은 사내들보다 인권이 낮았고, 사내들보다도 법의 적용이 혹독했다.

"어쩔 수 없었어."

흐느낌이 조용히 퍼져 나갔다.

4.

로사우는 나가는 것보다 조용히 앉아 책을 읽는 게 좋았다.

창틀 밑에 의자를 놓고, 그 의자에 앉아 책을 보는 게 그 어느 때보다도 행복했다. 종이 넘어가는 소리가 귀를 간지럽힌다. 종이에 은은하게 배여 있는 먹 냄새가 꿀을 가득 담고 피어 있는 꽃향기보다도 더 좋았다.

그림을 보고, 차를 마시는 것도 좋아했다.

여러 가지 색감이 어우러진 그림들을 보고 있으면 시간 가는 줄 몰랐다. 그 외에도 거문고 소리를 듣고, 가야금 소리를 듣는 것도 로사우가 좋아하는 것들이었다. 아주 가끔씩 가야금을 타 보기도 했지만, 역시 듣는 쪽이 좋았다. 음악의 바람을 맞으면서 생각에 잠기는 시간은 봄날의 낮잠보다도 달콤했다.

정한 왕은 그런 로사우를 좋게 여기지 않았다.

고리타분한 남성이 우월하다고 여기는 그는 남자는 남자답게, 여자는 여자답게 사내들이 할 짓과 계집들이 할 짓이 따로 있다고 여기는 사람이었다.

그의 눈에 로사우는 계집애 같았다.

군석을 가지고 태어났으면 응당 나라를 휘어잡으려는 욕심도 어느 정도 있어야 하고, 호탕한 성격으로 주위를 조였다 놓았다 하는 대범함도 보여야 하고, 계집들을 가지고 놀면서 방탕하게 지내는 모습도 어느 정도 있어야 했다.

그런데 로사우가 하는 것이라고는 깨작깨작 책과 그림을 보고, 계집들이나 주로 타는 가야금이나 거문고 소리를 들으러 다니는 것밖엔 없었다. 당연히 그는 정한 왕의 눈엔 차지 못했다.

나라를 잇는 것에 관심이 없으면 차라리 말을 타고 활을 쏘러 다니기를 원했다. 웃통을 벗고 연무장을 뒹굴며 검을 수련하고, 사내들과 어울려 다니며 술을 진탕 마시는 쪽이라도 좋았을 것이다.

하다못해 화를 내는 모습이라도 보여 줬으면 정한 왕은 그토록 실망하지 않았을 터였다. 그런데 군석을 가지고 정한의 왕자로 태어난 첫째 아들은 남에게 싫은 소리 하나 내지 못하는 소심한 계집이나 다름없었다.

혹시나 싶어 정한 왕은 관리를 시켜 로사우 앞에서 면박을 주도록 시켰다. 정한 왕은 로사우가 관리에게 화를 내며 뺨을 내려치길 내심 기다리고 있었다. 불같이 화를 내며 검을 뽑아 목을 쳐도 관대히 봐줄 심산이었다.

그런데 로사우는 바로 앞에서 면박을 주는 관리의 행동에도 쓴웃음을 짓고 물러섰다. 정한 왕은 분통이 터졌다. 그가 원한 아들은 저런 아들이 아니었다. 실망이 크니 미움이 치솟았다. 그는 로사우가 하는 행동들마다 계집들 같은 행동이라 여기고 길길이 뛰었다.

책과 그림을 좋아하는 것이 어째서 여성처럼 보인다는 것인지, 로사우는 알 수 없었다. 사람마다 취향이 다르고 성격이 다르고 원하는 것이 다른데, 왜 그것이 계집이나 하는 짓이라고 판단하는지 도무지 이해할 수가 없었다.

그래도 로사우는 아버지가 화를 낼 때마다 반성했다.

이해는 할 수 없지만 아버지의 말씀이니 옳다고 여겼다. 군석을 가지시고 나라를 다스리시고 오랜 세월을 살아오셨으니, 몇 년 채 살지 못한 자신보다 아버지께서 더 현명하신 것이 당연하다고 생각했다.

로파우는 그런 아버지께서 귀애하는 로사우의 동생이었다. 사내답게, 라는 말을 표본으로 보여 주는 장부 중에 장부였다. 사내들과 어울려 다니고, 웃통을 벗고 궁을 활보하고, 가만히 앉아 방 안에 들어앉아 있으면 좀이 쑤신다는 듯이 몸을 꼬았다.

아버지께서 원하는 건 로파우 같은 아들이었다. 로사우는 그 기대에 미치지 못하는 못난 아들이었다.

아버지의 힐난을 받을 때마다 죄스러워 고개가 숙여졌다. 어째선 매번 아버지를 실망시켜 드리는 걸까. 그렇지만 아무리 해도 바로 밑의 동생처럼 할 순 없었다.

　—형님에겐 형님만의 장점이 있어요.

　로사우가 아버지인 정한 왕에게 혼이 나 울적해 있을 때 로파우가 다가와 위로했다. 씩 웃는 모습은 참으로 시원했다. 털털한 동생의 성격은 관리들 사이에서도 좋다는 평판이 자자했다. 내성적인 형을 감싸고도는 우애도 가지고 있었고, 아버지를 무서워하지도 않았다. 정한 왕이 말도 안 되는 걸로 로사우를 깎아내릴 때, 따박따박 항의하며 맞서는 것은 로파우만이 유일했다.

　그런 아우에게 왕위를 양위하겠다고 말씀하시는 아버지를 로사우는 충분히 이해할 수 있었다. 스스로 생각해도 자신은 왕위와 맞지 않았다. 왕위에 관심도 없었다. 야망을 가지는 성격도 아니었다. 관리들과 부딪히고 쉴 새 없이 정무를 보는 것보다 책 속에 파묻혀 시간을 보내는 것이 더 좋았다.

　왕위를 물려받으라는 아버지의 명령에 로파우는 미안하단 표정을 지어 보였다. 로사우는 되레 등을 떠밀었다.

　그 자리는 네가 더 어울려.

　시간이 흐르고 또 흘러 동생은 그림자 왕으로 나선 여인을 만나 약혼을 하게 되었다.

　—첫눈에 반할 수도 있나 봐요, 형님.

　동생은 쑥스럽다는 듯이 웃었다.

　그즈음 동생에게 양위하겠다고 밝힌 아버지는 로사우를 완전히 싫어하고 있었다. 눈엣가시라는 말이 더 잘 어울렸다. 어쩜 자기 핏줄을 저렇게 싫어할 수 있을까, 보는 이가 그리 생각할 정도로 정한 왕은 로사우를 질색했다.

로사우도 날이 갈수록 울적해졌다. 어머니를 일찍 여의어서 낳아 준 은혜를 갚을 분은 아버지밖에 남아 있지 않았다. 아들로서 인정받고 싶은 마음이 아예 없는 것도 아니기에 정한 왕에게 싫은 소리를 들을 때마다 로사우는 의기소침했다.

로파우는 그런 형을 데리고 과감하게 끌고 나갔다.

로파우는 자주 궁의 담을 넘어 나갔다 왔지만 로사우에게 있어선 첫나들이였다.

천으로 이마를 묶어 군석을 가리고, 실타래처럼 늘어뜨린 머리카락을 달랑 묶어 위로 틀었다. 그 위에 삿갓을 씌우고, 옷은 궁노비들 것들 중 양호한 것을 가지고 와서 갈아입었다. 허름한 것으로 갈아입히는 로파우의 손길이 매우 익숙하면서도 철두철미했다.

그 신을 신으면 금방 들통납니다, 형님. 길거리에 사는 자들이 얼마나 눈치가 빠른데요. 구경 삼아 첫나들이를 나선 관리의 자제들이 주로 돈을 뜯기는 이유도 신 때문입니다. 신을 갈아 신으셔야지요.

로파우는 헐은 짚신을 꺼냈다. 역시 궁노비가 신던 것들이었다.

―그 녀석들에겐 새로운 옷과 신을 내려 주었습니다.

로사우는 변해 버린 자신의 모습을 훑었다. 어색하다. 뭔가 맞지 않는 옷을 입은 것 같다.

그렇게 동생의 손에 끌려 로사우는 처음 궁을 나갔다.

길거리가 온통 떠들썩했다. 정한의 건국기념일을 축하하는 축제였다. 번잡한 길거리는 발 디딜 틈 하나 없이 사람들로 빼곡 찼다.

상인들은 '이때다!' 싶었는지 가게 구석구석까지 물건을 내놓고 호객 행위를 벌였다. 나라에서 다른 나라로 이동하며 기예를 선보이는 자들도 한쪽을 차지했다. 그들이 입에 뭔가를 넣고 횃불 앞에서 푸— 불면 불길이 치솟았다.

어디를 가도 음악 소리와 웃음소리가 들렸다. 정한에 사는 모든 이가 길거리로 나온 것만 같았다.

로사우는 조용한 나라에서 시끄러운 나라로 떨어진 모험가가 된 기분이었다. 동생이 앞장서서 걷고, 호위 무사들은 조금씩 떨어져서 다른 사람들은 눈치채지 못하도록 따라왔다.

동생의 약혼녀, 그림자 왕이 될 여자도 그녀의 군위와 함께 따라 나왔다. 그녀도 로사우와 마찬가지로 이마에 박힌 군석을 가리기 위해 천을 묶고 군위들과 약혼자의 보호 아래 마을을 누비고 있었다.

같은 왕이었지만 로사우보다 편해 보였다. 로사우는 숨이 턱턱 막혔다. 혹여 지나가는 사람들과 부딪혀 피해를 줄까, 어깨를 잔뜩 움츠리며 걸었다. 앞서 가는 동생을 따라가는 것도 벅차 땀을 뻘뻘 흘렸다.

그에 반해 군석을 가진 또 다른 왕은, 여성이라는 성별에도 불구하고 궁보다는 이쪽이 편해 보였다.

치마가 종아리 위까지 올라가는 것도 대수롭게 생각하지 않고 큰 걸음으로 걸어 다녔다. 로사우는 한 발짝만 걸어도 어깨가 부딪히고 몸이 돌아가는데, 그녀는 사람들 사이를 부드럽게 걸어 다녔다. 실수로 다른 사람과 어깨가 부딪히면 금방 방긋 웃는 얼굴로 사과하고 지나갔다.

신기하고 새로운 기분도 아주 잠시였다.

로사우는 그녀와 자신을 비교하다 우울해졌다. 아버님 말이 맞았다. 자신의 내성적인 성격은 답이 없어 보였다. 힘이 약하고 체구가 작은 저 여성마저도 이런 곳을 아무렇지도 않게 누비는 데에 반해,

자신은 사람들과 부딪히는 것조차 힘들어서 쩔쩔 매고 있었다.

어쩐지 기운이 빠진다. 로사우는 잠시 걸음을 멈췄다.

동생 무리는 금세 멀어졌다. 그들은 다른 데 정신이 팔려 로사우가 걸음을 멈춘 것을 보지 못했다.

로사우는 사람들로 붐비는 길거리를 빠져나와 구석으로 피했다. 호위 무사 한 명은 여전히 적당한 거리에서 자신을 지키고 있는 것이 보였다. 다른 두 명은 동생 무리를 따라갔을 것이다.

멀거니 서서 사람들을 구경하고 있는 것만으로도 시간은 빨리 지나갔다.

벽에 기대서 사람들이 사는 걸 보고 있자니 갖가지 생각이 떠올랐다.

역시 가장 큰 고민거리는 아버지였다. 자신을 눈엣가시처럼 여기는 모습을 웃어넘길 수가 없었다. 아버지의 목소리만 들으면 심장이 오그라들었다. 자존감이 흙을 파고 사는 개미보다 작아지고, 무얼 해도 자신감이 생기지 않았다.

이젠 그저 하루 빨리 궁을 빠져나가고만 싶었다.

아버지의 목소리만 들어도 주눅이 드는 자식이라니.

로사우는 푹 한숨을 쉬었다. 길거리에 넘쳐 나는, 깔깔거리는 웃음소리가 점점 작아지고, 그는 내면의 세계에 빠져들었다.

건국기념일, 모두가 웃고 떠드는 날에 우울하기 짝이 없는 얼굴을 한 것은 로사우뿐이었다. 본인은 눈치채지 못했지만 지나가는 대부분이 한 번씩 흘끗 돌아볼 정도로 로사우는 어두운 얼굴을 하고 있었다.

그런 로사우 앞에 작은 발소리가 멈춰 섰다. 발목 위로 올라간 치마 끝이 바람에 흔들렸다. 설백색 머리칼은 위로 달랑 묶여 있고, 오른손에는 어쩐 일인지 목도가 들려 있었다.

—너 어디 아프니?

명랑한 목소리였다. 내면의 세계에서 허우적거리던 로사우는 그것이 자신에게 건네진 말이란 것을 알기까지 시간이 좀 걸렸다. 로사우가 대답이 없자 송화색의 커다란 눈동자가 바로 앞에까지 밀려왔다.

—괜찮아?

그것이 시작이었다.

로사우는 눈앞에 선 여인을 보고 눈을 크게 떴다.

모든 것이 멈춘 세상에서— 그녀만이 살아 움직이고 있었다.

5.

교활은 루가얀의 입술에 입을 맞췄다. 힘없이 늘어져 있는 손가락을 쥐어 보고, 손가락 하나하나에 입을 맞추고, 마지막으론 깍지를 껴 단단히 잡고 놓질 않았다.

침대 위에 널려 있는 설화색 머리카락이 마음에 들지 않아 그것을 천천히 모아 그러쥐었다. 구 년이나 가꾸지 않고 기른 머리카락은 제법 길었다. 교활은 깍지를 낀 손을 풀고 빗을 찾아 루가얀의 머리칼을 천천히 빗었다.

이 머리를 높게 묶기도 하고, 땋기도 하고, 감겨 주고.

해 주고 싶은 것이 많다.

옷도 보석도 원하는 대로 사 줄 수 있다. 정작 당사자는 그런 게 필요 없다고 거절하겠지만. 그래도 많은 걸 주고 싶었다. 관리의 여식들에게 뒤지지 않을 만큼 비단과 보석을 안겨 주고, 수많은 아낙들이 부러워 할 멋진 남편이 되어 주고 싶었다. 자신과 결혼한 것을 후회하지 않게 정말 많은 걸 해 주고 싶었는데.

교활은 떨리는 눈가를 간신히 진정시켰다.

어디서부터 일이 이렇게 되었는지 알고 있었다.

―루가얀은 고아였다.

어릴 때 마차 사고로 어머니와 아버지를 모두 잃고 혼자서 커 왔다. 열다섯 살이 된 후엔 고아원을 나와 가게를 전전하며 자투리 일을 도우며 먹고살았다. 혼자 먹고살기도 힘들 텐데, 그곳에서 받은 삯의 일부는 고아원에 꼬박꼬박 넣고 야무지게 살았다.

성실함과 올곧음으로 평이 자자한 루가얀이었지만, 로사우의 아버지께는 벌레보다도 못한 여자였다.

그는 좋은 가문에서 태어나 교양과 품위를 갖춘 여성들만이 그럭저럭 눈에 차는 인종이었다.

―길거리를 누비고 다닌 고아 계집과 결혼하겠다고?

서릿발처럼 차가운 목소리가 심장을 얼어붙게 만들었다. 간신히 말을 꺼낸 로사우 앞에 붓이 내동댕이쳐졌다.

정한 왕은 아들을 향해 악을 썼다.

― 네가 제정신이냐? 드디어 미친 거냐? 이젠 하다하다 그런 계집을 좋아한다고 설쳐? 군석을 가진 왕이라는 놈이! 하늘의 선택을 받아 비를 내리게 된 놈이! 고아인 계집과 눈이 맞아?! 대체 자존심은 어

디로 팔아먹은 거냐!

이번엔 벼루가 로사우의 뺨을 스쳐 지나갔다. 내성적인 로사우는 어깨가 움츠러들고, 겁에 질려 입술이 바들바들 떨렸다. 예상은 하고 있었지만 역시 무서웠다.

그는 항변하고 싶었다. 로파우처럼 당당하게 맞서 소리치고 싶었다. 왕도 사람이에요. 그저 비를 내리는 사람에 불과해요. 어떤 사람은 공부를 잘하고, 어떤 사람은 검을 잘 다루고, 또 어떤 사람은 약초를 잘 다루는 것처럼 왕은 그저 비를 잘 다루는 재주를 타고난 사람일 뿐이에요. 왕은 특별한 게 아니에요.

그리 항변하며 루가얀과 결혼할 거라고 말하고 싶었다.

하지만 그전에 정한 왕이 먼저 말했다.

—그 계집을 죽여야겠다.

일평생 나라를 다스리는 데 모든 것을 쏟아 낸 왕이 말했다. 겁에 질려 덜덜 떨고 있던 교활의 떨림이 멎었다. 황금빛 눈동자가 커졌다. 정한 왕은 로사우를 보고 있지 않았다. 그는 얼굴 한 번 본 적 없는 루가얀을 떠올리며 혀를 차고 있었다.

더러운 계집. 정한왕이 이 사이로 내뱉었다.

로사우에게 아버지에 대한 공포 대신에 다른 것이 찾아온 것은 그 순간이었다.

—그 계집을 죽여야겠다. 그래야 네놈이 정신을 차리지. 널리고 널린 계집들 중에서 하필 고아라니. 어째 마음에 드는 구석이 하나도 없느냐! 넌 내가 되었다고 할 때까지 근신해라!

속에서 뭔가가 부서지는 소리가 났다. 부서지는 속에서 검은 덩어리가 꾸역꾸역 밀고 들어왔다. 아버지의 말 한 글자, 한 글자를 들을 때마다 검은 덩어리는 크기가 달라졌다. 이것이 무엇인지 로사우는 알 길이 없었다. 황망히 뜬 눈동자에서 생기 있게 넘치던 빛도 사그라졌다.

─어디서 창녀 같은 계집을 만나 홀려서는!

정한 왕은 뒤도 돌아보지 않고 방을 빠져나갔다. 그 뒤를 궁녀와 무사들이 뒤를 따라 줄줄이 빠져나간다.

커다랗고 화려한 방안에 로사우만이 남게 되었다. 그는 우두커니 서서 가만히 있었다. 뒤 한 번 돌아보지 않은 아버지는 아들이 어떤 표정을 짓고 있는지 몰랐다.

아.

아.

─아.

떨림이 멎었다. 무서운 것이 사라졌다.

로사우는 제 손을 내려다 봤다. 아버지를 만날 때마다 후들후들 떨리던 손이 어쩐지 떨리지 않고 있었다. 머릿속을 잠식하던 아버지에 대한 무서움도 온데간데없이 사라지고 고요만 남았다.

어쩐지 웃음이 난다.

로사우는 웃었다. 입꼬리를 끌어당기고 눈꼬리를 휘며 조용히 웃었다. 새하얀 이가 드러났다.

무슨 정신으로 그 방을 빠져나왔는지 알 수가 없다. 길이 물길처럼 울렁이고 출렁였다. 올 때는 단단하고 올곧은 돌길이었는데, 되돌아 갈 때의 길은 쉴 새 없이 출렁이고 일그러졌다. 사람들이 말하는 것도 먼 곳의 말처럼 들렸다. 로사우는 넋이 나간 것처럼 눈을 크게 뜬 채 제 방으로 돌아갔다.

─그 뒤, 로파우의 약혼녀가 실종됐다는 소란이 터졌다.

"그때의 나는 내가 아니었어."

교활은 루가얀의 머리칼을 땋으며 속살거렸다. 이해를 구하는 것과 동시에 변명을 하는 것처럼 애절하게 말했다.

"아무것도 와 닿지 않았어. 아우의 약혼녀를 불러내기 위해 편지를 쓸 때도, 동생의 등에 화살을 박아 넣을 때도, 아버지의 음식에 독을 탈 때도 아무렇지도 않았어. ……뭐랄까, 맛이 느껴지지 않는, 그런 음식들을 의무적으로 씹는 것처럼……."

─아우가 사라지면 아버지가 제정신이 아니겠구나.

그럼 루가얀을 지킬 수 있겠지.

─아우만 죽이려니 그 약혼녀가 마음에 걸리는구나.

그럼 그 약혼녀도 죽여야지.

─다 죽여도 마음이 편치 않구나.

그럼 아버지도 죽이면 되겠지.

너무도 간단하게, 간결하게, 쉽게 그런 생각들이 떠올랐다. 그때는 천륜도, 죄책감도 없었다. 죽은 고양이 시체만 봐도 비명을 지르던 자신이 활시위에 활을 매겨 아우를 쏘고, 껄떡껄떡 넘어가는 여자의 목을 조르고, 무감정하게 아버지가 드시는 음식에 독을 타는 것에 일련의 망설임도 없었다.

독을 먹고 꺼륵 소리를 내면서 넘어가는 아버지를 볼 때만 해도 로사우는 아무렇지도 않았다. 증거도 남기지 않았고, 의심받을 구석도 이미 없애 됐다. 어릴 적부터 받던 가르침은 헛배움이 아니었다. 피가 되고 살이 되어 루가얀을 지키는 도구가 되었다.

　바닥을 나뒹구는 정한 왕은 경악 어린 시선으로 아들을 올려다본다. 두터운 손이 로사우의 옷자락을 꽉 움켜쥐고 끌어당겼다.

　—놀라셨어요?

　그토록 보고 싶었던 아버지의 놀란 눈이었다. 내내 암사내[10]라고 윽박지르고 손가락질했던 아버지였다. 로파우의 반만이라도 따라가라고, 사내답게 굴라고, 야망을 가지라고 소리쳤던 친부였다.

　그 눈을 지금에서야 보게 되었다. 크게 떠진 눈에는 경악과 공포가 스며 있었다. 흰자에 붉은 핏줄이 도드라지고 붉은 기가 돌았다.

　—기쁘지 않으세요? 이게 아버지가 바라던, 야망 있는 사내의 모습이잖아요.

　로사우는 평소처럼 조용조용히 말하며 옷자락을 움켜쥔 아버지의 손을 떼어 냈다.

　정한 왕이 피를 토하며 쓰러진다. 머리에 쓰인 관 또한 바닥으로 떨어졌다. 굵직굵직한 손이 숨이 쉬어지지 않는 숨통을 긁다가 멈췄다.

　아들은 쓰러진 아버지에게 가까이 다가갔다. 꼼짝도 않는 머리맡에 쪼그리고 앉아 귓가에 닿을 듯이 입술을 내리고 속삭였다.

　—루가얀은 창녀가 아니에요, 아버지.

　시커먼 덩어리가 말로써 나타났다.

　로사우는 그 말을 끝으로 일어나 아버지를 일으켰다. 굳기 전에 침의로 옷을 갈아입히고 침대에 눕혔다. 피부가 벌써부터 차가워지고 있었다. 그 차가운 느낌에 로사우는 이것이 제 아버지가 아닌 것 같

10) 여자 같은 사내.

다는 느낌마저 받았다.

축 늘어진 사람을 끙끙거리며 침대에 눕힌 로사우는 황급히 침대에서 떨어졌다. 죽은 사람을 만져서 그런지 전신에 소름이 돋고 오한이 들고 있었다.

왜지? 로파우 때는 이렇지 않았잖아?

침이 꼴깍 넘어갔다. 동생의 등에 화살을 꽂고, 가는 목을 양손으로 졸라 목숨을 끊을 때도 느끼지 못했던 불안함이다. 몸이 잘게 떨린다. 왜 갑자기 떨림이 시작되었는지는 알 수가 없었다. 가슴속에 불안감이 커졌다.

로사우는 아무도 없는 방 안을 두리번두리번 훑고 바닥에 떨어져 있는 피를 닦아 냈다. 로사우의 손도 새빨갛게 물들었다. 피를 본 로사우의 얼굴이 끔찍하게 일그러졌다.

그는 피를 닦은 천을 아우와 약혼녀를 숨겨 놓은 곳에 숨겨 두고, 손에 묻은 피를 씻기 위해 욕실로 뛰어갔다. 왕이 기거하는 욕실엔 당연히 받아 놓은 물이 있었다. 그것을 한 바가지 퍼 손을 씻었다.

피가 물에 씻겨 사라진다. 한 바가지 다시 퍼 손을 씻었다. 손이 완전히 깨끗하다. 피 한 방울 남지도 않았다.

그래도 부족하다. 로사우는 언뜻 손에 피가 비치는 것 같았다. 그는 다시 한 바가지 물을 담아 손을 담구고 뽀득뽀득 씻었다. 더 이상 씻을 것도 없이 손은 새하얗게 변했다.

그래도 그는 다시 물을 퍼 올렸다.

─불안이 가시질 않아.

심장이 크게 뛰고 있다. 피를 완전히 씻어 내도 더럽게 보이는 손을 어찌할 바를 모르고 마주 잡아 깍지를 꼈다. 달리지도 않았는데

달리기를 한 것처럼 어깨를 들썩이며 숨을 내쉬었다.

로사우는 마지막 물을 내다 부어 버리고 방으로 돌아왔다. 손에서 덜 마른 물기가 바닥에 뚝뚝 흘렀다.

욕실에서 빠져나오자 침대엔 여전히 아버지가 누워 있었다.

그리고 그 밑에는 가마니가 있다.

아버지는 죽을 때까지 몰랐겠지만 그 가마니 속에 그토록 찾아 헤매던 로파우가 담겨 있었다. 나라를 샅샅이 뒤지더라도 왕의 침실만큼은 뒤질 수 없을 거라 판단한 탓이었다.

확실히 그 생각은 맞아떨어져 정한 왕조차 제 침대 밑을 살펴보지 않았다.

로사우는 그 침대의 정면에 서 있었다.

그의 시선이 침대에 고정되었다.

침대 밑 공간을 가려 주는 이불보를 들추어내면 가마니가 보일 것이다. 아우와 그 여자가 들어 있는 가마니였다. 두 사람을 넣기엔 가마니가 조금 작아 아우는 다리를 부러뜨려 넣었고, 그림자 왕은 팔을 부러뜨려 가마니에 담았으니 지금쯤 기괴하게 굳어 있을 터였다. 썩지 말고, 냄새가 나지 말라고 방㏇ 약초를 넣어 놓았으니, 냄새는 나지 않겠지만 이불보만 들추면 보이는 것이 그것들일 것이다.

침대를 보던 로사우의 눈이 흔들렸다. 이유 없이 목이 말랐다.

왜지? 왜 이렇지?

아까까진 분명 아무렇지도 않았잖아?

아무렇지도…….

아.

아아.

로사우는 식은땀이 맺힌 이마를 닦고 자신이 왜 이러는지를 깨달았다.

이곳에 있다.

자신의 가족이, 모두 이곳에 있었다.

잘게 떨리는 손이 어느새 멀리서까지 보일 정도로 떨리고 있었다. 숨도 턱턱하니 막혔다. 어둠이 무서웠다. 아버지가 쉬신다는 핑계로 모두 불을 꺼 버려서 방 안은 가구의 윤곽만이 어렴풋이 보일 정도로 어두웠다.

로사우는 방금 전에 봤던 아버지의 얼굴을 떠올렸다.

믿을 수 없다는 듯이 벌어진 눈.

배신감, 충격, 붉은 핏줄이 도드라진 흰자.

그 뒤를 이어 목을 졸라 죽인 여왕의 눈도 떠올랐다.

로파우의 얼굴도 같이 떠올랐다.

—형…… 님?

죽기 직전에 로파우는 로사우를 보았다. 활을 겨누는 형을 보고도 피하지 않고, 형님— 이라고 작게 달싹였다.

아.

아아!

—정말…… 내가 했어?

정말 내가 한 짓이야? 내가 한 게 맞아? 저 착했던 동생에게 내가 했어? 그게 나였어? 나였나? 난가? 나 맞나? 정말로 그것이 나였나? 진실로? 정말? 나? 나? 나? 나? 나?

나야?

로사우는 신음을 터트렸다.

이 손으로 가는 목을 조르던 감촉을 기억한다. 이 손으로 활시위를 놓던 느낌을 기억한다.

이 손으로 아버지께서 드실 음식에 독을…….

아—!

로사우는 찢어지는 비명을 지르며 쓰러졌다.

6.

교활은 거기까지 떠올리고, 멈췄던 손을 다시 움직였다.

"벌써 백 년도 넘은 이야기야."

설백색 머리가 총총히 땋아졌다. 거기에 더해 손을 뻗으면 닿는 곳에 있는 서랍을 열어 연지를 꺼냈다. 루가얀과 어울리던 분홍색 연지였다.

그것을 루가얀의 입술에 부드럽게 바른다. 또다시 서랍을 뒤져 분을 꺼냈다. 그것을 톡톡 뺨에 쳐 주고, 이번에는 작은 떨잠을 하나를 찾아 머리에 꽂아 주었다.

교활은 루가얀을 정성스레 치장해 주며 속살거렸다.

"짐은 아직까지도 많이 무서워, 루가얀."

루가얀을 지키기 위해서였지만, 죄가 너무 깊었다.

어디에 가도 아버지와 로파우와 그 여인의 얼굴이 떠올랐다.

교활이라는 진명을 받고, 모든 의심을 벗어난 후에도 무서움은 점점 깊어졌다.

잠을 제대로 잘 수가 없었다.

달콤하게 잘 수 있었을 때는 루가얀 품에서 체온을 느끼면서 잠들 때뿐이다. 루가얀을 위해서였다고 위로를 하면 죄책감이 사그라졌다. 루가얀이 궁의 정원을 자유롭게 뛰어다니며 자신의 아내라는 것을 느낄 때마다 행복감에 젖었다.

그러다 아기에와 라기에가 태어났다.

쌍둥이였다.

자신과 똑같이 황금빛 머리카락에 황금빛 눈동자를 가지고 있었다.

"……아기에는 나와 너무 닮았었어."

자신과 같은 장남이었다. 같은 나이에 군석이 열렸다.

"너무 닮았어……."

그건─ 다른 이는 이해하지 못할 공포였다. 자신처럼 될까 봐, 자신처럼 아버지를 죽이고 남동생을 죽이고 옥좌를 차지할까 봐. 교활은 숨이 막혔다.

무슨 수를 써야겠다는 생각밖에 없었다. 루가얀이 어떻게 나올지는 생각지 않고 아기에를 높은 곳에 처넣었다.

"짐은…… 짐은 그 아이가 짐처럼 되려는 것을 막으려고 했을 뿐이야, 루가얀."

교활은 잠잠했던 태도를 바꿔 누워 있는 루가얀에게 달려들었다. 시체처럼 움직이지 않는 그녀를 껴안고 크게 숨을 들이쉬었다. 심장 소리가 들렸다. 약하지만 규칙적으로 뛰고 있다.

"무섭잖아. 짐을 닮아서 짐처럼 되면 안 되잖아. 짐처럼 그런 죄를 짓게 해선 안 되잖아? 짐의 피를 이었는데 짐처럼 되면 어떡해? 안 그래? 짐은 정말 최선을 다해서 아기에를 바른 길로 이끌 거야. 절대 짐처럼, 절대로 그렇게 만들지 않을 거야. 짐이 로파우를 해쳤던 것처럼 라기에를 죽이지 못하도록, 약혼녀를 죽인 것처럼 루가얀에게 손 하나 까딱하지 못하도록 하려는 거야. 지금 하는 짐의 방법이 최선이야."

변명처럼 급급하게 목소리를 이어 나간다. 교활은 듣지도 않고 대답하지 않는 이에게 계속 말했다.

"믿어 줄 거지? 응? 짐을 믿어 주는 거지? 깨어나서 아기에의 말을 들으면 짐의 말이 옳다고 짐의 편을 들어 줄 거지?"

보랏빛 군석의 왕은 어린애처럼 매달렸다.

"……제발 그렇다고 해 줘, 루가얀."

짐은, 그대를 위해서 모든 것을 버렸어.

"짐을 용서해 줘."

정말로 그대밖에 없어.

이 세상에서 그대가 짐에게 있어서 제일 소중해.

짐은 그대가 없으면 살지 못해.

제 13 장

폭풍이 치기 전

제 13 장
폭풍이 치기 전

1.

아기에는 겁에 질려 나가 버린 교활을 내보내고 승리의 미소를 지었다. 여러 번 말하면 면역이 생기기에 이럴 때를 위해서 속에 쌓아 두고 산 말들이었다. 입이 근질근질한 것을 참아 내고 또 참아 낸 보람이 있다. 놈은 꽁지를 빼며 달아났다.

'한 대 맞긴 했지만.'

아기에는 부목을 댄 왼손 대신 오른손으로 얼굴을 쓰다듬었다. 겨우 아물어 가던 입안이 또 터졌다. 비릿한 피 맛이 침과 함께 목구멍으로 넘어간다.

'내일 또 오진 않겠지.'

입안 하나 터진 걸로 끝난 것이 다행이다. 덜 아문 갈비뼈는 쓸리기만 했지 심해지진 않았다.

아기에는 그림처럼 짓고 있던 미소를 거뒀다.

신랄한 말이 오갔던 지하실이 먹먹한 정적에 휩싸였다. 손톱만큼 짧아진 촛불 빛은 심하게 일렁거리며 지하실의 어둠에 죽어 갔다.

바닥에 떨어진 이불을 주워 침대에 올렸다. 아기에의 목에 남아 있던 검은색 손자국이 많이 옅어져서 이젠 충분히 멍으로 보였다. 그전에는 먹물로 손자국을 낸 것만 같은 색이었다.

그놈을 몰아냈더니 금세 잠이 몰려온다. 사실 아닌 척했지만 긴장하고 있었다. 이번에 놈을 쫓아내지 못했으면 탈출이고 뭐고 다 끝나 버리는 일이었으니, 나름 이쪽도 필사적이었다.

침대에 몸을 뉘이고 이불을 덮었다. 눈을 감기 전에 시선이 구석으로 향했다. 어두운 구석에서 살아남은 아이가 있었다. 삶의 의욕이라고는 전혀 없는 눈으로, 여전히 웅크리고 있었다.

"……?"

어쩌다 시선이 돌아가 기해를 발견한 아기에는 이맛살을 찌푸렸다. 아까보다 상태가 더 나빠진 것 같다. 기해는 구석에 웅크리고 앉아 제 가슴과 허벅지, 종아리 같은 곳을 긁어 대고 있었다.

뭐야, 왜 저래?

아기에는 자려던 자세 그대로 기해를 응시했다.

병적으로 긁어 댄다. 허벅지를 벅벅 소리가 날 정도로 긁더니, 그 다음엔 종아리를 벅벅 긁는다. 천 옷이 가려 주지 못하는 목덜미엔 이미 시뻘건 손톱자국으로 도배가 되어 있다. 얼굴에도 고양이가 할퀸 것 같은 자국이 몇 개 나 있었다.

"……뭐야?"

결국 입 밖으로 말이 나갔다. 충분히 들렸을 거리인데도 불구하고 기해는 희번득거리는 눈동자로 종아리를 긁고 있었다. 얼핏 보니 피가 배어 나온다. 그 정도로 긁고 있었다. 계속 같은 곳만 긁어 대니, 손톱자국을 따라 살점이 파이고 있었다.

아기에는 가만히 지켜보다가 짜증을 담아 내뱉었다.

"그만해."

"……."

대답이 없다. 그래도 계속 벅벅 긁는다. 아기에는 이맛살을 찌푸리고 등을 돌렸다. 알게 뭐야. 등을 돌리고 이불을 머리끝까지 뒤집어썼다. 하지만 이미 몰려오던 잠은 종적을 감춘 후였다. 제 몸을 피가 날 정도로 긁어 대던 기해의 모습에 잠이 달아나 버렸다. 귀에는 계속 벅벅거리는 소리가 들려왔다.

결국 이불을 박차고 일어나 앉았다. 기해는 여전히 눈꺼풀 하나 깜빡이지 않고 미친 듯이 긁어 대고 있었다. 이런 제기랄. 등 뒤에 저런 미친놈을 두고 잠이 올 리가 없다.

"……뭐가 문제야?"

짜증스럽게 물었다. 더듬더듬 기억을 타고 올라갔다. 교활은 기해에게 관심이 없어 보였다. 나중에 되면 또 모르겠지만, 어쨌든 지금은 관심이 없어 보였다.

아버지와 동생, 그리고 그 약혼녀를 죽인 그는 죄를 지은 사람을 극도로 혐오했다. 동족 혐오 같은 것이다. 도둑질이나 싸움질 같은 것은 너그럽게 봐주고 넘어가지만, 살인 같은 경우에는 이유를 불문하고 강하게 처벌하는 것도 도둑이 제 발 저리는 것과 같았다. 새하얀 옷만 골라 입는 것도 죄를 지은 스스로를 조금이라도 감추기 위해서라고 아기에는 보고 있었다.

그런 그가 기해에게 관심을 가질 리가 없다. 벌레 보듯 피하면 피했지 가까이 다가가기도 싫어할 것이다. 가까이 다가가면 뭐라도 묻는 양 교활은 기해에게 말 한마디 건네지 않았다.

벅벅벅, 소리가 계속 난다. 이제 다른 종아리를 긁고 있었다. 양쪽 다리에 전부 붉은 피가 비쳤다.

겁이 많은 사람이었으면 오줌을 지렸을 만한 장면이었다. 구석에 웅크리고 앉아서 제 몸을 벅벅 긁는 소년이라니, 귀신이 따로 없다.

"대체 왜 그러냐고 묻잖아!"

자신의 말을 제대로 듣는 것 같지 않아, 이번에는 크게 소리를 쳤다. 온몸을 벅벅 긁던 기해가 깜짝 놀라 고개를 들었다. 소년은 왕이 자신을 노려보는 것을 알고는 반사적으로 입을 열었다.

"벼, 벌레가……."

"뭐?"

"벌레가 기어 다니고 있어요."

어디에? 아기에는 인상을 구겼다. 기해가 가리킨 곳은 손톱자국이 죽죽 나 있는 목덜미였다. 벌레라고는 눈을 씻고 봐도 없다.

"없어."

"있어요."

그러고는 다시 벅벅벅.

이젠 다리가 아니라 목덜미였다. 목덜미에도 붉은 피가 비쳤다. 아기에는 이마를 감싸 쥐었다. 미친놈 하나를 힘들게 쫓아 보냈더니, 새로운 미친놈이 옆에서 태어나고 있었다.

아기에는 짜증을 참고 일어나 욕실 쪽으로 걸어갔다. 욕실 문 위에 손톱만큼이나 작아진 촛불이 최후의 순간을 보내고 있었다. 그것을 쥐고 다시 기해에게로 다가갔다. 혹여 어두워서 잘못 본 건가 싶어서 확인해 보기 위해서였다.

촛불로 가까이 비추자 몸 상태는 더욱 처참했다. 가슴 위, 이마, 뺨, 팔뚝, 허벅지와 종아리. 전부 손톱자국으로 뒤덮여 있다. 아기에는 말을 잃고 불퉁한 얼굴로 쏘아붙였다.

"그만해, 벌레 없어."

기해가 웅얼거렸다.

"있어요. 여기에도…… 저기에도 있어요."

"없어."

"있어요."

기해는 반복적으로 대답했다. 동생이 살아 있었던 어제까지만 해도 그냥 살아갈 기력을 잃은 무기력증 환자였다면, 지금은 미치기 시작한 또라이였다.

아기에는 뭔가를 생각하다 불쑥 캐물었다.

"벌레는 어디서 나오는데?"

기해는 손가락으로 가슴 부위를 컸다. 아기에의 눈이 가늘어졌다. 왕은 소년의 앞에 쭈그려 앉아 꼬치꼬치 캐물었다.

"어떻게 생긴 벌레야?"

"검어요."

기해가 멍하니 대답했다. 손은 여전히 몸 위를 긁어 대고 있었다. 아기에가 무표정한 얼굴로 덧붙였다.

"더듬이도 있어?"

"네."

"발로 여러 개 달렸겠지. 잡으려고 손을 뻗으면 도망가고, 잡아도 잡아도 계속 나오지. 그걸 쫓아서 계속 긁고. 맞아?"

"네, 맞아요."

기해가 다시 대답했다. 손은 쉬지 않고 긁어 댄다. 아기에는 세상이 떠나갈 듯 한숨을 쉬었다.

"기분 나쁘니까 그만해."

소년은 몸을 긁던 손을 멈췄다. 아기에는 어릴 적을 떠올리며 눈앞의 소년을 동정했다.

"벌레 없어. 네 눈의 착시야. 아버지를 죽이고 여동생까지 잃었으니, 그래, 미치는 것도 이해해. 이런 지하실에 처박혀서 여동생까지 잃은 열네 살짜리가 그러는 거 충분히 이해하긴 하는데, 그래도 하지 마. 옛날 모습을 보는 것 같아 기분 나빠."

"……옛날?"

"그래. 옛날."

아기에도 벌레를 본 적이 있었다.

어머니가 그 높던 탑에서 떨어지고 두 번 다시 오지 않았다. 어둡고 컴컴한 지하실에 갇혀서 혼자서 울고 있는 날들이 이어졌다. 교활의 폭력이 시작된 시기였다. 그놈은 어머니가 떨어진 것을 아기에 탓이라고 우겼다. 폭력이 될 때마다 어디가 부서졌다. 이가 부러져서 나가고, 피를 토하고, 뼈가 부러지고, 목을 조이고. 죽기 직전까지 간 적이 있었다.

그러다가, 벌레가 보였다.

기해의 벌레는 가슴에서부터 나온다고 했지만 아기에의 벌레는 쩍 갈라진 정수리에서부터 기어 나왔다. 기해는 눈을 동그랗게 뜨고 물었다.

"어…… 떻게 잡았어요?"

"안 잡았어. 없다니까."

"있어요."

"없어."

벌레가 사라진 것은 자투라 때문이었다. 자투라는 온몸을 긁기 시작하는 아기에를 껴안고, 벌레는 없다고 되풀이했다. 구 년 전의 일이다.

"네 눈의 착각이야. 자세히 봐. 벌레는 없어."

"있어요."

"없어. 네 눈에만 보여. 내 눈에는 보이지 않아."

"……있어요."

"없어. 정신 차려. 여동생이 널 살리고 대신 갔는데 미안하지도 않아?"

아기에가 미간을 찌푸리고 쏘아붙였다. 기해의 흐리멍덩한 눈동자에 약간의 빛이 생겼다.

"네 동생은 끝까지 네 걱정만 했어. 감히 이 몸한테 글자까지 가르쳐 달라고 해 놓고, 유언이랍시고 그 천 쪼가리 던져 주고 나갔잖아. 그걸 보고도 그리 정신줄 놓고 싶어? 벌레 없으니까 그만해."

"……벌레가 있어요. 기어 다녀요."

"정신 차려. 오기로 버텨. 배고프면 먹고, 싸고 싶으면 싸고, 아프면 나을 때까지 몸조리 하고, 잠 오면 자. 지내다 보면 다 잊게 돼."

어두컴컴한 지하실이라도 어떻게든 살게 되어 있었다.

아기에는 과거의 자신에게 말하듯이 말했다.

"네 동생이 쓴 그거, 피로 쓴 거야. 여긴 먹물도 붓도 없어서 글을 남기려면 피밖에 없어. 어린 계집애가 피가 나도록 제 손가락을 깨물어 너에게 글을 남긴 거야. 그것도 무섭기 짝이 없는 왕에게 부탁해서. 어떤 심정으로 글을 남겼을지, 왜 그런 글을 남겼을지 생각해 봐."

부질없는 짓이지만 그런 게 도움이 될 때도 있었다.

아기에는 어머니를 떠올리며 버텼다.

어머니께선 왜 거기까지 올라오셨을까.

답은 하나다.

하나밖에 없다.

그래서 아기에는 살고 싶지 않아도 포기할 수가 없었다. 오기가 치밀어 올랐다. 그래, 버텨 주마. 내가 멀쩡한 게 무서우면 멀쩡해지고, 내가 웃는 게 무서우면 앞에서 웃어 주지.

그렇게 구 년을 버텼다.

기해는 아기에의 말을 들으며 그 천을 다시 한 번 꺼냈다. 오빠 미안해, 라고 적힌 다섯 글자가 그 어떤 뾰족한 물건보다도 더 아프게 속을 찔러 댔다. 온몸을 기어 다니는 벌레 중 하나가 손을 타고 들고 있는 천 위에까지 기어 다녔다. 이토록 생생하게 보이는데, 왕은 계속 없다고 말한다.

"······정말 없어요?"

"그래, 없어. 내 눈에 벌레 같은 거 안 보여."

그사이 훨씬 작아진 촛불이 위태롭게 흔들렸다. 거의 다 타올랐다. 아기에는 뜨거움을 느끼고 촛불을 바닥에 내려다 놓았다.

"그런데 제 눈엔 계속 보여요."

지금도 이렇게 벌레가 기어가고 있다. 이게 무슨 벌레일까. 완전

시커먼 색을 가진 벌레다. 긴 더듬이가 있고, 털이 붙은 다리가 달려 있었다. 날개도 달려 있는 것 같은데, 제 몸만 기어 다닐 뿐 날지는 않는다. 눈도 보이지 않았다. 눈이 없는 벌레다.

이런 벌레가 기해의 몸을 지나다니고 있다. 한 마리가 아니다. 아깐 수백 마리였다. 한꺼번에 가슴속에서 뛰쳐나와 몸을 덮쳤다. 부랴부랴 손을 움직여 긁어 내니 겨우 몇 십 마리로 줄어든 상태다.

"없어."

"계속 있어요."

"없어."

아기에는 반복적으로 말했다. 자투라가 해 줬던 방법이다.

기해는 마침내 긁던 손을 멈췄다. 긁는 것을 멈추자 벌레가 다시금 늘어났다. 온몸에 벌레가 기어 다녔다. 털이 난 검은 다리로 여기저기를 기어 다녔다.

"……해울이는 뭐가 미안했었던 걸까요."

기해가 나직이 중얼거렸다. 벌레가 사각사각 소리를 내며 피부를 갉아먹는다.

"미안했던 것은 항상 나였는데."

아버지는 가부장적인 남성이었다.

어디를 가나 자식은 아들이 최고라고, 키워 봤자 남 줘야 하는 딸은 필요 없다고 떠들고 다녔다.

그런 아버지는 기해가 태어날 땐 세상이 떠나가라 기뻐했고, 해울이 태어날 때는 세상이 꺼져라 한숨을 쉬었다. 딸은 힘이 약해서 농사일도 아들보다 못하고, 매번 달거리가 오니까 거기에 대해 돈도 나가고, 그 구실로 일도 쉰다느니 투덜거리면서 딸을 낳은 어머니를 죄인 취급했다.

해울은 글도 배우지 못했다. 기해가 글을 배울 때면 해울은 자연
구역으로 가서 풀을 뜯고 물을 길어야 했다.

먹는 것도 개미 먹이만큼 적었다. 이유는 무조건 여자라는 것밖에
없었다. 여자들은 많이 먹어 봤자 거기서 거기라고, 바깥일을 하는
남성들만이 든든하게 먹어 줘야 된다고 해울의 밥까지 줄이는 사람
이었다.

기해는 미안했다. 아버지의 사랑을 받는다고 우쭐대기엔 동생이
너무 가여웠다. 동생은 저런 취급을 당하고 있는데 마땅히 도와줄 것
이 없어 저절로 미안해졌다.

그는 제가 먹을 것을 아껴 해울에게 나눠 줬다. 굶는 것을 차마 보
지 못하고 머리를 쓰다듬고 보듬어 안았다.

그나마 살만 했던 생활이 변한 것은 부락이 망하고 나서였다. 주위
에 있던 유일한 자연 구역이 여행자의 실수로 없어지고, 부락에 살던
사람들은 얼마 안 되는 물건들을 바리바리 싸서 다른 곳으로 떠나야
했다.

기해의 가족도 마찬가지였다. 아버지는 해울을 버리고 가고 싶어
했지만 기해가 끌고 돌아다녔다. 처음엔 탐탁지 않았던 아버지였지
만 곧 무슨 생각인지 수긍하고 가족끼리 단체로 떠났다.

그 여행길 중에 어머니가 돌아가셨다. 갑자기 열이 올랐던 어머니
는 밤을 넘기지 못했다. 아버지는 혀를 차고 등을 돌렸다. 기해와 해
울은 울면서 모래구덩이를 팠다. 흙이 아닌 모래지만, 그곳에 어머니
를 모시고 셋은 다시 다른 곳으로 향했다.

여행이 길면 길어질수록 먹을 것이 줄어들었다. 아버지는 가장 먼

저 해울이 먹는 것을 줄였다. 그다음엔 당신의 것을 줄여 기해를 먹였다. 기해는 제 것을 줄여 해울에게 몰래몰래 먹였다.

다행히 어린 동생은 그 고된 생활을 버텨 냈고, 살아서 정한에 도착할 수 있었다. 이제 필요한 것은 돈이었다. 아직 국명부가 열릴 때가 아니었던 정한에는 임시 거처도 없었다. 이방인이 일자리를 구하는 것도 마땅치 않았다.

아버지는 기다렸다는 듯이 해울의 손을 잡아끌었다. 처음부터 해울을 팔아서 돈을 마련할 심보였다. 부락에서 버리지 않고 끌고 다닌 이유도 전부 해울을 팔아 밑천을 마련할 생각이었다.

해울은 울었다. 비명을 지르며 거부했다. 어린 여자애는 대부분 창기 촌으로 팔려가기 일쑤였다. 아버지는 딸이 아버지의 말을 듣지 않는다며 해울의 뺨을 올려붙였다. 노비 시장으로 끌려가는 해울은 울면서 오빠만을 애타게 찾았다. 아빠보다 오빠가 해울의 보호자였다.

기해는 참지 않았다. 작은 몸으로 아버지와 맞섰다. 부자간의 언쟁이 크게 오갔다. 감정이 격해지고, 아버지는 자신의 앞을 말리는 아들이 괘씸해 뒤로 밀쳐 버렸다. 밀쳐진 아들은 여동생을 지키기 위해 바락바락 소리를 지르며, 손만으로 더듬어 뭔가를 쥐었다.

처음엔 그것이 작대기나, 짚으로 만든 바구니 같은 것이라 생각했다. 아니, 생각할 겨를조차 없었다. 그저 손에 잡히는 대로 휘둘렀다.

푸줏간 칼이었다.

그것이 아버지의 목에 박혀 들어갔다. 해울의 눈이 크게 떠지고, 기해의 눈도 덩달아 크게 떠졌다. 배신감에 찬 아버지의 눈동자가 끝까지 기해를 놓지 않고 응시했다. 꺼륵, 숨넘어가는 소리가 바로 앞에서 들렸다.

피가 뿜어져 나왔다. 해울은 겁에 질려 우는 것도 잊었다. 덜덜 떠는 해울의 귀로 비명 소리가 울렸다. 비명 소리는 연쇄적으로 일어났다. 기해는 멍하니 죽은 아버지를 보고 주저앉아 있었다.

순관들이 도착할 때쯤에도 기해는 정신을 차리지 못했다. 해울이 공범으로 처리되어 감옥에 갇힐 때까지 기해는 거의 넋을 놓고 있었다.

——오빠, 미안해.

왜 미안하다고 하는지, 기해는 알 수 없었다.

잘못이라면 전부 기해가 했다. 기해가 아버지를 죽였고, 해울이 공범이 되는 동안에도 아무 말 못하고 있었다. 아버지가 딸, 딸거리며 구박할 때도 제대로 도와준 적이 없었다. 이곳에 갇힌 것도 기해 탓이다.

뭣 하나 도움이 된 것이 없었는데, 대체 왜 이런 말을 남긴 걸까.

벌레가 다시 손등 위를 기어 다녔다. 발목을 타고 옷 속을 탐험하고, 목덜미까지 올라왔다가 머리카락 사이로 숨었다.

기해는 참아 냈다. 왕이 그 모습을 보고 있었다. 금빛 머리카락의 왕은 아까 온 왕과 닮아 있었다. 눈동자 색이 다르고 군석색이 다르지만 얼굴의 형태나 이목구비는 닮아 있었다.

아, 아니다. 닮지 않았다.

기해는 그 왕이 보냈던 눈빛을 기억해 냈다. 혐오하는 것을 보는 듯한 그 시선을 잊지 않았다. 그 시선을 떠올리자마자 속에서 뭔가가 꿈틀거렸다.

"……그분이 교활 왕이신가요?"

기해가 불쑥 물었다. 아기에는 등을 돌려 침대로 걸어갔다. 기해의 벌레 타령이 멈췄으니 다시 잠을 청해 볼 생각이었다. 미련 없이 걸어가는 아기에의 등으로 기해의 질문이 날아 들어왔다.

"복수하실 건가요?"

아기에의 발이 멈췄다.

"이곳에 갇힌 것, 그분 탓이죠? 목에 난 그 손자국도, 갈비뼈가 부러지신 것도, 왼쪽 팔에 부목을 댄 것도 전부 그분 탓이잖아요. 당하고만 사실 분 같진 않으세요. 복수하실 건가요?"

소년은 대답을 기다렸다. 금빛 머리칼을 가진 왕이 입꼬리를 올린 채 천천히 뒤돌아섰다.

"……한다면?"

"돕고 싶어요."

기해는 혐오스럽게 보던 그 눈동자를 떠올렸다. 새하얀 옷을 입은 그는 신처럼 보였다. 금빛 머리카락도, 이마에 빛나는 군석도 전부 자신과 같은 인간으로 보이지 않았다.

그러나 그것은 겉모습뿐이었다. 속은 비루먹고 사는 이들보다 더 얄팍하고 잔인했다. 혐오스럽게 내려다보던 그 눈빛을 기억한다. 다른 이들도 아버지를 죽인 자신을 그리 볼 수 있지만, 이곳에 처넣고 이용한 자가 그리 보진 말아야 했다. 약간의, 아주 약간의 죄책감은 있어야 했다.

"무엇이든요. 거창한 거 바라지 않아요. 높은 곳에 올라가기 위해 디딤돌이 되어도 좋아요. 이용하고 버리셔도 돼요. 그 사람에게 복수할 때 화살받이로 쓰셔도 돼요."

기해의 눈동자가 처음으로 의지를 띠었다.

"절 군위로 들이셔도 좋아요. 시키는 거는 군말하지 않고 할게요. 기라면 기고, 죽으라면 죽을게요. 바닥에 떨어진 음식을 개처럼 먹으라면, 먹을 수 있어요."

살고 싶지 않다.

실수로 아버지를 죽였다. 아버지는 해울에게 있어선 있으나 마나 한 사람이었지만 기해에게만큼은 끔찍하게도 잘해 주던 사람이었다. 당신 먹을 것까지 기해에게 퍼다 준 사람이었다. 그런 분을 실수로 죽이고, 동생까지 이곳에 보내져 죽게 되었다. 몸뚱이에는 벌레가 들끓는데, 다른 사람 눈에는 보이지 않는다고 한다. 머리까지 미쳐 간다.

그런 와중에 혐오스럽게 쳐다보던 그 시선이 앙금처럼 남았다.

"저도 복수할래요."

기해는 멍한 눈으로 내뱉었다.

목덜미로 벌레가 기어올랐다. 머리카락 사이사이로도, 귓구멍으로도 벌레가 기어서 들어왔다. 곳곳에서 사각거리는 소리가 났다.

아기에는 갑작스러운 기해의 말에 멍한 표정을 짓다가 이내 입꼬리를 끌어 올렸다.

"재미있네."

아버지를 죽였다는 소리에서부터 마음에 들더니, 이젠 그놈에게 복수라.

"좋아."

아기에는 간단하게 수긍했다. 심각하게 생각할 것도 없었다. 저놈 말대로 방해가 된다고 생각되면 버리고 가면 그만이었다.

아기에는 쉽게 대답하며 등을 돌렸다. 이번에야말로 침대에 들어

가 잠을 잘 생각이었다. 그러나 이번에는 다른 것이 아기에의 발목을
잡고 늘어졌다.

새하얀 종이였다.

새 모양을 본떠서 만든 종이는, 지하실에 뚫린 여러 환기구 중 하
나를 비집고 들어와 아기에의 품에 날아들었다.

아기에의 청안금안이 놀라서 떠졌다. 바깥에 심어 둔 자가 보낸 것
이다. 원래는 하루에 한 번씩 사람의 시선이 가장 적은 이른 아침에
보내라고 명한 것이라, 이런 시각에 올 리가 없었다.

손이 다급하게 새 종이를 펼쳤다. 반으로 접힌 새 종이가 쩍 갈라
지면서 글을 토해 냈다.

어여쁘기 짝이 없는 글귀가 기쁨을 담고 새 소식을 전한다.

글귀를 읽어 가는 아기에의 눈이 떨렸다. 왕은 진심으로 기쁜 표정
을 지었다.

"알아냈구나. 어머니가 있는 곳을―"

2.

진료소에서 나온 뒤, 라야는 여관의 방에서 지도를 외우며 밤을 보
냈다. 백 년 전의 지도지만 큰 뼈대는 변하지 않는 법이다. 대충 어디
에 뭐가 있는지, 길과 장소를 확인하듯이 외워 나갔다. 잠이 든 것은
지도를 눈으로 그릴 수 있을 정도로 외운 후였다.

그때가 벌써 새벽 네 시였다. 아침 여섯 시에 일어나는 라야는 두

시간이라도 자기 위해 침대에서 눈을 감았다.

그다음 날은 다시 정한의 길을 밟아 나갔다. 대충 어디에 뭐가 있는지 알았으니, 골목마다 길을 다니며 다시 길을 외웠다. 오랜 여행으로 인해 소모된 물품들도 다시 장만했다. 곡식류가 대부분이었다. 쌀과 보리를 섞어 일주일 치를 사고 가방에 넣어 뒀다. 검도 사고 싶었지만 국명부에 이름을 적지 않는 이방인에겐 팔지 않았다. 물을 담는 수통도 새로 샀다. 들고 다니던 대나무 수통은 한 달 동안 썼더니 물이 조금씩 새는 기미가 보였다. 미드렌의 말을 충고 삼아 증류수술도 하나 마련하는 걸 잊지 않았다. 상처 난 곳에 소독하면 좋다고 하니, 이제부터 떨어지는 일 없이 사 들고 다닐 셈이었다.

또 뭐가 필요할까.

라야는 도망치는 전제로 물건을 사고 있었다. 언제 도망칠지, 도망은 칠 수나 있을지 모르지만 국명부가 열리는 날이 시시각각 다가오니 가만히 있을 수가 없었다.

조바심이 난다.

미드렌과 리올에게 교활 왕의 이야기를 듣고 난 후부터다.

꺼림칙하기 짝이 없다. 제 손으로 아버지와 아우를 죽이고 옥좌를 차지한 사람이 제 아들에게까지 그러지 말라는 법은 없었다.

―넌 널 낳아 준 아버지를 죽일 수 있어?

미드렌의 말을 떠올리고, 라야는 광장에서 멈췄다. 커다란 아름드리나무가 중심에 있는 곳이다. 해가 하늘 중간까지 오른 정오라서 그런지 광장엔 사람이 많았다.

바둑을 두는 어르신들부터 아기를 품에 안고 수다를 떠는 여인네들까지 다채롭게 한가로운 오후를 보내고 있었다. 여인들의 품에 안

긴 아기들마저 곤하게 자는 한가로운 오후다.

라야는 나무 밑, 뿌리를 의자 삼아 앉았다. 우산처럼 펼쳐진 나무 밑 그늘에 앉아 미드렌의 말을 떠올렸다.

아버지를 죽일 수 있냐고?

저절로 가연을 떠올린다. 인정받고 싶었다. 하지만 이젠 떠올리기만 해도 머릿속이 차갑게 식고 싫다는 말만 뇌까리게 된다. 로뮈 때를 생각하면 머릿속이 차갑게 식을 뿐만 아니라, 피도 거꾸로 솟는 느낌이 들었다.

로뮈이 무슨 짓을 했는지도 모르고 편을 드는 그 모습에 라야는 굉장히 화가 났다. 어째서 내가 이런 자에게 인정을 받고 싶어 했는지 자신의 어리석음에 질릴 정도였다.

그래도 역시 죽이고 싶다, 라는 생각은 들지 않았다.

그냥 가문을 나와 남처럼 살아가기로 결심했고 움직였다. 여기저기 여행을 다니면서 고아라 말하고, 그자를 없는 취급하며 사는 것으로 만족한다.

라야는 미드렌의 말을 되새기며 아기에를 떠올렸다.

그럼 아기에는 어떨까.

정말 자신의 아버지를 죽이고 싶어 할까?

첸첸이나 진곡에서 행한 행동들을 보면…… 충분히 그러고도 남겠지.

라야는 고개를 숙였다.

미드렌의 말이 옳았다. 그 녀석이 아버지를 죽이겠다고 덤벼들면 자신은 막아서는 것밖에 할 수 없다. 그건 그 녀석에게 있어서 방해다. 어릴 적부터 아버지에게 맞으면서 살아온 그 녀석의 그런 마음은 충분히 이해하지만 그래도……

그래도 안 되는 건 안 되는 일이다.

피를 이은 사람을 죽여 놓고 제대로 살아갈 수나 있을까? 생판 모르는 범죄자를 죽인다고 해도 죄책감에 시달리는 것이 사람 마음인데……. 아버지를 죽이고 개운하다고 할 수 있을까? 즐겁게 살아갈 수 있을까? 어디를 가도 아버지와 아들이 있는 곳은 있을 텐데, 아버지를 죽이면 그들을 보고 무슨 생각을 하게 되는 거지?

"……모르겠다."

라야는 혼잣말로 중얼거렸다.

아기에는 어쩌면 속이 시원하다고 말할지도 모른다. 자신을 괴롭혀 왔던 것이 이제 사라졌으니 좋다고 어깨를 덩실덩실거릴지도 모르지.

그렇게 생각하자 생각이 다시 빙글빙글 돌았다.

한 살을 더 먹어 열여섯이나 되었는데― 발전이 없다. 라야는 한숨을 푹 쉬고 일어나 다시 걸어갔다. 변성기가 온 목은 여전히 아프지만 미드렌의 조언대로 말을 적게 하고 따뜻한 물을 마셔 주고 있었다.

길을 따라 걸어가자 거리가 제법 번잡했다. 국명부가 열릴 날이 얼마 남지 않은 것을 보여 주는 것처럼 사람들이 와글와글 떠들어 댄다. 그 사람들 중 화장을 하고, 장신구를 걸고, 깔끔한 옷을 걸친 사람들은 대부분 정한 사람이었다. 반면에 꼬질꼬질한 옷에 씻지 않고, 흔한 장신구 하나 걸치지 못한 사람들은 대부분이 이방인이었다.

국명부에 이름을 적고, 적지 않고의 차이가 이렇게나 컸다.

라야는 사람들 사이사이를 빠져나가 여관으로 향했다. 주점도 함께하는 여관도 사람들로 인해 가득 찼다. 아침엔 조금 여유로웠던 것이 오후를 넘어가자마자 사람이 불어나기 시작하더니 인산인해를 이뤘다.

"어, 왔어?"

문을 열고 들어오는 라야를 향해 여노가 불렀다. 라야가 고개를 꾸 벅 숙이고 위층으로 올라가는 계단을 밟았다. 떠들썩한 사람들 속에 여노가 목소리를 높였다.

"의원님이 찾아오셨었어!"

"……?"

계단을 밟아 가던 발이 멈칫한다.

라야가 무표정한 얼굴로 돌아보자마자 여노가 손가락질로 밖을 가리켰다.

"진료소에서 기다리시겠데. 여긴 시끄럽고 복잡하니까 진료소로 찾아와 달라고 부탁하셨어."

여노가 말하는 의원은 미드렌이었다. 라야는 발을 돌려 다시 계단 을 내려왔다.

3.

—오늘 하루 쉽니다.

팻말이 진료소 문 앞에서 달랑거린다.

"……."

라야는 그 팻말을 뚫어져라 보다가 문손잡이를 잡고 슬며시 당겨 봤다. 문이 열린다. 문틈으로 어젯밤 질리도록 봤던 진료실 풍경이 눈에 들어왔다.

"뭐야, 뭘 훔쳐 가려고 그렇게 서 있어? 기분 나쁘게시리. 왔으면 들어와."

본의 아니게 문틈으로 보고 있던 라야를 미드렌이 타박했다. 그는 소매를 걷고 부지런히 빨래를 내다 널고 있었다. 라야는 정색하면서 문을 열고 들어갔다.

"훔쳐 가려고 한 것 아닙니다. 팻말이 걸려 있어서 문이 잠긴 것 같아……."

"알아, 알아. 너 고지식해서 농담 안 통하는 거 알겠으니까 그만하고 들어와."

라야의 표정에 묘하게 실금이 갔다.

소년은 어금니를 꽉 깨물고 진료소 안에 들어가 의자에 앉았다. 미드렌은 의자에 앉은 라야를 힐끗 보고 계속 삶아 대고 있는 흰 천을 건져 냈다. 환자들에게 쓰는 천이다.

그는 날 잡고 진료소를 쉴 때마다 천과 그 밖에 물건들을 뜨거운 물로 소독했다. 소독이 끝난 것 같으면 진료소 뒷마당으로 가 빨랫줄에 널고, 또 다른 천을 삶았다. 미드렌은 그것을 반복하며 입을 열었다.

"국명부 열리는 날에 들어갈 거지?"

본론이다. 라야가 딱딱하게 대답했다.

"네."

미드렌은 막대기로 푹푹 삶은 천을 건져 냈다. 새하얀 천에서 하얀 김이 모락모락 올라왔다.

"나와 리올도 갈 거다."

"네?"

"나는 포기했지만 리올은 포기를 못했으니까. 단념 시켜 줄 생각이야."

변해 버린 궁과 정한을 둘러보고, 옥좌에 앉은 로사우를 보여 주며 말해 줄 것이다.

이제 그만 단념하라고.

우리들의 왕이 사라진 것은 백 년 전이고, 정한에는 흔적조차 없다고.

"군위를 단념시키기가 어렵겠지만, 어쨌든 왕과의 계약은 파기가 됐고 정신도 제정신이 아니니까. 하여튼 해 보는 데까지 해 보려는 중이야. 이런 거라도 해야지."

"⋯⋯."

미드렌은 삶은 천을 들고 뒷문으로 나가 널고, 다시 들어왔다. 봄볕에 새하얀 천들이 뽀송뽀송하게 말라 갔다.

"그리고 널 부른 이유는 혹시나 아는 척을 할까 봐."

라야는 대답 없이 듣기만 했다.

"로사우는 내가 여기에 사는 걸 알고 있어."

미드렌은 다시 솥으로 걸어가 다른 천을 집어넣었다. 팔팔 끓는 물에 천을 집어넣고 그 앞에 서서 기다렸다.

"여기서 살도록 배려해 준 것도 그 자식이야. 왕을 잃은 나를 동정하는 척 여기서 살지 않겠냐고, 국명부에 이름을 적고 제대로 된 직업을 가지라고 했으니까."

왕을 찾는 것을 포기한 시점이었다. 미드렌은 망설이다가 정한의 국명부에 이름을 적었다. 왕을 잃은 나라였지만, 왕이 있기도 했던 곳이다. 포기는 했어도 미련은 남았다. 정한을 떠날 생각조차 못했던 미드렌은 국명부에 이름을 적고 나라에 남았다.

"네가 나와 아는 사이인 게 들키면 널 경계할 거야. 너, 그 미친 왕자를 찾으려면 눈에 띄어선 좋을 게 없잖아. 그러니 아는 척 말라고. 넌 나한테 손이 아파서 진료를 받은 적은 있지만 그것 외엔 별 볼일 없는 사람인 거야. 알겠어?"

"네."

"그럼 가 봐."

미드렌은 솥에서 다시 천을 꺼내 담았다. 라야는 문을 닫고 진료소를 나왔다.

국명부가 열리는 날이 코앞으로 다가왔다.

제 14 장

국명부가 열리는 날

제 14 장
국명부가 열리는 날

1.

중요한 날이다.

모두가 그런 생각을 가지고 하루를 시작했다. 노비부터 시작해서 궁녀, 관리들까지 오늘은 모두 새 옷으로 빼입었다. 갈아입을 옷이 없는 노비들에겐 궁에서 깨끗하고 깔끔한 새 옷을 내려 주었다.

바닥도 그 어느 때보다 반질반질 윤이 났다. 노비들과 궁인들이 쉬지 않고 닦았으니 땀으로 얼룩질 만도 한데, 그 땀조차도 모두 닦아 내려 바닥은 거울만큼이나 선명하게 걷는 이의 모습을 비쳤다. 노비들과 궁인들은 이 복도가 더럽혀질까, 한동안 발끝으로만 걸어 다니며 다른 일을 해 냈다.

궁의 큰 기둥에는 알록달록한 천이 묶이기 시작했다. 천을 하나로

땋은 이것은 밧줄처럼 보이지만 웅장함이 가미되어 궁을 돋보이게
해 준다.

"이번에도 많이 모였군요."

재상은 창밖으로 내다보며 질린다는 표정을 지어 보였다. 그의 뒤
에는 궁녀들의 도움으로 옷을 입는 왕이 있었다.

보랏빛 군석이 보이도록 머리를 넘기자 수려한 얼굴이 드러났다.
전대 정한 왕도 잘생겼고, 그의 왕비 또한 아름다웠다고 했으니 그
자식인 교활 또한 당연히 수려한 얼굴이었다.

옷은 언제나 하얀색이었다. 새하얀 의복이라고 해도 농사를 짓는
이가 입는 것과는 달랐다. 의복의 주된 옷감은 미끄러질 만큼 매끄러
운 비단으로 지어진 것이었고, 의복의 끝에는 은실로 소나무가 수놓
아져 있었다. 저 은실은 흰색에 밀려 잘 보이지 않았으나, 빛을 받으
면 은은히 빛나 일면 고급스럽게 보이는 효과가 있었다. 그 외에도
소매 깃이나 목깃 같은 곳에는 모두 금실이 장식하고 있었다.

"그리 입으시니 정말 신 같습니다."

금빛 실타래 같은 머리카락에 은실과 금실로 수놓아져 있는 새하
얀 의복은 기가 막히게 어울렸다. 이마에 박힌 군석의 색 또한 보랏
빛으로, 흔하지 않은 색이라 눈을 끄는 매력이 있었다.

"신은 무슨, 짐도 인간이라오."

교활이 쓰게 웃으며 막바지 준비에 공을 기울였다. 오늘은 국민이
될 사람들을 처음이자 마지막으로 맞이하는 자리나 마찬가지였다.
국명부에 이름을 적고 난 후, 마을에 내려가 살면 두 번 다시 볼 수 없
으니 처음이자 마지막이다. 그래서 교활은 다른 행사 때보다도 심혈
을 기울이고 있었다.

재상이 물었다.

"근데 라기에 님이 안 보이십니다?"

"국명부가 열릴 땐 번잡하니까, 하오에게 부탁해 그곳 가문이 있는 부락으로 보내 놨소. 비가 오지 않는 부락에서 생활해 보는 것도 경험일 테지. 일주일 후엔 돌아올 것이오."

"하오라면 북쪽 성문을 맡은 장군이셨지요? 든든하면서도 충직한 사람이지요. 잘하셨습니다. 하오 장군도 매우 기뻐하며 명을 수행하겠군요."

교활이 부드러운 미소로 고개를 끄덕였다.

그사이 왕의 두 군위도 새 의복으로 갈아입었다. 그들이 입은 의복은 짙은 빨간색으로 얼핏 고동색 같이 보였다. 잘못 입으면 촌스러운 색이 될 수도 있었으나 소란도, 고흐도 키가 커서 무얼 입어도 잘 어울렸다.

교활은 그 둘을 보며 한숨을 쉬었다. 하나가 여전히 빠져 있다.

"매륜은?"

매륜은 첫 번째 군위이자 바람술사의 이름이었다. 장난기가 가득하고 궁에 맞는 성격이 아닌, 시장 바닥을 굴러다녀야 직성이 풀리는 개구쟁이 같은 성격이었다. 교활이 왕으로서 명령을 내리면 그런 군위를 궁에 못 잡아 둘 리도 없건만, 교활은 단 한 번도 그런 명령을 내리는 적이 없었다. 교활은 매륜이 자유롭게 돌아다는 것을 좋아했다.

"중요한 날이지 않습니까. 밤이면 돌아올 겁니다."

고흐가 무뚝뚝이 입을 열었다. 소란이 덧붙였다.

"이번에도 한 보따리 선물을 들고 올 겁니다. 저번에는 각 나라에서 수집한 보석을 한 보따리 들고 어전에 풀어놓았지요. 고급스럽고 아름답기 짝이 없는 보석을 그리 많이 어전에 풀어 놓아, 왕의 얼굴을 세웠다고 득의양양했으니 이번엔 좀 더 대단한 물건을 가져올 겁니다."

매륜은 바람을 타고 여행하기를 좋아했다. 그건 군위가 된 후에도 달라지지 않았다. 군위가 된 후엔 으레 '왕'이 가장 중요한 것으로 변한 것은 그도 마찬가지라, 그의 여행의 목적이 '왕이 좋아하실 만한 물건 사기'로 변질 중이었다. 그는 소란과 고호를 믿고 훌쩍 여행을 떠났다가 왕께서 좋아하는 물건이란 물건은 바리바리 싸 들고 돌아오기 일쑤였다.

"이번엔 또 무엇을 가지고 올까요?"

소란이 웃으면서 말하자 교활도 웃었다. 다른 관리들은 혼자 떠도는 군위를 곁에 붙여 두라며 왕께 역설했지만, 교활은 그 자유로움이 좋아 막질 않았다.

"끝났습니다."

허리띠를 단정하게 묶은 궁녀가 일어섰다. 창밖을 내다보던 재상이 다가왔다. 말투가 샐쭉하니 가시가 있다.

"오늘이 드디어 제 여식이 출궁하는 날이군요."

웃으면서 궁녀에게 수고했다고 말을 하려 했던 왕이 그 순간 쩌적 굳었다. 소란이 손으로 얼굴을 덮었고, 고호가 애써 모른 척 외면했다. 교활의 이마에 땀방울이 대롱대롱 맺혔다.

재상은 나이 든 얼굴로 여우처럼 웃었다.

"전 왜 그걸 어제 알았을까요, 전하."

웃는 얼굴이었지만 눈은 웃지 않았다. 눈에서 숫제 불길이 타올랐다.

"저를 피해 다니시기에 무슨 일이 있었구나, 라고 여기긴 했지만 장인이 모르는 출궁이라니요, 전하. 분명 아내 삼는다고 데려가시지 않으셨습니까. 합방도 미루시고 첩지도 내려 주지 않아 설마설마하고 있던 찰나였는데, 이렇게 뒤통수를 칠 줄은 꿈에도 몰랐습니다, 저— 언— 하."

교활이 시선을 피하고 침을 꼴깍 삼켰다.

왕이 안절부절못하여 이리저리 시선을 회피하자, 재상은 푹 한숨을 내쉬었다.

"진정하십시오, 전하. 옷이 망가집니다. 정한의 국민이 될 사람들은 왕을 만난다는 기대감에 매우 들떠서 왕께 사소한 흠이라도 있으면 은근히 실망할지도 모른단 말입니다. 그건 그것대로 가엾지 않습니까."

화를 낼 상황인데 되려 걱정해 준다. 교활은 우물쭈물 사과의 말을 던졌다.

"……재상, 미안하게 생각하고 있소."

"저한테 미안해 하시지 않으셔도 됩니다. 불쌍한 건 제 여식이지요. 좁은 세상에서 조신하게 살다가 왕께 첫눈에 반해 시집가겠노라 말하더니 장렬하게 차이지 않았습니까. 첫사랑의 실패는 뼈가 아픈 법입니다. 제 여식은 그래도 좋다고 비파 연습을 하고 있지만 말입니다."

재상이 하하하하 웃었다. 교활도 하하하 웃고 싶었지만 웃음이 나오지 않았다.

"섭섭하기도 하고, 아쉽기도 합니다. 제 여식이긴 하지만 제 눈으로 보기에도 꽤 빼어난 아이라, 왕의 곁을 지키면서 내조를 잘할 수 있을 거라 여겼습니다. 루가얀 왕비님처럼 말입니다."

루가얀의 이름이 나오자마자 교활의 얼굴은 희게 질렸다. 그는 빳빳하게 변해 버린 눈동자로 재상을 응시했다. 재상은 그 시선에 맞서 또박또박 대꾸했다.

"루가얀 왕비님이 계시던 때 전하께서는 부족한 게 없어 보이셨습니다. 궁에 어울리는 분은 아니셨지만 전하께는 무척이나 잘 어울리는 분이었지요. 저는 그때처럼 제 여식이 전하를 채워 주고 보듬어 줄 수 있을지도 모른다고 기대했습니다. 하지만 역시 무리였던 게지요."

"……재상의 여식은 훌륭하네. 부족한 게 없지. 어쩌면 루가얀보다 사랑스러울지도 모른다네. 다만, 짐이 사랑하는 건 루가얀이야."

루가얀과 만난 그날, 세상이 변했다.

아버지의 독설에 마냥 움츠리기만 했던 아들이 처음으로 어깨를 펴고 거리를 걷고, 당당해질 수 있다는 것을 안 날이었다.

서글픈 대답에 재상은 잠시 뜸을 들였다가 다른 대답을 내놓았다.

"……제 여식의 비파 소리는 죽을 때까지 못 잊으실 겁니다."

"각오는 하고 있네."

교활은 희미하게 웃으며 방을 나섰다. 그 뒤를 소란과 고호가 따른다. 재상은 뒤에서 넙죽 허리를 숙여 왕을 배웅했다.

2.

각 나라마다 법도가 다르고 규칙이 다르고 예의가 다르다.

그 나라 중 정한의 법도는 꽤 간략한 편에 속했다. 이것도 루가얀의 영향이다. 고리타분하고 지겨운 것을 싫어하는 루가얀을 위해 교활은 손수 법도를 뜯어고쳐 간단하게 만들었다.

국명부가 열리는 날의 행사가 시작되었다.

처음 보는 이들이라면 웅장하고 화려한 모습에 감탄을 할 행사의 시작이었지만, 타국에서 이런 일을 여러 번 겪은 사람이었다면 간략하게 진행되는 행사의 모습에 기함을 토할 행사였다.

본궁의 대전에 관리들이 꽉꽉 들어찬다. 그들은 하나같이 푸른색 관복으로 맞춰 입었다. 그들이 들어선 후에는 왕께서 납신다는 외침과 동시에 풍악이 울렸다.

왕은 아주 천천히 들어섰다. 그렇다고 너무 느린 것도 아니다. 사람의 시선을 끌어당기기 충분한 속도로 옥좌로 향한다. 왕의 뒤에는 언제나 그렇듯 두 명의 군위가 따르고 있었다.

왕이 대전에 들어서자 수많은 관리들이 일제히 무릎을 꿇고 고개를 조아렸다. 왕은 바닥에 깔린 붉은 양탄자를 밟고서 옥좌에 도착했다. 금으로 만들어진 이 옥좌는, 오로지 교활 왕을 위해서 만들어진 옥좌였다.

"시작하라."

시작을 알리는 왕의 목소리가 울린다. 소란과 고호는 옥좌 양옆에 서서 왕을 지켰다.

풍악이 울렸다. 관리들을 통틀어 그들을 대표하는 자가 나서서 축사를 읊었다. 축사는 나라에 대한 영광과 좋은 왕을 모시게 되어 기쁘다는 말로 시작해서 나라의 번영을 빈다는 말들로 끝났다.

축사 다음에는 무희들의 축하 춤사위가 펼쳐졌다. 풍악이 울리고

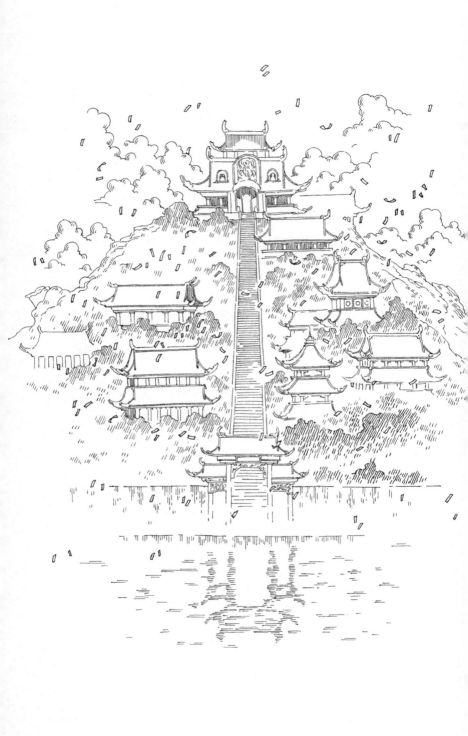

하늘거리는 옷을 걸친 무희들이 선녀들처럼 춤을 췄다. 춤을 추다 빙글빙글 도는 것이 꽃봉오리처럼 어여뻐 주위에서 쉬지 않고 탄성이 흘러나왔다. 무희들의 손짓은 바람처럼 살랑거렸고, 대전 곳곳을 뛰어다니는 다리는 꽃 위에서 노니는 듯이 가벼웠다.

한껏 고무된 분위기에서 무희들은 춤을 끝내고 물러났다. 원래대로라면 여기서 끝났어야 할 행사지만, 오늘만큼은 하나의 축하 인사가 더 남아 있었다.

대전 끝머리에서 비파를 든 기란이 나타났다.

옥좌에 앉은 교활이 희미하게 웃었다. 비파를 든 기란의 손가락에 붉은 상처들이 보였다.

그럼에도 그녀는 사랑스런 미소를 입가에 떠올리고 고운 자태로 대전에 들어섰다. 기란의 벽자색 머리카락이 허리까지 내려오고, 귀하기 짝이 없는 홍옥비녀가 머리끝에서 흔들렸다. 최고로 어여쁜 모습을 보여 준다더니 그 말이 맞았다. 기란은 매우 어여뻤다. 분홍 연지를 찍어 바른 입술과 옥색 의복을 입은 기란은 진심으로 아름다웠다.

"기다리고 있었소."

왕의 환대에 기란이 밝게 웃으며 옥좌에 가까이 다가섰다. 언약을 지킬 때가 왔다. 그녀는 세상에 그 어떤 여인들보다 아름답게 보이기 위해 곱게 웃었다.

"시작하시오."

교활이 친히 권했다.

기란은 기다렸다는 듯이 비파 줄을 당겼다.

3.

어둠 속에서 아기에는 눈을 떴다. 오늘도 날아온 쪽지 하나가 그의 손에서 꼼지락거렸다. 주술진이 그려진 청안이 은은하게 빛난 후에 쪽지는 꼼지락거림을 멈췄다.

"시작했다."

아기에는 씩 웃었다. 지긋지긋한 어둠도 이제 안녕이다. 왕은 신나서 침대에서 내려와 왼팔의 부목을 떼어 내 버렸다. 기해가 옆에서 도와준다. 그는 아기에가 수락한 후부터 말없이 시중을 들기 시작했다.

"여전히 벌레가 보여?"

부목을 떼어 내는 기해에게 아기에가 물었다.

기해는 초췌한 모습으로 고개를 끄덕였다. 왕의 부목을 떼어 내고 있는 손등에도 벌레가 여러 마리 붙어 있었다. 왕의 손으로 옮겨 갈 만도 하거늘, 벌레는 끈질기게 기해의 몸에만 붙어 있었다.

"아, 너 불 지필 줄 알지?"

부목을 떼어 내는 기해에게 아기에는 다른 것을 물었다. 기해는 다시 고개를 끄덕였다. 아기에는 짙게 웃었다.

"그럼 가서 물 좀 데우고 있어 봐. 아주 뜨겁게, 팔팔 끓을 정도로."

기해는 '왜?'라는 의문도 가지지 않고 바로 욕실로 걸어 들어갔다.

아기에는 씩 웃으며 부목을 대고 있었던 왼팔을 움직였다. 오랫동안 움직이지 않았던 왼팔이 뿌득뿌득 소리를 내며 힘들게 움직인다. 덜 나아서 격한 행동은 못하겠지만, 이 정도는 달리는 데 지장이 없겠지.

"물의 양은 어느 정도로 할까요?"

욕실로 들어갔던 기해가 다시 나와 물었다. 아기에는 생각할 것도 없이 대답했다.

"사람 한 명이 빠질 만큼."

기름이 더 좋겠지만 기름을 구할 여력은 안 되니 어쩔 수 없다. 물만이라도 팔팔 끓여서 뒤집어씌워야지.

아기에는 그 순간을 상상하며 흡족하게 웃었다.

4.

라야는 검은색 차림으로 길디긴 줄에 합류해 있었다. 그 뒤에는 멍한 얼굴의 리올과 아니꼬운 표정의 미드렌이 서 있었다. 모른 척하라고 해서 아는 척은 하지 않고 있지만 어쩌다 보니 바로 앞과 뒤로 줄을 서게 되었다.

미드렌은 리올이 라야에게 말을 걸지 않도록 주의시키면서 팔 사이에 끼고 있는 긴 물건을 추스르기 바빴다. 푸른색 천에 쌓인 길쭉한 것은 성인 남성의 팔보다 길어서 손에 쥐고 밑으로 내리면 바닥에 끌릴 정도로 보였다.

"하필 바로 앞이냐."

들고 있는 물건을 추스르며 미드렌이 투덜거렸다. 라야는 등을 돌리고 선 채 모른 척했다.

"길기도 하다."

그사이 리올이 까치발을 하고서 길게 이어진 앞줄을 쳐다봤다. 미드렌이 책임지고 깨운 탓인지 그는 제정신을 유지하고 있었다. 잠도 충분히 잔 모양인지 눈 밑의 그림자도 많이 옅어졌다.

"사람들 정말 많네."

"그럼 많지, 적겠냐?"

미드렌이 투덜거렸다.

라야는 그 둘의 수다를 들으며 궁으로 통하는 입구를 하염없이 응시했다.

산 밑자락에서 시작된 줄은 산 정상까지 이어지고 있었다. 산 자체가 궁으로 이뤄져 있기에 가능한 진풍경이었다.

'찾을 수 있을까.'

미드렌이 그려 준 지도는 이미 외웠다.

찾기만 하면 된다.

찾은 후의 일도 걱정이지만, 우선은 찾아서 무사한 모습을 눈으로 확인하고 싶었다.

라야의 검은 눈이 조용히 본궁을 눈에 담았다.

5.

비파 연주가 끝나고 대전에는 정적이 내려앉았다.

관리들도 놀라 숨을 삼키고, 교활 또한 박수 칠 생각조차 못할 정도로 놀라고 있었다.

기란의 실력은 대단했다.

일주일도 되지 않은 연습으로 비파로 저런 소리와 느낌을 낸다는 것은 쉬운 일이 아니었다.

비파 연주를 끝낸 기란은 다소곳이 일어나 허리를 숙였다. 벽자색 머리카락이 물결처럼 앞으로 넘어와 그녀를 돋보이게 만들었다.

그녀가 일어서자 퍼뜩 정신이 든 교활은 박수를 쳤다. 왕의 박수다. 아낌없이 쳐 주자 관리들이 너도나도 대단하다는 감탄을 늘어놓았다.

"마음에 드셨습니까?"

기란이 옥좌 앞까지 다가와 묻는다. 무엄한 태도였지만 그녀의 사정을 알고 있는 관리들과 왕은 너그러이 넘겼다. 좋은 날에 좋은 연주를 들었다. 누구나 너그러워질 수 있는 순간이었다.

"마음에 들다마다. 대체 얼마나 연습한 것이오?"

기란은 부끄럽다는 듯이 웃었다. 손끝에 난 상처들이 대견하고 갸륵할 지경이었다.

교활은 인자한 웃음으로 기란을 칭찬했다.

"짐은 죽을 때까지 이때의 기억을 잊지 못할 것이오."

국명부가 열릴 때마다 기란의 비파 소리를 떠올리고, 또 떠올릴 것이다.

기란은 그 소리가 기뻤는지 어여쁘게 웃었다.

그리고— 국명부가 열린다는 선언이 왕의 입에서 흘러나왔다.

6.

앞의 사람들이 조금씩 줄어들었다. 라야와 미드렌은 줄어드는 사람을 따라 한 발짝 한 발짝 앞으로 걸음을 옮겼다.

정한의 국명부에 이름을 적으려면 우선 관리를 거쳐야 한다.

이렇게 많은 인원수를 왕 혼자서는 가려낼 수가 없으니, 우선적으로 관리들이 병과 나이를 구분하여 가려내는 것이 첫 번째 관문이었다.

나이가 많은 자들은 나라에 들여놔 봐야 도움이 되지 않는 것이 현실이라 어쩔 수 없고, 위독한 병이 있는 자들 또한 마찬가지였다.

그나마 전문적인 지식과 연륜이 있다면 말이 다르겠지만, 농사를 짓고 풀을 엮어 자리를 만드는 사람들은 이미 정한에서 넘치고 흘렀다. 다른 전문적인 일이 아니라면 나이가 많은 사람이 국명부에 이름을 적을 수는 없었다.

병이 든 자들은 제 병을 숨기기 위해 노력했다. 멀쩡한 척 굴어도 보고, 운동으로 단련되었다며 근육을 보여 주기도 하지만 관리들 옆에는 의원들이 대기 중이었다. 병을 속이는 자를 가려내기 위해 맥을 짚어 보는 것이다.

제외할 자를 제외하고 나면, 이번에는 선호하는 순으로 나누기 시작한다. 대체로 가장 먼저 분류되는 무리가 가족들이었다. 삼백 채의 집을 지어 놓고, 삼백 가구를 지원할 준비만 되어 있는 나라에게 가족 단위의 사람들이 최우선 순위였다.

홀로 국명부에 이름을 적는 자에게 주어지는 것이 집 한 채라면, 가족 단위에게 주어지는 집도 한 채이기 때문에, 집 한 채로 되도록 많은 수를 수용할 수 있는 가족 단위가 나라에겐 득이 되었다.

하지만 가족 단위로 국명부를 적으러 온 자는 그다지 많지 않았다. 가족들을 모두 이끌고 국명부에 이름을 적으러 오기엔 바깥세상이 너무 혹독했다.

가족 단위가 걸러지면 그다음엔 홀로 국명부를 적으러 온 자들을 가려낸다. 그들은 대부분 젊은 남녀들로 적당한 비율로 뽑는데, 그들에게 주어진 우선순위도 역시 직업이었다. 정한에서 쇠를 다루는 이가 부족하면 쇠를 다룬 전적이 있는 이가 뽑히는 것이 당연한 일이었다.

그렇게 걸러 내고 또 걸러 내서 관리들은 정한의 국민이 될 자격이 있는 자들로만 왕께 보낸다. 다시 말해서, 관리들은 우선적으로 떨어질 사람들을 골라내는 역할을 하는 것이다.

라야는 국명부에 이름을 적기 위해 온 사람들 사이에서 약간 죄스러워졌다. 자신 때문에 순위에 밀려 떨어지는 사람이 있다면 미안해서 고개를 들지 못할지도 모른다. 교활 왕은 라야에겐 못난 왕으로 비춰졌지만 힘든 생활을 하면서 살아온 자들에게는 구명줄 같은 희망이었다.

'국명부에 이름을 적는 것을 실패하고, 정한의 노비 시장에 스스로 몸을 파는 자들도 있다던데.'

씁쓸함을 감출 수가 없다. 물이 없는 바깥세상에서 사는 인간보다는 안정된 곳의 노비가 더 살기가 좋다는 말이 된다.

라야가 생각에 빠진 사이에도 줄은 계속 줄어들었다. 오랜 세월 동안 꼬박꼬박 국명부를 열었으니, 관리들에게도 경험이 쌓였다. 그러니 그만큼 줄어드는 속도도 빠르다. 라야는 한 걸음씩 옮기며 본궁에

다가갔다.

산 하나를 통틀어 궁으로 지어 놨으니, 본궁까지 오르는 길은 대부분 오르막이었다.

노비들만 쓰는 소박한 건물들이 가장 먼저였고, 그다음엔 말을 키우는 마장이 있었다. 마장에 매여 있는 수십 마리의 말들이 보일 땐 사람들 사이에선 약간의 소란이 일었다. 밭을 갈고 우마차를 끄는 소가 말보다 더 비싼 동물이지만, 말은 평민들이 사는 곳엔 찾아볼 수가 없는 짐승이었다.

기다랗게 이어진 줄에 있는, 몇 안 되는 아이들이 말을 향해 손가락질했다. 말이 신기해 두 눈이 초롱초롱해졌다. 라야도 마장에 있는 말들을 힐끗 봤다가 시선을 돌렸다. 말이야 라야에게 있어서 신기한 동물이 아니었다.

좀 더 올라가자 이번엔 관리들이 쓰는 전각들이 나왔다. 곳곳에 맡은 부의 현판이 걸려 있다. 기둥에 전부 옻칠이 새로 된 것을 보고 라야는 쓴웃음을 지었다. 커다란 행사라고 고생했을 노비와 궁인들이 생생했다.

라야는 그렇게 점점 본궁과 가까워지고 있었다.

7.

기란은 붕대를 감은 손으로 쟁반에 물을 담아 움직이고 있었다. 비파를 연주했으니, 이제 그녀는 왕과의 약속대로 본가가 있는 곳으로 돌아가야 했다. 하지만 이 기간은 궁에서 일손이 부족할 때였다.

길게 이어진 줄은 빠르게 줄어들 때도 있지만, 느려질 때도 있었다.

이 긴 줄을 서서 기다리는 사람들이 얼마나 목이 탈까.

수통에 물을 넣고 기다리는 현명한 자들도 있겠지만 그렇지 않은 자들도 분명 있을 터였다. 기란은 그들을 위해 손수 물을 나르는 중이었다.

"이런 일은 저희 궁녀가 할 일입니다, 마마님."

그녀의 수발을 드는 궁녀가 난처한 목소리로 고했다. 궁녀로서도 오늘이 기란의 수발을 드는 마지막이었다. 그럼에도 불구하고 웃전을 상대한다는 바른 마음가짐은 깍듯하기 그지없었다.

"마지막이지 않니. 조금이라도 도움이 되고 싶구나."

기란은 물을 담은 잔을 쟁반 위에 올려 두고 길게 줄을 선 사람들에게 나눠 주었다. 상전이 저러니 아랫것들이 가만히 있을 수는 없다. 궁녀들도 저마다 손을 보태어 물을 나누어 주었다.

수통에 물을 담아 온 이는 괜찮다 거절하고, 목이 말랐던 이는 감사하다 인사하며 물을 마셨다.

그렇게 기란은 몇 시간 동안을 물을 나눠 주는 것에 심혈을 기울였다.

8.

라야는 검은 눈동자로 제 손에 들린 물 잔을 빤히 응시했다. 방금 궁녀들이 지나가면서 전해 준 물이다. 아기에를 찾을 생각 탓에 긴장한 것인지, 조금 목이 마른 듯하여 받아 든 물이었다.

미간이 살짝 찌푸려진다.

"왜 그래?"

아는 척하지 말라고 했던 미드렌이 그걸 잊고 불쑥 말을 걸었다. 아, 하면서 입을 가려 보지만 말은 이미 내뱉어졌다. 라야는 미드렌을 조금 한심하게 보다 모른 척 다시 물을 응시했다.

"왜 그래, 무슨 일 있니, 라야?"

이번엔 리올이 어린이를 가르치는 선생처럼 물었다. 미드렌이 아는 척하지 말고 있으랬다가 말을 걸자 괜찮다고 여긴 것이다. 미드렌이 뒤에서 와왁했지만 이미 엎질러진 물이었다. 미드렌의 뒤에 있는 사람과 라야의 앞에 있는 사람들이 이미 돌아본 후였다.

미드렌은 손으로 얼굴을 쓸어내렸고, 리올은 백치처럼 히죽히죽 웃기만 했다. 제정신이긴 하지만 역시 뭔가…….

라야는 거기까지 생각하다 그냥 대답하고 말았다.

"물맛이 조금 이상합니다."

"응?"

라야는 손에 든 물을 흔들어 보였다.

"넘어가는 기분이 좋지 않습니다. 껄끄러운 걸 삼키는 기분입니다."

리올이 옆에서 갸웃거렸다.

"물이 왜? 기분 탓 아냐?"

"넌 시끄러. 하는 말마다 내 속을 뒤집으니까 그냥 닥치고 있어. 넌 그 물 이리 줘 봐."

미드렌이 리올을 타박하고 라야가 든 물을 확인했다. 혀를 살짝 담가 보고 코로 킁킁 냄새를 맡았다.

미드렌의 얼굴이 삽시간에 굳어졌다. 그의 중후한 얼굴이 딱딱해지더니 심각한 빛을 띠었다.

"······뭐야, 이게."

"왜 그러십니까?"

"왜?"

라야와 리올이 동시에 물었다. 미드렌은 그 물을 한참 동안 내려다보다 앞쪽을 응시했다. 그의 앞에 있는 사람들도 물을 마시고 있었다. 아이들, 여자, 남자 가리지 않고 홀짝대는 것이 보였다.

미드렌은 불쑥 줄에서 이탈하여 앞쪽으로 걸어갔다. 그는 아이가 쥐고 있는 물을 빼앗아 들었다.

"어?"

갑작스런 사태에 물을 빼앗긴 아이가 눈을 동그랗게 뜬다. 미드렌은 라야가 든 물 잔에 했던 것처럼 혀를 조금 담가 보고, 코로 킁킁 냄새를 맡았다. 아이의 어미로 보이는 자가 옆에서 떽떽거리고 있지만 미드렌의 귀에는 아무것도 들리지 않았다.

"이건······."

미드렌의 얼굴이 확연히 굳어졌다. 그는 물을 들고 있던 아이에게 쏘아붙였다.

"너, 이 물 마셨어?"

"네?"

"이 물 마셨냔 말이야!"

"아, 아니요."

아이가 겁에 질려 목을 움츠렸다. 아이는 겁먹은 표정으로 어미의 품으로 안겨 들었다. 어미도 같이 겁먹은 표정으로 주춤거렸다. 줄

선 사람들이 모두 미드렌에게 시선을 모았다. 소란을 느낀 무사들이 몇몇 미드렌 쪽으로 다가왔다.

미드렌은 창백한 얼굴로 물을 내려다보다 자신이 원래 있던 곳으로 시선을 돌렸다. 검은 머리 소년이 눈에 들어왔다. 눈이 마주친 라야가 똑바로 되물었다.

"왜 그러십니까?"

"너…… 이 물 마셨어?"

"네, 한 모금 정도 마셨습……."

"토해!"

미드렌이 라야에게 달려들었다. 그는 라야에게 화를 내듯 윽박질 렀다.

"당장 토해! 모조리 다!"

라야의 얼굴에 당황스러운 기색이 떠올랐다. 미드렌이 소리쳤다.

"독이다! 그것도 아주 악질적인 독이야!"

검은 눈이 커졌다. 미드렌은 라야를 윽박지르던 것을 멈추고 줄에서 빠져나와 앞으로 뛰어가며 외쳤다.

"물을 모두 버려! 독이 들어 있다! 마시지 마!"

9.

기란은 물을 계속 나누어 주었다. 궁녀가 물을 나눠 주다 말고 고개를 들었다.

"앞이 소란스럽네요."

"응?"

기란이 멈추고 고개를 들었다. 궁녀들과 부지런히 물을 나눠 준 탓에 이미 궁의 끝, 산 밑자락까지 내려와 있었다. 그녀와 궁녀가 시선을 둔 곳은 이미 물을 나눠 준 곳이다. 그곳에서 시끄러운 소란이 일고 있었다. 한 사람이 무언가 고래고래 소리를 치고 있지만 멀어서 잘 들리진 않았다.

"무슨 소란일까요? 난동이라도 벌어졌을까요?"

"난동?"

"국명부에 이름을 적는 것에 실패한 사람들이 궁을 빠져나오면서 난동을 부린 경우가 몇 번 있지요."

세상에 그런 무서운 경우가 있구나.

곱게 자라기만 했던 기란은 놀라 입을 벌렸다. 다른 궁녀는 마지막 남은 물을 앞에 있는 자에게 건넸다. 물을 받은 이가 감사하다고 곱게 인사했다. 궁녀들은 전부 비어 있는 쟁반을 흔들어 보였다.

"더 떠와야 할 것 같아."

쟁반이 텅텅 비어 버렸다. 줄은 아직도 길고, 목이 마른 사람은 여전히 있었다.

기란은 왕께 도움이 되고 싶어 바지런히 움직였다.

10.

소동을 피운 미드렌은 곧장 무사에게 잡혀 관리들 앞에 세워졌다. 그 뒤를 라야와 리올이 따라갔다. 아는 척하지 말라는 말은 독이 들어 있다는 말에 전부 잊고, 급한 마음에 따라나섰다.

무사들에게 제압당한 미드렌은 관리 앞에 털썩 꿇어 앉혀졌다.

"물에 독이 들어 있다고?"

앞에 앉은 관리가 혀를 찼다. 그는 앞에 놓인 물을 들어 입에 댔다. 미드렌이 안색이 변해 크게 소리쳤다.

"마시지 마!"

다짜고짜 나온 반말에 관리가 그를 노려보곤 물을 내려놓았다.

라야는 굳은 안색으로 미드렌의 뒤를 서서 속을 문질렀다. 아까부터 속이 메슥거렸다. 미드렌의 말을 듣고 토하려고 해 봤지만 나오지 않았다. 메슥거리는 속만이 그를 불쾌하게 만들었다.

"증명할 수 있나? 궁에서 소란을 야기한 대가는 그리 만만치 않다!"

관리가 날카롭게 호령했다. 늙은 관리임에도 기세는 전장을 누빈 장군만큼이나 대단했다.

미드렌은 당연히 주눅 들지 않았다. 젊어 보여도 이미 백 년을 넘게 산 사람이었다.

"난 의원이야. 못 믿겠으면 아랫마을에 사람을 보내서 물어봐. 미드렌이라고 하면 웬만하면 다 알아!"

"의원이라고?"

관리는 중얼거리더니 물 잔에 담긴 물을 심각하게 내려다봤다.

"그 말 신용해도 되겠나?"

"그건 둘째 문제야. 내가 틀리면 목을 쳐도 좋아! 그러니 우선 물을 못 마시게 해! 먹은 자는 토하도록 만들어! 로매露埋다! 악질적이라 중

독되면 다 구하지도 못해! 특히나 아이들에게 독이 드러나기 시작하면 백이면 백 다 죽어!'

"로매— 라고?'

근엄하기 그지없던 관리의 표정이 그때부터 변했다. 라야는 그 말을 들으면서도 속이 메슥거려 집중하지 못했다. 어쩐지 점점 머리가 아파 오고 오심이 치밀어 올랐다.

'독 탓인가.'

한 모금 정도 되는 물을 마셨다. 그것이 원인인가? 그렇게 적은 양인데? 라야는 내색하지 않기 위해 꾹 참았지만 속이 점점 답답해지고 메슥거렸다. 힘들게 참으려다 보니 안색도 창백해졌다.

그사이 관리와 미드렌은 빠르게 대화를 이어 가고 있었다.

"로매라 함은…… 물에 완전히 녹으면 독이 되는 이끼의 이름이 아닌가."

"그거 맞아. 구해서 말려서 쓰면 약이 되지만, 물과 만나면 독이 되는 그거 맞아! 요즘 들어 구하기 힘들지만 이끼 냄새와 달달한 맛이 나는 건 로매밖에 없어. 아까 물을 마셔 보니 달달함이 꽤 됐어. 물과 많이 녹아들었다는 증거야."

로매라는 이끼는 독을 품고 있는 것으로, 자연 구역에서 발견되는 것들 중 하나였다. 하지만 점점 자연 구역이 사라지고, 로매도 점차 구하기 어려워졌다. 이것은 물기 없이 바짝 말려서 물 없이 우적우적 씹어 먹으면 복통에 좋은 약이 되지만, 물에 완전히 녹아들어서 마시게 되면 걷잡을 수 없는 독이 되는 것 중 하나였다. 로매가 섞인 물을 마셨을 땐 완전히 녹기 전에 해독제를 복용하는 것이 최선이었다.

"아직 완전히 녹아들진 않았을 거야. 로매가 물에 빨리 녹는 독은 아니니까. 사람의 시선을 피해 어젯밤 중에 로매를 풀었다고 해도 아직 시간이 남아 있어. 그러니까 지금 당장 가서 마신 물을 토하라고 해! 강제로라도 토하게 해! 아이들을 먼저 시켜야 돼! 아이들은 이 독을 버텨 낼 수가 없어. 해독제가 만들어질 때까지 버틸 수 있는 건 성인 남자들밖에 없어. 아이들이나 여자들부터가 먼저야."

이 독을 잘못 먹으면 해독제를 먹어도 여자들은 평생 아이를 못 가지는 몸이 될 수도 있다. 로매는 내장을 상하게 하는 독이었다. 살아도 평생 병을 안고 가야 하는 악질적인 독이었다.

이것을 누가 물에 넣었는지는 모르겠지만 일이 심각해지면 정한국 자체가 위태로워질 수 있었다.

관리는 어두운 안색으로 생각했다.

하지만 그것도 잠시, 그는 주위에 서 있는 무사들에게 재빨리 지시를 내렸다. 악질적인 장난에 속아 넘어가 별것 아닌 일을 큰일로 벌린다면 크게 문책당할 일이지만 그것은 문책으로 끝난다. 하지만 큰일을 별것 아닌 일로 치부하고 놔두었다간 문책으로 끝나지 않는다. 목숨이 날아갈 수도 있다.

나라의 존망이 걸린 일이었다.

관리가 미드렌의 말에 손을 들어 주자 무사들이 억압했던 미드렌의 몸이 금방 풀려났다. 미드렌은 관리에게 해독약을 만들 수 있는 재료들도 모으라고 일일이 지시하기 시작했다. 분위기는 순식간에 급박하게 흘러갔다.

"이 물을 어디서 떠왔는지부터 알아내야 해."

미드렌이 말했다. 관리는 바로 주위 사람들에게 물었다.

"물을 누가 나누어 주었지?"

"기란 님이십니다. 기란 님이 출궁하시기 전에 왕께 조금이라도 도움이 되고자 하신 일입니다."

사활이 걸린 문제다. 무사는 딱딱하게 대답했다.

"그럼 당장 가서 어디서 물을 떠왔는지부터 알아보고 와라. 미리 떠 둔 물에 푼 독이라면 괜찮겠지만……."

"우물에 풀었으면 끝장이겠지."

미드렌이 받아쳤다. 우물물은 지하수다. 한 우물에 풀었다고 해도 지하수이므로 다른 우물까지 퍼져 나간다. 그럼 궁만이 아니라 나라 전체의 문제가 되는 것이다.

두 사람이 심각한 얼굴로 중얼거리고 있을 때, 라야는 이를 악물었다. 구역질이 목구멍까지 치밀고 있었다. 속이 답답했다. 메스꺼운 속을 억지로 참고 있으니 안색이 희게 질렸다.

"야, 너 괜찮냐?"

라야의 안색을 본 미드렌이 다가왔다. 라야는 입을 막고 허리를 숙였다. 목구멍 바로 앞까지 구역질이 밀려왔다. 더 이상은 참을 수가 없었다. 속이 따갑다고 생각되는 순간, 라야는 왈칵 붉은 피를 토해 냈다.

붉은 피는 입을 막고 있던 손을 적시고 한 방울씩 바닥으로 떨어졌다.

각혈을 하는 라야의 모습에 시선이 모아졌다. 바쁘게 움직이던 무사, 관리들이 경악에 가까운 얼굴로 그 모습을 지켜보고 있었다.

피가 바닥을 적셨다.

독은 사실이었다.

11.

아기에는 물 끓이는 소리를 들으며 웃었다. 기해가 착실히 물을 끓이고 있었다.

'바깥도 지금쯤 시작했겠지.'

아주 서서히 난장판이 되어 가는 나라의 모습이 떠올려진다. 아기에는 이미 어젯밤에 미리 받아 놓은 물 외에는 먹지 말라고 기해에게 말해 뒀었다.

로매는 물에 녹으면 독이 되는 이끼였다. 물에 쉽게 녹지 않아 몇 시간을 기다려야 독이 된다는 단점이 있지만, 미리미리 어젯밤에 넣어 둔다고 했었으니 슬슬 독이 될 시간이다.

'그 많은 양을 한 번에 구하다니, 기특하다니까.'

정한에 들어오기 전에 그녀를 자신의 편으로 만들어 둔 것은 정말로 후회되지 않는 선택이었다. 게다가 그놈에게 있어선 회심의 일격을 줄 수 있을 만큼 소중한 존재가 된 것 같았다. 쪽지에 그리 적혀 있었다.

'이쯤 되면 한 번 쓰고 버리긴 아까운데.'

사람이 많이 죽겠지만, 이젠 상관없다.

그저 궁금할 뿐이다.

그 모두가 한꺼번에 피를 토하고 본궁으로 가는 길목 중간에 쓰러진다면, 그것을 본 그놈의 표정은 어떨까?

그놈도 그 독을 먹고 뒈졌으면 좋겠지만, 로매를 해독하는 약초가 궁 안에 한 개도 없을 리가 없다. 얼마 되지 않겠지만, 그 약초로 만들어진 해독약은 곧장 그놈에게 갈 것이 당연한 사실이다. 그놈이 살아야 정한이라는 나라가 유지될 테니.

물론 어머니도 걱정하지 않았다. 어머니를 끔찍이 여기는 그놈이 어머니에게 해독제를 주지 않을 리가 없다. 아기에는 그것을 모두 계산에 두고 로매를 풀었다.

'되도록 많이 죽어 줬으면 좋겠는데.'

죄책감은 느껴지지 않는다.

사람이 많이 죽어야 더욱더 난장판이 되어 자신이 달아날 기회도 커질 테고, 그놈에게 엿도 먹이고 울상인 꼴을 볼 수 있을 테니 오히려 많이 죽기만을 바랄 뿐이다.

'이 나라에 나에게 소중한 사람이 단 한 명이라도 있었으면 이런 짓은 하지 않았겠지만.'

교활이 모두 없애 버렸다.

그러니 이것은 정당한 복수다.

이곳에 있는 자들은 모두 자신의 적들이었다.

12.

"어, 어서 들것을 가져와라."

바로 앞에서 피를 토하는 라야를 보고 관리가 더듬거리며 입을 열었다. 라야는 왈칵 피를 토한 후에 조금씩 진정이 되어 가는 가슴을 오른손으로 쥐어짰다. 자신이 토한 붉은 피가 보였다.

"잠시만 기다려 봐!"

미드렌이 들것을 가지러 가는 사람을 막았다. 그는 미간을 찌푸린 채 라야가 토한 피를 보고 라야를 번갈아 응시했다.

"뭔가 이상해."

"뭐가 말이냐?"

관리가 다급하게 재촉했다.

"물에 들어간 로매 때문에 피를 토하지 않나! 얼른 의원들을 부르고 치료할 만한 곳으로 옮겨야 하네!"

"로매가 덜 녹았다고 말했잖아! 먹은 지도 얼마 안 됐는데 벌써 피를 토할 리가 없어! 원래라면 복통이 먼저란 말이야!"

미드렌이 짜증스럽게 소리를 질렀다.

"로매는 내장을 상하게 하는 독이야. 내장이 많이 상하면 피를 토할 수도 있지만 이 녀석은 겨우 한 모금을 마셨고, 마신 지 삼십 분도 안 됐어! 벌써부터 피를 토할 정도로 내장이 상했을 리가 없어!"

"그, 그럼 뭔가?"

그건 미드렌으로서도 알 수가 없다.

미드렌은 미간을 찌푸린 채 라야가 토한 피를 잠자코 내려다보았다. 보통의 붉은 피라기보다는 검은색에 가까운 피였다.

라야는 차분히 속을 진정시켰다. 한 번 토하고 나니 메스꺼움이 사라지고, 아팠던 머리도 멀쩡해졌다. 안색도 회복됐다. 갑자기 멀쩡해진 몸에 라야도 의아해졌다.

미드렌이 고개를 갸웃거리며 물었다.

"너…… 괜찮냐?"

"네."

뭔가 이상하지만 몸이 개운해졌다.

그래, 개운해졌다. 그것밖에 설명하지 못했다.

미드렌은 잠시 할 말을 잃은 표정이었지만 곧 라야의 오른손을 보고 눈을 크게 떴다.

라야의 오른손에는 여전히 덜 아문 검상이 있었다. 여행하다가 한번 덧났지만 '운 좋게' 나아가고 있는 상처였다.

"……너 말이지."

"네?"

미드렌은 라야가 바닥에 토한 피를 손끝으로 찍어 혀로 살짝 맛을 봤다. 비위가 상할 텐데도 미드렌은 진중한 표정이었다. 혀끝에 로매 특유의 단맛이 조금 났다.

"로매 독이야. 피에 섞여서 나왔어."

미드렌은 바닥에 퉤퉤 침을 뱉고 일어섰다. 라야는 멍하니 그를 보다가 자신이 무릎 꿇고 있다는 것을 깨닫고 덩달아 일어섰다. 미드렌은 그런 라야를 조용히 내려다봤다.

"넌 토한 게 아니야. 독이 알아서 내보내진 거야. 네 몸이……."

라야는 의아한 얼굴로 미드렌의 뒷말을 기다렸다. 미드렌은 잠시 말을 멈췄다가 짜증스런 표정으로 머리를 벅벅 긁었다.

"뭐라고 말해야 할지 모르겠다. 나중에 말해 줄게. 나쁜 건 아니니까 걱정 말고! 우선은 로매에 중독된 사람부터 막아야 돼!"

미드렌은 그렇게 말하고 관리와 무사들 틈으로 사라졌다. 관리가 걱정스러운 듯 라야를 가리켰다. 독을 먹고 피를 토한 것을 눈앞에서 봐 버렸으니 걱정될 만도 했다.

미드렌은 그런 관리에게 딱 잘라 말했다.

"저 녀석은 괜찮아. 걱정할 거 없어. 문제는 다른 사람들인데……."

뒤에 남은 라야는 여전히 어리둥절한 모습으로 서 있었다.

13.

"독…… 이라고?"

기란은 자신이 든 쟁반을 떨어뜨렸다. 그녀의 고운 안색이 흐려졌다. 쟁반이 요란한 소리를 내며 바닥에 뒹굴었다.

무사는 그녀에게 다급히 설명했다.

"물에 독이 있는 것 같습니다. 줄을 기다리는 사람들 중에 의원이 있어서 빨리 알아챌 수 있었어요. 지금 왕께도 연락이 갔을 겁니다."

기란은 비틀거렸다. 창백해진 얼굴에 커다란 눈동자만이 도드라졌다.

"내, 내가 나눠 준 물에 독, 독이 있었어?"

"기란 님, 죄송하지만 지금 충격을 받을 시간이 없습니다. 이 물을 어디서 퍼 왔는지 말씀해 주셔야 합니다. 미리 떠다 둔 물에서 퍼 와 나눠 주셨다면 아주 큰 문제로 발전되진 않겠지만 만약 우물이라면 사태가 심각해집니다."

기란을 입을 달싹였다. 너무 놀라 목소리가 나오지 않는 것처럼 입을 뻥긋거린다. 뒤에 서 있던 궁녀가 대신 나섰다.

"저희들도 기란 님을 따라 물을 나눠 줬어요. 물을 어디서 떠왔는지 알아요."

"오, 다행입니다. 어딥니까? 우물은 아니겠지요?"

무사는 희망의 실마리를 잡고 물었다. 궁녀는 입술을 깨물었다. 그녀의 안색이 초췌해졌다. 그녀가 들고 있는 쟁반이 부르르 떨렸다.

"이미 떠다 둔 물을 쓰면 물을 기른 사람에게 미안하시다고 하셨어요. 궁 안에서 쓸 물을 제 욕심대로 쓴다고 뒷말이 나올 경우도 있다고 들었고요. 그래서 기란 님은……."

궁녀는 창백해진 얼굴로 마저 내뱉었다.

"우물에서 직접 물을 떠서 사람들에게 나눠 주고 있었어요."

무사의 턱이 딱딱하게 굳었다. 궁녀가 쐐기를 박았다.

"우물물입니다."

그 말은, 나라 전체의 물이라는 소리였다.

14.

비상이다.

모두가 궁 안을 휘젓고 뛰어다녔다. 독의 이야기는 바람보다도 더 빨리 왕께도 전해졌다.

교활은 핏기가 없는 얼굴로 무사가 전해 준 말을 듣고 있었다. 축제 분위기로 떠들썩했던 대전이 무덤가처럼 조용해졌다.

"로매가 우물에 퍼진 것 같습니다. 로매는 이끼로 물과 만나 녹으면 독이 되는데, 이것이 내장을 상하게 하는 독으로서……."

"짐도 그 독을 아오. 다른 것을 말하시오."

교활은 침을 삼키기 어려웠다. 손가락이 하얗게 마비되고 머릿속이 백지장으로 변했다. 다른 관리가 다른 것을 고해 바쳤다.

"나라 전체로 퍼진 물에 이만한 로매를 퍼트리려면 많은 양의 로매가 있어야 했을 겁니다. 로매는 요즘 구하기가 어려워 돈도 많이 드니, 부유한 가문들 중 로매를 구입한 가문을 추려 내어 범인을 찾······."

"제······ 정신이오?"

말이 끝나기 전에 교활이 물었다. 그는 질린 얼굴로 관리를 몰아붙였다.

"지금 온 나라의 국민들이 독을 먹고 죽을 수도 있다는데, 지금 한다는 소리가 부유한 가문들을 뒤져 로매를 잔뜩 사 들인 범인부터 찾자 이거요? 그건 나중에 할 문제 아니오? 제정신이오?"

탕!

교활이 옥좌의 팔걸이를 내리쳤다.

"당장 꺼지시오!"

히익─ 소리를 낸 관리 하나가 뒷걸음을 치며 대전을 빠져나갔다. 다른 관리가 나와 다급히 고해 바쳤다.

"나라 안에 지금 소문을 내는 중이옵니다. 물에 누가 독을 탔으니 물을 마시지 말라는 소문과 동시에 힘들더라도 물을 마신 자는 토해 내라고 알리고 있사온데, 그다지 도움이 될 것 같진 않습니다."

"해독제는?"

"나라 안의 약초란 약초는 모두 깡그리 긁어모으고 있습니다. 궁에도 해독제가 될 만한 약초가 있긴 했지만 적은 양이라······. 우선은 왕과 군위님들께서 드실 해독제를 만들고 있습니다."

당연한 수순이다.

왕이 살아야 나라가 산다.

왕은 아침에 물을 마시던 자신의 모습이 떠올랐다. 아침에 마신 것이 아직까지 탈이 없는 것을 보면 로매가 덜 녹았던 물이었을 것이다. 하지만 곧 그 물이 바깥으로 배출되지 않고 로매가 완전히 녹아든다면 독이 되어 효과를 발휘하기 시작할 것이다.

교활은 생각에 빠지는 척 소매 속으로 손을 집어넣고 팔짱을 꼈다. 근엄해 보이는 모습이지만 소매 속에 숨겨 둔 손은 벌벌 떨렸다.

무섭다. 교활은 그것을 숨기고 냉철하게 말했다.

"궁의 정원에 천막을 열고 나라 안의 의원이란 의원은 다 모으시오. 궁의도 가리지 말고 이 독에 매달리라고 하시오. 국명부를 여는 것은 잠시 중단하겠소. 모두에게 그리 알리고 물을 마신 자는 전부 궁 안으로……."

교활은 거기서 말을 멈췄다.

이제 곧 정오였다. 새벽닭이 울고, 날이 밝고 정오가 되었는데, 물을 마시지 않은 사람이 있을 리가 없다. 교활이 내린 명은 궁 안의 정원에 나라의 모든 국민들을 모으라는 명이나 마찬가지였다.

"아니오, 취소하겠소. 물을 마신 자가 아니라, 이 로매 물을 마신 아이들과 여성들만 궁으로 오라고 하시오."

잔인한 나눔이었다. 그러나 이것이 탁월한 선택이기도 했다. 명을 들은 관리들은 아랫사람들을 시켜 빨리 명령을 하달했다.

"물도 정화시켜야겠지요."

바짝 조여 있는 대전의 공기를 가르고 누군가가 말했다. 교활이 고개를 들었다.

재상이 다가왔다. 국명부가 열리는 동안, 재상은 왕을 대신해 국사를 다스리는 일을 맡고 있었다. 재상은 국명부에 관여하지 않는 대신 왕의 대리를 맡은 책임이 있었다. 그는 독 소식을 듣자마자 부리나케 달려와 왕의 앞에 서서 말을 올렸다.

"기우제를 지내셔야겠습니다."

왕이 비를 몰고 와야 한다. 그냥 비도 안 된다. 천둥, 번개, 바람이 부는 폭풍 같은 비여야 한다.

"온 나라에 독이 풀렸다면 싹 갈아 줘야 됩니다. 힘드시겠지만 하셔야 합니다. 준비하시옵소서."

왕에게 하라고 주청을 드리는 것이 아니다. 재상은 반드시 해야 한다며 못을 박았다.

교활은 파리한 얼굴로 고개를 끄덕이고 옥좌에서 일어났다.

재상은 뒤에 남은 관리들에게 나라 안의 수로 문을 활짝 열 준비를 하라고 지시했고, 다른 이에게는 지금부터 기우제를 지낼 준비를 하라 일렀다.

제 15 장

기
우
제

제 15 장
기우제

1.

청천벽력 같은 소리에 사람들은 뒤집어졌다. 나라 안에 독이 풀렸다는 소리에 모두가 기절할 것 같은 눈으로 주위를 두리번거렸다. 그들의 불안한 눈동자는 마지막으로 항상 궁을 향하고 있었다.

한 아버지는 불안에 떠는 아이에게 소곤거렸다.

—왕께서 어떻게든 해 주실 거란다.

나라 안의 의원들이 모두 궁으로 불려 갔다. 잘된 일이다. 나라 안에 의원이 한 명이라도 남아 있었으면 사람들은 모두 이성을 잃고 그 의원의 집에 몰려갔을 것이다. 그리고 분위기에 휩쓸려서 이성을 잃고 날뛰겠지. 하지만 궁에 모든 의원이 불려 갔다는 소리와 해독제를 만들고 있다는 소리는 그들의 이성을 잠시나마 유지하게 만들어 주었다.

왕에 대한 신뢰도 한몫했다.

그들이 살고 있는 나라는, 위대한 진왕 교활 왕이 다스리는 나라였다. 하늘의 인정을 받은 왕이 국민을 보살펴 주고 계시다. 그러니 괜찮다. 우리는 기다리기만 하면 된다.

모두들 한결같이 그런 마음으로 기다렸다.

그리고 곧 새로운 소식이 도착했다. 마을에 있는 종이 크게 울리고 사람들이 광장으로 모여들었다. 불안한 얼굴을 한 사람들에게 궁에서 나온 자는 크게 소리쳤다.

"지금부터 비가 올 것이오! 우레비요! 천둥과 번개와 바람을 동반한 우레비가 내릴 것이오!"

사람들이 웅성거렸다.

우레비는 나라 안에서 내린 적이 없다. 도움이 되질 않기 때문이다. 왕이 내린 비는 대부분 땅을 적시는 꿀비나 가뭄을 방지하고 수량을 유지하는 단비 같은 것이 전부였다.

"비로 인한 피해를 유의하시오! 우레가 칠 것이니 나무 밑엔 가지 마시고, 호수의 수문도 열 것이니 호수 근처엔 얼씬도 하지 마시오! 아이들이 있는 집엔 아이들 단속을 하고, 호수에 배 관리를 맡은 자들은 배를 끌어 뭍에다 묶어 두는 것을 명심하시오!"

"갑자기 웬 우레빕니까!"

사내 하나가 큰 소리로 물었다. 소리치던 자가 답했다.

"독을 몰아내기 위해서요. 물에 풀린 독을 몰아내기 위해선 어쩔 수가 없소. 모두 이해해 주시오. 왕께서 내린 결정이오!"

왕이 거론되자 웅성대던 이들이 모두 입을 다물었다.

"여유 있게 나무를 가진 자들은 나무로 창의 바깥을 덧대어 비바람이 불어도 창이 버틸 수 있도록 하시오. 그렇지 못한 자들은 창의 바깥과 안쪽에 천을 덧대시오. 비바람이 심하게 불면 뚫릴 수도 있소!'

사람들은 전령의 소리를 들으며 흩어졌다. 사내들은 바쁘게 집으로 뛰어갔고, 아이가 있는 여인들은 아이를 찾아 흩어졌다.

전령은 또 다른 곳을 향해 뛰어갔다.

정한의 마을은 모두 다섯 군데나 되었다. 다른 전령도 있지만 쉴 수는 없다. 전령이 말을 타고 달려 나갔다.

2.

교활은 기우제 때 필요한 관례복을 입었다.

기우제를 지내기 위해선 그 전날 아무것도 먹지 않고, 입 또한 열지 않고, 몸과 마음을 정갈히 하는 것이 관례지만 지금은 그것도 없었다.

"제단에 기우제 준비를 끝마쳤다고 하옵니다."

궁녀는 관리가 전한 소식을 고해 바쳤다. 교활은 고개를 끄덕이고 관례복을 모두 입었다.

관례복은 교활이 주로 입는 옷들처럼 새하얗다. 이것은 정갈함을 뜻하는 색으로, 기우제를 지내는 모든 왕들이 입는 색이었다.

관례복은 겉에서 보면 여인들이 입는 치마처럼 보였다. 안에 하얀색 천 바지를 입었지만 그 위에 발목까지 내려오는 긴 장포를 덧입으니 그렇게 보였다. 장포는 무늬도 없고 장식 하나 없는 덧옷이었다. 그 덧옷에 이번에는 비와 구름이 그려진 덧옷을 또다시 입는다. 이것은 외투처럼 앞이 벌어져 간단히 걸칠 수 있는 옷이었다.

머리 위에는 아무것도 쓰지 않는다. 군석이 잘 보일 정도로 머리를 빗으면 된다. 손은 깨끗이 씻고, 신발은 옷과 마찬가지로 새하얀 관례신을 신었다.

"준비되셨습니까."

재상이 다가왔다. 왕이 기우제를 지내는 동안 나라에 퍼진 독 문제는 그의 담당이 되었다.

왕은 말하지 않았다. 기우제를 지내기 전에 말을 해선 안 된다. 이유는 모르지만 그것이 전통이었다. 그 전날부터 지켜야 하는 전통이었지만 교활은 시급한 대로 지금부터 그 전통을 지키기 위해 애썼다.

"우레비를 내리기 위해서는 지속적으로 힘을 써야 하지요?"

재상이 물었다. 눈치 빠른 궁녀 하나가 붓과 먹과 종이를 가져왔다. 교활은 가볍게 썼다.

—그렇다고 들었다. 해 봐야 알 것 같군. 짐도 우레비를 한 번도 내려 본 적이 없다.

"과하다고 생각해도 끊임없이 비를 내리셔야 합니다. 로매가 물에 완전히 녹아들었다면 보통 비로는 어림도 없을 겁니다. 수로 문과 호수 문은 비가 내리기 시작하면 십 분 뒤부터 완전히 열릴 것이옵니다."

수로 문과 호수 문이 열리면 물은 사막화가 되고 있는 바깥으로 내보내진다. 물이 고여 있으면 썩기 때문에 만들어 둔 장치지만, 이렇게 완전히 연 적은 단 한 번도 없었다.

─알겠다.

글씨가 쓰였다. 재상은 고개를 끄덕이고 덧붙였다.

"그리고 너무 걱정하지 마십시오. 궁의 물은 궁녀들이 매일매일 새 물을 떠와서 쓰지만, 마을 사람들은 물을 미리미리 길어서 쓰는 곳이 많다고 들었습니다. 로매 물을 마신 사람들이 의외로 적을 수도 있습니다."

재상은 그리 말하며 고개를 숙이고 물러섰다.

교활은 적게나마 그 말에 위안을 얻었다. 사람이 많이 죽으면, 루가얀을 볼 면목이 없었다.

뒤이어 의원이 들어왔다. 의원은 쟁반에 로매 독을 해독하기 위한 환약 다섯 개를 들고 있었다.

교활은 그것을 하나 먹고, 소란과 고호에게도 한 개씩 나눠 주었다. 또 다른 하나는 재상, 마지막 하나는 교활이 직접 소란에게 건넸다.

─이것을 들고 루가얀에게 가라. 길은 알고 있지?

소란이 고개를 끄덕였다.

─이것을 루가얀에게 먹이고, 돌아오는 길에 아기에를 살펴라.

교활은 무표정한 얼굴로 다른 이에겐 보이지 않도록 글을 휘갈겼다.

—이런 짓을 할 이는 그 아이밖에 없다. 국명부가 열리는 날, 이런 일을 벌여서 그곳을 나올 생각이겠지. 혼자서는 무리일 테니 바깥에서 누가 도와주는 자가 있을 것이다. 그자를 찾아라. 독이 퍼졌다는 소문이 떠들썩하게 나고 기우제를 지낸다는 연락이 곳곳으로 퍼졌으니, 짐의 이목을 속이고 그 아이를 탈출시키는 기회라고 여길게다.

소란은 끝까지 읽고 굳건한 표정으로 고개를 끄덕였다.
교활은 글을 적은 종이를 구겨 소란에게 안겼다. 그 누구에게도 보여선 안 되는 글이었다.
소란은 종이와 약을 챙겨 바깥으로 뛰어나갔다.

3.

라야는 소란스러워진 궁을 올려다보며 생각에 잠겼다.
잠시라도 멈춰 있는 사람이 없었다. 궁복을 입고 있는 사람들은 바삐 뛰어다녔고, 관리들은 지시를 내리기 위해 크게 소리치고 있었다. 궁 안에 모여든 여자들과 아이들은 무사들의 손에 의해 차례를 지키며 기다리고 있었다.
"앞으로 더 들어올 거야."

미드렌은 팔목까지 소매를 끌어 올렸다. 나라 안의 온 의원들이 다 모였다. 불가피한 사유가 아니고는 빠질 수가 없었다. 의원인 미드렌도 강제 동원되었다. 그는 해독제 약초를 구분하고 양을 나누어 담는 일을 맡았다.

다행이라면 미드렌과 리올은 어제 미리 길은 물을 마셨다는 것이다. 둘은 로매에 중독되지 않았다.

"약초 훔쳐 가는 사람이 없도록 잘 봐."

옆에 있는 사람에게 당부하고, 미드렌은 라야와 리올에게 다가와 말을 걸었다. 아무래도 걱정이 되는 것이다. 정확히는 라야가 아니라 리올을 걱정하고 있었다.

리올은 궁에 들어온 후 말을 하지 않았다. 그저 멍했다. 두 팔을 늘 어뜨리고, 회색 눈동자로 본궁만 하염없이 올려다봤다. 말을 걸어도 잘 듣지 못했다. 대답을 하는 것도 아니다.

방법이 없다.

저건 잠이 부족해서 생기는 게 아니라, 폐군위가 되어서 벌어진 일이니까.

미드렌은 '미쳐' 버린 제 친구를 음울한 목소리로 불렀다.

"리올."

대답이 없다. 리올은 멍한 눈으로 본궁만 올려다본다.

듣질 못하는 것이다.

자신의 목소리를.

미드렌은 한숨을 쉬었다. 쓰러져 자고 싶었다. 리올의 저런 모습을 볼 때마다 피곤해졌다.

과거 둘은 함께 왕을 지키자고 맹세했었다. 그 결과 미드렌은 왕이 아프면 돌봐 줄 수 있는 의원이 되었고, 선생이었던 리올은 스스로를 바쳐 군위가 되었다. 군위가 되면 더 이상 친구가 아니다. 왕을 위해 살아가는 맹목적인 인형에 불과했다. 그럼에도 군위가 된 것은 군위 하나 없는 왕은 얕보일까 봐 선택한 결과였다.

그들은 그만큼 왕을 사랑했다.

왕을 사랑하는 서로를 믿고 의지했었다.

미드렌이 곁에 있을 땐 리올은 그를 믿고 자리를 떠났었다. 리올이 왕의 곁에 있을 땐 미드렌은 그를 믿고 다른 일을 하러 갈 수 있었다.

그래서 본궁을 하염없이 올려다보는 리올을 미드렌은 이해할 수 있었다. 저 궁에서 왕과 같이 지냈었다. 왕이 사라진 것도 저 궁에서 였다.

"리올."

미드렌이 다시 불렀다. 멍하니 서 있던 리올이 그때서야 돌아본다. 탁해져 버린 회색 눈동자가 보기 싫었다. 왕과 같이 있을 때의 회색 눈동자는 총명하게 빛났다. 저만 눈동자를 가진 친구가 아니었다.

"괜찮은 거냐?"

걱정을 숨기고 차갑게 말한다. 리올은 고개를 끄덕였다.

"정신이 조금 없지만, 괜찮아. 괜찮은 것…… 같아. 괜찮아."

말이 느려진다. 궁에 들어와서 부쩍 저런 반응이 더 심해졌다.

"그냥…… 어디서…… 비슷한 것 같아, 지금 상황."

"어디서?"

"우리 왕이 사라졌을 때."

친구를 걱정하던 친구는 입을 다물었다. 그래, 그렇지. 그 당시에 도 이 정도로 떠들썩하게 소란이 났었다. 그때도 왕이 나섰고, 온 국민이 여왕과 왕자를 찾는 데 동원되었다.

기억에 혼란이 와도 무리는 아니다. 가뜩이나 오락가락하는 정신머리다.

"그때랑 지금은 달라. 대체 어떤 미친놈이 온 나라의 물에 독을 푼 거야? 로매는 비싸서 나라 안의 물에 모두 녹일 정도의 양이라면 구하기도 만만치 않았을 텐데. 돈지랄도 이런 돈지랄이 없지. 우리처럼 원한이라도 있나?"

끝은 투덜거림이었다. 미드렌은 이런 미친 짓을 한 놈에게 욕이란 욕은 다 퍼붓다가 일손이 부족하다는 소리를 듣고 다시 돌아갔다.

—우리처럼 원한이라도 있나?

그 말을 듣고 있던 라야가 불현듯이 눈을 크게 떴다.

'설마……'

머릿속에서 정답이라는 소리가 울렸다.

진왕이 다스리는 나라에서 겁 없이 이 같은 짓을 할 사람은, 단 한 명밖에 없었다.

4.

—쪽지가 날아왔다.

지하에서 지상으로 통하는 환기구로 종이 새는 퍼덕거리며 날아
와 아기에의 손에 안착했다.

종이 새의 등에는 아기에의 피로 그려진 주술진이 선명하게 돋보였
다. 금안청안을 가진 왕은 그 쪽지를 펴 보고, 입가에 호선을 그렸다.

"슬슬 나갈 시간이야."

종이를 구겨 바닥에 버렸다.

어제까지만 해도 씹어서 삼켰지만, 이제 누가 펴 봐도 상관없다.
지금부터 안다고 해도 말릴 수가 없다.

"기해."

아기에는 구석으로 걸어가 천장으로부터 내려온 끈을 잡아당겼
다. 이 끈은 눈 먼 궁녀가 있는 방에 있는 종을 울리도록 만들어진 끈
이었다.

"기해!"

아기에가 다시 소리쳐 불렀다. 아까부터 물을 팔팔 끓이고 있던 기
해가 콧잔등에 검댕을 묻히고 뛰어나왔다. 시키는 것에 토 하나 달지
않고 행하는 녀석이라, 꽤 마음에 든다.

"물 다 끓였어?"

고개가 끄덕거린다.

"팔팔 끓어?"

다시 끄덕인다.

아기에는 흡족한 미소를 띠고 기다렸다. 기해에게 다가갔다. 기해
의 다리를 묶고 있는 족쇄를 풀 시간이었다. 아기에는 검지를 씹어
피를 내고서 기해의 양쪽 발목에 채워져 있는 족쇄에 작은 주술진을
그렸다.

―약해져라.

청안이 번쩍 빛난다. '역'이 된 족쇄는 주인의 명령을 따라 약해졌다. 아기에는 기해의 발목을 잡고 있는 두 족쇄를 손쉽게 끊어 버리고 바닥에 내팽개쳤다.

"편하지? 영광으로 알아."

기해가 고개를 끄덕인다. 소년은 오랜만에 자유로워진 다리를 신기한 듯이 응시했다.

아기에는 기해를 구석에 세워 두고, 어둠 속에서 조금 기다렸다. 곧 복도를 밟는 발소리가 들렸다. 중간중간에 뭔가를 두드리는 소리가 들리는 것을 보면 눈으로 확인하지 않아도 늙은 궁녀인 것을 알 수 있었다.

기름 대신 뜨거운 물을 준비해 두고 기다리는 것을 모르고 그놈에게 충성한다는 구실로 수발을 들러 온다.

이 얼마나 신나는 순간인지!

아기에는 벌어지는 입을 다물지 못하고 기대감에 차 기다렸다. 온몸이 설렘으로 물들었다. 그동안 자신이 당해 온 것을 싫어했던 이에게 모두 되돌려 줄 시간이었다.

두근 반 세근 반의 심정으로 기다리고 있자 곧 자물쇠가 열리는 소리와 함께 문이 열렸다.

궁녀는 들어오자마자 아기에를 향해 절을 했다. 아기에는 평상심으로 가장해 명령했다.

"목욕이 하고 싶어. 물을 새로 데워 줬으면 좋겠는데."

궁녀는 고개를 꾸벅 숙이고 욕실을 향해 지팡이를 더듬으며 걸어갔다. 아기에는 희미하게 웃으며 그 뒤를 따라 걸었다. 또 그 뒤를 기해가 무표정한 얼굴로 뒤따랐다.

궁녀는 아기에가 따라오는 것을 느꼈는지 잠시 몸을 주춤했다. 왕자가 따라온 적은 단 한 번도 없었다. 그러나 곧 별것 아닌 일로 치부했는지 욕실로 들어가 자신의 임무를 완수하기 위해 움직였다.

욕실로 들어가자마자 뜨거운 공기가 확 밀어왔다. 눈이 안 보이더라도 피부로 느낄 수 있는 뜨거움이다. 늙은 궁녀가 어리둥절하여 손을 뻗어 더듬거렸다. 그녀의 앞에는 사람이 들어갈 정도로 큰 욕조에 뜨겁게 끓고 있는 물이 있었다.

아기에는 웃으며 손을 들어 올렸다. 매일매일 반복처럼 시작되던 나날들은 이제 안녕이다. 저 왜소한 등을 밀어 버리기만 하면 그동안 쌓여 왔던 것이 조금이나마 끝난…….

'아니지.'

아기에는 잠시 멈칫했다. 그의 눈이 등 뒤에 있던 기해를 잡아챘다.

꼭 내 손으로 할 필요는 없잖아.

실험해 볼 수 있는 좋은 기회다. 시키면 시키는 대로 두말없이 한다고 했으니, 어디까지 할 수 있나 알아볼 좋은 기회였다.

따뜻한 물이 느껴지는 욕실에서 어리둥절해 하는 궁녀를 앞에 두고 아기에는 기해를 끌어 제 옆에다 세웠다. 그는 이제 겨우 제 가슴팍까지 오는 기해에게 속삭였다.

"밀어."

아주 작은 소리다. 기해가 일순 눈을 크게 떴다.

아기에는 웃으면서 궁녀의 등을 가리키고 미는 시늉을 해 보였다.

"시키는 대로 한다고 했잖아?"

그 정도로 충성심이 강하고, 그 정도로 겁이 없고, 내 말대로 뭐든지 한다면 아주 쓸모 있을 거야. 아기에는 그 말을 끝으로 귓가에 속삭이던 입을 떼고 허리를 폈다.

기해의 동그랗던 눈이 다시 원래대로 돌아간다. 소년은 갈색빛 눈동자로 궁녀의 등을 바라봤다.

벌레가, 벌레가 궁녀의 등을 기어오르고 있었다.

기해의 몸에 벌레가 기어 다니는 것처럼, 궁녀의 몸에도 있었다. 기해는 손을 뻗었다. 죽은 여동생이 떠올랐다. 아버지의 목에 푸줏간 칼을 박아 넣은 그때도 떠올랐다.

뭘 망설이지?

어차피 나는 끝까지 가 버렸잖아?

뻗은 손을 힘껏 앞으로 밀었다. 갑작스레 밀쳐진 궁녀가 휘청거리며 팔팔 끓는 물에 빠진다.

치이이익 소리가 동시에 들렸다.

살이 익는 소리다. 살이 익는 냄새도 났다.

궁녀가 비명을 지른다. 입을 벌리고 힘껏, 힘껏 지르지만 목소리가 나오지 않으니 비명도 들리지 않는다. 허우적거리는 팔과 다리만이 뜨거움을 보여 준다.

아기에는 깔깔거리며 웃었다. 배를 잡고 박장대소하며 그 순간을 즐겼다.

"잘했어."

그는 환하게 웃으며 기해의 머리를 쓰다듬었다. 기해가 죽은 눈으로 왕을 올려다봤다. 아기에의 눈엔 보이진 않았지만 기해의 온몸이 벌레로 뒤덮여 있었다. 아기에는 달콤하게 속삭였다.

"저 여자는 네 여동생을 여기까지 끌고 와서 죽이라고 명한, 교활의 둘도 없는 심복이거든. 너는 복수에 한발 다가선 거야. 너는 조금이나마 복수를 한 거라고."

기해의 눈이 깜빡였다. 검은 벌레가 와르르 소리를 내며 떨어져 나갔다.

"제가 복수를 한 건가요?"

"그래, 기특해. 여동생이 보면 좋아하겠다. 오빠가 자신을 위해 이런 일까지 해 주니까, 알면 정말정말 좋아했을 거야."

아기에는 당과처럼 달달한 말만 계속 늘어놓고 머리를 쓰다듬었다. 차갑게 가라앉은 기해의 가슴속에 따뜻한 열매가 맺혔다. 기해의 죽은 눈동자가 왕의 웃는 얼굴만 바라봤다.

'지긋지긋하던 게 하나 사라졌네.'

기해의 머리를 쓰다듬으면서 아기에는 궁녀의 얼굴을 지워 버렸다.

이곳에 갇혀 살면서 정말 지긋지긋했던 것은 딱 두 개였다.

검은 벽지와 물을 데우던 소리였다.

아기에는 팔팔 끓는 물에 궁녀를 버려두고, 그대로 돌아섰다.

5.

이젠 검은 벽지와도 이별할 차례였다.

기해에게 시키자, 기해는 마른 장작에 불을 붙여 들고 와 아기에게 건넸다. 아기에는 주저 없이 그 장작을 침대 쪽에 집어 던졌다.

화르륵. 면으로 만들어진 천부터 불이 야금야금 잡아먹는다.

구 년이었다.

불길이 화르륵 타오를 때마다 아기에는 홀린 듯이 응시했다. 검은 벽지가 불길에 먹혀 사라진다.

"……됐어, 가자."

마음 같아선 검은 벽지들이 모두 없어지는 걸 보고 싶었는데. 그러지 못하는 것이 아쉽다. 아기에는 검은 연기가 천장을 덮기 전에 등을 돌렸다. 방을 빠져나오는 그의 손에는 쉽게 깨지는 작은 거울 하나가 들려 있었다.

궁녀가 들어오면서 열어 놓은 철문을 통해 아기에는 빠른 걸음으로 성큼성큼 빠져나왔다. 그 뒤를 기해가 조용히 뒤따랐다. 철문을 닫는 것을 잊지 않았다.

이주일 만의 다른 장소다. 출구로 이어진 복도를 아기에는 힘껏 밟아 나갔다. 지긋지긋한 지하실이 아니다. 그것만으로도 부러진 갈비뼈가 나은 것처럼 아프지 않았다.

얼마 지나지 않아 빠져나왔던 지하실로부터 검은 연기가 새어 나온다. 철문을 꽉 닫았지만, 아주 작은 틈만큼은 막지 못했으니 당연하다. 철문의 틈 사이로 빠져나온 연기는 복도의 천장부터 야금야금 갉아먹어 갔다.

그 연기가 이 복도를 꽉 채우기 전에 나가야 한다.

'지금쯤 열렸겠지.'

그가 여기서 못 나갔던 이유는 단 하나였다. 출구를 막는 유일한 문을 열 수가 없기 때문이다. 출구를 열기 위해선 바깥에서 누가 열어 주거나, 아주 힘이 강한 사람이 부숴 버릴 것처럼 미는 수밖에 없다.

이 정한에서 그 정도로 힘이 센 사람은 고호와 자투라 단 두 명이었다. 고호는 선척적으로 타고난 힘에다 후천적으로 단련한 힘으로 안에서 문을 열 수 있었다. 돌화족인 자투라는 두말할 것 없이 힘이 셌다. 돌인 그녀를 이길 수 있는 사람은 몇 되지 않는다.

그 두 사람이 없으면 지하실의 문은 안에서 열지 못한다. 오로지 바깥에서 열어야 한다.

진곡에서 했던 것처럼 벽에 주술진으로 그려 무너뜨리는 방법도 있었지만, 무너지는 벽에 깔려 숨질 수 있는 곳이 지하다. 그에 더해 교활이 술수를 부려 놨다.

아기에가 주술사인 것을 아는 교활은, 어디선가 다른 주술사를 대거로 데려와 지하실 벽마다 주술진을 그리게 했다. 다시 말해 이곳 지하실의 벽은 다른 이의 '역役'이었다.

즉, 이 벽을 부수기 위해서는 그 주술사의 힘마저 깨뜨려야 했다. 아주 엿 같은 일이다. 진곡에서 백종궁을 무너뜨리던 것과 수준이 달랐다. 그때도 조금, 아주우우우우 조금 힘들긴 했지만 이 지하실처럼 목숨을 걸어야 할 정도는 아니었다.

이렇게 되었으니 방법은 바깥에서 누군가가 열게 하는 수밖에 없었다.

아기에는 그것을 교활과 만나기 전에 준비해 놓았다. 말로 꼬드기고 속이고 솔깃한 말로 자신의 편으로 삼느라 조금 번거롭기는 했었지만, 발각되지 않고 이 정도까지 해 줬으니 헛고생은 아니었다.

복도를 걷고 걸어 기어이 복도의 끝에 도착했다.

검은 연기가 천장에 자욱하게 깔렸다.

아기에는 손가락으로 복도 끝, 천장을 가리켰다. 뒤에 서서 따라온 기해가 손가락을 따라 천장 쪽을 응시했다.

천장에는 미묘한 틈이 있었다.

저것이 문이다. 겉으로는 천장의 일부분처럼 보였지만 실상은 문이다. 나무처럼 보이기 위해 그럴듯한 포장을 갖추고 있지만 속은 단단한 철로 이뤄진 문이었다.

저 위에는 장서관의 책상이 위장처럼 놓여 있기 때문에 안에서는 절대로 열지 못한다. 저 문 또한 다른 주술사의 피가 흠뻑 묻어 있었다.

아기에는 기다렸다.

쪽지는 왔었다.

나라에 로매 독이 퍼졌고, 궁이 쑥대밭이 되었다고. 지금 곧 열러 가겠다고 적혀 있었다. 쪽지에 적혀 있던, 보고 싶어 죽겠다는 사족은 이미 잊어버렸다.

연기는 이미 천장을 까맣게 메우고 밑으로 내려오고 있었다. 기해가 콜록거렸다. 아기에도 기침이 나왔다. 검은 연기가 퍼지는 속도는 빨랐다. 불이 번지는 속도에 비례해서 덩달아 빨라지는 것이 검은 연기였다.

초조할 법도 하건만 기해는 묵묵하게 참고 기다렸다. 아기에도 흔들림 없이 굳게 닫힌 문을 노려봤다.

열릴 시간이다. 열릴 때가 됐다.

만약 끝에 일이 어긋나 뭔가가 잘못되었다면…….

아기에는 들고 있던 거울을 벽에 던져 깼다. 그중 날카롭게 변한 조각 하나를 집어 든다.

연기가 머리까지 내려왔다. 아기에는 기침을 하면서도 문짝을 매섭게 노려보았다.

'해야 하나?

어쩔 수 없지. 이런 경우도 예상했었다.

찡그린 얼굴로 소매를 걷었다. 피가 많이 나오는 동맥 부분을 벨참이다. 이 문짝을 주술로 부수는 것 또한 힘이 들 테지만 연기에 질식해서 죽는 것보단 발악해 보는 쪽이 낫다.

소매를 걷자 흉터가 드러난다. 교활에게 맞아서 생긴 흉터부터 시작해서 주술을 쓰기 위해서 자진한 흉터까지 흉터가 대부분이다.

기해가 왕의 팔목을 보고 놀라 흠칫했다. 칼자국이 서슴없이 나 있다. 긴 소매 옷을 입고 있어서 여태까지 알 수가 없었다.

아기에는 이제야 겨우 부목을 푼 왼손 손목 부분에 날카로운 거울 조각을 댔다.

드르륵 소리가 난다.

……응?

드르륵?

아기에는 거울 조각을 떼고 고개를 들었다. 천장의 문이 열리고, 낯익은 얼굴이 나타났다. 교활과 만나기 전에 꼬여 냈던 자신의 인형이었다.

벽자색 머리카락이 열린 문으로 흘러내렸다. 화사하게 치장된 얼굴이 아기에를 발견하자마자 미소를 띠었다.

아기에는 손에 든 거울 조각을 집어 던졌다. 거울 조각이 들어가다 만 살갗에서 피가 송골송골 맺혔다.

"늦었어, 기란."

걷었던 소매를 내리고 타박한다.

왕의 타박에도 기란은 그래도 좋다며 헤프게 웃었다.

6.

"연기 마셨잖아."

"죄송합니다, 나의 왕."

기란이 눈웃음을 치며 위로 올라오는 아기에에게 몸을 비볐다. 교활과 있을 때와는 다른 모습이었다. 교활과 있을 때는 순종적이면서도 천진난만하고 솔직하게 행동했지만, 지금은 어떻게든 사랑 한 번받아 보고 싶어 몸이 달아오른 여인처럼 행동했다.

아기에는 비비적대는 기란을 짜증스럽게 밀쳤다.

"바깥 상황은?"

밀쳐진 것도 잊고 기란이 기뻐하며 대답했다.

"교활이 기우제를 준비하는 중이에요. 이미 제단에 올라갔을 수도 있어요. 우레비를 내린대요. 독을 몰아내기 위해서요."

"독은?"

"아직 효과를 보진 못했어요. 어젯밤이 아니라, 어제 저녁에 탔어야 완전히 녹았으려나 봐요."

실수를 드러낸 기란이 주눅이 들었다. 왕의 명령을 제대로 수행하지 못했기 때문에 입술을 깨물고 자책했다. 하지만 오랜만에 본 왕을 시야에서 놓치고 싶지 않아 쉴 새 없이 눈동자를 굴리는 건 멈추지 않았다.

"어떻게 그리 빨리 로매가 물에 녹아든 걸 알았지?"

아기에가 올라온 곳을 통해 기해도 올라왔다. 기란은 바깥일을 미주알고주알 고해 바쳤다.

"국명부 줄에 의원이 있었나 봐요. 실력이 좋았던 건지, 그가 물을 마시고 로매를 바로 맞추는 통에 빨리 발각되었어요. 이왕이면 모두가 쓰러진 후에 발각된 게 더 좋았을 텐데. 아쉬워요."

"그럼 지금 모두 궁 안에 모여 있겠군."

아기에는 책만 모여 있는 장서각에 서서 잠시 생각에 빠졌다. 기란은 그 새를 못 참고 왕에게 팔짱을 끼고 얼굴을 비비적거렸다. 문짝이 열린 곳에서 검은 연기가 솟아오른다.

'곧 불도 번지겠지.'

아기에는 그 연기를 흘끗 보고 걸음을 옮겼다. 장서각 앞을 지키고 있던 무사 두 명이 쓰러져 있었다. 기란이 즉사하는 독을 넣은 과자를 나누어 주고 손쉽게 처리한 결과다.

"이자들에게 과자를 먹이느라 시간이 좀 걸렸어요."

기란이 변명하듯 조잘거렸다. 아기에는 상대해 주지 않았다. 왕은 다른 것을 물었다.

"로매 독은 내장을 상하게 하는 독이니까 아이들과 여자들한테 가장 치명적이지. 궁에 여자와 아이들만 먼저 모았겠지?"

"네."

"잘 모였네."

대체로 아이들과 여성들이 감정 폭이 넓고 크다. 남자들보다 이성적이지 못하다. 슬픈 것을 봤을 때 같이 슬퍼하는 것도 여성들이 더 잘한다.

"끔찍한 걸 보여 주면 바리바리 비명을 지르고 난리 나겠지."

그 모습이 그려진다. 아기에는 히죽 웃었다. 기란도 기쁜 듯이 따라 웃었다. 이 얼마 만에 보는 '진짜' 왕의 모습인지. 기뻐서 어깨춤이라도 덩실덩실 추고 싶었다.

"어머니가 있는 곳을 알았다고 했지?"

"네."

기란이 바로 대답했다. 아기에는 턱짓으로 가리켰다.

"안내해."

그들은 시체를 넘고 걸어갔다.

7.

소란은 홀림길을 빠져나왔다. 루가얀에게 해독제를 전해 준 다음은 아기에 차례였다.

그는 아기에가 싫었다.

자신의 왕이 그에게 잘못된 짓을 하고 있다는 것을 자각은 하고 있었지만, 이것과 그것은 별개였다.

왕께서는 항상 말씀하셨다.

왜 자신을 닮느냐고, 닮지 말라고 이렇게 빌고 원하는데도 닮아 가는 아기에가 잘못한 거라고.

왕께서 그리 말씀하셨으니, 아기에가 잘못한 것이 틀림없다.

닮지 말라고 하는데도 닮는 아기에가 문제다. 왕께서 근심을 안고 사는 것도, 밤마다 악몽을 꾸는 것도 전부 아기에의 탓이었다.

왕의 명령만 아니었다면, 아기에를 없앨 수 있을 텐데.

소란은 조금 아쉬웠다. 아무리 봐도 왕께 아기에는 득이 될 것이 없는데, 왜 죽이지 말라는 명을 내리신 걸까? 루가얀 님 때문일까? 루가얀 님이 기적처럼 일어나서서 아기에를 찾을 확률이 높으니까?

그러면 어쩔 수 없다.

왕껜 루가얀 님이 보물이니, 당연히 미움 받고 싶진 않겠지.

소란은 생각을 멈추고 왕의 명령을 수행하기 위해 뛰고 또 뛰어서 장서각으로 향했다. 장서각은 지하실로 연결된 유일한 출입구가 있는 곳이기도 했지만, 여러 곳에 퍼져 있는 귀한 책들을 모아 둔 곳이기도 했다.

그것을 빌미로 왕은 평소 무사들을 세워 뒀다. 귀한 책을 도둑맞을 염려가 있으니 왕의 허락 없이는 아무도 장서각에 출입시키지 말라는 명을 들은 무사들이었다.

무사들은 진왕의 명에 철두철미하게 보초를 섰다. 왕은 잊힐 때쯤 한 번씩 그들을 칭찬하는 걸 잊지 않았다. 칭찬을 받은 무사들은 가문의 영광이라며, 한껏 들떠 보초를 더욱더 열심히 서고 본분에 충실했다.

이번에도 그러해야 했다.

장서각은 무사들이 서서 지키고 있어야 했다. 그들이 자리를 비우는 것은 왕이 장서각에 가서 책을 읽는다고 언질했을 때뿐이다. 왕이 장서각에 납시면 무사들은 왕의 독서를 방해하지 않기 위해 물러나는 것이 당연한 수순이었다.

그런데 없다.

왕은 언질을 준 적도 없고 기우제를 지내러 가셨는데, 장서각을 지키는 무사들이 보이질 않았다. 소란은 멀리서 뛰어오면서 보이는 장서각 모습에 불안한 기운을 느꼈다. 어디서 탄 냄새가 난다. 장서각

입구에 서 있어야 할 무사들의 모습도 보이지 않았다.

더 가까이 다가가자 장서각 앞에 널브러져 있는 검은 것이 보였다. 그것이 죽어 있는 무사들이란 것은 소란은 이내 알게 되었다.

소란은 죽은 무사의 목에 손을 올리고 맥박을 재었다. 뛰지 않는다. 죽었다는 확실한 증거다. 입술이 파랗게 질려 있고 피를 토한 것으로 보아 분명히 독으로 인한 사망이었다.

'로매인가?

소란의 눈이 훑었다. 무사들 주위에 떨어진 과자가 보였다.

물이 아니라, 과자다. 로매가 아니다.

아연실색한 소란은 그 무사들의 시체를 넘어 장서각 안을 들여다봤다.

지하실로 통하는 '그 문'이 열려 있었다.

오로지 왕과 군위들만 알고 있는 문이다. 그 위를 덮고 있던 책상도 옆으로 밀려 나가 있다.

열린 문은 검은 연기를 꾸역꾸역 토해 냈다. 장서각의 천장은 이미 연기로 덮였고, 타닥타닥 타들어 가는 소리가 소란의 귀에 들렸다.

들어가 보지 않아도 알 수 있다.

왕자는 저곳에서 나왔다.

소란은 탄식하고 싶은 것을 참으며, 자신의 왕이 있는 곳으로 뛰어갔다.

누군가가 바깥에서 도와줬다.

왕의 말씀이 옳았다.

8.

아기에는 하늘을 보며 걷고 있었다. 기란이 안내한 곳은 본궁에 딸린 작은 정원이었다. 정한을 다스리는 왕만이 쉴 수 있는 정원으로, 들어가는 자의 수가 매우 적은 곳이기도 했다.

아기에가 교활을 몰아붙인 그날 밤, 기란은 멀리 떨어진 곳에서 교활과 그의 군위들을 조심스럽게 미행하여 여기까지 왔었다.

"여기예요."

안내를 마친 기란이 왕을 돌아봤다. 아기에는 하늘을 보던 시선을 내렸다. 새파란 하늘을 볼 시간은 아직 있다. 조급해 하지 않아도 된다.

"여기라고?"

아기에는 기해가 안내한 곳을 살폈다. 여기는 아기에가 알고 있던 곳이었다.

탑에 떨어진 어머니를 교활은 숨겨 놓고 세상에 드러내지 않았다. 그건 즉, 드러내선 안 되는 이유가 있다는 소리가 되었기 때문에 아주 예전에 교활이 군위만 데려가는 곳을 추려 낸 적이 있었다.

이 정원도 그중 한 곳이었다.

"어디쯤으로 들어갔지?"

"저쪽으로 교활 왕이 들어갔었어요."

기란은 냉큼 고해 바쳤다. 아기에는 기란이 가리킨 곳으로 움직였다. 얼핏 보면 나무와 덤불로 막혀 있어서 길이 없는 것처럼 보였다. 그곳을 건너뛰어 조금 들어가 보니, 과연 한 사람 정도가 걸어갈 수 있는 길이 있었다.

"······좋아."

어머니를 뵐 수 있어.

아기에는 저도 모르게 환희에 차 웃으며 길을 따라 걸었다. 그 뒤를 기란이, 기해가 따른다. 기란은 왕의 뒷모습조차 좋아서 얼굴을 붉히며 걸었고, 기해는 기란의 등에 붙어 있는 검은 벌레를 보며 멍하니 걸었다. 왕께는 벌레가 없는데 기란의 등에는 벌레가 있었다.

기대를 가지고 걷고 있던 걸음이 멈춘 것은 세 갈래 길을 만나서였다. 아기에가 눈살을 찌푸렸다. 기란도 당황했다. 그녀는 교활이 들어가는 모습만 봤지 안이 어떻게 되어 있는지는 확인하지 못했다. 군위들이 정원 바깥쪽을 지켰기에 다가갈 수가 없었다.

"어느 길인지는 모르겠지?"

"네······."

기가 죽은 기란이 작게 대답했다. 기해는 고개를 갸웃거렸다. 기란의 등에 붙어 있는 벌레가 하나둘 늘어났다. 아기에는 잠시 생각하다 아무 길이나 골라 걸어 들어갔다. 조금 더 걷자 이번에는 네 갈래 길이 나왔다.

"오호라."

짙은 미소가 아기에의 입가에 번졌다. 홀림길이다. 순서대로 선택해야지만 어머니가 있는 곳이 나오는 홀림길이다. 그놈이 수를 써 놓은 것이다.

기란이 안절부절못하며 왕의 눈치를 봤다.

"어쩌죠, 왕? 난 정말 안이 이렇게 되어 있는지 몰랐어요······."

"됐어. 알 것 같아."

'네?'

아기에는 망설임 없이 하나의 길을 선택해 걸어 나갔다.

9.

그놈 짓이다.

그놈밖에 없어.

거기까지 생각이 미친 라야는 아찔한 표정을 지었다.

'대체 어쩌자고……'

어떤 상황에 처해 있는지 대략 짐작은 하고 있었다. 아니면 생각보다 더 심한 상황에 처해 있을지도 모른다. 라야로서는 상상도 할 수 없는 곳에서 더 심한 꼴을 당하고 있을지도 모르지.

하지만 온 나라 사람에게 독을 먹이는 짓이라니.

어떻게 하면 저런 식으로만 생각할 수 있지?

진곡에서도 사람 목숨을 우습게 여기고 있다는 것을 어렴풋이 느끼긴 했었다. 후환이 두렵다는 이유만으로 첸첸을 죽이려고 했고, 거치적거리면 진곡 왕까지 죽이려고 했다고 제 입으로 말했으니까. 나라를 다스리는 왕이 죽으면 그 나라 안의 물이 모두 깡그리 마르는 것을 알면서도 그런 생각을 했다는 것은, 나라 안에 사는 사람들의 목숨도 안중에 없다는 소리였다.

라야는 한숨이 나오는 것을 간신히 참았다.

도가 넘는 짓을 수시로 하는 행동이 아주 가관이다. 앞에 있으면 소리 지르는 것으로 끝내지 않을지도 모른다. 치밀어 오르는 화를 삼키려니 불덩이를 쑤셔 삼키는 것 같다.

라야는 당황을 삼키고 빠르게 주위를 훑었다.

그 녀석을 찾아야 했다.

어떻게든 찾아서…….

라야는 의아함에 고개를 갸웃거렸다.

주위를 훑다 눈썹 하나 깜짝하지 않고 가만히 서 있는 리올의 모습을 발견한 탓이다. 리올은 그 자리에 못 박힌 듯 서서 꼼짝없이 한곳만 응시하고 있었다.

뭘 보시는 거지?

리올의 시선을 따라갔다. 시선은 궁의 거의 끝 쪽에 있는 방을 향했다. 라야는 눈을 깜빡였다. 처음엔 잘 보이지 않았지만 눈을 깜빡이는 순간 들어왔다.

검은 연기였다. 창문 틈을 통해 검은 연기가 흘러나와 조금씩, 아주 조금씩 위로 올라가고 있었다.

라야는 저것이 뭔지 알고 있었다.

가문에서 겪은 것이다. 검은 연기가 괴물처럼 건물 하나를 집어삼키는 ―불이다.

10.

제단에 올라온 교활은 피리를 든 고호만을 데리고 중앙으로 향했다.

제단이 있는 곳은 본궁의 가장 위, 옥상이었다.

제단 위에는 옥으로 만들어진 그릇에 물이 담겨 있었다. 이 물은 불경하게도 어제 떠 놓고 쓰지 않아 남은 물이었다.

기우제에 쓰이는 물은 보통 새벽녘에 나뭇잎이나 풀잎에 맺힌 이슬을 모아 담은 것으로 치른다. 그것이 가장 깨끗한 '물'이고, 신성하다고 여기기 때문이었다.

기우제를 지내는 날짜가 잡히면 먼저 통보를 하고, 그것을 담당하는 궁녀들이 몸을 정갈히 하고 아침 일찍 일어나 이슬을 모아 두는 것이 수순이었다.

그러나 이번엔 그것이 없다.

로매가 녹아들지 않은 물을 구하는 것만으로도 다행이었다.

교활은 그 앞으로 다가가 옥그릇에 손을 집어넣었다. 차가운 물이 손가락을 적셨다. 그 물을 손으로 떠 사방으로 뿌렸다.

동, 서, 남, 북으로 한 번씩 뿌리고, 뒤로 두 걸음 물러서서 제단을 향해 두 번의 절을 올렸다.

그것을 끝으로 피리 소리가 울린다. 고호가 부는 것이다.

고호가 부는 피리 소리에 맞춰 교활은 양팔을 들어 올렸다. 풍성한 소매가 날개를 펴는 새처럼 허벅지까지 늘어졌다.

피리 소리가 재촉한다.

날개를 펼친 학처럼 교활은 춤을 추기 시작했다.

한 걸음 내딛는 발걸음은 느리다. 느리면서도 부드럽게 흘러간다.

첫 번째 춤은 하늘에서 내려오는 비의 모습이다. 손가락 하나하나가 하늘에서 내리는 물방울처럼 위에서 밑으로 떨어져 내렸다. 풍성한 소매가 하늘하늘 흔들렸다.

춤이 시작되자 보랏빛 군석이 은은하게 빛났다. 그 빛은 아주 천천히 교활의 몸을 감쌌다.

빛이 감싼 몸은 더 이상 사람처럼 보이지 않았다.

피리 소리가 조금 빨라졌다. 하늘에 천천히 먹구름이 생기며 밀려온다.

교활은 눈짓으로 고호를 재촉했다. 우레비를 내려 독을 몰아내야 한다. 잔잔한 피리 소리론 어림도 없다. 왕의 마음을 알아차린 군위의 피리 소리가 더 빨라진다.

하늘에서 내린 비는 이윽고 강과 호수를 만나는 춤으로 변했다. 움직임이 빨라지고 동작은 좀 더 유연해졌다. 빨라진 움직임에도 정갈함과 부드러움은 사라지지 않았다. 소매가 거칠게 흔들렸다.

먹구름에서 쿠르릉쿠르릉 소리가 났다.

춤이 더 빨라지고 피리 소리도 덩달아 빨라졌다.

정한의 하늘을 가득 메운 먹구름에서 빗방울 하나가 톡 떨어졌다.

그게 시발점이었다.

빗방울 여러 개가 투투툭 떨어지며 밑으로 곤두박질쳤다. 빗줄기가 장대처럼 굵어 땅바닥을 두드리는 소리가 온 나라를 진동케 했다.

교활이 기우제를 지내는 곳도 곧 비로 얼룩졌다.

피리 소리가 비 내리는 소리에 묻혔다. 이쯤 되면 피리 소리는 소용없었다.

고호는 피리를 내리고 무릎 꿇은 채로 왕을 응시했다.

빗속의 왕은 춤을 멈추지 않았다. 잔비를 내릴 때도 내리 열두 시간을 춤췄던 왕이었다. 물이 옷자락에 스며들면 들수록 힘이 들고 체온도 내려가고 체력의 한계가 올 텐데도, 자신의 왕은 비를 기원하는 춤을 끝까지 춰 냈다.

천둥 번개가 요란하게 하늘을 울린다.

호수가 물결치고 완전히 열린 수문으로 물이 빠져나갔다. 마을의 수로에선 물이 흘러넘쳐 길거리로 넘어왔다. 집 안에 숨어 있는 사람들은 번개 소리를 들으며 가족끼리 뭉쳤다. 우렛소리를 처음 들어 보는 이들은 가슴이 철렁해지고 장딴지가 부들부들 떨렸다.

고호는 산처럼 우직하니 앉아 왕의 모습을 끝까지 지켜봤다.

빗속에서 왕만이 빛났다.

비를 부르는 춤을 추는 왕은 이 세계의 인간처럼 보이지 않는다.

신이다.

고호는 무릎을 꿇은 채로 고개를 조아렸다. 이마가 바닥에 닿는다. 비가 어깨를 때리고 바닥에 고인 물들이 이마를, 손바닥을, 무릎을 적셨다.

고호는 고개를 들지 않고 기다렸다.

춤은 계속되었다. 로매 독을 몰아내기 위해서다. 잔비를 내릴 때보다 격렬하고 거친 춤의 연속이었다. 물에 젖은 풍성한 소매가 무겁다. 길게 기른 머리카락도 목덜미에 달라붙고, 굵직한 장대비에 시야가 가려서 답답했다.

교활은 눈을 감았다. 그대로 계속 몸을 움직인다.

강과 호수를 만난 비의 춤은 이제 바다가 되었다. 바다는 저 멀리 북동쪽에 있는 '마시지 못하는 물'이다. 그 물을 교활은 한 번도 본 적이 없다. 하지만 들은 적은 많았다.

끝이 없는 물이라고 했다. 호수보다도 크고 깊고 넓어서 인간으로

서는 감히 상대조차 하지 못할 그런 호수라고. 배를 타고 가도 끝이 없어서 사람들이 도중에 지쳐 돌아온다는 세계에서 가장 큰 호수, 바다.

그 바다는 웅장하겠지.

넓고, 깊고, 빗방울이 모이고 모여서 인간의 몸으로는 감히 상대도 못할 것이다.

교활의 움직임이 커졌다. 부드럽고 고고했던 손짓은 웅장하고 격렬하게 바뀌었다. 바닥을 때리는 빗소리도 더욱 커졌다. 바람이 거세게 분다. 빗방울도 더욱 굵직해졌다.

계단을 거칠게 밟는 소리가 들린 것은 그때였다.

왈칵 문이 열리고, 소란이 뛰어왔다.

왕의 춤이 멈췄다.

11.

장대처럼 퍼붓는 빗속에서 아기에는 작은 정원을 발견했다.

정원 속에 또 다른 정원이었다. 중앙에는 소혼 호수와 비교하면 말 그대로 손바닥만 한 연못이 있었고, 붉은색 잉어가 헤엄치고 있었다. 운치 있게도 그 연못 위에는 둥글게 만들어진 나무다리도 있었다.

어디를 봐도 그놈이 어머니를 위해 마련한 곳이었다.

과실나무들만 심어져 있는 것 하며, 화단이 만들어져 있는 것 하며, 햇살 좋은 자리에 놓여 있는 흔들의자까지.

흔들의자를 본 아기에는 잠시 걸음을 멈췄다. 쏟아지는 장대비에 앞이 보이지 않고, 몸이 젖어 점점 추워졌지만 그리움을 막을 길이 없었다.

이곳에 어머니가 계신다.

팔 년, 아니, 이제는 구 년 만에 뵙는 어머니다.

회상에 젖은 아기에의 귓가로 기란의 조잘거리는 소리가 들렸다.

"세상에, 길을 어떻게 아셨어요?"

"잡초들이 쓰러져 있었잖아."

아기에는 짧게 대답했다. 교활 곁에 붙어 있으라고 보낼 땐 쓸모가 많더니, 곁에 붙어 있게 되더니 시끄럽기 짝이 없다.

쌀쌀맞게 대답한 아기에는 앞에 보이는 작은 집으로 걸어갔다. 비가 아프도록 몸을 때렸다. 기해가 앞이 잘 보이지 않아 허우적거리다가 바닥에 넘어진다. 철퍽하는 소리가 날 정도로 크게 넘어졌지만 아기에는 돌아보지 않았다. 그저 전진이었다. 기해는 얼굴에 묻은 흙을 털어 내고 얼른 뒤따랐다.

오두막집 문을 열고 들어가자 누군가가 다가왔다. 궁녀복을 입고, 두 눈을 감고, 손에 든 지팡이로 바닥을 두드린다.

궁녀를 본 아기에는 순간 교활이 너무 끔찍해서 죽을 것 같았다.

지하실에 있던 궁녀와 같았다.

두 눈이 없고 혀가 잘린 궁녀였다. 눈이 멀고 혀가 없는 궁녀는 오두막에 누가 들어왔는지도 몰라 손짓과 몸짓으로 열심히 물었다. 바깥에 비가 오고 있으니 왕께서는 기우제를 지내고 있을 테고, 방금 전엔 소란이 다녀갔으니 이번엔 누군가 싶었는지 손짓이 매우 분주했다.

아기에는 웃었다.

목을 매달아 버릴까? 아님 물에 처박아 익사를 시킬까? 이것저것 방법을 떠올려 봐도 마땅한 게 없다. 무엇을 해도 속이 풀리지 않을 것 같다.

―어머니를 이런 것과 가까이 하게 하다니.

아기에는 열심히 손짓하는 궁녀의 머리채를 그대로 휘어잡았다. 혀가 없는 입이 벌어지고 궁녀의 얼굴이 고통으로 일그러졌다. 그는 그녀를 질질 끌고 가 바깥으로 내동댕이쳤다.

목소리가 나오지 않으니 숨소리가 비명을 대신한다. 궁녀는 거친 숨을 쉬며 손과 발을 허우적거렸다. 아기에는 비릿하게 웃고, 궁녀의 머리채를 다시 잡아끌었다.

궁녀가 질질 끌려간다. 돌이 깔린 길을 지나, 작은 연못 쪽으로 걸어간다. 장대비가 그들의 몸을 쉴 새 없이 때렸다.

"내 아버지가 널 여기로 보냈지?"

빗소리 때문에 들릴지는 의문이다. 아기에는 그래도 궁녀에게 말했다.

"그럼 편안한 곳으로 보내 주는 게 자식 된 도리겠네?"

아기에는 궁녀를 연못에 처박았다. 일어나지 못하도록 머리를 발로 짓눌렀다. 숨이 부족한 궁녀가 허우적허우적 손을 뻗어 아기에의 다리를 잡았다. 손톱이 종아리 살을 뚫고 들어온다. 아기에는 아픔에 미간을 찌푸리고 발을 움직여 손을 떨쳐 냈다.

그리고 교활이 자신에게 했던 것처럼 궁녀에게 똑같이 했다.

머리를 차고 짓밟고 짓이긴다. 짓이기고 밟고 비비고 고통스럽게 두어 번 차올렸다. 물에 머리가 박힌 궁녀는 끝내 몸을 부르르르 떨더니 동작을 멈췄다.

후.

아기에는 후련한 숨을 내쉬고는 뒤로 물러섰다. 손바닥만 한 연못에 궁녀는 머리만 담그고 죽어 있었다. 가지각색의 잉어들이 궁녀의 머리 쪽으로 모여들어 입을 뻐끔거린다.

"기해, 기란."

"네?"

왕이 하던 것을 조마조마한 심정으로 지켜보고 있던 기란이 냉큼 대답한다. 기해는 대답 대신 달려갔다.

"이거 안 보이는 데로 치우고 와. 어머니가 못 보도록 해."

명령을 내린 아기에는 비를 피해 다시 오두막에 들어갔다. 기해는 죽은 궁녀를 물에서 건져 냈다. 기란도 소매를 걷어붙이고 궁녀의 다리 쪽을 맡았다. 그녀의 머리카락도 비에 젖어 목덜미와 얼굴에 달라붙는다. 둘은 합심해 궁녀를 질질 끌어 근처 덤불 속에 숨겨 놓았다.

오두막집에 다시 들어선 아기에는 수건을 찾아 몸을 닦았다. 젖은 옷도 마음에 들지 않는다. 지하실에서 입었던 옷들이다. 그것을 홀러덩홀러덩 벗어 옷을 찾았다.

'어머니가 있는 곳이면 그놈 옷도 있겠지.'

옷장을 뒤지다가 몇 벌 안 되는 교활의 옷을 찾아냈다. 새하얀색이 마음에 들지 않는 옷이었다. 그것을 주섬주섬 껴입고, 수건으로 머리를 문지르면서 안쪽으로 걸어갔다.

오두막 안쪽에는 어머니가 누워 있는 침대가 보였다. 침대는 천개로 가려져 안이 보이지 않았지만 그곳에 누워 있는 검은 그림자는 보였다.

느낌이 왔다. 어머니다.

쌔액쌔액 숨소리가 아기에의 마음을 사로잡았다.

"어머니······."

소리 내서 불러 본다. 대답은 없었다.

그래, 구 년 만에 간신히 눈을 떴다고 했지.

아기에는 심호흡을 하고 침대를 가리고 있던 천개를 걷었다. 천개를 걷고 들어가자 심한 약초향이 아찔하게 풍겨 왔다.

침대에 시선을 돌리자마자, 먼저 이지가 없는 송화색 눈동자가 보였다. 눈을 떴지만 아무것도 보지 못하는 것처럼 보였다. 아기에는 눈을 옮겨 다른 곳을 샅샅이 훑었다. 뼈만 남아 있는 손가락과 팔목을 지나쳐 어린아이 손목만큼 가늘어진 발목까지 다다랐다.

아름답기로 유명했던 설백색 머리카락은 이제 거의 회색빛으로 변했다. 반듯하던 이마엔 주름이 지고, 눈가에도 자글자글한 주름이 잡혀 예전 모습을 찾아보기가 힘들었다. 살짝 벌리고 있는 입에는 이가 몇 개 빠져 있었고, 피부 곳곳엔 검버섯이 펴 있었다.

아기에는 말을 잇지 못하고 서 있었다. 약초향 사이사이에 나이 많은 사람들이 가지고 있는 특유의 냄새가 났다. 노인들에게서만 나는 그 냄새였다. 입가가 부들부들 떨렸다. 그림 같은 미소가 처음으로 일그러졌다.

"그래, 이래서 그놈이 어머니를 숨겼던 거구나."

왕의 아내는 대체로 늙지 않는다.

늙지 않고 영원한 젊음을 유지하면서 살아간다. 간혹 왕도 늙고 그의 아내도 늙고, 왕의 은혜를 받은 관리들 중에도 늙어 가는 자가 생겼지만 그게 어머니일 거라고는 생각지도 못했다.

아들은 손을 뻗어 어머니의 손을 덮었다. 체온이 느껴졌다. 따뜻한 체온은 구 년 동안 그리워했던 그것이었다.

어머니의 늙은 모습을 보아도 그것은 달라지지 않았다.

"미안, 어머니."

아기에는 솔직하게 고백했다.

"기쁘고 좋은데, 이럴 때도 눈물이 나오지 않아."

체온이 다가온다. 지하실에선 없던 체온이다.

아플 때 항상 생각났던 체온이다. 아기에는 어머니를 떠올릴 때마다 탑에서 떨어지는 어머니를 떠올렸었다. 웃는 모습을 떠올렸을 때도 끝에는 항상 어머니가 떨어지는 것으로 끝났다.

하지만 이제 그것도 끝났다.

아기에의 기억 속에 새로운 어머니가 덧씌워졌다.

"해 줄 말이 너무 많은데 뭐부터 말해야 하지?"

가슴이 먹먹해진다. 그런데도 눈물은 나지 않는다. 아기에는 침대 밑에 무릎을 꿇고 속삭였다. 아들은 고개를 숙여 어머니의 손에 이마를 대었다.

"나 아플 때, 어머니가 내 이마를 짚어 주던 게 계속 생각났어. 역시 해 보니까 좋다. 어머니 손이 약손이야. 아픈 게 다 낫는 것 같아."

움직임이 없는 어머니를 향해 아들은 계속 말했다. 천장만 올려다보고 있는 송화색 눈동자에 자신이 다시 비춰지길 원했지만, 그것은 지금은 무리였다.

"작별 인사 하러 온 거야."

아기에가 정한으로 돌아온 이유, 그것은 아주 사소했다.

─마지막으로 어머니를 뵙고 싶었다. 정한을 떠나면 두 번 다시 돌

아오지 못할 텐데, 어머니를 뵙지 못하고 떠날 순 없었다.

"나를 구하기 위해 탑에서 떨어진 어머니가 잊히지 않아서 그냥 떠날 수가 없었어."

지하실에서 나이를 먹었다.

검은 벽지를 보면서 나이를 먹었다.

하루가 가고, 이틀이 가고, 삼 일이 간다.

그런 때에 살아갈 힘을 줬던 것은 어머니였다. 이런 아들을 구하겠다고 탑에 오른 어머니의 모습이었다. 밑으로 곤두박질치며 떨어지던 어머니의 눈동자가 가슴에 박혔다.

아기에는 고개를 들어 어머니의 모습을 응시했다.

해 줄 말이 정말, 너무도 많았다. 나는 올해 열일곱이 되었고, 독순술을 잘하고, 다른 사람 목소리도 잘 흉내 내고. 아, 그리고 어둠과 계약해서 주술사도 되었어. 어머니께서 선물로 보내 주신 자투라는……. 자투라는 이젠 곁에 없지만 그래도 살아서 잘 있을 거고.

그리고…… 또.

"아, 어머니 나한테 친구가 생겼어."

아기에는 밝은 어조로 생글거렸다.

"검은 머리칼에 안경을 쓴 녀석인데 나중에 기회가 되면 소개시켜 줄게. 딱 봐도 무뚝뚝하고 점잖고 단정한 녀석이니까 소개 안 해 줘도 보기만 하면 알겠다. 그 녀석 말이야, 딱딱하고 고지식하고 도덕적인 성격이라 나랑은 잘 어울리지 않아 보였는데, 우리 정말로 죽이 잘 맞아서 재미있게 놀았어. 고지식하지만 굉장히 좋은 녀석이야. 검도 잘 쓰는데 본인은 몰라. 굉장히 강해. 내가 도와 달라고 하면 반드시 도와줄 녀석이야. 사고방식이 앞뒤로 꽉꽉 막혀 있는 게 흠이라면 흠이지만, 뭐 그런 점도 꽤 괜찮아. 지금은 만날 수가 없지만 나중에 기회가 되면 다시 만나러 가고 싶어. 그럼 그때 어머니한테 소개시켜 줄게."

어쩐지 나보다 어머니와 라야가 죽이 더 잘 맞을 성격 같은데.

아기에는 히죽히죽 웃다가 다시 어머니의 손에 얼굴을 묻었다.

속이 끓는다. 가슴이 너무 아파서 숨을 쉴 수가 없다. 목이 메어서 가슴 안이 먹먹해져 온다.

눈물이 나온다면 좋을 텐데.

"어쩌면…… 다행인 것 같아, 어머니."

어머니가 이런 모습이라, 날 보지 않아서 다행일지도 몰라.

난 그놈 말대로 미친 것 같아.

사람 목숨 따위 이젠 아무렇지도 않아. 길가에 굴러다니는 돌멩이보다도 더 흔해 보이는 게 사람들 목숨이야. 어머니는 그런 거 싫어하는데, 난 이제 사람을 죽이는 게 아무렇지도 않아.

길가에 돌아다니는 아이를 죽여도, 그 아이의 어미가 울부짖어도 아무렇지도 않게 되었어.

"이런 날 보면 어머니는 싫어했겠지."

대답이 없다. 다행이다. 어머니의 대답은 듣고 싶지 않았다. 무섭다. 정말로 싫다는 소리가 나올까 봐.

아기에는 자리에서 일어섰다. 천천히 오르고 내리는 가슴팍이 보였다. 그는 허리를 숙여 어머니의 이마에 입을 맞췄다.

"이제 가 봐야겠어."

계속 어머니 곁에 있고 싶었지만, 어쩔 수 없이 이것으로 마지막이다. 마음에 들지 않는 놈이지만 어머니께 잘하니, 어머니는 걱정 없다. 그놈은 어머니께서 원한다면 제 목숨까지 바칠 놈이었다.

"가 볼게, 어머니."

아들은 다시 어머니의 이마에 입을 맞추고 등을 돌렸다. 그는 자투라를 돌산에 두고 혼자 내려왔을 때처럼 매정하게 멀어졌다. 돌아보지 않는 것도 똑같았다. 한 걸음, 한 걸음 미련 없이 멀어진다.

침대의 천개가 다시 쳐진다.

아무도 없는 오두막집에서 숨소리만 흘렀다.

손가락이 꿈틀, 움직였다.

제 16 장

탈
출

제 16 장
탈출

1.

우레비가 쏟아지기 전에 정원에 모였던 이들이 모두 궁 안으로 대피했다. 말끔하게 관복을 갖춰 입었던 자들만이 들 수 있었던 대전은 순식간에 난민들의 피난처처럼 변해 버렸다.

널찍한 대전의 구석에 여성들과 아이들이 쉴 수 있는 곳을 마련하고, 의원들이 부지런히 해독제를 만들어 먹였다. 가장 어린 아이들부터 해독제가 주어졌고, 해독제를 먹은 아이들의 손목에는 해解를 적어 따로 분리했다.

라야도 그 속에 있었다.

얼결에 독을 제일 먼저 발견한 미드렌과 같은 무리로 인식되어 대전에 들어와 있을 수 있게 되었다. 비를 피하는 것은 다행이지만,

비가 오기 전에 검게 올라왔던 연기가 그의 기억 속에서 잊히지 않았다.

'그 녀석이 한 짓일까?

정한의 물에 로매라는 독이 풀리고, 궁 한구석에 불이 났다.

이게 우연이라고 생각하는 것 자체가 말이 되지 않는다.

누군가가 뭔가를 하고 있고, 그 녀석일 확률이 높다.

라야는 가만히 있을 수가 없었다. 초조함에 입안이 바짝 말라왔다. 뭔가를 하고 있다면, 도움이 필요한 게 아닐까?

미드렌이 잠시 시간을 내서 다가왔다. 로매 독을 풀 수 있는 해독초가 정한에 그리 많지는 않았다. 그가 할 일은 대부분 끝났다. 미드렌은 불안한 표정을 한 라야를 보곤 물었다.

"왜?"

"가 봐야겠습니다."

"어디를?"

라야는 목소리를 낮췄다.

"궁에서 불이 난 것 같습니다. 지금 비가 와서 잘 보이지 않지만, 궁 안쪽에서 난 불이라 비로는 꺼졌을 리가 없습니다. 사람들을 시켜 궁의 왼쪽 끝에 불이 난 것 같다고 알려 주십시오. 저는 가 봐야겠습니다."

다행히 때는 맞았다. 국명부가 열리는 건 잠시 보류됐지만, 이 소동으로 궁은 발칵 뒤집혔다. 라야가 움직여도 사람들이 깊게 신경 쓰지는 못할, 그런 소동이었다.

미드렌도 마찬가지로 목소리를 낮췄다. 목소리는 낮췄지만 특유의 빈정대는 말투는 어디 가지 않았다.

"어디를 간다는 거야? 어디 있는지나 알고 가? 본궁 일 층은 마음대로 돌아다녀도 될지도 모르겠지만 위층이나 안쪽에는 아직도 경비가 삼엄할 거다. 그런 곳에 기웃거렸다간 너 같은 건 보자마자 사형이라고. 정한의 관리들을 우습게 보지 마. 죽고 싶어? 응?"

"가만히 있을 수가 없습니다. 지금 벌어지는 일, 전부 그 녀석이 한 짓 같습니다."

"뭐?"

미드렌의 눈이 커졌다.

"이대로 가만히 있으면 안 될 것 같습니다."

라야가 불안감을 토해 냈다.

그때와 맞춰 공기를 찢고 하늘을 울리던 우렛소리가 멈췄다. 시야가 확보되지 않을 정도로 주룩주룩 내리던 비도 그치기 시작했다.

대전에 있던 모든 이들이 웅성거렸다.

로매 독을 몰아내기 위해서 왕께서 내리는 비였다. 많은 비가 내리긴 했지만 아직 멈출 때가 아니었다.

먹구름이 물러가고 하늘이 갠다. 언제 비가 내렸냐는 듯이 하늘 정중앙에 태양이 자리 잡고 있었다.

"뭐지, 왜 갑자기 비님께서 멈춘 것이냐?"

대전을 누비며 통솔하던 관리 하나가 의아함을 담아 입을 열었다. 그를 뒤따르며 보좌하던 젊은 관리가 답했다.

"왕께 무슨 일이 생긴 것은 아니겠…… 지요?"

"무슨 불경한 소리를!"

"하지만 우레비를 내리시는 것은 왕께서도 처음이지 않으십니까. 잔비나 꿀비 같은 비와는 달라요. 우레비란 말이에요. 무……."

계속 말을 잇던 젊은 관리가 주위에 있는 사람들을 깨닫고 황급히 입을 다물었다. 주위에는 어린아이들과 여자들이 그대로 남아 있었다. 말귀가 트인 여인들은 관리의 말을 알아듣고 불안함을 드러냈다.

 관리들이 수습하려 했지만 웅성거림은 커지기 시작했다. 불안한 듯 눈동자를 굴리는 여인들의 공포는 아이들에게까지 전이되었다. 마을을 누비며 살던 여인들과 아이들에게 있어서 왕도 높디높은 사람이었지만 관리들도 높디높은 사람들 중 하나였다.

 그런 관리들이 왕께 무슨 일이 생긴 것은 아니냐고 의문을 던진 순간부터 불안함은 꽃을 피우고 열매를 맺었다.

 "……그 녀석 짓인 것 같습니다."

 라야는 조용해진 대전을 훑어보며 조용히 뒷걸음쳤다. 더 이상 기다릴 수가 없다. 뭔가를 해야 했다. 라야는 사람들의 시선이 닿지 않는 곳에 몸을 빼자마자, 등을 돌려 달리기 시작했다.

 "너!"

 미드렌이 소리치다 멈춘다. 그는 뭔가를 생각하더니, 뒤쪽에 멍하니 서 있는 리올에게 다가갔다.

 "리올, 내 진료소 기억나?"

 "어, 응."

 리올이 멍한 눈으로 끄덕였다. 미드렌은 리올에게 맡겨 뒀던 기다란 작대기를 돌려받았다. 그는 파란 천에 쌓인 작대기를 양손으로 꼭 쥐고 리올에게 당부했다.

 "진료소에 가 있어. 나중에 나도 따라갈게. 알았지? 다른 데로 새지 말고 꼭 진료소로 가 있어. 모르면 물어서라도 가. 미드렌 의원집이 어디냐고 하면 다 알려 줄 테니까. 내 이름은 정확히 기억하지?"

리올이 끄덕끄덕 고개를 움직였다.

미드렌은 물가에 내놓은 아이를 보는 심정으로 리올을 보다 라야를 뒤따라 뛰었다.

2.

아기에는 가라앉은 기분으로 오두막을 빠져나오다 멈칫했다. 하늘을 올려다보니 먹구름이 사라져 있고 비가 멈춰 있었다.

왕이 기우제를 멈췄다는 증거였다.

'지금쯤 알았겠군.'

뭐, 괜찮다. 어머니는 이미 만났고 빠져나갈 구멍도 준비해 뒀다. 마지막 계획에 필요한 것은 아주 조그마한, 그놈의 애정이었다. 그것만 있으면 뒷일은 안심이다.

아기에는 뒤돌아 오두막집에 들어가서 식칼을 하나 챙겨 들고 홀림길을 빠져나왔다. 기해가 뒤질세라 그 뒤를 쫓아온다. 기란도 왕의 기분을 헤아렸는지 조잘조잘거리던 입을 다물고 뒤를 쫓기만 했다.

비가 온 뒤의 길이라 그런지 정원에 난 길이 상당히 질퍽거렸다. 걸음을 옮길 때마다 아기에가 갈아입은 새하얀 옷에도 진흙이 튀었다. 꽤 마음에 든다.

아기에는 진흙이 더 튀도록 발을 굴려 걸어갔다. 발목까지 올라오던 수풀이 점점 높아지고, 마침내 홀림길 끝에 도착했다.

그 홀림길을 주저 없이 나오자, 수많은 무사들이 아기에를 기다리고 있었다. 그들 사이에 서 있던 교활과 그의 군위들이 아기에를 발견하자마자 눈을 부라린다.

아기에는 웃었다. 예상했던 일이다.

"빨리 찾았네? 하긴 내가 올 곳이 여기밖에 없지."

놀랍지도 않다. 당연한 결과지.

정한을 한 번 기어 들어갔다가 돌아온 것이라면 분명 이유가 있을 거라고, 저 교활도 생각해 뒀던 것이다.

"비를 멈췄어? 로매 독은 어쩌고? 로매보다 내가 먼저라는 거야? 그래? 아아, 나 사랑받고 있구나. 감격했어. 온 나라의 국민이 죽을 상황에도 내가 먼저라니. 효자가 되어야 할 것 같아. 이렇게까지 아버지의 사랑을 받고 살면서 은혜를 갚지 않으면 아들의 도리가 아니잖아."

교활은 아들의 말에 답해 주지 않았다.

아들은 미쳤다. 공식 석상에서 그리 말해 놨으니, 미친 아들의 말에 대꾸하는 것이 좋게 보일 리가 없다. 그는 딱딱하게 굳은 얼굴로 무사들에게 명령을 내렸다.

"정신병을 앓고 있는 왕자를 붙잡아라. 안타깝게도 이 일의 원인이 짐의 아들이로구나."

무사들 앞이니 교활도 슬픈 척 꾸며 낸 목소리를 흘렸다. 황금빛 눈동자는 아기에를 곁눈질로 노려보는데, 왕의 얼굴을 똑바로 보지 못하는 무사들은 그것을 모른다.

무사들의 눈이 날카로워졌다. 이 정한에는 무사들의 가족도 살고 있었다. 원한이 없을 리가 없다.

아기에는 무사가 달려들기 전 한발 먼저 운을 띄웠다.

"내가 어떻게 빠져나왔는지 궁금하지도 않아?"

교활의 황금색 눈이 짙어진다. 아기에는 연극을 하듯 손바닥을 눕혀 홀림길 뒤편으로 손을 뻗었다. 답하듯 마주 잡아 오는 고운 손이 있다. 붕대를 감은 손끝이 가장 먼저 드러났다.

아기에가 웃으며 불렀다.

"기란."

교활의 눈이 커졌다.

홀림길의 덤불을 헤치고 기란이 걸어 나왔다. 벽자색 머리칼이 아름답게 출렁이며, 그녀는 얼굴을 붉히고 아기에 옆에 섰다.

고호가 미미하게 눈썹을 찌푸렸다. 교활의 목소리가 떨렸다. 소란은 이를 악물고 기란을 노려보았다.

"……기 ……란?"

놀란 교활이 부른다. 기란은 교활을 시큰둥하게 보더니, 양팔을 벌리고 아기에 앞을 가로막았다. 그녀는 교활을 향해 차갑게 쏘아붙였다.

"제 왕을 건드리지 말아 주세요."

기란이 교활을 노려본다. 아기에는 너무 재미있는 나머지 고개를 숙이고 어깨를 떨며 웃기 시작했다. 교활의 얼굴이 무너졌다. 그는 기란이 치던 비파 소리를 기억했다. 비파를 연습하다가 난 손끝의 상처와 좋아한다고 고백하던 그 사랑스러운 얼굴들은 잊으려야 잊을 수가 없다.

"어떻게 된 것이냐?"

교활이 충격을 받아 물었다. 아기에는 기란의 뒤에 숨어서 배가 아플 정도로 웃고 있었다. 기란은 진지하게 그런 왕을 보호하듯이 두

왕은 웃었다 ┃ 447

팔을 벌리고 교활을 노려본다.

교활이 다시 외쳤다.

"어떻게 된 것이냐!"

"보면 몰라?"

아기에는 오두막에서 집어 왔던 식칼을 꺼내 기란에게 건넸다. 기란은 그것의 손잡이를 양손으로 꼭 잡고 왕을 올려다봤다.

"기란아."

아기에는 더없이 상냥하게 속삭였다. 기란을 무시하고 차갑게 대했던 눈이 따스한 감정을 담고 기란을 응시했다.

"나 죽을까 봐 무서워. 교활 왕이 날 죽일지도 몰라. 너라면 당연히 날 지켜 주겠지? 나한텐 너밖에 없으니까. 응?"

기란이 홀린 듯이 고개를 끄덕인다.

아기에의 표정은 다시 재미있어 죽겠다는 얼굴로 변했다. 그는 달콤하게 기란에게 속삭였다. 기란에게 속삭이며 곁눈질로 교활을 보자, 교활이 몸을 떨며 경악하고 있었다.

"교활은 어릴 적부터 동생과 비교당하면서 편애를 당하며 살아왔거든. 아버지한테 매일매일 무시당하고 모욕당했지. 그래서 사랑받는 것에 약해. 얼마나 약하면 자기를 좋아한다고 말한다는 이유로 널 의심조차 못했겠어."

조롱이 섞인 말이 흘러나온다. 기란은 왕의 말이 보물이라도 되는 것처럼 한 글자, 한 글자 주워들었다.

"그래서 네가 아주 중요해. 네가 네 목숨을 인질로 삼아 협박하면, 교활 왕은 나한테 아무런 해도 못 끼칠지 몰라. 네 목숨이 위험한 건 나도 안타깝지만……. 나를 위해서 해 주겠지?"

"물론이에요!"

기란은 기다렸다는 듯이 대답했다.

이 목숨으로, 왕을 구할 수만 있다면 얼마나 기쁠까.

기란은 양손으로 잡아 든 식칼로 제 목을 겨눴다. 왕을 위해서라면 이대로 목을 찔러 죽어도 좋아요. 기란의 눈이 그렇게 말했다. 아기에는 그런 기란의 귀에 다시금 속삭였다.

"네가 내 편이라, 정말 기쁘다."

기란이 행복해서 죽을 것처럼 웃었다. 교활이 부들부들 떨며 손가락으로 기란을 가리켰다.

"……군위인 ……거냐?"

너무나 무서운 말에 목소리가 띄엄띄엄 흘러나온다.

"기란을…… 네 군위로 만들었어?"

교활이 소리쳤다. 아기에는 보란 듯이 기란의 머리를 쓰다듬었다. 기란은 기뻐하며 아기에의 팔에 가슴을 비볐다. 아기에는 기란의 머리를 쓰다듬으며 교활에게 말했다.

"내가 네가 있는 곳으로 돌아오는데 그냥 돌아올 거라 생각했어?"

아니지. 내 발로 걸어 들어오는데 준비는 하고 돌아와야지.

자투라를 파기하고, 정한으로 걸어 들어왔다. 머리색을 숨기고 군석을 숨기고, 상인들과 합류해 그럴듯하게 정한으로 흘러들어 왔다.

당시 정한에서 가장 큰 논점은 교활의 새로운 부인으로 유력한 한 여성이었다. 교활 왕께서 새로운 부인을 맞이할지도 모른다고, 정한의 늙은이들부터 시작해서 다섯 살배기 애새끼들까지 시끄럽게 떠들고 있었다. 어디를 가도 저 소리뿐이라, 아기에는 주점에 앉아 귓구멍만 열고 있었는데도 알 수 있었다.

"그런데 그 여자는 교활의 부인을 되는 걸 마다하고 있다잖아. 궁금하기도 하고 쓸모 있겠다 싶어서 그 여자를 만나러 직접 갔지."

그리고 만났다. 기란이 살고 있는 본가는 정한에 있었다. 재상이 전대 정한 왕의 시절부터 관리직을 맡아 온 인물이라, 정한에 본가를 옮겨 지내고 있었다. 기란도 그 속에 있었다.

"너와 기란의 혼담이 오갈 때, 기란이 왜 혼인하고 싶지 않다고 울며불며 거절했는지 혹시 알아?"

교활은 떨리는 입술을 깨물고 아기에를 노려봤다. 아기에는 목소리를 높였다.

"나이가 많아서? 왕의 부인이 되면 자유가 제한되어서? 진왕을 내조할 자신이 없어서? 다 아니야. 정말 간단한 이유였지. 기란은 너 말고 좋아하는 사내가 있었거든."

교활의 황금빛 눈동자가 더 커졌다. 무사들 사이에서도 술렁임이 일어났다.

기란이 좋아했던 것은 하인이었다.

기란의 가문에서 어릴 적부터 허드렛일을 하는 하인이었다. 기란은 그 하인과 말 한마디 제대로 나눠 본 적 없었지만, 어릴 적부터 커가는 모습을 보아 왔다. 언제부터 좋아하게 된 것인지는 기란도 몰랐다. 깨닫고 보니 사랑하고 있었다.

사랑하고 있다는 마음을 깨닫자 열병처럼 앓았다. 신분의 차이 때문에 말할 수 없는 처지가 너무 괴로워 기란은 혼자 눈물짓는 일이 많아졌다. 짝사랑 기간이 육 년을 훌쩍 넘어갔다. 기란은 사랑에 몸이 점점 달아올라 하인의 곁을 맴돌기 일쑤였다.

"그런데 너와 혼사가 오간 거야. 좋아하는 사내가 따로 있는데 왕과 결혼하려니 죽을 노릇이지. 그렇다고 아버지께 하인이 좋으니 왕과 결혼하지 않겠다고 할 순 없잖아? 무슨 경을 치르려고. 그저 싫다고 울며 떼를 썼지."

싫다고— 싫다고 소리를 지르며 거절했다. 결혼하고 싶지 않다고 아버지에게 떼를 부렸다.

아기에는 그것을 알아내자마자 움직였다.

군석을 내보이고, 달빛이 내리쬐는 창가에 앉아 달콤하게 속삭였다.

—내 말을 따르면 평생을 그 남자와 함께 살 수 있게 해 줄게. 내 군위가 되면 결혼을 안 해도 돼. 이 세상에 누가, 군위와 왕을 결혼시키겠어. 안 그래? 내 군위가 되어서 그 남자랑 살면 돼. 다른 연인들처럼 입도 맞춰 보고, 그 남자의 아이를 낳아 오순도순 살아 보는 거야. 그 남자가 너만의 것이 되는 거야. 가지고 싶었잖아. 왕이 명령했다는 핑계만 되면, 네 신분도 아무런 걸림돌이 되지 않을 거야.

낯선 이의 방문에 기함했던 기란은 아기에의 말에 혹하여 가문을 지키고 있는 무사들을 부르지 않았다. 오랜 짝사랑을 앓아 온 그녀는 절박했다. 군위가 되면 그와의 사랑을 이룰 수 있다는 속삭임이 달콤하기 그지없었다.

다만, 군위가 되면 그 계약으로 인해 왕이 가장 소중한 것이 되어 버리는 게 문제였다. 계약하면, 사랑하는 그 남자를 잊게 되는 게 아닐까?

―그것도 괜찮아.

아기에는 거짓을 보탰다.

―내가 명령을 내려 줄게. 저 하인과 평생을 함께하라고.

함정이 숨겨진 명령이었다. 저런 명령을 받은 군위는 하인과 평생 살을 맞대고 살겠지만 사랑하는 마음은 사라지고 없을 터였다.

기란은 거기에 넘어갔다. 그녀는 당장 군위가 되고 싶어 몸부림쳤다. 좋은 집 가문의 딸이라, 좋아하는 남자에게 가까이 가지조차 못하는 자신이 너무 미웠다. 하인과 같이 어울려 자란 하녀들을 질투 어린 시선으로 노려보는 것도 지쳤다. 그녀도 떳떳하게 짝사랑하는 남자의 품에 안겨 보고, 잠들고 싶었다. 군위가 되어 지금의 내가 변한다고 해도 그 남자를 차지할 수만 있다면 상관없다.

"소원은 간단했어. 군위가 되어 사랑하는 남자와 이뤄지는 것이 궁극적 목표였으니, 기란은 물 한 잔만을 자신에게 건네주십사 빌었지. 난 물을 건네줬고, 이 멍청한 아가씨는 그걸로 자신의 사랑을 이룰 수 있다고 생각하고 그 물을 건네받았어."

어째서 자신을 군위로 들이려고 하는지 묻지도 않았다. 그저 자신의 짝사랑을 이룰 생각에 기뻐 덜컥 계약을 맺었다. 그럴듯한 이유를 준비해 뒀던 아기에에겐 싱거울 정도로 기란은 순진하고, 사랑에 미쳐 있었다.

당연한 이야기지만 아기에는 자신이 했던 말을 지키지 않았다. 군위가 된 기란도 하인 같은 것은 어떻게 되든 상관없어져 버렸다.

그녀는 아기에의 말에 로매 독을 구해서 우물에 풀었고, 아기에의 말에 교활을 사랑하는 척 굴었다.

"첫눈에 반했다고 말하라고 시켰는데, 잘했어?"

정원에 몰래 숨어 있다가 교활을 보고 첫눈에 반했다. 처음엔 결혼하는 것이 싫었지만 교활의 아름다운 모습에 첫눈에 반해 결혼하기로 마음먹었다.

이 모든 것도 아기에가 짜 놓은 각본이었다.

"온몸으로 너를 좋아한다고 외치라고 했어. 널 보지 말고, 너에게서 나를 보라고 했지."

아기에는 히죽 웃고 후련하게 털어놓았다. 교활이 바스러지도록 쥔 주먹에서 핏기가 사라졌다.

"사랑스럽게 보이도록 최대한 애쓰라고 명령을 해 놨는데, 정말 아무런 의심도 안 할 줄이야."

아침마다 날아오는 기란의 쪽지를 받을 때마다 아기에는 웃고 싶었다.

"애정결핍도 이런 애정결핍이 없어. 저 좋다는 사람은 의심을 못하고 헤벌쭉헤벌쭉. 왕이라는 작자가 저래서 되겠어? 다른 나라에서 여자를 첩자로 보내와도 좋아할 인간 같다니까."

"······네가!"

"아쉽지? 너를 좋아해서 손가락 다쳐 가며 비파 연주를 하고, 네가 좋아서 방을 꾸미고, 네가 미치도록 좋아서 얼굴을 붉히는 사람이 사라진 게 아쉽지? 맞아, 나도 좀 아쉬워. 기란을 보고, 자신도 사랑받고 있다는 생각에 행복해 했던 네 한심한 얼굴을 직접 봤어야 했는데."

조롱이 쏟아진다. 교활은 파리하게 질린 얼굴로 휘청거렸다. 아기에 옆에 붙어 있는 기란은 제 이야기를 해도 아무런 상관도 없다는 표정이었다.

교활이 사리물며 말했다. 휘청이는 그를 소란이 뒤에서 받쳐 준다. 분노로 어깨가 흔들렸다.

"네 녀석은 기란이 가엾지도 않으냐?!"

"뭐가?"

"네 말에 넘어가서 네 말대로 좋아하던 사람을 저버리고 싫어하던 궁에 들어와 짐의 부인이 되어 버릴 뻔했다! 기란은 군위가 되어 너를 매우 좋아하고 있는데, 넌 눈길 한 번 주지 않고 이용했다는 말만 내뱉는구나! 그게 미안하지 않다는 거냐!"

교활의 목소리가 울먹이고 있다.

아기에는 그를 비웃었다. 역겹기 그지없다.

"누굴 이야기 하는 거야?"

"너 말이다!"

"그래? 난 네 이야긴 줄 알았는데? 힘들게 산 여자들을 골라 제 손으로 눈도 멀게 하고 혀도 자르게 한 사람이 누구였지?"

허를 찔린 듯 교활이 입을 다물었다. 아기에는 히죽 웃었다.

"넌 매일매일 말하지. 너를 닮지 말라고, 너를 닮는 게 가장 무섭다고."

아기에가 갇힌 지하실을 찾아오면서 몸이 부서지도록 패고 밟고 짓이기면서 그는 아기에가 자신처럼 되지 않기를 바랐다.

아버지를 죽인 자신을.

친동생을 죽인 자신을.

아무 죄 없는 여인을 죽인 자신을.

—닮지 마.

"정말로 그랬으면, 네가 없는 곳에서 날 키웠어야지."

아기에는 손가락으로 자신을 한 번 가리키고 교활을 가리켰다. 지하실에 갇혀 커 오면서 어린 아기에가 본 것은 목이 날아가는 하인들과 이용당한 궁녀와 자투라가 몰래몰래 전해 주는 교활의 옛일들, 그리고 어김없이 계속되는 폭력.

그것밖에 없었다.

"그런 곳에 갇힌 아들이 누굴 보고 배우겠어? 당연히 아버지밖에 없잖아."

아기에가 발랄하게 말했다.

교활이 충격으로 비틀거리며 뒤로 물러선다. 아기에가 속에 품은 도끼를 꺼내 쑤셔 박았다.

"난 너를 닮았어."

"잡아앗!!"

이성을 잃은 교활이 악을 쓰며 소리쳤다. 아기에가 기란에게 내린 명령을 잊어버리고, 무심코 내린 명령이었다.

무사들과 소란이 왕의 명령에 자동으로 움직였다.

아기에는 짙게 웃으며 뒤로 물러서서 도망쳤다. 그 뒤를 기해가 따라갔다.

식칼을 든 여인은 몰려드는 무사들을 보며 주저 없이 자신의 목을 꿰뚫었다.

교활이 눈동자로 비명을 질렀다.

3.

기란의 목에서 피가 흘러내린다.

적은 양의 피는 점차 많아져서 식칼을 붉게 물들이고 목덜미와 치마, 벽자색 머리카락을 물들였다.

아직 완전히 죽진 않았다. 기란은 커다란 눈을 끔뻑거리며 그 자리에서 주저앉았다. 아픔에 손이 벌벌 떨리고 있었다. 기란은 커다란 눈을 끔뻑거리며 뒤를 돌아보기 위해 애썼다.

"아, 아— 아아아아아아!"

교활이 비명을 지르며 달려갔다. 그는 피를 흘리며 쓰러지는 기란을 품에 안았다. 기란의 눈이 쉴 새 없이 깜빡인다. 입에서 피가 토해진다. 숨이 쉬어지지 않아 껙껙거리는 소리가 들린다.

교활의 새하얀 옷이 피로 물들었다.

"기란 낭, 기, 기다리시오. 기다리시오. 짐이— 짐이 살려 주겠소."

목에서 흘러나온 피를 손으로 막아 본다. 그의 흰색 관례복이 붉은색으로 변했다. 왕의 눈에서 눈물이 떨어졌다. 안타까움과 미안함에 참을 수 없는 슬픔이 북받쳐 올라온다.

"기다리시오, 기다리시오. 곧 의원이…… 의원이. 뭣들 하느냐! 의원을 부르라!"

꺼억꺼억거리는 숨소리가 교활의 가슴을 아프게 한다. 왕의 슬픔을 느낀 고호와 소란도 고통스러운 표정을 지었다.

교활은 덜덜 떨리는 기란의 손을 잡았다. 손에는 붕대가 감겨 있었다. 비파를 연주하기 위해 몇 날 며칠을 잠도 자지 않고 연주한 혼적이다.

왕의 눈물이 기란의 얼굴에 뚝뚝 떨어졌다. 기란은 숨을 몰아쉬며 눈동자를 움직였다. 교활 왕의 얼굴이 보인다.

'아니야.'

기란은 마지막 힘을 짜내 다른 곳으로 시선을 돌렸다. 끔뻑거리는 눈이 언제 멈출지 모른다. 아픈 몸을 들썩이며, 피를 토하면서 기란은 자신의 왕이 서 있던 자리를 응시했다.

텅 비었다. 왕이 도망치고 난 자리에는 아무것도 남지 않았다.

기란은 죽음을 직감했다. 귀가 멍해지고 주위에 들리던 소리가 작아진다. 머리도 멍해지고, 눈 또한 점차 보이지 않았다.

그녀는 힘겹게 달싹였다. 목이 막히고, 피가 흘러나온 탓에 소리가 나오지 않아 그저 달싹일 뿐이었다.

—나의 왕, 도움이 되었나요?

저 최선을 다했어요.

왕의 명령을 수행하기 위해, 쉬지 않고 움직였어요. 많이 노력했어요. 마음에 드시나요? 뭔가 부족한 건 없나요?

아, 아—.

도움이 되고 싶었는데.

도움이 되어서, 왕의 사랑을 받고 싶었는데.

왕이 가시는 길을, 항상 뫼시고 싶었는데.

이걸로 도움이 되었을까요?

그녀는 전해지지 않을 달싹임을 남기고 눈을 감았다.

교활이 그녀를 부둥켜안고 울었다.

4.

아기에는 미련 없이 뛰었다. 갈비뼈가 아파 인상이 흐려졌지만 발걸음 속도가 늦어지진 않았다. 그 뒤를 기해가 따라붙었다.

'어머니가 있는 곳에서 꽤 시간을 보냈지.'

구 년 만에 만났던 어머니다. 떠나는 발걸음이 무거운 탓에 시간을 꽤 지체했다.

하지만 이걸로 만족했다. 언제 또다시 뵐 수 있을지는 모르겠지만, 이걸로 미련 없이 정한을 떠날 수 있게 되었다.

기란의 죽음에 충격을 먹었는지 뒤를 쫓는 움직임은 없었다. 교활은 분명 명령을 내릴 생각도 하지 못한 채, 기란의 시체를 부둥켜안고 있겠지.

아기에는 아픈 갈비뼈를 붙잡고 웃었다. 거칠게 움직이는 행동이 계속되자 이마에 식은땀이 맺혔다.

왕은 기해를 데리고 궁의 옥상으로 향했다. 지나가는 이들이 몇몇 있었지만 아기에의 군석을 보고 슬금슬금 물러나 고개를 조아렸다. 평소 쓸모없던 군석이 길을 여는 용으로는 아주 그만이었다. 아기에는 그들을 지나쳐 옥상으로 향하는 계단을 밟았다.

옥상으로 올라가자 탁 트인 하늘이 보였다.

먹구름이 사라진 하늘은 파랗기 그지없다. 언제 비가 내렸냐는 듯이 쨍쨍한 해도 보이고, 바람도 느낄 수 있다.

아기에는 그 하늘을 올려다보며 숨을 크게 들이쉬었다. 가슴속까지 후련해진다. 지하실에 갇혀 있을 때는 없던 것들이 모두 여기에 모여 있다.

좀 더 즐기고 싶지만 시간이 없다. 아기에는 옥상 끝으로 걸어가 품에 숨겨 뒀던 천을 꺼냈다. 진곡에서 했던 방법과 똑같다. 미리 피로 주술진을 그려 놓고, 이것을 타고 정한을 빠져나가는 것이다. 갈비뼈가 부러진 몸으로 달려서 빠져나갈 생각은 애초부터 없었다.

천을 꺼낸 아기에는 바람을 기다렸다.

바람 방향을 잘 타야 했다. 천을 타고 나라 밖까지 안전하게 벗어나기 위해선, 강한 바람을 타는 게 좋았다.

아기에는 바람을 기다리며 갈비뼈를 만졌다. 욱신거리는 게 심상치 않다. 아기에는 아픔을 숨기고 기해에게 말했다.

"내가 올라타라면 타. 겁먹지 말고 타야 돼. 때를 놓치면 버리고 나가는 수밖에 없어."

기해가 죽은 눈동자를 하고서 고개를 끄덕인다.

아기에는 다시 하늘을 올려다보며 바람을 기다렸다.

교활이 언제까지 넋 놓고 있을 리가 없다.

바람이, 바람이 필요했다.

5.

라야는 궁 안을 달리고 있었다. 우선은 불이 난 곳부터 가 봤다. 불이 난 곳은 이미 궁인들이 몰려 불을 끄고 있었다. 세계의 모든 책을 모아 둔 귀중한 자료실이라며, 소란을 피우는 사람들 사이에 그놈의 그림자는 찾을 수가 없었다.

'어디 있지?'

로매 독을 풀고, 불을 질렀다.

뭔가를 벌이고 있는데 찾을 수가 없다.

답답한 심정에 심장만 두근거린다. 모든 곳을 돌아보기엔 궁이 너무 컸다. 아기에가 갈 만한 곳을 추려 내야 했다.

"기다려!"

무작정 뛰면서 찾는 라야를 누가 잡아챈다. 돌아보니 미드렌이었다. 미드렌은 숨이 차는지 어깨로 숨을 쉬고 있었다. 그는 뛰어오면서 들은 소식을 전했다.

"지금 미친 왕자가 돌아왔다고 입소문이 돌고 있어."

"......!"

"많은 이가 본 모양이야. 나라 안에 로매 독을 풀고, 교활의 새 부인이 되려는 여인을 조롱하면서 죽였다고 말이 많았어."

정한에 와서 처음으로 듣는 놈의 소식이었다. 라야는 철렁한 가슴을 느꼈다.

"어디로 가셨는지 아십니까?"

"들기로는 여인의 죽음에 교활이 화를 많이 내며 갔다더군. 본궁의 비화원 옥상이다."

비화원.

라야는 더 들을 것도 없이 달리기 시작했다.

비화원 옥상이라면, 여기서 조금만 더 가면 된다.

6.

바람이 불었다. 아기에는 때를 놓치지 않고 부하가 된 '역'에게 명령을 내렸다.

─펴져라.

파란색 눈동자가 번쩍인다. 주인의 명령을 들은 역이 뻣뻣하게 펴지며 그 명을 받들었다. 아기에가 눈짓으로 기해에게 명령한다. 기해는 냉큼 천 위로 올라탔다. 주술이 뭔지도 몰라 겁이 날 텐데도 아기에의 명령에 전혀 토를 달지 않았다.

이번엔 아기에의 차례였다.

─핑!

화살이 아기에의 뺨을 스치고 지나갔다. 스쳐 지나간 화살은 옥상의 난간에 푹 꽂혀 꼬리를 부르르르 떨었다.

뺨 위로 실 같은 상처가 뒤늦게 생겼다. 상처 위에 피가 이슬처럼 맺히고 주르륵 흘러내렸다.

아기에는 천을 잡은 채로, 아주 천천히 뒤를 돌아봤다.

옥상 입구에 교활이 어깨를 들썩이며 서 있었다. 황금빛 실타래라고 불리던 머리카락이 여기저기 산발처럼 뻗쳤다. 언제나 입던 흰색 옷은 붉은 피와 흙으로 덧칠되어 더 이상 깨끗하지도, 고결해 보이지도 않았다. 그런 놈의 뒤를 언제나 그렇듯 소란과 고호가 지키고 서 있었다.

교활이 추악하게 일그러진 얼굴로 아기에를 노려본다.

아기에도 있는 힘껏 비웃어 줬다. 뺨에 묻어 나오는 피를 닦고 손을 흔들어 보였다.

"화가 많이 났나 봐. 직접 활도 쏘시고."

교활이 피가 배어 나올 것처럼 이를 악물었다. 그는 소란에게 화살을 건네받아 활에 메겼다. 가식적으로 온화한 빛을 띠던 황금빛 눈동자가 독살스러운 빛을 띠고 아기에를 노려본다.

"기란을 장난감처럼 가지고 놀았으면서…… 웃지 마!"

가식적인 말투도 사라졌다. 아기에는 씩 웃었다. 활시위가 팽팽하게 당겨져 부르르 떨렸다. 교활은 계속 내뱉었다.

"너 같은 건 역시 낳지 말아야 했어. 그때, 군석이 열렸을 때 죽여야 했어! 루가얀의 눈치 같은 거 보지 말걸! 널 죽여 놓고 루가얀에게 용서받는 쪽이 차라리 나았는데!"

아기에는 풉, 웃음을 참지 못했다.

"네가? 너 따위가? 겁이 많아서 제 아들을 가둬 버리고, 어린 아들을 지하실에 가둬 두는 것으로 겨우 안심할 수 있었던 네가?"

아들은 아버지를 향해 두 팔을 벌려 보였다. 아기에의 눈 또한 광기로 번뜩였다.

"쏴 봐. 쏠 수 있으면 쏴 봐! 쏴! 너 같은 겁쟁이가 쏠 수나 있겠어?! 내가 죽으면 어머니를 볼 용기조차 없어서 날 죽이지도 못한 놈이! 날 죽이겠다고!"

루가얀의 이야기가 나오자마자 교활의 두 눈이 흔들렸다. 아기에는 그 틈을 놓치지 않고 천 위에 올라탔다. 바람 위에 놓인 천은 빳빳한 채로 바람을 타고 흘러갔다.

"아기에!"

분노한 교활이 당겼던 활시위를 놓았다. 바람을 가르고 날아간 화살이 정확히 아기에의 팔에 꽂혔다.

"윽!"

아기에가 천 위로 쓰러진다. 천이 한순간 휘청거린다. 기해가 비명을 꾹 참으며 왕의 등 위에 엎드려 제 몸으로 화살을 막으려고 애썼다. 소년의 죽은 눈이 독기를 품고 교활 왕을 시야에 담았다. 벌레가 윙윙거리며 소란을 피워 댔다.

"죽여 버릴 거야! 죽여 버리겠어!"

자라지 못한 로사우가 소리쳤다. 이건 교활이 아니었다. 로사우의 외침이었다. 로사우는 화가 나서 길길이 날뛰었다. 그의 머릿속에 기란이 죽는 모습이 계속 반복되었다.

나를 닮은 저 녀석을 꺼내 놓으면 안 된다. 루가얀이 깨어나면 사고가 나서 죽었다고 핑계를 대자. 믿지 않겠지만 몇 번이고 몇 번이고 말하고 정말로 사고사 했다고 말하자.

그리고 용서를 받는 거야.

로사우는 다시 소란에게로 손을 뻗었다. 소란이 화살을 하나 더 건넨다. 활시위에 다시 화살이 걸렸다.

아기에는 살이 꿰뚫린 충격을 이겨 내고 몸을 일으켰다. 밀쳐진 기해가 천 위로 엎어진다. 주술사가 다친 한순간 휘청거린 천도 어느새 다시 제 궤도에 올랐다.

아들은 화살을 팔에 꽂은 채로 아버지를 노려봤다. 아버지는 활로 아들을 겨눈 채 노려봤다. 둘은 서로를 노려보며 이를 갈았다.

바람을 탄 천이 점점 멀어진다. 더 이상 멀어지면 활도 소용없다. 교활은 활시위를 끝까지 끌어당기고 집중했다. 화살촉은 정확히 아기에의 이마를 겨눴다.

'이게 마지막이야.'

죽이면 끝난다. 더 이상 마음을 졸이지 않아도 된다.

저놈이 자신을 닮아 아버지를 죽이고, 친남동생을 죽이고, 루가얀까지 죽일까 봐 발을 동동 구르지 않아도 된다. 아기에만 없으면 자신은 루가얀이 낫길 기다리면서 평온한 하루하루를 지낼 수 있다.

각오가 섰다.

교활은 화살 끝에 집중하며 숨을 멈췄다.

그때, 뭔가가 보였다.

교활을 노려보고 있던 아기에의 시선이 다른 곳으로 돌아갔다. 청안과 금안이 믿을 수 없는 것을 본 것처럼 벌어진다. 아기에가 달싹였다.

먼 거리에서도 들릴 만큼 교활에게 가장 소중한 단어였다.

"어…… 머니?"

교활의 눈이 동시에 아기에가 보는 곳으로 돌아갔다.

7.

라야와 미드렌이 비화원에 도착했을 때, 아기에의 천은 이미 날고 있었다.

미드렌이 허공에 둥실둥실 떠서 흘러가는 천을 가리키며 물었다.

"저건 뭐지?"

천을 발견한 라야는 대답할 수 있었다. 저것이 뭔지 아니까. 저것을 타고 진곡을 빠져나왔으니까.

약간의 감격이 라야의 몸을 한 바퀴 휘감았다.

─드디어 찾았다.

어쩐지 기쁘다. 살아 있다는 것을 확인하게 돼서 안도감이 흐른다.

어깨에 들어가 있던 힘도 조금씩 빠졌다. 한 달하고도 일주일밖에 안 되는 여정이었지만, 그 여정의 목표에 이제야 겨우 도달할 수 있었다.

하지만 곧 라야의 표정이 굳었다. 너무나도 먼 거리에 바람 소리까지 겹쳤지만 라야는 확실하게 들었다.

"누가 화살을…… 쐈습니다."

핑─ 소리가 들렸다. 그와 동시에 천이 휘청였다. 천이 휘청한 것은 주술사의 몸에 이상이 생겼다는 증거였다.

라야는 소리치고 싶은 것을 가까스로 억눌렀다. 손끝의 핏기가 모조리 빨려 나가는 느낌이었다.

"그게 들렸다고?"

옆에선 미드렌이 어이없어 하며 중얼거렸지만, 천에 집중하고 있는 라야에게는 들리지 않았다. 휘청이던 천이 라야를 몰아붙였다. 긴박감이 목 안 끝까지 들어찼다.

"그 녀석, 화살에 맞은 것 같습니다."

목소리가 떨렸다. 그렇지 않으면 천이 흔들릴 리가 없다. 역이라는 것은 주술사의 부하라고, 그 녀석이 자신의 입으로 말했었다.

다급한 마음에 비화원 옥상으로 향하려는 라야를 미드렌이 잡아챘다.

"진정해! 정말 화살에 맞았는지 모르겠지만, 지금 옥상에는 교활이 있다! 교활과 맞설 셈이야? 진짜 개죽음당하고 싶어? 하더라도 이 정한에서는 안 돼! 정한 국민 모두가 교활의 무사들이나 다름없다고!'

"하지만!'

"기다려! 네 말이 맞다면 천은 바로 추락했어야지! 죽진 않았어!'

그 말을 증명하듯 휘청이던 천이 다시 원래대로 빳빳해진다. 라야는 아찔함에 침을 꿀꺽 삼켰다.

이러지도 못하고 저러지도 못하는 약간의 시간이 흘러갔다.

그때 미드렌의 눈에도 뭔가가 들어왔다.

"……저기 옥상에 누구지?'

비화원 반대편은 교화원이다. 교화원 옥상에 누군가가 있었다. 멀어서 잘 보이지 않지만 치마를 입고 있고, 회색 머리카락이 바람에 휘날리고 있었다.

라야의 귀에 또다시 다른 소리가 들렸다.

아기에의 목소리였다.

어머니─ 라고 부르는 그 녀석의 목소리였다.

진곡에서 들었던 무무의 목소리였다.

어머니라고 부른 그 녀석의 목소리를 들으며 라야는, 어느새 달려나가고 있었다. 몸이 멋대로 움직였다. 뭔가가 그리 시킨 기분이다.

그의 다리는 교화원으로 향했다.

8.

466

"……어떻게?"

아기에가 달싹였다. 교활도 그렇게 읊조렸다.

부자의 시야에 들어온 것은 교화원 옥상에 선 루가얀의 모습이었다. 이미 늙어 버린 모습에서 예전처럼 아름다움은 찾지 못했지만, 교활이 그토록 사랑하던 루가얀이 그곳에 있었다.

"루가얀?"

들리지 않을 거다. 그럼에도 교활은 불렀다. 교활의 손에서 활이 툭 떨어졌다. 아기에를 노리던 화살도 힘없이 바닥으로 추락했다.

루가얀은 교화원 옥상에 서 있었다. 아주 느린 몸으로 움직여 난간으로 걸어간다. 오랫동안 걷지 못해서 걸을 수도 없는 몸일 텐데.

루가얀은 걷고 있었다.

"루…… 가얀?"

교활이 왈칵 울음을 터트렸다. 아무것도 들리지 않는다. 그저 루가얀만 보일 뿐이다.

"루가얀!"

교활의 비명 소리에 소란이 달려 나갔다. 그는 옥상을 빠져나와 교화원으로 뛰어갔다.

루가얀은 비틀, 비틀 걸어 난간으로 향했다. 늙어 버린 몸뚱이다. 오랫동안 걷지도 못했다. 기는 것도 불가능한데, 어떻게 움직이는지는 그녀 스스로도 알 수가 없었지만, 그녀는 움직이고 있었다.

─미안, 어머니.

아들의 목소리가 어디선가 들려온다.

―기쁘고 좋은데, 이럴 때도 눈물이 나오지 않아.

루가얀은 난간을 잡고 발을 올렸다. 몸이 흔들렸다. 볼품없이 넘어지지 않도록 균형을 잡는 것이 이렇게 힘들 줄 몰랐다. 예전에는 쉽던 것들이 하나같이 다 어렵다. 탱탱했던 피부도 주글주글하게 변하고 주름이 잡혔다.

―해 줄 말이 너무 많은데 뭐부터 말해야 하지?

가슴이 아프다.
루가얀은 깨어 있었다. 눈은 뜨고 있어도 잘 보이지 않았고, 몸은 좀처럼 움직일 수 없었지만 깨어나 있었다.

―보고 싶었어.

어느 순간부터 루가얀은 울고 있었다. 아들이 부르고 있었다. 손을 맞잡아 주고, 위로를 해 주고 싶었는데. 그럴 힘이 남아 있지 않았다. 루가얀은 아들에게 너무 미안해 울고 싶었다.
어미가 힘이 없었다. 힘이 없어서 도와주질 못했다.

―나 아플 때, 어머니가 내 이마 짚어 주던 게 계속 생각났어. 역시 해 보니까 좋다. 어머니 손이 약손이야.

난간 위에 두 발로 섰다. 큰 바람이 휭 불면 금방이라도 아래로 추락할 만큼 위태로운 곳이었다.

─작별 인사 하러 온 거야.

루가얀은 그 난간 위에 서서 천천히 고개를 돌렸다. 깨어나 보니
늙어 있는 자신의 몸뚱이가 그다지 징그럽지 않았다. 그런 것에 크게
신경을 쓰는 성격도 아니었다.

그저 단 하나만 알고 싶었다.

'내 아들은 무사해?

그렇지 않으면 당신을 용서하지 않아.

아버지가 되어서 아들을 괴롭힌 당신을, 나는 절대로 용서하지 않
아! 두고두고 미워하고 저주할 거야! 내 아들에게 대체 무슨 짓을 하
는 거야!

루가얀은 속으로 비명을 지르며 반대편 옥상을 응시했다.

그곳에는 그토록 보고 싶었던 아들이 있었다. 루가얀에겐 그날 떨
어지기 직전까지의 기억이 남아 있었다. 떨어질 때 보았던 아들의 눈
동자도 기억한다. 떨어지는 어미를 보고, 아들은 얼마나 놀랐을까.

"많이 컸네."

루가얀이 입을 열었다. 새액거리는 듣기 싫은 목소리다. 바람에 막
혀 들리지도 않을 먼 거리인데, 아들은 어쩐지 이쪽을 보고 고개를
끄덕이고 있었다.

아들은 장성해 있었다. 저렇게 컸다. 허벅지까지 왔었던 아들이,
어느새 자신의 키와 비슷하게 커 있었다. 아기에였다. 쌍둥이에 똑같
은 외모였지만 루가얀은 항상 구분해 냈었다.

"잘 컸어. 많이 보고 싶었어."

미안해. 그렇게 자랄 동안 봐 주지 못해서.

아기에가 먼 곳에서 다시 고개를 끄덕인다. 들리지 않을 텐데 어떻게 대답을 하고 있는 걸까. 아기에가 입술 모양을 읽는 것을 모르는 어머니는 그저 신기하고 대견스러웠다.

해 준 것도 없는데, 저렇게 잘 커 줘서 ―얼마나 고마운지.

그녀는 오랜만에 웃어 보였다.

"또 이런 모습을 보여 줘서 미안해. 도망치럼."

아들의 눈동자가 커진다. 루가얀은 난간 위에서 몸을 날렸다. 옥상 문을 박찬 소란이 뒤늦게야 그 모습을 발견했다.

교활이 비명을 질렀다.

"루― 가얀!"

그날처럼, 루가얀은 바닥으로 곤두박질쳤다.

9.

아기에의 천은 바람을 타고 떠내려가듯이 바깥으로 흘러 나갔다.

심장이 아팠다. 너무 아파서 숨을 쉴 수가 없다.

아기에는 천 위에서 끅끅거렸다. 구 년 만에 뵙고도 나오지 않던 눈물이 이제야 터져 흘러내렸다.

기해는 그런 왕을 응시하며 가만히 있었다. 우는 왕을 보니 기해의 심장도 동시에 지끈거렸다. 어머니를 잃은 심정을, 기해도 느껴 본

적이 있었다.

아기에는 오른손으로 심장 부근을 쥐어뜯었다.

화살을 맞은 왼팔보다 심장이 더 아팠다. 너무 아파서 숨을 쉴 수가 없다.

―또 이런 모습을 보여 줘서 미안해. 도망치럼.

어머니가 웃던 모습이 떠올랐다. 외모는 변했지만 웃음은 그대로였다. 한 번 터져 나온 울음이 멈추지 않는다.

천은 제멋대로 흘러 정한을 빠져나가고 있었다.

아기에는 미련을 담은 눈으로 정한을, 어머니가 있는 곳을 응시했다. 마르지 않는 눈물이 천 위로 떨어졌다.

10.

"괜찮으십니까?"

무뚝뚝한 목소리가 들린다. 루가얀이 느릿하게 눈을 깜빡였다. 높은 옥상에서 떨어진 몸은 부드러운 곳에 안착했다. 부실한 뼈마디와 몸뚱이에 조금의 충격도 오지 않을 만큼 안전한 품이었다.

"그런 곳에서 떨어지시면 위험합니다."

다시 딱딱한 말투가 들린다. 하지만 걱정이 느껴지는 말투였다. 어린 목소리에 거친 소리가 섞인 목소리였다.

루가얀은 떨어진 충격으로 가물가물해진 눈을 떴다.

'살아 있구나.'

이 늙은 목숨도 참 질기다.

눈을 깜빡거린 루가얀은 자기가 어떻게 살았는지 깨달았다. 밑에서 누군가가 받아 준 것이다. 그것도 자신의 몸에는 전혀 충격이 오지 않도록 조심스럽고 안전하게.

'내가 살면…… 그가 정신을 차리고 그 아이를 쫓아갈 텐데.'

덜컥 겁이 들었다. 그 아이를 위해 죽는다는 것은 그 아이에게도 잔인한 짓이지만, 늙어 버린 루가얀이 도와줄 수 있는 유일한 방법은 이것밖에 없었다.

과거 남편이라고 하기에도 싫은 그 남자에게 충격을 줄 수 있는 방법.

루가얀은 그가 자신을 얼마나 사랑하는지 알고 있었다.

'안 돼.'

루가얀은 다시 일어나야 했다. 쇠약해진 몸이 젖 먹던 힘까지 내며 발버둥 친다. 하지만 밑에서 받아 준 자가 놓아주지 않는다. 그녀는 그를 밀치기 위해 힘을 썼지만 어쩐지 아까처럼은 몸이 움직이질 않았다. 누군지 알고 싶어 눈을 들어 보아도, 역광 때문에 잘 보이지 않았다. 검은색 머리카락만 보였다.

모든 힘을 다 써 버린 것처럼 몸이 늘어진다.

'여기서 멈추면 안 돼, 움직여.'

그가 다시 내 아이를 해칠 거야. 내 아이를, 내가 구해야 하는데.

신이시여, 제발.

아까 움직였던 것이 기적이라면 다시 한 번 기적을 내려 주세요.

부탁해요.

루가얀은 쉴 새 없이 몸을 움직였다. 눈치 없는 무뚝뚝한 자는 그것을 따가운 햇살 때문에 괴로워하는 것이라 여기고, 루가얀을 들고 그늘에 눕혔다.

"죄송합니다. 이만 가 봐야 할 것 같습니다."

무뚝뚝한 목소리가 다시 들린다. 루가얀은 몸을 일으키기 위해 노력했다. 그럴 때마다 사내는 계속 그녀를 바닥에 눕혔다. 루가얀은 짜증을 담아 사내를 노려보았다.

검은 머리카락이 보였다. 그늘 탓에 역광이 사라져 그때야 겨우 얼굴이 눈에 들어왔다.

루가얀의 눈동자가 커졌다.

"아직 움직이시면 안 됩니다. 무슨 충격이 있을지 모릅니다. 의원이 올 때까지 기다려 주십시오. 어머니가 잘못되면 바보 같은 그 녀석이라도 슬퍼할 것 같으니 움직이지 않으시는 게 좋을 것 같습니다."

무뚝뚝한 얼굴이었다. 안경을 쓰고 있었다. 머리카락은 단정하게 빗어 내렸고, 점잖은 행동으로 외투를 벗어 루가얀 위에 덮어 줬다. 루가얀이 눈을 감았다가 떴다.

"기다리면 사람이 올 겁니다."

―아, 어머니, 나한테 친구가 생겼어.

루가얀의 눈에 눈물이 차올랐다. 천천히 차오른 그것은 막을 사이도 없이 흘러내렸다.

―검은 머리칼에 안경을 쓴 녀석인데 나중에 기회가 되면 소개시켜 줄게. 딱 봐도 무뚝뚝하고 점잖고 단정한 녀석이니까 소개 안 해줘도 보기만 하면 알겠다. 그 녀석 말이야, 딱딱하고 고지식하고 도덕적인 성격이라 나랑은 잘 어울리지 않아 보였는데, 우리 정말로 죽이 잘 맞아서 재미있게 놀았어. 고지식하지만 굉장히 좋은 녀석이야.

그녀는 마지막 힘을 짜내 달싹였다.

―검도 잘 쓰는데 본인은 몰라. 굉장히 강해. 내가 도와 달라고 하면 반드시 도와줄 녀석이야. 사고방식이 앞뒤로 꽉꽉 막혀 있는 게 흠이라면 흠이지만, 뭐 그런 점도 꽤 괜찮아. 지금은 만날 수가 없지만 나중에 기회가 되면 다시 만나러 가고 싶어. 그럼 그때, 어머니한테 소개시켜 줄게.

"도, 도와……."
아들의 천진한 목소리는 오랜만이었다. 루가얀은 눈물을 흘리며 눈앞의 소년에게 손을 뻗었다.
도와주세요. 내 아들을 구해 주세요.
그 아이를 지켜 주세요.
그 아이가 무사하도록, 마지막까지 도와주세요.
라야는 허공으로 들어 올려진 루가얀의 그 손을 맞잡았다.
"걱정 마십시오."
힘이 있는 단호한 목소리였다.

11.

교활은 믿기지 않는다는 듯 루가얀을 응시했다.

살아 있다. 숨 쉬고 있다.

소란은 루가얀이 덮고 있는 외투를 교활에게 건넸다.

"누가 밑에서 받아 준 모양입니다."

소란이 당도했을 때는 루가얀 혼자만 있었다. 루가얀을 받아 준 이는 온데간데없고, 외투만이 달랑 남아 소란을 기다렸다.

교활은 안도하며 떨리는 손으로 루가얀을 껴안았다. 눈을 감은 루가얀은 고른 숨을 내쉬며 잠들어 있었다.

루가얀을 껴안자마자 교활은 다리에 힘이 풀렸다. 다리에 힘이 풀린 교활을 고호가 부축했다. 교활은 고호의 부축을 받으며 루가얀을 꼭 껴안고 그 체온을 느꼈다. 목덜미에 얼굴을 묻고 살 내음을 한껏 들이켠다.

교활은 넋이 나간 목소리로 명령을 내렸다. 그의 눈동자가 아련해졌다.

"고호, 루가얀을 원래 있던 곳에……."

"알겠습니다."

고호는 교활을 조심스럽게 바닥에 내려놓고 루가얀을 안아 올렸다. 교활이 어린애처럼 당부했다.

"누가 보기 전에 데려놔야 해. 누가 보면 안 돼. 알지? 그런 모습, 루가얀은 아무한테도 보여 주고 싶지 않을 거야."

"알겠습니다."

고호는 대답하며 루가얀을 안고 사라졌다. 교활은 루가얀이 끝까지 사라질 때까지 지켜봤다. 루가얀이 사라진 후에야 교활은 뒤에 선 소란에게 명령했다.

"소란아, 아기에를 데려와야겠어."

"알겠습니다."

"그 아이는 풀어 두면 안 돼. 이번에야말로 빠져나오지 못할 곳에 가둬 두고, 착실히 가르쳐야지. 루가얀이 다시 깨어나면 아들을 이렇게 훌륭하게 키웠냐는 칭찬을 들을 수 있도록 힘내야겠어."

교활은 루가얀이 깨어난 기쁨에 몽롱한 눈빛과 목소리로 말했다. 기란이 죽은 후에 느꼈던 격한 감정들은 루가얀이 깨어난 기억에 밀려 모두 사라졌다.

"모래말을 타고 다녀와. 심하게 반항하면 어디 한군데 잘라 버려도 좋아. 단, 살려서 데려와."

"명심하겠습니다."

명을 받은 소란이 달려 나간다. 그가 빠져나가자 곧 무사들이 몰려왔다. 왕을 지키기 위한 무사들이었다.

교활은 무사들이 몰려온 것을 모르고 바닥에 앉아 있었다. 그의 시선은 루가얀이 돌아간 곳만 하염없이 향했다.

이번에야말로— 나를 닮지 않도록 교육시켜야지.

루가얀에게 사랑받을 수 있도록 최선을 다해서 할 거야.

교활은 루가얀을 떠올리며 희미하게 웃었다.

깨어났다. 드디어 깨어났어.

그의 뇌리에 로매 독에 중독된 정한 사람들은 남아 있지 않았다.

제 17 장

재
회

제 17 장
재회

1.

라야는 달렸다. 주술진이 그려진 천은 이미 멀어져 보이지 않는다. 다만 천이 사라진 방향으로 달릴 뿐이었다.

로매 독이 떠돈 마을의 길은 조용했다. 사람 하나 찾아볼 수 없을 정도의 정적이 내려앉았다. 라야는 그 정적을 가르며 달렸다. 미리 정한의 길을 익혀 둔 탓에 막히지 않고 정한의 서문에 도착할 수 있었다.

서문 앞에는 미드렌이 기다리고 있었다. 그는 움직이는 천을 따라 뛰어 한발 먼저 성문 앞에서 기다리고 있었다.

"가냐?"

라야가 달리던 것을 멈추고 그의 앞에 섰다.

미드렌은 인상을 찡그리면서 여관에 맡겨 놨던 라야의 짐을 건넸다. 곡식과 물, 그 외 여러 가지가 든 가방이었다.

"내가 대신 가져왔으니 고마워해라. 아, 이것도."

그는 푸른 헝겊에 싸여 있는 긴 막대기를 내밀었다. 오늘 하루 내내 들고 있던 물건이었다.

"리올 녀석이 쓰던 검이야. 그 자식 검술은 거지 같았는데, 왕께서 힘내라면서 좋은 검을 선물해 주셨지. 명검은 아닌데, 완전 싸구려도 아니니까 그럭저럭 쓸 만할 거야. 백 년이 지난 검이지만 일 년에 한 번씩 단철장에 맡겨서 새것과 비슷해."

왕께서 주셨다는 이유로, 미드렌은 이 검을 버리지 못했다. 과거의 기억을 떠올리며 몇 날 며칠을 안고 있었다.

라야는 그 검을 내려다봤다. 마침 검이 필요하긴 했었다. 가문에서 배운 검술을 쓴다는 게 마음에 들진 않았지만, 지금 그 녀석을 지키기 위해선 검이 필요했다.

하지만…….

"받아도 됩니까?"

"그 머저리 봤잖아. 검을 휘두르는 방법도 다 까먹었을 거다."

말은 그렇게 했지만 미련이 남은 듯 미드렌은 검을 툭툭 쳤다. 하지만 곧 쓰게 웃으며 라야의 품에 검을 밀어 넣었다.

"가져가. 하나둘씩 정리할 생각이야. 왕을 찾는 걸 포기한 내가 가지고 있을 게 못 돼."

의지박약이라고 해도 좋다. 리올이 들으면 배신자라고 소리치고, 원망을 쏟아 낼 테지만, 미드렌은 이제 정말 깔끔히 정리할 때라고 생각했다.

죽었다고 생각했던 리올이 돌아왔을 때 확신하고 있었다. 빛바랜 추억을 껴안고 살기엔 백 년이란 시간은 길었고, 자신과 리올은 한참 달라져 있었다.

더 이상 왕을 찾을 여력도, 끈기도, 마음도 남지 않았다.

"넌 왕을 찾아서 다행이야."

미드렌은 처음으로 진실을 내보였다. 항상 툭툭거렸던 그는 걱정을 드러냈다.

"우리처럼 되면 어쩌나 꽤 걱정했는데, 잘됐어."

어린 소년은 제시간에 왕을 찾아냈다. 아직 늦지 않았으니 달려가 기만 하면 된다.

과거 미드렌이 하고 싶었던 것처럼.

라야는 검을 받아 들고 꾸벅 고개를 숙였다.

"감사했습니다."

"해 준 것도 없어. 다 챙겼으면 얼른 꺼져."

다시 쌀쌀맞은 말투로 돌아온다. 미드렌은 휘이휘이 손을 흔들었다. 라야는 검을 내려다보다 불쑥 내뱉었다.

"한 말씀드려도 되겠습니까?"

"응?"

"리올 님은 어쩌실 겁니까?"

"뭐가?"

"……저번에 말씀드리려고 했지만 지나치게 참견하는 것 같아 말씀드리지 못했습니다."

"뭐? 빨리 말해."

미드렌이 눈살을 찌푸리며 독촉했다.

라야는 주저하더니, 입을 연 순간에는 단호하게 말했다.

"왕을 찾아 헤매는 리올 님을 포기시킨다고 하지 않으셨습니까."

"그랬지."

"그러지…… 않는 게 더 좋지 않겠습니까. 왕을 잃은 군위에게 왕을 찾는 것마저 포기시키는 것은 심한 일입니다. 리올 님은 그것 하나로 버티며 여기까지 오신 분인데, 왕을 찾는 것마저 포기시킨다면 정말로 제정신을 유지하지 못하고 무너지실지도 모릅니다."

"……넌 그게 제정신으로 보였어?"

"네?"

미드렌은 혀를 찼다. 무슨 소리를 하나 했더니. 그는 신경질적으로 머리를 긁고는 한숨을 섞어 말했다.

"대화가 된다고 해서 다 제정신인 건 아니야."

"……?"

"내가 보기엔 그 녀석은 제정신인 쪽이 없어. 말귀를 못 알아먹고 백치처럼 행동할 때도 미쳐 있는 게 맞고, 녀석이 제 입으로 '제정신'이라고 말하는 때도 ─내 눈에는 미쳐 있는 것처럼 보이더라."

"……네?"

"왕을 잃고, 겨우겨우 돌아와서 백 년 만에 한다는 소리가 왕을 찾겠다─ 였잖아. 보통 사람, 제정신을 가진 사람이라면 그런 말을 하겠냐? 안 해. 보통 사람들이라면 '왕을 잃어버린 복수를 하겠다!'라고 했겠지."

라야의 눈이 크게 떠졌다. 미드렌은 쓰게 웃었다.

"너도 들었잖아. 난 계속 말했어. 백 년이 지났다고. 백 년이 지났으니까 모든 것이 달라졌다고. 그런데 도통 말을 듣지 않아. 이거 내질 못했어. 왕을 잃은 충격에…… 계속 왕을 찾아야겠다고 생각만 반복하더라. 시신이라도 좋다고. 그거라도 좋다고 백 년 동안 시신을 찾아 헤매는 게 제정신으로 할 짓은 아니지."

그래서 왕을 찾는 것을 포기시키면 제정신으로 돌아오지 않을까. 미드렌은 그리 생각했다. 왕은 잃었지만 친구 하나는 예전처럼, 그때 그 모습으로 돌려받고 싶었다.

옥좌에 앉은 로사우를 보여 주면 조금은 도움이 될까 싶었지만 오늘 이 소동으로 실패했다.

미드렌은 머리카락을 쓸어 올리며 한숨을 쉬었다. 라야는 자신의 모자란 생각에 후회하며 재빨리 사과했다.

"죄송합니다."

"넌 참 죄송할 것도 많다."

"……."

미드렌은 라야의 말문을 단 한마디로 막아 버리고 휘이휘이 손을 저어 보냈다.

"다 끝났으면 얼른……."

말이 떨어지기도 전에 라야와 미드렌의 뒤를 누군가가 무서운 속도로 지나갔다. 말이다. 매서운 속도라 빠르게 멀어진다. 서문을 빠져나가 곧장 사막으로 내달렸다.

라야와 미드렌은 멀어지는 말꽁무니를 끝까지 응시했다.

미드렌이 중얼거렸다.

"방금 그거 소란이다."

"소란?"

"교활 왕의 세 번째 군위야. 마지막 군위고. 너는 등을 돌려서 못 봤겠지만 말은 모래말이었어. 모래 위에선 보통 말보다 더 빠르지. 왕자를 추격하는 거야."

라야의 심장이 덜컹거렸다.

미드렌은 혀를 찼다.

"여기서 시간을 너무 끌었어. 어쩔래? 궁에 다시 숨어들어서 말이라도 훔쳐 탈래? 지금이라면 난장판도 그런 난장판이 아닐 테니 훔쳐 탈 수 있을지도 몰라."

"괜찮습니다."

라야가 대답했다. 소년은 곧은 눈동자로 미드렌을 응시했다.

"모래말이라면 뛰어서 따라잡은 적이 있습니다."

"……뭐?"

"그럼 이제 정말로 가 보겠습니다."

라야는 다시 한 번 꾸벅 인사하고 쏜살같이 정한을 빠져나갔다. 라야의 손에는 그가 들려 준 검이 있었다.

검은 옷을 입은 소년이 점점 멀어진다.

뒤에 남은 미드렌이 중얼거렸다.

"……너, 정말 사람이 맞기는 하냐?"

2.

아기에와 기해는 천에서 내려 모래 위를 걸었다.

타던 바람이 약해지면 천은 지상에 내려와 바닥에 안착한다. 그럼 이제 걷을 수밖에 없다. 주술로써 천에게 내릴 수 있는 명령은 '빳빳하게 펴져라' 뿐이지, '날아라'가 아니기 때문이다.

기해는 아기에를 부축했다. 왼팔에 꽂힌 화살에서 고통이 느껴졌다. 한 걸음 한 걸음 내딛을 때마다 갈비뼈도 아파 온다. 아기에는 인상을 찡그린 채 기해에게 몸을 맡겼다. 가슴 근처밖에 안 오는 어린 놈이 저보다 큰 사람을 이고 뚝심 있게 걸어간다.

걸을 때마다 모래 위로 피가 한 방울씩 뚝뚝 떨어진다. 아기에는 발을 질질 끌다시피 하며 앞으로 향했다. 왼팔도 늘어져 있다. 화살이 꽂힌 채라 움직일 때마다 고통이 치달았다.

'도망치는 속도가 느려.'

어머니의 죽음을 발판 삼아 도망치는 건데, 여기서 제대로 도망을 치지 못한다면 가슴에 두고두고 쌓여 독이 될 거다. 아기에는 독하게 이를 사리물었다.

"치료해야 해요."

기해가 말을 건넸다. 걱정하고 있다.

아기에는 그냥 무시하면서 걸었다. 쉬더라도 여기서 쉴 수는 없었다.

아기에와 기해가 천 위에서 내린 것은 허허벌판의 사막이었다. 그들이 타고 온 바람은 여기서 끝났다. 정한의 거대한 성벽이 뒤에서 점처럼 보이지만, 말을 타고 따라잡을 그들에겐 가까운 거리였다.

'몸을 숨길 곳이라도 있어야 해.'

잡혀선 안 돼. 어머니께서 그렇게까지 했는데, 잡혀선 절대로 안 돼.

아기에에게서 답이 없자, 기해는 묵묵하게 걸어가는 쪽을 택했다.

곧, 그들의 뒤로 먼지를 뿜으며 무서운 속도로 달려오는 말의 모습이 보였다. 가장 먼저 발견한 것은 아기에를 부축하던 기해였다. 기해의 가리킴에 아기에가 돌아본다.

말이 달릴 때마다 먼지가 퍼진다.

아기에는 웃음을 거두고 한마디 내뱉었다. 식은땀이 한 방울 콧등을 타고 흘러내렸다.

"엿 같군."

그래, 엿 같다.

어머니의 죽음에서 벌써 회복해서 명령을 내린 건가? 그놈이?

뭔가 이상하다고 생각했지만 생각하기보단 행동이 먼저였다. 아기에와 기해는 먼저 걸음부터 부지런히 옮겼다. 운 좋게도 그들의 앞에는 커다란 바위가 우뚝 솟아 있는 황무지가 있었다.

"어떻게든 저기까지 가야 해."

발을 질질 끌면서 달린다. 돌 뒤에 조금이라도 숨어 있어야 승산이 있다. 아님, 어림도 없다. 지금 소란을 상대하기엔 아기에는 너무 다쳐 있었고, 기해는 너무 어린 데다 할 줄 아는 것이 없었다.

기해는 아기에를 거의 끌다시피 하여 바위들이 모여 있는 황무지 안으로 숨어들었다. 말이 도착하기 전이었다.

"저기로 가."

아기에는 쌔액쌔액 소리를 내며 바위 하나를 가리켰다. 입술이 창백했다. 아기에가 가리킨 바위는 작지만 두 명의 몸은 충분히 가릴 수 있는 바위였다. 기해는 그곳으로 아기에를 부축해 몸을 숨겼다. 바위에 몸을 기댄 아기에가 신음을 참아 냈다. 화살이 꽂힌 왼팔과 갈비뼈가 불에 지져지는 것 같다.

'피할 수 있을까?

고통을 참으며 아기에는 머리를 굴렸다. 눈동자가 탁해졌다.

누가 온 걸까? 고호? 소란?

소란이겠지.

제 더러운 일을 모두 해 주는 고호를 내보낼 리가 없다. 고호는 교활에게 있어서 최후의 보루였고, 든든한 버팀목이다. 보냈다면 소란일 것이다. 고호가 오지 않은 것이 그나마 다행이라면 다행이지만, 문제는 지금으로서는 소란을 감당하기도 힘들다는 점이다.

아기에는 빠져나갈 구멍을 생각하며 하늘을 올려다봤다.

검은 벽지만 보다 새파란 하늘을 보니 기분이 이상하다. 자투라를 데리고 오기 위해 진곡에 도착했을 때도 그랬다.

그곳을 빠져나와 이렇게 하늘을 보는 게 정말 현실일까?

욱신. 갈비뼈가 아파 온다.

고통이 현실이라고 말해 준다. 아기에는 신음을 참으며 갈비뼈를 감쌌다. 하늘을 보고 감상에 빠질 때가 아니었다. 지금은 우선 이 상황을 타계할 계획과 힘이 필요했다.

아기에는 바위가 곳곳에 놓여 있는 이 황무지라도 도움이 될까, 시선을 옮겼다. 옮긴 시선에 자신이 흘린 피가 보였다. 왼팔에서 떨어진 피가 자신들이 숨어 있는 이곳 바위 뒤쪽까지 이어져 있다.

'아.'

허탈한 웃음을 터뜨렸다.

몸이 궁지에 몰리긴 했나 보다. 이런 간단한 것까지 간과한 걸 보면. 아기에는 힘없이 웃고는 흐린 눈으로 기해에게 말을 걸었다.

"야."

숨을 고르고 있는 기해가 돌아본다. 아기에는 반대 방향을 가리켰다.

"이대로 쭉 뛰어서 도망쳐라."

기해의 눈이 커진다. 여동생을 잃은 후, 이런 표정 변화는 기해에게 있어서 처음이다. 아기에는 피곤한 얼굴로 쌀쌀맞게 내뱉었다.

"안 들려? 도망치라고."

"하지만……."

말이 모래를 박차는 소리가 들린다. 벌써 가까이 왔다.

아기에는 기해의 어깨를 밀쳤다.

"나는 이대로 잡혀가도 다시 살아남을 거야. 열 받지만 그놈에게 살려 달라고 싹싹 빌지, 뭐. 내가 잘못했다고 사과하면 그 녀석은 아주 좋아하거든. 몇 대 맞고, 몇 대 부러지고, 목이 좀 조이는 것만 버티면 돼. 근데 너는 지금 잡혀가면 백이면 백 죽을 거야. 날 도운 반역자를 그 새끼가 용서할 리가 없잖아. 이대로 복수도 못하고 개죽음당하고 싶어? 네 여동생처럼? 복수를 하려면 우선은 살아남아야지. 어서 가."

"……."

기해가 망설인다. 아버지를 죽이고, 여동생을 잃어서 미쳐 버린 아이가 그새 정이 들었다고 망설이고 있었다. 아기에는 돌연 웃음이 나왔다. 얼마나 잘해 줬다고 정이 든 것처럼 구는 거야.

아기에는 톡 쏘아붙였다.

"그럼 거기서 죽던가. 난 못 살려 줘. 살려 달란 소리 하지……."

"……제가 사람을 불러올게요."

"뭐?"

아기에의 얼굴이 일그러졌다. 기해는 일어서서 뛰어가면서 소리 쳤다.

"제가 도와줄 사람을 데리고 올게요. 기다리세요!"

"……뭐?"

무슨 말도 안 되는 소리야. 여기에 사람이 어디 있어?

아기에가 그렇게 말하기도 전에 기해는 멀어지고 있었다. 작은 다리로, 자신이 최고로 낼 수 있는 속도로 뜀박질하며 멀어지고 있었다.

아기에는 멀어지는 기해를 보고 어이가 없었다. 대체 어디서 사람을 불러온다는 거야? 여기서 가까운 나라는 정한밖에 없는데, 힘들게 탈출한 정한에 기어 들어가서 도와 달라고는 하지 않겠지?

"뭐, 됐나."

저렇게라도 도망치면 된 거지.

아기에는 꽤 관대한 기분이 되어 넘어갔다. 온몸에 힘을 빼고, 바위에 등을 대고 기다리고 있자 고통도 조금은 잦아들었다. 화살이 박힌 부분은 여전히 저릿저릿하지만 아기에는 그 모든 것을 무시하고 새파란 하늘을 응시했다.

많이 보고 싶었다.

이 하늘과 이 바람과 이 땅이 아주 많이 보고 싶었다.

하다못해 이 모래 냄새까지도 그리웠다.

아기에는 눈 한 번 깜빡이지 않고 하늘을 시야에 담았다.

뒤이어 소란이 도착했다.

3.

　기해는 달렸다. 삐삐 마른 다리로 푹푹 빠지는 모래를 헤치며 계속 달렸다. 무표정한 얼굴로 모래바람이 달려든다. 시야가 가릴 정도로 거센 모래바람이었다. 기해는 손으로 눈을 가리고, 멈추지 않고 전진했다.

　심장이 뻐근해진다. 하늘을 날면서 울던 왕의 모습이 기억나서다. 기해도 어머니를 여의었다. 돌아가신 어머니를 차갑고 따가운 모래 속에 묻고 다른 곳으로 가야 했다.

　그때의 심정을 기해는 잘 알고 있었다.

　심장이 아파 온다. 푸른색 군석을 가지신 왕인데, 우리와 같았다.

　우리와 같이 괴롭다. 우리와 같이 사람이다. 그곳에 갇혀서 우리들처럼 살고 있었다.

　"도와…… 도와주세요!"

　기해는 숨이 차지만 크게 소리쳤다.

　"도와주세요!"

　여동생을 구하지 못했다. 기해는 아무것도 해 보지 못하고 여동생을 잃었다. 아무것도 하지 않고 있어서 여동생을 잃었다는 왕의 말이 가슴에 박혔다.

　그러니 이번엔 뭔가를 해내고 싶었다.

　도움이 필요한 왕이 뒤에 있다. 자신이 아버지를 죽였다는 것을 알고도, 단 한 번도 경멸한 적이 없는 왕이었다. 교활 왕처럼 자신을 벌레 보듯 보지 않았다.

"─도와주세요!"

모래바람이 분다. 아무도 없는 황량한 대지다. 물이 말라 버리고 모든 것이 모래로 변한 곳이다. 풀 한 포기 없고, 죽은 짐승 하나 없이 모든 것이 메말라 있다.

아무도 없다.

그래도 기해는 다시 소리쳤다. 도와주세요. 제발 부탁해요. 저기에 왕이 있어요! 기해는 목이 터져라 소리를 치며 도움을 구했다. 주위에 사람이 없는 것을 느끼면서도 포기하지 못했다. 가슴이 쩌릿하다. 여동생처럼 왕을 잃을지도 모른다.

바람 부는 소리가 기해의 목소리를 잡아 삼켰다. 쩍 벌어진 가슴속에서 기어 나온 수많은 벌레들이 기해의 몸을 덮쳐들었다. 아무도 없다고 느낄 때마다 벌레는 많아졌다. 기해는 벌레에게 입마저 막히기 전에 다시 외쳤다.

"아기에 님을…… 도와주세요!"

말이 끝나기 무섭게 다시 모래바람이 분다. 기해는 바닥으로 넘어졌다. 푹 빠지는 모래에 걸려, 모래밭에 얼굴을 처박았다. 모래바람이 거칠게 불고 기해의 머리카락을 헝클었다.

기해는 입안까지 들어온 모래를 퉤퉤 내뱉었다. 그리고 다시 한 번, 소리를 치기 위해 고개를 들었다.

그런 기해의 앞에 사람이 있었다.

기해의 눈이 커졌다. 언제 왔는지 기해로서는 전혀 알 수가 없었다. 고개를 다시 드니 그곳에 있었다.

"어디지?"

검은 머리카락을 가진 사내가 묻는다. 변성기가 온 목소리가 조금은 낮다.

기해는 갑작스럽게 나타난 그를 멍하니 봤다. 온몸에 달라붙어 있
던 벌레들이 와르르르르 떨어져 나간다. 몸이 가벼워진다.

"아기에는 어디에 있지?"

그가 다시 묻는다. 기해의 손가락이 저절로 펴져 왕이 있던 곳을
가리켰다.

라야는 다시 움직였다. 기해를 스쳐 지나가면서 그는 머리를 한 번
쓰다듬으며 말을 남겼다.

"서쪽으로 가고 있으렴."

금세 멀어진다. 뒤에 남은 기해가 그 뒷모습을 지켜봤다.

라야가 스치면서 쓰다듬은 머리카락이 간지러웠다.

그것은 마치 '장하다' 라고 칭찬하는 손길 같았다.

4.

"큭!"

갈비뼈를 걷어차인 아기에가 바닥으로 쓰러졌다. 그놈이고 이놈이
고, 계속 다친 곳만 때리는 버릇이 들어 있다. 아기에는 욕설을 삼
키며, 눈을 가늘게 떴다. 입은 곧 죽어도 남의 속을 뒤집었다.

"그래서 죽겠어?"

다시 한 번 더 걷어차인다. 아기에는 다시 모래 구덩이로 넘어졌
다. 소란은 아기에의 머리를 한 번 더 걷어차고, 발목에 찬 작은 단검

494

을 꺼내 들었다. 그의 연하늘색 머리카락이 모래바람에 흔들렸다.

"왕께는 살려서만 데려오면 괜찮다고 하셨습니다."

소란은 바닥에 널브러져 있는 아기에의 어깨를 밟고 고정시켰다. 고통을 삼키기 위해 어금니를 깨문 아기에가 시린 눈동자로 노려봤다.

아기에가 가진 청안금안 중에 소란은 주술진이 그려진 청안을 주시했다.

"평소에도 그 눈동자가 싫었습니다. 어둠과 계약한 주술사라니. 그 힘으로 제 왕께 상처를 입힐까 항상 조마조마했었지요. 때가 되면 그 눈동자를 도려내고 싶었는데. 좋은 기회입니다."

"그래? 그래서 난 마음에 들었는데. 그 더러운 놈의 색과는 달라져서."

그놈에게 물려받은 황금빛 눈동자들이었다. 하지만 어둠과 계약을 하고, 주술진이 눈동자 안에 새겨진 후로 오른쪽 눈동자는 푸른색으로 그 색깔을 달리 했다.

왕을 모욕하는 말에 소란은 인정을 봐주지 않고 아기에의 뺨을 후려갈겼다. 아기에의 목이 꺾이듯 돌아간다. 입안에서 또다시 피 맛이 느껴진다. 목이 돌아간 충격에 아기에는 캑캑거렸다.

"살려만 데려오라 하셨으니, 눈 하나는 가져가도록 하겠습니다."

소란은 단검을 눈 가까이에 가져다 댔다. 아기에는 숨을 갈무리하며 비웃었다. 터진 입가에서 피가 주르륵 흘러내린다.

"마음껏 가져가."

이까짓 눈동자 따위 그냥 주지.

살아만 있다면, 눈알 하나 없는 정도야 감수할 수 있어.

소란은 웃고 있는 아기에를 마음에 들지 않는다는 듯이 찡그리며 봤다.

"그런 말 하지 않아도 가져갈 겁니다."

단검 끝이 눈두덩에 닿는다. 아기에는 단검이 다가오는데도 두 눈을 똑바로 뜨고 소란을 노려봤다.

눈알 하나 따위 없어도, 살 수만 있다면 괜찮아.

버틸 수 있어.

반드시 버틸 수 있어.

내가 못 버틸 리가 없어.

"윽!"

소란이 갑작스럽게 신음을 흘리며 물러선다. 들고 있던 단검이 바닥으로 툭 떨어지고, 소란은 오른손을 감싸며 뒤로 몇 발자국 떨어졌다. 동시에 바닥에 작은 돌멩이가 떨어진다.

어? 아기에가 부랴부랴 상체를 들어 올려 몸을 움직였다. 바닥에 넘어져 묻은 모래들이 우스스 떨어졌다.

"누구냐!"

소란이 소리친다. 아기에의 눈도 동시에 돌아갔다.

그 순간.

—**쓰러진 왕의 눈앞에** 검은색 인영이 내려왔다.

검은색 의복이 펄럭인다. 평소에 자주 걸치던 검은색 외투는 온데간데없고, 왼손에는 파란색 천에 쌓인 뭔가만 들고 있었다. 검은 머리카락이 달려온 속도를 이겨 내지 못하고 멈춘 후에도 흔들렸다.

아기에의 눈동자가 크게 벌어졌다.

검은 머리카락에 시선이 고정되었다. 낯익은 뒷모습에 충격을 먹고 숨을 삼킨다.

'뭐야……'

아기에가 입술만 달싹였다.

말도 안 된다. 그 녀석이 여기에 있을 이유는 없었다.

자신에 대한 이야기는 뭣 하나 해 준 것이 없어서 찾아올 수가 없었다. 이름도, 자신이 살고 있는 곳도, 어떻게 살아왔는지도. 단 하나도 말해 주지 않고 이곳으로 돌아왔어.

그래서ー 절대로 올 수가 없다고 생각했다.

검은 머리칼을 가진 사람이 천천히 돌아본다. 안경을 쓰고, 검은 눈동자가 가장 먼저 눈에 들어왔다. 무뚝뚝한 눈매와 꽉 다문 입술이 그때와 같다. 진곡에서 같이 지냈던 그때와 똑같았다.

"라…… 야?"

검은 머리 소년이 안도하듯 웃는다. 아기에는 '어, 어?' 하며 당황했다. 뒤통수를 맞은 것처럼 머릿속이 멍하다. 아기에의 눈동자마저 당황으로 물들었다.

이런 적은 없었다. 이런 적은 단 한 번도 없었는데.

"겨우 찾았다."

눈앞의 소년, 라야가 입을 열었다. 아기에는 낯익은 목소리에 다시한 번 놀랐다. 어떻게 여기에 있지? 눈을 뽑힌 충격으로 꿈을 꾸나?

아기에는 평소 같았으면 하지도 않았을 바보 같은 생각만 주구장창하며 라야를 올려다봤다. 라야는 어깨에 메고 있던 가방을 아기에에게 던졌다.

"그거 가지고 있어. 먹을 거랑 물 들어 있으니까 잃어버리면 안 돼."

가방이 푹, 아기에의 다리 사이에 떨어진다. 아기에는 그 가방을 보고 정신을 차렸다.

"잠깐, 잠깐! 너 언제 왔어? 아니, 이게 아니지. 너 어떻게 왔어? 아냐, 이것도 아니⋯⋯."

당황함이 가시질 않는다.

아기에는 이것저것 할 말을 찾다가 입을 닫았다.

할 말이 너무 많았다. 꺼낼 수 없을 정도로 할 말이 넘쳐 났다.

어떻게 된 거야, 그동안 어디 있었어? 어떻게 하다가 여기에 있는 거야? 가문은 언제 나온 거야? 여기까지 혼자 왔어? 지금 막 도착한 거야? 아님 정한에 있었어?

아니 그것보다ㅡ.

ㅡ나를 지키러 여기까지 온 거야?

아기에는 그렇게 묻고 싶었다.

라야가 조용히 웃고는 등을 돌렸다. 친우의 등이 보인다.

그 등이 컸다.

지켜 주는 친우의 등은 든든한 울타리가 되었다.

5.

"누구지?"

소란이 날카롭게 물었다.

라야는 말없이 검에 감긴 푸른 천을 풀었다. 천을 풀어 내리자 검은색 검집이 드러난다.

검은색 손잡이에 붉은 실로 만들어진 매듭이 달려 있다. 손잡이와 칼날 부분을 경계선처럼 나누는 고동 또한 붉은색이고, 그 외에는 전부 검은색으로 칠해진 검이었다.

스르릉, 소리를 내며 검이 뽑힌다.

매년 단철장에 맡겨 놨다는 것이 빈말은 아니었는지, 칼날은 손상된 부분 없이 말끔했다. 균형도, 무게도 적당해서 라야는 오랫동안 써 온 검을 뽑은 듯이 편했다.

좋은 검을 주셨다.

"나는 진왕 교활 왕의 세 번째 군위다. 거기서 비켜라."

소란이 경고했다. 라야는 오른손의 붕대를 풀었다. 지렁이처럼 기어가는 상처 중앙을 꾹꾹 눌러 보고 상처를 확인한다. 아프지 않다. 이제야 겨우 다 나았다.

라야는 왼손에 검집을 들고, 흉터가 남은 오른손으로는 뽑아 든 검을 잡았다. 손바닥에 손잡이가 착 감긴다. 좋은 느낌이다.

라야는 그 검을 들고 소란에게 겨눴다.

"물러가십시오."

소란의 얼굴이 굳었다. 그저 지나가는 자가 도움을 주는 것이 아니라, 처음부터 아기에 왕자를 알고 있는 자였다.

"너는 지금 진왕에게 맞서는 것이다."

"……"

라야의 검 끝은 흔들리지 않았다. 검은 눈동자도 흔들리지 않고 소란을 응시했다.

혀를 찬 소란이 허리에 찬 검을 빼내는 것과 동시에 달려들었다.

—챙!

검과 검이 마주쳤다.

6.

소란의 검이 라야의 왼쪽 목을 노리고 베어 들어왔다. 라야는 허리를 숙이고 피하며 그대로 찔러 들어갔다. 소란이 검을 회수하기도 전이다. 소란이 크게 놀라 뒤로 물러선다. 검을 회수하기도 전에 발을 구른 탓에, 자세는 이미 무너지고 있었다.

라야는 다시 한 발 내딛었다. 그것만으로도 소란에겐 큰 위협이 되었다.

'―빨라!

라야는 다시 소란의 팔 안쪽 거리로 들어와 있었다.

그것을 소란의 눈이 따라잡았을 때 검은 휘둘러지고 있었다.

소란이 가까스로 피한다. 연하늘색 머리카락이 뭉텅 잘려 나갔다. 검은 내려쳐진 후, 회수되지 않고 그대로 소란을 다시 따라갔다. 준비 동작이 없었다.

교활의 군위 소란은 목구멍까지 비명이 솟아나는 것을 경험했다. 뭐지? 피하는 것만으로도 힘에 부쳐 소란은 아기에에게 이미 멀리 떨어져 있었다. 계속 뒤로 밀린다.

몇 발자국이나 물러섰지?

소란을 궁지까지 몰아붙인 라야는 검을 무르고 돌연 뒤로 물러섰다. 소란이 숨을 돌리며 의아한 얼굴로 라야를 응시했다.

라야는 무뚝뚝한 얼굴로 말했다.

"이대로 돌아가십시오."

"……?"

"정한으로 돌아가십시오."

라야가 다시 말했다.

소란은 기가 찼지만 내색하지 않았다. 그의 눈이 라야를 훑는다. 자세히 보니 꽤 앳된 얼굴이다. 검 끝은 귀신처럼 빠르고 매서웠지만, 피 한 방울 묻어 있지 않다.

그러고 보면 라야의 검이 소란의 피부 끝도 스치지 못한 것이 말이 되질 않는다. 속도는 소란이 따라잡기엔 차이가 너무 많이 났다. 이 정도로 속도 차이가 나면 검을 두어 번 맞대기도 전에 소란의 목은 바닥을 뒹굴고 있어야 했다.

'봐주고 있었던 건가?'

그렇다는 건 싸움에 그다지 단련되지 않은 애송이일지도 모른다.

소란은 기회를 잡은 것처럼 느껴졌다. 그의 시선이 라야의 어깨 너머 아기에를 확인했다. 왕자는 일어나 앉아 있었다. 뭔가에 놀란 듯이 검은 머리 소년에게 시선을 주고 뚫어져라 응시하고 있었다.

기회다.

군위에게 왕과 왕의 명령은 가장 소중했다. 실력 차이가 많이 나고, 돌아가라는 소리를 듣는다고 해도 왕의 명령이 있는 한 냉큼 돌아갈 수는 없다. 이자에게 막혀 데려가지는 못하더라도, 팔이나 다리 하나를 못 쓰게 만들어서— 멀리 도망치지 못하도록 만드는 편이 그나마 왕의 명령을 수행하는 쪽이 되겠지.

소란은 포기하는 척 들고 있던 검을 허리의 검집에 집어넣었다. 소란이 검을 집어넣자, 그다지 전투 경험이 없는 라야도 검집에 검을 집어넣고, 어깨에 힘을 빼고 말았다. 싸움으로 인한 긴장이 풀리는 것이 눈에 보인다.

소란은 그것을 놓치지 않았다.

그는 다른 쪽 다리에 숨겨 놨던 또 다른 단검을 약지와 검지로 능숙하게 빼낸다. 라야가 긴장을 푼 찰나였다. 단검은 라야가 반응하기 전에 —**던져졌다.**

단검은 정확히 아기에의 부러진 갈비뼈를 노리고 날아갔다.

바람을 가르고, 매서운 날을 앞쪽으로 해서 라야의 왼쪽 어깨를 지나쳐 아기에에게……!

가지 못했다.

굳은살이 딱딱하게 박힌 라야의 오른손이 단검을 한순간에 낚아챘다. 준비 동작 없이 팔만이 움직여 날아가는 단검을 잡아챈 것이다.

소란이 경악하며 물러선다. 라야는 저도 놀란 얼굴로 반사적으로 잡아챈 단검을 내려다봤다. 그리고 한 박자 늦게 화가 난 얼굴로 소란을 노려봤다.

"……돌아가지 않겠다는 뜻으로 알겠습니다."

퍽— 소리가 들렸다.

소란이 의식을 잃고 모래 바닥을 뒹굴었다. 라야는 등을 돌려 왕에게로 돌아갔다.

7.

무사 귀환(?), 아니, 무사 귀환이라 할 것도 없었다.

무시무시한 실력 차이에 소란은 라야에게 위협도 되지 못했다. 아기에는 소란을 가볍게 요리하는 라야를 보며 허허허허, 허허허허 하고 늙은 할아버지처럼 웃고 있었다. 뭐야? 뭘 어떻게 하면 저렇게 강해? 아기에는 속으로 소리쳤다.

라야가 미간을 찌푸리고 다가섰다. 검은 머리를 가진 소년은 친구를 향해 말했다.

"일어나."

"……좀 봐줘. 나 갈비뼈도 부러져 있단 말이야. 혼자선 아무것도 못 하겠다."

아기에는 오랜만에 만난 친우에게 투정을 부렸다. 간만에 만난 사이치고 둘은 꽤 친근했다. 라야는 바닥에 떨어진 가방을 다시 주워 메고, 아기에를 부축했다. 아기에가 힘겹게 일어선다. 라야는 아기에를 부축하자마자 인상을 팍 찌푸렸다.

"너 냄새 나. 언제 씻었어."

"……그것도 좀 봐주라. 씻을 만한 상황이 아니었어. 누가 시어머니 아니랄까 봐 만나자마자 그런 추궁부터 하냐."

"나를 진곡 앞에다 버리고 가면서 가문을 부른 게 누구였지?"

"……."

아기에는 합죽이가 되었다. 그리고 곧 웃음이 터졌다.

웃음이 터져서 아픈 것과 동시에 기뻤다. 웃겨서 눈물이 나오는 것과 동시에 아파서 신음이 나왔다. 아기에는 그야말로 배를 접고 떠나가라 웃으면서 중간중간에 아파서 힘들다고 투정을 부렸다.

라야가 팍 인상을 찌푸렸다. 아기에는 한참 웃고 난 후에 라야에게 큰일 났다는 얼굴로 말했다.

"어쩌지, 라야? 나 너무 웃었나 봐. 아파서 못 걸어가겠어. 웃느라 기운도 다 빠졌어."

"……."

어이없어. 라야는 딱 그 표정이었다.

"아! 맞아. 소란이 말 타고 왔지!"

그렇지, 참.

라야도 잊고 있었다. 라야는 아기에를 근처 바위에 기대게 해 놓고 모래말로 다가갔다. 말의 귀에 정한의 표식이 뚫려 있다. 라야는 편자도 확인했다. 편자는 다음 마을까지 굳건하다는 것을 증명하듯 반짝반짝 빛나는 새것이었다. 과연 정한의 말이다.

라야는 아래 고삐를 쥐고, 말을 끌고 아기에에게로 향했다. 모래말답게 푹푹 빠지는 모래에도 걸음이 가볍다. 훈련도 잘되어 있어서 사람을 거부하지도 않는다.

"윽!"

말을 보던 라야의 귀에 돌연 비명 소리가 났다. 깜짝 놀라 고개를 들자 아기에가 단검을 소란의 가슴에 박아 넣고 있었다. 아기에는 무표정한 얼굴로 단검을 비틀어 빼낸다. 단검 끝에 묻은 피가 흐른다.

심장에 단검이 박힌 소란은 조금 헐떡거리다가 숨을 멈췄다. 모래가 붉게 물든다.

"……너."

라야가 경악한 얼굴로 아기에를 불렀다. 아파서 못 걷겠다고 말했던 아기에는 단검을 바닥에 버리고 일어서서 미소 지었다. 아파서 못 걷겠다고 말한 것은, 라야에게 모래말을 가져오도록 시키기 위한 아기에의 거짓말이었다.

"이 녀석을 살려 둬선 안 되거든."

아기에는 고개를 들지 않았다. 소란만을 보면서 라야에게 말했다.

"진곡의 첸첸 같은…… 그런 경우가 아냐. 이 녀석이 살아 있으면 계속해서 우리를 따라올 거야. 소란이 하나로 부족하면 또 하나가 붙어서, 그래도 부족하면 또 하나가 붙어서 따라왔겠지. 그놈의 명령을 받고 아주 진드기처럼 따라붙었겠지. 이대로 버려두고 가면 네 이야기도 그놈에게 전해 들어갈 거고, 그럼 너도 자투라처럼 될지도 몰라."

아기에와 친하다는 이유로 죽는다. 아기에는 그렇게 말했다. 말의 고삐를 쥐고 있는 라야의 손에 힘이 들어갔다.

아기에는 소란의 숨이 멈춘 것을 확인하고, 그제야 정말 '지친다'라는 표정을 드러냈다. 적이 완전히 사라지자 그는 자신의 아픔과 피곤함을 내보였다.

"실망스러워?"

아기에가 고개를 들었다. 라야는 아래 고삐를 잡고 가만히 있었다. 고개를 든 아기에의 목에 손자국의 멍이 보였다. 화살에 맞은 왼팔도, 부러진 갈비뼈도, 하얗게 질린 입술도 눈에 들어왔다.

그 모습에 라야는 실망했다고 말할 수가 없었다. 실망하지도 않았다. 그저 안타까웠다.

검은 머리 소년은 말을 끌고 친구에게 다가갔다. 군석을 가진 친구가 똑바로 응시해 온다. 진곡에선 빛나던 눈동자가 여기선 지쳐서 흐려져 있다.

"실망 안 해."

가까이 다가가서 라야가 말했다. 아기에의 눈이 크게 떠졌다. 올곧기 짝이 없는 라야가 저런 말을 할 줄은 예상도 하지 못했다.

"나는 실망할 수가 없어."

아기에가 저런 모습으로 버티는 동안 라야는 해 준 것이 아무것도 없었다. 아무것도 해 주지 못한 자신이 실망을 한다는 것은 말이 되지 않는다. 그저 속이 조금, 아플 뿐이었다.

"버티느라 고생했어."

커진 아기에의 눈동자가 더 벌어진다.

라야는 좀 더 위로가 되는 말을 찾았다. 지친 이 녀석의 눈에 생기가 돌 만한 말이 필요했다. 무뚝뚝한 성격과 말재주가 없는 것이 이때는 조금은 한심스럽다. 잠시 생각에 빠진 라야는 루가얀을 떠올렸다. 그리고 보니 아기에는 루가얀이 뛰어내리는 것만을 보고 정한을 빠져나갔었다.

"네 어머니께서도 무사하시니까 걱정 마."

앞뒤 없이 불쑥 내뱉는 라야의 말에 아기에는 숨을 삼켰다.

"떨어지시는 것을 보고 밑에서 최대한 안전하도록 받아 냈어. 살펴보니 어디 다친 곳도 없으셨어. 괜찮을 거야."

벌어진 아기에의 눈에서 뚝, 하고 눈물 한 방울이 떨어졌다. 라야의 눈이 커졌다.

진곡에서는 라야였지만, 이곳에서는 아기에였다.

울음을 참지 못하고, 터져 나온다.

새파란 하늘 아래에서 아기에는 조금, 아주 조금 울었다.

8.

—쨍!

바닥에 떨어진 유리잔이 부서진다.

교활은 충격에 몸을 비틀었다. 관리는 자신이 전한 말 때문에 그러는 것인 줄 알고 고개를 조아리고 슬픔을 토했다.

로매 독이 발발하여 정한에는 여섯 명의 여성이 죽고, 이백두 명의 남성이 죽었다. 죽은 남성들의 반은 국명부에 이름을 적으러 온 이방인들이었다. 정한 국민들의 피해는 백여 명이다. 전체 국민 수에 비하면 미미한 숫자였지만 그래도 안타까운 목숨이었다. 그들은 하나같이 로매 독에 내장이 상하는 고통에 괴로워하며 몸부림치다 죽었다.

"그, 그래도 재빠른 대처와 우레비, 대부분의 사람들이 어제 길어놓았던 물을 마저 쓰느라 피해가 적었……."

"물러가시오."

교활이 새하얀 안색으로 명했다. 관리는 왕의 슬퍼하는 모습에 같이 슬퍼하며 뒷걸음질로 물러났다.

고호만이 남은 방 안에서 교활은 크게 숨을 들이켜며 고호를 불렀다.

"고호야."

고호가 묵직한 발걸음으로 다가온다. 가까스로 평정을 유지하던 교활은 고호가 다가오자 매달렸다. 든든하게 받쳐 주는 사람이 옆에 있다는 것을 느끼고, 곧 어린애처럼 흐느꼈다.

　"고, 고호야, 소란이…… 소란이가!"

　쓰러지듯 바닥에 주저앉는 교활을 고호가 부축했다.

　"소란이가! 소란이가!"

　하얗게 질린 교활은 심장을 움켜쥐고 울음을 토했다. 가슴속을 잇고 있던 줄 하나가 뚝 끊겼다. 이것은 소란이었다. 계약을 한 왕과 군위만이 가질 수 있는 유대감이었다.

　"누구지! 누구야! 누가 소란을 죽일 수 있는 거지?! 소란을 죽일 만한 사람은 아무도 없었는데! 누구야! 누가 죽였어?!"

　교활이 비명처럼 고호를 잡고 외쳤다. 그는 한참을 비명을 지르다 실신했다. 팔 하나가 잘려 나간 것처럼 괴로워하는 교활 왕을 보는 고호의 낯빛이 굳어진다.

　그다음 날, 소란의 시신이 교활 왕 앞에 놓여졌다.

종장

새파란 하늘이 속삭였다

종장
새파란 하늘이 속삭였다

1.

둘은 오랜만에 만났다. 할 이야기가 산처럼 쌓여 있다. 주로 아기
에가 말하고, 라야가 듣는 쪽이었다. 나불거리는 입은 좀처럼 쉬질
않았다. 화살이 박히고, 뼈가 부러졌는데도 입만은 살아남아서 쉴 새
없이 떠들고 있었다. 가히 대단한 정신력이다.

이번엔 라야가 말했다.

"그 애는 누구야?"

"누구?"

"너 좀 도와 달라고 고래고래 소리치던 아이."

"아아아아!"

말 위에 엎드리다시피 한 아기에가 짝 박수를 쳤다.

"맞다, 기해. 기해 봤어?"

"서쪽으로 가고 있으라고 했어. 널 살려 달라고 뛰면서 소리치고 있었으니……. 잠깐, 까먹고 있었어? 널 도와 달라고 소리치던 아이를?"

라야가 경멸 어린 표정을 지어 보였다.

아기에는 웃으면서 가볍게 넘겼다.

"갑자기 네가 나타나서 깜빡한 것뿐이야. 난 네가 여기에 있을 줄 꿈에도 몰랐다고. 얼마나 놀랐는지 심장이 한 번 떨어져서 내가 간신히 붙여 놨어. 알아? 왜 갑자기 그때 나타나서 날 놀라게 한 거야! 심장 떨어질 뻔했잖아!"

할 말이 없으니 되레 소리를 지른다. 라야는 어이가 없어서 코웃음을 치지도 못했다.

"그래서 지금 우리 어디로 가는 거야? 나 화살 빼야 하는데. 이대로 아물면 뺄 때 무진장 아프겠지. 아, 지금 빼내면 피가 쏟아져 나오고 모래가 들어갈 거라, 함부로 빼지도 못하고……."

아기에가 넋두리를 늘어놨다. 라야는 고삐를 끌며 부지런히 걸음을 옮겼다.

"저쪽에 자연 구역이 있어. 조금만 참아."

"지도 있어?"

아기에가 눈을 빛내고 물었다. 라야는 짧게 대답했다.

"가방에."

아기에는 말안장에 걸린 가방에 오른손을 뻗어 뒤적였다. 라야가 돌아보며 혀를 찼다.

"너 남의 물건을 허락도 없이. 그렇게 뒤지면 버릇이 안 좋다는 소리 든는다.”

“네네네네네, 시할머니. 앞으로 착한 어린이가 될게요.”

“……”

아기에는 아무렇지 않게 가방에서 지도를 꺼내 들여다봤다.

“오, 제법 정교한데? 이 정도 지도면 잘 구해지지 않는 건데.”

“진화 왕께서 주셨어.”

“진화? 여섯 번째 진왕?”

아기에가 놀라 되물었다.

라야는 못났다는 얼굴로 아기에를 봤다. 아기에의 이마에도 파란
색 군석이 박혀 있었다.

“너도 왕인데 뭐가 그리 놀라워?”

금발머리 왕은 웃고 말았다.

“아, 웃겨. 너 진곡에서 헤어질 땐 반말 끝까지 안 할 것 같았는데.
자연스럽게 하니까 웃겨, 웃겨 죽을 것 같아.”

“그래? 난 멋대로 날 가문에 보낸 원수한테 이를 갈았는데. 원수한
테 높임말을 쓸 리가 없잖아?”

아기에는 말없이 지도에 코를 박고 보기 시작했다. 라야가 말고삐
를 끌며 불쑥 물었다.

“자투라는 잘 있어?”

“……응.”

지도를 보며 아기에가 한 박자 늦게 대답했다. 라야는 정면을 보고
걸어갔다. 리올이 떠올랐다. 미쳐 버린 폐군위. 백치와 제정신을 오
락가락하는 줄 알았는데, 그 제정신마저 미쳐 있었던 가엾은 사람이
었다.

라야는 고개를 정면으로 하고 자투라의 이야기를 꺼냈다.

"자투라가 널 걱정하면서 나에게 편지를 남겼어."

"그랬어……?"

아기에가 고개를 든다. 웃는 얼굴에 기쁨이 묻어 나온다.

"끝까지 날 걱정해 줬구나."

"잘 있으면, 나중에 한번 보러 가."

라야가 툭 내뱉었다. 아기에는 근심 걱정 없이 환하게 웃으며 끄덕였다.

"응. 그래야지."

2.

서쪽으로 가면서 둘은 계속 이야기를 주고받았다. 이번에는 라야가 정한에서 있었던 이야기였다. 라야가 정한에 도착해서 아기에를 찾기 위해 국명부가 열리는 줄에 기다리고 있었다고 하자, 아기에는 안색이 돌변했다.

"너 독은?!"

"괜찮아."

라야가 아무렇지도 않은 자신의 몸을 툭툭 두드려 보았다.

"해독제를 먹은 거야?"

"……비슷해."

두루뭉술한 대답에 아기에가 꽉 인상을 찡그렸다.

"그걸 왜 먹어! 너 먹으라고 뿌린 거 아냐!"

"뿌렸는지 안 뿌렸는지 내가 어떻게 알아! 그리고 그딴 거 뿌리지 마! 정한에서 돌아가신 분이 몇 명일지 상상도 하기 싫어!"

아기에는 입술을 삐죽였다. 패배자는 아기에였다. 그래도 입은 멈추지 않았다. 그는 조잘조잘 다른 소재를 끄집어내어 라야에게 말을 걸었다.

"그럼 너 그 호수 봤겠네. 정한의 호수 말이야, 소흔 호수."

"안 아프냐? 그만 말해. 나중에 말해도 돼."

아기에는 듣지 않았다.

"그 호수 보고 감격했지? 감격하지 마. 거기 시체가 두 구나 가라앉아 있어."

"뭐?"

묵묵히 고삐를 끌고 가던 라야가 돌아본다. 아기에는 교활을 깎아내리는 기회라 눈을 빛내며 말했다.

"교활 놈이 내 어머니랑 결혼하고 싶었는데, 아버지 반대에 부딪혔거든. 그래서 어떻게 하다 보니 자기 친남동생이랑 그 약혼녀를 죽였나 봐. 그 약혼녀도 군석을 가진 왕이라 내버려 두면 방해가 될 테니까. 그냥 죽이는 쪽을 택했겠지. 하여튼 그 시체 두 구를 가지고 이리 숨기고 저리 숨기고 그러다 장인들한테 호수를 만들라고 지시한 거야. 어딘가에 숨겨 놓으면 누가 찾을까, 땅에 묻어 놓으면 우연이라도 파헤치지 않을까. 그래서 그 겁쟁이 놈이 머리를 쓰다쓰다 호수를 만들라고 명령한 거지."

라야의 입이 점점 벌어졌다.

"호수가 완성될 때쯤엔 시신 두 구는 이미 썩은 백골이 되고 부스러기가 되고도 남았겠지만, 교활은 안심하지 못하고 그것을 호수 속 궁에서 가까운 곳에 돌과 함께 수장했어. 생선 잡이 배도 많지만 궁에서 가까운 호수 근처엔 생선 잡이를 안 하거든. 왕에 대한 예우라고."

그래서 아기에는 소혼 호수를 보고 '장렬한 아름다움'이라고 칭하는 사람을 볼 때마다 웃을 수밖에 없었다. 그래, 장렬할 수밖에 없지. 핏줄의 손에 살해당한 정한의 왕자와 그의 약혼녀가 수장되어 있는 곳이니까.

아기에의 이야기를 모두 들은 라야는 한숨을 섞어 말했다.

"그렇군. 거기에 있었구나, 그분들."

"어, 알아?"

이미 백 년도 더 지난 사건이었다. 기억하는 자가 많지 않았는데, 정한에 며칠 머무르지도 않은 라야가 알고 있는 게 놀라웠다.

라야는 아기에게 정한에서 있었던 일을 간략하게 설명했다.

"미드렌이라고, 도와주신 분이 계셨어. 이 검도 그 사람에게서 받은 거야."

그리고 백 년 전에 죽어 버린 왕을 찾는 가엾은 폐군위도 있었다.

라야의 말에 아기에의 두 눈이 반짝였다. 얼굴엔 핏기가 없는데 눈과 표정은 미친 듯이 발랄해서 라야는 친구가 조금 무서울 지경이었다.

"나도 그 사람 알아."

"넌 좀 쉬어야 되지 않냐? 근데 알아? 미드렌 님은 널 모른다고 하던데."

"그야 난 몰래 봤으니까. 궁으로 들어가기 전에 궁 밖에서 날 도와줄 사람을 찾아야 했거든. 백 년 전 왕의 은혜를 받은 사람이 근처에 산다기에 한 번 가 봤지. 있으면 당연히 교활 왕이 원수일 거 아냐. 그래서 이용이 아니라, 도움이 되어 주지 않을까— 싶어 염탐을 했는데. 바늘 하나 들어가지 않을 성격의 소유자더라고. 그래서 포기했지, 시원하게!'

그리고 기란이 선택됐다.

"……."

라야는 뭐라 할 말을 찾을 수가 없어서 이만 뿌득뿌득 갈았다. 아기에는 희희낙락대며 지도의 여백을 쭉 잡아 찢어 새처럼 접었다.

"뭐해? 그거 왜 찢어?'

물건이 상하는 걸 싫어하는 라야가 눈알을 부라렸다. 아기에는 대답 없이 종이 새에 주술진을 그리고, 화살이 박힌 팔에서 조금씩 흘러나오는 피를 찍어 편지를 적었다.

—당신의 왕은 호수 속에 있습니다. 라야.

"이렇게 보내게. 도움을 받았다며?'

라야가 멍청한 표정을 짓고 있다가 곧 고개를 끄덕였다. 아기에가 종이 새를 날려 보냈다. 청색으로 변한 눈동자가 번쩍번쩍 빛났다.

종이 새는 매우 가벼워서 바람을 타고 멀리까지 날아갔다.

3.

"어? 기해다."

말 위에 앉은 아기에가 앞을 가리켰다. 라야의 눈도 어린 소년을 발견했다. 서쪽으로 걸어가고 있으라는 라야의 말대로 묵묵히 앞으로 걸어가고 있다.

무슨 기척을 느꼈는지 앞에서 걸어가고 있던 소년이 뒤를 돌아본다. 아기에가 말 위에 앉아 선심을 쓰듯 손을 흔들어 줬다.

기해가 그를 발견하곤 눈이 크게 벌어졌다. 입도 동시에 벌어졌다.

여동생을 잃었던 소년이 그날 이후로 처음으로 웃는다.

"저 녀석 웃네?"

아기에가 중얼거렸다.

"기쁜가 보지."

라야가 무심하게 대꾸하면서 꾸준히 걸어갔다. 그 손이 고삐를 잡고 말을 끌어 준다.

아기에는 라야의 등을 보다 흐리게 웃으며 말 등에 엎드렸다.

역시 신나게 떠들다가 멈추면 피곤하구나. 안전하다고 느껴지니까, 몸도 신나게 아프다고 소리쳐 온다.

하지만 아기에는 계속 웃음이 났다. 꾸며진 웃음이 아니다. 속에서 우러나서 진짜로 웃었다.

정말로 기분 좋은 날이었다.

검은색 벽지가 아닌 푸른 하늘이 있고, 목욕물을 데우는 소리가 아닌 여러 소리가 들린다.

곳곳에선 모래 냄새가 난다.

"아기에, 괜찮아?"

이렇게 이름을 불러 주는 사람도 나타났다.

아기에는 말 등에 엎드려 잠시 눈을 감았다.

이제는 안전하다고 새파란 하늘이 속삭였다.

4.

—진곡력 501년 시샘달, 정한의 첫째 왕자가 나라 안에 독을 뿌려 큰 인명 피해를 내다.

—같은 501년 시샘달, 교활 왕의 세 번째 군위, 소란 죽다.

—같은 날 라야와 아기에, 다시 만나다.

최종장

백
년
만
의
만
남

최종장
백 년 만의 만남

미드렌은 무릎 위까지 날아온 종이 새를 보고 눈살을 찌푸렸다.

어디서 날아온 거지?

그는 신경질적인 표정으로 종이 새를 집어 들었다. 진료소는 환자를 받는 곳이라 쓰레기 같은 것이 날아들면 좋지 않았다. 게다가 방금 청소한 차였다.

'애들이 장난을 친 건가?

열린 창문 너머를 보자 휑하다. 아무도 없다.

이상함을 느끼면서 종이 새를 들어 올리자, 거기에 적힌 작은 글귀가 눈에 들어온다. 붉은색 글씨다.

미드렌의 눈이 그 글귀를 무심코 읽어 내렸다.

처음은 무심코였지만 두 번째는 떨림이었다. 종이 새를 든 손이 조금씩 떨리기 시작한다.

그 후, 미드렌은 백치처럼 가만히 있는 리올을 데리고 호수를 보러 갔다.

리올에게 있어선 백 년여 만이었다.

장렬한 아름다움을 가진 호수가 그들을 반겼다.

짧은 외전

소독하는 방법을 배웠다

짧은 외전
소독하는 방법을 배웠다

"잠깐!"

아기에는 소리쳤다. 그는 화살을 뽑은 상처를 감싸고 되도록 라야에게서 멀어지도록 애썼다. 해쓱해진 얼굴로 최악의 적을 보듯 라야를 노려본다.

라야는 술이 담긴 수통을 열고 고개를 갸웃거렸다.

"왜?"

"왜에? 왜에— 라고 했어, 지금? 넌 지금 나를 죽일 생각이라고!"

"뭐가 문제야? 이거 뿌리면 덧나지 않고 소독이 잘된다고 현직 의원이 가르쳐 준 거야."

"그전에 아파서 죽어!"

아기에가 비명처럼 소리를 질렀다. 간신히 도착한 자연 구역에서 상처를 치료하려고 했더니, 저 사달이 벌어졌다. 화살 뽑는 것도 아파서 징징거리더니, 이번엔 소독하는 것도 징징거린다.

라야는 아기에를 한심하게 노려봤다.

"사내라면 눈감고 조용히 해치워라, 좀."

"그건 너나 그러는 거야! 그거 뿌리면 얼마나 아픈지 알아?!"

아기에는 중간에 앉아 멀뚱히 있는 기해에게 소리쳤다.

"너 뭐해! 너 내가 시키는 거라면 뭐든지 한다고 했잖아! 어서 움직여! 라야에게서 저 술을 빼앗아서 달아나라고!"

기해의 얼굴에 황당함이 번졌다. 라야는 혀를 찼다.

"아이한테 윽박지르지 마. 정 무서우면 눈만 감고 있어. 내가 알아서 뿌릴 테니까."

그러면서 라야가 술이 든 수통을 가지고 아기에에게 다가섰다.

아기에가 '으악! 으악!' 비명을 질렀지만 소용없었다. 부러진 갈비뼈와 바닥난 체력 때문에 달아나지도 못하고 라야에게 잡혔다.

곧 상처에 술이 뿌려졌다.

자연 구역이 떠나가라 비명이 들린 것은 그 뒤의 일이었다.

부록

진군위 가문 연대표

진곡력 430년   가연(17세)와 진화왕 만남
　　　　　　　진화(20세) 각성과 동시에 진명을 받음

54년경과 ┌ 430년   가연과 진화 계약 체결
　　　　 └ 484년   가연(71세) 가문으로 돌아옴,
　　　　　　　　　레나→리온(17세)과 결혼

　　　　　485년   리야 출생

　　　　　487년   리야의 태생이 밝혀짐, 릉가 여덟 달만 채우고 출생

　　　　　488년   가룬 탄생

　　　　　489년   적룬 출생

　　　　　501년   진화 91살

　　　　　　　　　가연 88살

　　　　　　　　　리야 16살

　　　　　　　　　릉가 14살

　　　　　　　　　가룬 13살

　　　　　　　　　적룬 12살

　　　　　　　　　티롯 34살

정한 연대표

진곡력 380년 　로사우 탄생

388년 　로사우(8세) 각성

398년 　미드렌(20세), 리올(19세), 여왕(19세) 정한 도착
　　　　로파우(17세)와 여왕 약혼
　　　　로사우(18세)와 루가얀(18세) 만남

400년 　로파우(19세)와 약혼녀(21세) 행방불명
　　　　정한 왕 충격으로 사망
　　　　리올(21세) 정한 밖으로 내보내짐
　　　　로사우(20세) 하늘에서 '교활' 진명을 받음
　　　　교활 왕 정한의 옥좌에 앉음
　　　　소흔 호수를 만들라고 명령

　　　┌ 401년 　교활 왕(21세)과 루가얀(21세) 결혼
83년경과 │
　　　└ 484년 　아기에와 리기에 탄생

492년 　아기에(8세) 각성
　　　　아기에(8세) 정신병 발병, 탑에 격리 조치
　　　　루가얀(112세)를 아기에(8세)가, 탑에서 밀어 떨어뜨림,
　　　　루가얀, 그 후 은둔
　　　　아기에(8세) 정신병 치료차 요양

　　　　　　　　　　······중략······

501년 　정한의 국명부가 열림
　　　　리야(16세) 정한에 도착, 리올과 미드렌과 만남
　　　　아기에(17세) 정신병으로 정한에 독을 뿌려 많은 사상자를 냄
　　　　리야(16세), 아기에(17세) 만남

왕은 웃었다 3

1판 1쇄 발행 2012년 3월 21일
1판 6쇄 발행 2018년 2월 9일

지은이 류재빈
삽화 이종철
펴낸이 신현호
편집국장 김은주
편집부장 예숙영
편집 박상희 김수민 조미연 최윤정
편집디자인 한방울
마케팅·관리 김민원 이주형 조인희
물류 이순우 최준혁

펴낸곳 ㈜디앤씨미디어
출판등록 2002년 5월 1일 제117-90-51792호
주소 서울시 구로구 디지털로 26길 111 JnK디지털타워 503호
대표전화 (02)333-2513 **팩스** (02)333-2514
전자우편 dncbooks@dncmedia.co.kr
디앤씨북스 블로그 http://blog.naver.com/dncbooks
디앤씨북스 로맨스 카페 http://cafe.naver.com/dnc2007

ISBN 978-89-267-1232-0 (04810)
ISBN 978-89-267-0993-1 (SET)